传承与创新

——南京大学外国语学院研究生学术文集（文学与文化卷）

◎张俊翔 张 瑛 主编

南京大学出版社

图书在版编目(CIP)数据

传承与创新：南京大学外国语学院研究生学术文集.文学与文化卷/张俊翔,张瑛主编. —南京：南京大学出版社,2023.7
ISBN 978-7-305-26940-0

Ⅰ.①传… Ⅱ.①张…②张… Ⅲ.①文化语言学-研究-国外-文集②外国文学-文学研究-文集 Ⅳ.①H0-53②I106-53

中国国家版本馆 CIP 数据核字(2023)第092281号

出版发行	南京大学出版社
社　　址	南京市汉口路22号　　邮　编　210093
出 版 人	金鑫荣
书　　名	**传承与创新——南京大学外国语学院研究生学术文集(文学与文化卷)**
主　　编	张俊翔　张　瑛
责任编辑	董　颖　　　　　　　　编辑热线　025-83596997
照　　排	南京南琳图文制作有限公司
印　　刷	苏州市古得堡数码印刷有限公司
开　　本	787 mm×960 mm　1/16　印张15.5　字数278千
版　　次	2023年7月第1版　2023年7月第1次印刷
ISBN	978-7-305-26940-0
定　　价	70.00元

网址：http://www.njupco.com
官方微博：http://weibo.com/njupco
官方微信号：njupress
销售咨询热线：(025) 83594756

* 版权所有,侵权必究
* 凡购买南大版图书,如有印装质量问题,请与所购图书销售部门联系调换

序　言

南京大学外国语学院一向注重研究生的能力培养，鼓励与支持其创新，不断提升其学术研究能力，形成了优良的传统。《传承与创新——南京大学外国语学院研究生学术文集》（两卷本）是南京大学外国语学院研究生学术创新的阶段性成果。文集收录的论文均由学院不同语种专业的硕博研究生撰写，虽尚显稚嫩，但研究生们勇于探索，特别在学术研究方面展现的激情难能可贵。入选论文由导师推荐、专家评审和编委评议，并经过多轮修改后定稿，充分体现研究生在学术研究与创新方面所付出的努力。为了弘扬学术诚信、认真作文的优良学风，进一步鼓励与支持研究生学术创新，我们将其汇编，并由南京大学出版社出版。

南京大学外国语学院在研究生培养方面，一向秉承"传承与创新"，要求研究生在掌握本领域基础理论与专业知识、掌握学术研究方法的基础上，拓宽视野，采用新方法、新手段进行扎实研究，成效显著。在新时代，学院仍致力于改革创新，锐意进取，以促进学生全面成才与个性发展为目标，不断推进研究生培养改革，完善培养方案。"高水平国际化外语人才培养体系的创新与实践"研究生改革项目获得2019年江苏省研究生教育改革成果一等奖。

目前，南京大学外国语学院十分重视研究生的创新能力培养，为其提供和创造多样化的学术活动机会，鼓励和支持学生参与高水平讲座、工作坊、国际学术论坛和学术会议，引导其关注学术前沿问题，不断提升科研能力，并积极尝试在国内外高水平学术平台展示自己的研究成果。汇聚近年来研究生学术成果的两卷本文集《传承与创新——南京大学外国语学院研究生学术文集》是对其研究能力与学术创新的检视，希望能有效助力提升外语专业研究生培养质量，更希望研究生在今后的学术研究道路上越走越宽，不断取得新的优秀成果。

杨金才

2021年10月于南京大学

目 录

序言(杨金才) …………………………………………………（ 1 ）

德国文学研究

《金罐》文学异托邦中的空间书写与身份追寻 ……………戴贝叶（ 3 ）

俄罗斯文学研究

弗·马卡宁长篇小说《地下人，或当代英雄》中的女性形象………潘梦婷（15）
互文性视域下的《淹没地带》研究
　　——以《告别马焦拉》为观照 …………………………王春菊（24）
荒谬世界中的自我超越：存在主义视角下的《地下人，或当代英雄》阐析
　　………………………………………………………………谢一萍（35）
困境中的自我救赎——《雅科夫的梯子》的存在主义解读 ……张　晨（45）
作为反乌托邦暗黑童话的《野猫精》研究 …………………朱碧滢（55）

法国文学研究

帕特里克·莫迪亚诺的侦探小说创作手法 ……………………李　琦（67）

美国文学与文化研究

言说与沉默：从书信看莉莉·巴特的自主性 …………………刘　雅（79）
种族他者——朱厄特《外乡人》中的帝国主义与民族主义 ………吴　雯（88）
身体、空间与都市商业想象
　　——《夜色温柔》中主体的越界与后撤 ……………………谢雨函（99）

科利之死与信仰危机——戈尔丁《启蒙之旅》中异质文化空间的建构
.... 易文菲(108)
论《嘉莉妹妹》中的异托邦构建 .... 张力心(116)
丹托寓言中原始艺术的"挪用"——错置中的文化身份问题 …… 赵婉莹(127)
白痴、疯子与阉人:残破的班吉与病态的南方 .... 赵远扬(137)

南非文学研究

论库切《耻》的反田园书写 .... 王　航(149)

日本文学与文化研究

京都学派对东西方近代的认识
　　——以《世界史的立场与日本》为例 .... 李嘉棣(161)
日本历史上接受儒学的三个关键节点 .... 沈行健(171)
文学、美与政治性——重读三岛由纪夫的《金阁寺》 …… 韦　玮(182)
叙事学视阈下的《苍蝇》解读 .... 肖　涵(193)
论《加卡·多夫尼　海之记忆物语》的时空叙事与他者伦理 …… 颜丽蕊(204)

英国文学研究

论《法国中尉的女人》中科学话语的解构 .... 张诗苑(219)
论阿莉·史密斯《秋》中"波普"书写的多重意蕴 …… 周博佳(230)

德国文学研究

《金罐》文学异托邦中的空间书写与身份追寻

戴贝叶

内容提要：福柯在《另类空间》一文中提出了"异托邦"概念，以"另类"的空间秩序批判了社会空间的权力本质，由此衍生而来的"文学异托邦"概念则促进了诗学视域下身份研究的空间转向。《金罐》是 E. T. A. 霍夫曼的代表作品，主人公安泽慕斯始终彷徨于诗意世界和市民世界之间的身份，也和作家境遇相合。本文运用福柯的异托邦理论，从内容和文本结构层面分析《金罐》中文学异托邦内的空间书写与身份追寻，并从霍夫曼的艺术观念出发，阐析"艺术家"这一主体在文本内和文本外双重异托邦内的身份追寻及其意义。

关键词：文学异托邦；E. T. A. 霍夫曼；空间书写；身份追寻

自 20 世纪的"空间转向"以来，法国哲学家米歇尔·福柯（Michel Foucault）提出了"异托邦"（hétérotopies）概念，用以描述另类的空间秩序与权力分配，进而对社会空间的本质进行了颠覆性的反思和批判；由此衍生而来的文学异托邦概念则为德语文学研究提供了新的理论切入点，同时促进了诗学视域下身份研究的空间转向。空间在 20 世纪的讨论中居于中心地位，正如福柯所言，"我们处于同时的时代，处于并列的时代，邻近的和遥远的时代，并肩的时代，被传播的时代"（52）。

异托邦这一概念最早出现在《词与物》（*Les mots et les choses*）的前言中，福柯从博格斯的《中国百科全书》中的动物分类得到启发，认为话语秩序的异序意味着对思维秩序和知识规则的否定，使得"人心被扰乱"（福柯 1），构成了思想层级的异托邦。在随后的《另类空间》（*Des espaces autres*）中，福柯将话语异序的意义拓展至空间层级，以异托邦代表空间的另类秩序、无序或反秩序，其本质是"向权力关系、知识传播的场所和空间分布提出争议"（Brossat 161）。作为异托邦概念基础的话语异序，也构成了文本层级的文学异托邦。文学作为不同于主流话语手段的话语类型，以文本构成话语网络，为异质秩序的反思批判提供空间。

文学异托邦中的身份研究体现在两个维度上。一方面，福柯以镜子为例，"由镜子另一端的虚拟的空间深处投向我的目光开始，我回到了自己这里，开始把目光投向我自己，并在我身处的地方重新构成自己"（福柯 54）。作为主体批判观察现实的空间，异托邦中的反秩序解构了社会空间中的通常原则，以异质空间中事物方位的并置或分解为空间秩序提供其他可能性。文学异托邦并非逃避之所的乌托邦，而是从外部空间对文本中的"既定秩序和思想秩序"（Tafazoli and Gray 25）予以质疑，为重新划分他者和本我提供空间，从而确定主体身份。另一方面，福柯将异托邦定义成"一个打开和关闭的系统"（福柯 56），只有通过某些仪式或程序才能进入或离开异托邦，这不仅体现了主体与客体之间权力关系的配置，还阐明了异托邦中社会群体的身份确定。不同于启蒙运动时期将身份视为"统一与反统一"的理想主义观念，浪漫主义者以主体中不同角色的复合来定义身份的同一内核。在文学异托邦中，身份被定位于文本特定的空间秩序内，并通过空间和时间的划界重新生成、并置和重组。

《金罐》（Der goldne Topf）是 E. T. A. 霍夫曼（E. T. A. Hoffmann）的早期作品，收录在中短篇小说集《卡洛风格的想象集》（Fantasiestücke in Callots Manier）中。《金罐》的主人公安泽穆斯是一个拥有诗人潜质却举止笨拙的大学生，他不断见到种种奇幻事物，却又时时为现实所累；在小绿蛇塞彭缇娜的指引和陪伴下，他逐步确立了作为艺术家和诗人的自我身份认同。作为浪漫主义艺术童话，《金罐》的体裁为文学异托邦的身份研究提供了独特范式，本文通过对文学异托邦的审美功能及其陌异化视角下的社会批判功能的探讨，运用空间-身体规训理论，将身体身份的分析置于异托邦的空间语境中。在文本内的内容层面，随着情节推进，异托邦和异托时共同形成了"节日城市异托邦""自然异托邦"和"艺术异托邦"，而基于异托邦的空间书写而展现的权力划分和身体规训也恰恰决定了主人公安泽慕斯由边缘者、矛盾者逐步转向艺术家、诗人的身份追寻与确立。在文本间的结构层面，根据"异托邦"的异质表征，浪漫主义艺术童话的体裁使得结构层面生成了互文性的异质意义空间，通过文本与文本、文本与主体之间的对话，为霍夫曼的独特浪漫主义诗学提供了主体反思和认同的文学创作空间。在文本外的社会层面，本文通过对霍夫曼的创作背景和艺术观念的梳理，探究了安泽慕斯和其塑造者霍夫曼的身份追寻之间的关系，从而发掘双重主体在文学异托邦中的身份追寻内涵。

一、作为文学异托邦的节日城市、自然与艺术空间：文本内的身份迷失者

根据福柯定义的异托邦异质表征，节日城市空间中的异质时空秩序和话语秩序构成了文本内的异托邦，推动了安泽慕斯作为身份矛盾者的自我解构。"升天节下午三点，德累斯顿的一个年轻人穿过黑门时，不小心踢翻了一个装有苹果和蛋糕的篮子，篮子的主人是个丑陋的老妇人"[①]（Hoffmann 5）。正如霍夫曼在《塞拉皮翁兄弟》(Die Serapions-Brüder)中所言，童话必须发生在一个具体的、实际存在的地方，与日常世界密不可分。老妇人以非同寻常的词句责骂他，"你迟早跌入水晶瓶中""撒旦的孩子"（5）。在进一步的叙述中，读者已经意识到这个老妇人实际上是个巫婆。在升天节下午三点，生活在德累斯顿的安泽慕斯与奇幻世界的相遇由此猝不及防地突兀展开。他绝望地逃跑，试图冲破周围好奇与嘲弄的人群，但始终无法忘记他那不幸的遭遇。在大街上，他总是看到"苹果和蛋糕在眼前跳舞"，而黑门前到处充斥着敌对的"笑声"（6）。城市异托邦中的另类场所秩序体现了不平衡的权力关系，安泽慕斯以绝望和无助的形象成为城市空间的逃离者，穿越黑门来到城市边缘的自然异托邦。

福柯在《另类空间》中认为节日构成的时间并置"琐碎，更短暂，更不稳定"，节日伴随的市集则"处于城市边缘未占用"的地方。作为异托时，节日能够重组、并置时间，打破传统的时空秩序，与异托邦密不可分地共同构建起异序空间。升天日代表着《圣经》中基督从地上世界重返天国，而这与安泽慕斯在异托时中的"升天"经历相吻合：与女巫在黑门边相遇后，原本希望在升天节集市上好好享受几杯啤酒的安泽慕斯则进入另类秩序的异托邦，在"穿着喜庆的人潮包围"（Hoffmann 6）中穿越黑门，被驱逐至城市外围的自然世界。

"黑门"这一意象在文学异托邦的城市空间则具备着划分界限的功能。福柯将异托邦定义成"一个打开和关闭的系统"（福柯56），只有通过某些仪式或程序才能进入或离开异托邦，而"黑门"则象征着理性与疯狂之间的界限，只有在黑门边，安泽慕斯才能进入异托邦。无独有偶，霍夫曼《骑士格鲁克》(Ritter Gluck)中的象牙门同样具备着这一定界功能。大门位于城市边缘，是去中心化的位置，与18世纪以来坟墓的位置迁移相似，暗示了与城市空间边缘的自然空间的联系。在这样一个充满"五彩缤纷的焰火和节日装饰"的节日里，黑门以黑色区分于节日欢乐的气氛，以未知的形象出现在城市空间中。在黑门的背后是属于艺术家的异托邦，只有在渴望知识的情况下才能进入这一系统，而其他人则

被排除在黑门之外。穿过黑门后,安泽慕斯来到了易北河边的接骨木树下,并在这里第一次见到了小绿蛇塞彭缇娜,在看到她那"美妙的深蓝色眼睛"后,首次唤醒了内心的诗人潜质。

正如福柯的第五条异托邦范式所言,异托邦既开放又封闭,只有满足特定的条件才能进入:在接骨木树下,"晚风吹动枝叶,发出窸窣声",而这在他耳中很快变成"呢喃细语"(9):"在树枝之中,在花朵之间,我们摇摆、蜿蜒、盘旋。妹妹,妹妹,在微光中摇荡。快些快些,向上向下,摇摆、蜿蜒、盘旋,我们的妹妹。"(9)三只小绿蛇正在接骨木枝叶间上下攀缘,以梦幻的声音和神奇的姿态出现在安泽慕斯面前,为安泽慕斯打开了前往自然异托邦的入口。在想象力这一特定条件下,安泽慕斯才能体会蛇与枝叶的变化,以进入异托邦的自然空间,以批判的视角反视先前被驱逐出的城市空间,从而通过小绿蛇塞彭缇娜"美妙的深蓝色眼睛"唤起内心"难以言说"(Hoffmann 10)的渴望,发掘自己的诗人潜质,推进身份建构。想象力是18世纪的中心哲学概念,被认为是一种具有生产力的灵魂力量,能够创造具有多种可能性的世界。赫尔德将想象力解释为在人类从野蛮到理性的过渡中创造诗歌空间的力量。安泽慕斯正是凭借想象力,在身份建构的基础上通过异序的审美体验塑造空间,重构空间书写。枝叶窸窣,在安泽慕斯的耳中却变成"隐约可闻的人言"(9),在视觉上,蜿蜒缠绕的枝叶与蛇形相似;在听觉上,辅音[ʃ]、[ts]、[s]的多次出现将枝叶的簌簌作响与蛇的嘶嘶有声相结合。作为现实地点的异托邦,接骨木树为安泽慕斯有意识地主动疏远市民世界,体验既定秩序的失败、质疑现有思维秩序提供了场所。

而想象力的独立性和创造力仍然面临着怀疑和批评。霍夫曼在《沙人》(*Der Sandmann*)中借主角之口道出,在创作中仅凭"自由意志"(22)是相当愚蠢、危险的。审美经验可以从感官中产生,但在没有理性判断的情况下,想象力则会导致混乱。在霍夫曼笔下,想象力并非无所不能,安泽慕斯并不能自由自主地创造诗意的异托邦,而只能依赖自然空间中的感官知觉获取异托邦的审美经验。此外,接骨木树下的感官感知还在音、形上与文字(Schirft)相关联,自然与艺术异托邦由此建立联系,自然异托邦中的审美经验唤起了他对诗人世界的渴望,并进入炼金术师林德霍斯特的书房空间抄写手稿。

异托邦的一大异质表征在于时间的并置重组,作为手稿抄写场所的书房这一艺术空间,则借此建立另类的时空秩序,作为文学异托邦,影响、推动着安泽慕斯作为诗人和艺术家的身份确立。"图书馆中的时间一直不断地积聚和栖息在时间本身的顶峰,组成一个所有时间的场所,这个场所本身即在时间之外,是时间所无法啃蚀的。"(福柯56)安泽慕斯起初只在一个普通的小房间里誊抄手稿,但是随着他的抄写越来越熟练,在林德霍斯特的同意下,安泽慕斯得以进入棕榈树图书馆(Bibliothek der Palmbäume):"高大的棕榈树的金色青铜树干从蔚蓝的墙壁上伸出来,它们巨大的叶子一直拱到天花板上。在房间中间,有一块斑岩板,上面放着一个简单的金罐。在明亮打磨的金色表面上有万千微光反射,哦!塞彭缇娜在接骨木枝叶间蜿蜒盘旋,用可爱的眼睛看着他。"(Hoffmann 49)作为通往书房异托邦的通道,金罐从神秘的容器变成具体的日常用物,"房间中央放有金罐的斑岩板消失了,取而代之的是一张覆盖着紫色天鹅绒的桌子,上面摆放着安泽慕斯熟知的书写材料"(64),成为安泽慕斯抄写手稿的灵感源泉。在第八夜,安泽慕斯在金罐中看到奇幻异象,而手稿内容已在不知不觉中跃然纸上。这是安泽慕斯从抄写到创作的飞跃,也是其身份由矛盾者逐步转向艺术家的过程。根据福柯的定义,异托邦的反序具有幻觉和补偿功能(福柯57)。图书馆中的理想秩序实现了安泽慕斯最美丽的诗意设想,同时为他在正常社会空间的忧郁与不幸提供补偿感。随着每天抄写手稿,安泽慕斯在图书馆这一知识空间内,逐渐意识到自身成为诗人的可能性,并在异托邦内对社会空间的秩序提出质疑。

水晶瓶是安泽慕斯身份追寻的另一个重点场所。当安泽慕斯因巫婆的魔法爱上副校长保尔曼(Paulmann)的女儿维罗妮卡(Veronika)而非塞彭缇娜时,她的父亲林德霍斯特出于愤怒,将他锁在图书馆架子上的水晶瓶中,而这也印证了故事开始时老妇人的诅咒。"他仿佛被闪闪发光的光芒包围着,如果他只是想举起手或以其他方式移动就会马上被弹回来。一切都在微光中颤抖、摇摆和咆哮。"(Hoffmann 82)浪漫派的自然哲学将水晶视为更高原理的载体,认为其体现了大自然的隐藏之美和对称性,这与浪漫主义渴望与大自然和谐相处的思想相合。水晶瓶镜面一方面是一种自我升华的手段;另一方面,也像霍夫曼在日记中所描述的那样,是对安泽慕斯的矛盾身份的暗示:"我通过多面玻璃思考我的自我,而在我周围移动的所有身形都是我,我为他们的行为感到厌烦,但又无可奈何。"(*Tagebücher*, 107)自我的无数反射、身份的无数侧面在异托邦中得以并置、重组。安泽慕斯对空间的体验同样被拆解重组。当他在瓶子里挣扎沉沦时,其他五名同样陷入水晶瓶中的抄写员却自得其乐,对安泽慕斯的痛苦无法理解:"这个大学生真是疯了,他想象他正坐在玻璃瓶中,但他正站在易北河大桥上,直视着水面。"(Hoffmann 84)由此,通过和其他被困抄写员的比较,安泽慕斯更加明确了水晶瓶中时空秩序的异常,以旁观者的角度审视了他在文学异托邦中的升华经历,在作为诗人的身份建构基础上,将空间审美体验重新整合,在书房空间内,用诗揭开了"大自然最深邃的奥秘"。

二、作为文学异托邦的互文空间：文本间的身份追寻者

福柯在《词与物》前言中对于话语秩序的思考，推动了文本话语的异序建构。《金罐》的副标题是"新时代的一个童话"，即指艺术童话（Kunstmärchen）。与口口流传的民间童话（Volksmärchen）不同，艺术童话的传播以书面形式而非口头形式传播。由作家自己设计、幻想、创作的艺术童话，可以为作者在文学作品中的自我指涉提供空间。艺术童话体裁尤其受德国浪漫主义派青睐。18世纪末到19世纪初，艺术童话是德国浪漫主义文学探寻社会空间新领域的最理想体裁，作为诗歌的典范（Kanon der Poesie），为艺术家提供了表达情感和感觉的空间。艺术童话以寓言形式体现作者的思想，以叙述空间作为隐含的媒介展现另类秩序。浪漫主义者的哲学设想在梦幻般的异质空间中得以铺陈开来，以另类话语秩序书写的艺术童话由此被视为霍夫曼寻找身份的文学异托邦。

克里斯蒂娃将互文性定义为在文本层面上的叠加和交流，基于不同作者的文本或同一作者的不同文本之间的关系再现文本的意义。而《金罐》中的互文则为作家将其他文本的话语秩序带入文本提供空间，依托文本与文本间的对话生成了意义交互的文学异托邦。霍夫曼在文本异托邦间通过自我指涉，对现实和战争也加以批判。《金罐》中的亚特兰蒂斯神话故事，讲述了少年福斯福尔斯（Phosphorus，意为磷）与黑龙之间的斗争，火百合和火蜥蜴之间的爱情。而霍夫曼在反拿破仑战争期间写成的小册子《德累斯顿战场幻景》（*Vision auf dem Schlachtfelde bei Dresden*）中，即以龙作为战争的象征。在《金罐》中，福斯福尔斯与黑龙之间的斗争不仅意味着文本内空间中日常生活与幻想世界之间的对立，还通过文本间的联系，诠释性地代表了创作空间中善与恶之间的斗争，间接表明了作者的政治立场和身份认同。

此外，《金罐》中对东方元素和"苹果与蛇"母题的话语秩序的建构同样在文本间生成了互文的文学异托邦。东方作为文化异域，对欧洲而言意味着完美秩序之所，实现了异托邦的补偿功能。东方手稿在《金罐》中象征着异者，安泽慕斯在书房中誊写的手稿正是"阿拉伯语，科普特语，甚至奇妙的字符"（Hoffmann 18）写就的。此外，在安泽慕斯的誊写工作日渐熟练后，他终于获准进入棕榈树图书馆，在那里，"《薄伽梵歌》的圣贤正在等候着"他（63）。《薄伽梵歌》是印度教的重要典籍，最早由弗里德里希·施莱格尔（Friedrich Schlegel）从英语翻译成德语，"薄伽梵歌"的字面意思是上帝之歌，同样在文本层面体现了安泽慕斯对于诗人和艺术家这一身份的向往。《圣经》中，蛇以苹果引诱夏娃，使得人类拥

有了智慧,从此被逐出伊甸。不同于《圣经》,"苹果与蛇"在《金罐》中则被赋予了相似而不同的含义:卖苹果的老妇人为安泽慕斯启发性地打开了前往隐秘的诗意之国的通道,蛇女塞彭缇娜则代表启蒙和自我认知的原则。这一互文以另类的话语秩序为作者的隐秘思想开辟了与众不同的意义空间,故事伊始即暗示了安泽慕斯作为被启蒙者逐步成为诗人的身份建构历程。

三、作为文学异托邦的霍夫曼创作空间:文本外的身份确立者

文学异托邦构建了让创作者自我指涉反省、质疑失败的社会秩序和寻求失去的社会身份的空间。与乌托邦不同,异托邦不是霍夫曼从现实中退缩到艺术中的逃逸之所,而是他自我疏远和反视现实的空间。霍夫曼通过幻想与反讽重建安泽慕斯多面的社会身份,将对身份的感知在文学异托邦内具象化。

《金罐》中安泽慕斯的身份追寻深深植根于霍夫曼的创作空间中。在1813年至1814年的反拿破仑战争期间,他从班贝格移居到德累斯顿和莱比锡,在窘迫生活的压力下,完成了《金罐》的写作。霍夫曼在给友人的书信中写道,《金罐》的写作能为他"打开一个奇妙之国",使他暂时忘却生活的压力(Günzel, 197),在创作空间中,霍夫曼得以思考他与当时社会的矛盾关系。在市民化日渐加快的城市空间里,霍夫曼的作家身份被不断地边缘化,并陷入艺术家与市民之间的身份矛盾:"我自己的自我已经变成了一个反复无常的残酷游戏,变成了奇怪的形状,我再也找不到自己了!我是我所看起来的,而不是我自己本身。"(*Die Elixiere des Teufels*, 63)

他在小说集《谢拉皮翁兄弟》(1985)中,将艺术创作原则总结为"谢拉皮翁原则"(das Serapiontische Prinzip)。小说集中的故事《谢拉皮翁隐士》(*Die Einsiedler Serapion*)中,叙述者斯普利安(Cyprian)向他的朋友们讲述了一个隐士的故事。隐士名为谢拉皮翁,他对现实的理解仅取决于想象力,并凭此自在隐居。听完斯普利安的讲述后,朋友们赞赏这位隐士是一位真正的诗人,但认为他"没有确认外部世界,没有看到隐藏的杠杆(Hebel),那个影响内心的力量"(Hoffmann, *Die Serapions-Brüder*, 26)。在霍夫曼看来,想象力固有创造性,但仍受到外部现实的限制。外部现实作为"杠杆",具有双重作用。它一方面作为规训了想象的外限,一方面撬动了具体想象,通过激发内在的视觉(das innere Schauen),将内心的图景表现在外部世界中。霍夫曼的双重性创作原则描述了想象与现实之间的张力关系,体现了其身份出于社会边缘夹缝间的窘境。霍夫曼在给友人尤里乌斯·爱德华·希齐格(Julius Eduard Hitzig)的书信中写道,生

活的压力迫使他谱曲时只能将"感性的事物和音乐"简单堆叠在一起,只为得到"区区 30 枚卡洛琳金币"(*Briefwechsel*, 257)作为酬劳,而这种对金钱享受的妥协同样可在《金罐》中找到端倪。穷大学生安泽慕斯在升天节也要好好享受节日气氛,想前往林基浴场游玩,试图通过抄写手稿赚钱,也爱在酒馆里痛饮几杯啤酒。不同于浪漫派对市民阶层的排斥,霍夫曼既同意浪漫派对市民世界的批评,又认为世俗的享受并不背离自己的诗学。而在创作者中,霍夫曼的身份也同样处于矛盾夹缝之间:他既背离浪漫主义者的狂想,不再推崇诗的绝对自由,又以其天马行空的想象被歌德等人批作病态。诺瓦利斯将浪漫主义诗学视作无法实现的讽刺画(Carricatur),而对诗学既定原则持批判身份立场的霍夫曼,则将文学异托邦作为实现其独特诗学草图的创作空间,在进行文本的空间书写时,对现有的文学创作秩序加以反思。

结　语

文学异托邦作为多维的另类空间,代表着对现有秩序的反思和反抗。《金罐》主人公安泽慕斯在文本内的文学异托邦的身份追寻,为霍夫曼的身份确立提供了自我反省和审视的空间,而霍夫曼在文本外的文学异托邦的审美体验也影响了安泽慕斯的自我身份塑造。异托邦通过文学文本这一媒介,在无法实现的诗意乌托邦与作者的社会创作空间之间架起了桥梁,将诗学思想与作者的自我指涉相联系,将作者的艺术理想和社会批判相结合,以陌异化的视角审视文本承载的现有社会秩序。异托邦是批评和反思之所,是斗争和冲突之地。霍夫曼利用安泽慕斯这一形象,在文学异托邦内外对诗学进行批判反思,从而实现了自我的身份追寻。

注解【Notes】

① 本文中《金罐》的中文译文出自:E. T. A. 霍夫曼:《金罐》,萧谷译,哈尔滨:北方文艺出版社,1997 年。

引用文献【Works Cited】

Brossat, Alain. "Foucault's Philosophy of Heterotopias and its Problems." Trans. Tang Mingjie. *Journal of Tsinghua University (Philosophy and Social Sciences)* 5 (2016): 155–162.
[阿兰・布洛萨:《福柯的异托邦哲学及其问题》,汤明洁译,《清华大学学报(哲学社会科学版)》2016 年第 5 期,第 155—162 页。]
Foucault, Michel. "Desespaces autres." Trans. Wang Zhe. *World Philosophy* 6 (2006): 52–57.

[米歇尔·福柯:《另类空间》,王喆译,《世界哲学》2006 年第 6 期,第 52—57 页。]

Foucault, Michel. *Les Mots et les Choses*. Trans. Mo Weimin. Shanghai: SDX Joint Publishing Company, 2001.

[米歇尔·福柯:《词与物》,莫伟民译,上海:上海三联书店,2001 年。]

Hoffmann, Ernst Theodor Amadeus. *Briefwechsel: Gesammelt und erläutert von Hans von Müller und Friedrich Schnapp*. Ed. Friedrich Schnapp. Darmstadt: Wissenschaftliche Buchgesellschaft, 1967.

---. *E. T. A. Hoffmann: Leben und Werk in Briefen, Selbstzeugnissen und Zeitdokumenten*. Ed. Klaus Günzel. Berlin: Verlag der Nation, 1976.

---. *Der goldne Topf: Ein Märchen aus der neuen Zeit*. Stuttgart: Reclam, 2004.

---. "Der Sandmann." *Nachtstücke*. Berlin: Dearbooks, 2018. 7 – 39.

---. *Die Elixiere des Teufels: Nachgelassene Papier des Bruders Medardus eines Kapuziners*. Stuttgart: Reclam, 2000.

---. "Die Serapions-Brüder." *Gesammelte Erzählungen und Märchen*. Ed. Wulf Segehrecht, München: Winkler, 1976. 21 – 55.

---. *Tagebücher: Nach der Ausgabe Hans von Müllers mit Erläuterung*. Ed. Friedrich Schnapp. München: Winkler, 1971.

Tafazoli, Hamid, and Richard T. Gray, eds. *Außenraum-Mitraum-Innenraum: Heterotopien in Kultur und Gesellschaft*. Bielefeld: Aisthesis, 2012.

俄罗斯文学研究

弗·马卡宁长篇小说《地下人,或当代英雄》中的女性形象

潘梦婷

内容提要:马卡宁的长篇小说《地下人,或当代英雄》是当代俄罗斯文学中十分重要的一部作品。小说采用男性视角叙述,女性人物在男性认识世界、界定自我的过程中扮演着功能性角色。作家将女性的形象与社会政治、经典文学中的道德观念以及日常生活联系起来,通过叙写男性主人公彼得罗维奇与她们的交往过程,塑造其形象。本文分类阐析小说中女性人物的特点及其与彼得罗维奇的关系,在此基础上探究作家如何借用女性形象塑造主人公形象。

关键词:女性形象;《地下人,或当代英雄》;马卡宁

女性在俄罗斯传统文学、绘画、宗教中往往是大地母亲、永恒女性、缪斯等崇高形象的化身。回顾19世纪俄罗斯经典文学作品,可以看到一条俄罗斯女性形象的画廊,在里面驻足的有自然典雅的塔季扬娜、富有生命活力的娜塔莎、善良虔诚的索尼娅……她们身上承载着作家乃至全体俄罗斯人对美和理想的追求。然而到了20世纪下半叶,在文学领域涌现出各种新的思潮和流派。作家们打破经典的框架,塑造出一系列另类女性人物。其中最引人注目的是一批女性作家的创作。她们借助女性的主体经验,揭露父权统治下女性的悲惨境遇,张扬女性的欲望和"野心",描绘出女性生存环境的阴暗压抑和内心的扭曲,在不同程度上解构甚至颠覆了经典文学中完美女性的形象(陈方 20 – 25)。而同时期男性作家马卡宁笔下的女性人物,一方面失去了经典作品中的理想性特质,另一方面也没有女性作家笔下的主体性宣泄,在他的笔下,女性人物往往充当着功能性角色(张建华 118 – 127)。

《地下人,或当代英雄》(*Андеграунд, или Герой нашего времени*)发表于

/ 15 /

1998年,是"四十岁一代"作家弗·马卡宁的代表作之一。张建华等不少研究者将这部作品纳入后现实主义范畴,认为它一方面继承现实主义传统,描绘了20世纪90年代前后波澜壮阔的社会图景,另一方面渗透着现代主义和后现代主义元素,赋予了主人公关于个性自由的自觉意识和存在主义思维方式,同时在风格上运用了"戏仿"等后现代主义艺术手法。小说采用第一人称叙事,主人公——叙述者彼得罗维奇是一个年过半百的地下作家,无论在勃列日涅夫当政的苏维埃时代、改革时期还是苏联解体后都没有发表过哪怕一部作品,靠着在筒子楼里替出远门的人看守住房度日。小说正是从他的视角出发,描绘各色人物和各类事件,包括他所遇到的几个女性人物以及与她们的交往与分手。

主人公彼得罗维奇在生活的各个阶段与特定的女性相遇,在一定程度上是他主动去寻找她们,并通过与她们的接触完成他对外部世界及自我的认识和定位。作家通过叙写彼得罗维奇与她们的交往,刻画其形象,阐明其世界观和价值观。由此可见,这些女性形象在彼得罗维奇的生活中、在塑造主人公形象的过程中举足轻重。

一、《地下人,或当代英雄》中的三类女性形象

小说中出场的女性共十余人,其中着墨较多的有七八个。根据不同的生活环境、社会地位以及与主人公的关系,笔者将这些人物分为三类。

1. 政治旋涡中的女性:韦罗尼卡和廖夏

20世纪八九十年代,苏联的社会局势动荡不安,原来的当权者黯然离场,民主派人士登上社会生活舞台,此时的政治状况错综复杂,民主派力量薄弱,能力欠缺,无法掌控大局。韦罗尼卡和廖夏分别属于民主派"新人"和苏联时期掌权的"原来人",是两派政治力量的缩影。

韦罗尼卡曾是一位"地下女诗人",她崇尚文艺复兴和普希金,满怀浪漫主义理想。但在沉闷的勃列日涅夫年代,她的诗歌得不到发表。压抑郁闷之下,她来到K字楼和外地人喝酒胡闹。彼得罗维奇正是在那里遇见了她,把她从一群中亚人手中抢过来,精心照料。在那段时间里,两人惺惺相惜,彼此扶持,成了一对恋人。但在民主运动兴起之时,韦罗尼卡抓住时机,"浮出水面",成了第一代民主派人士中的一员。但"诗人"韦罗尼卡应付不来复杂的上层政治。她想要借助自己的力量做些好事,却什么都办不成,甚至自己的民主派代言人地位都摇摇欲坠,民主派力量刚开始有所削弱,"她的简陋的栖木底下,已经有人在挖墙

脚了"(马卡宁 70)。而彼得罗维奇选择继续待在水底,韦罗尼卡一开始"上浮",彼得罗维奇就离开了她。

廖夏是苏联时期的掌权者,是一个风光无限的女学者,也是那个坐在社会审判桌后面,把彼得罗维奇赶出科研所的人。但随着新旧势力的交替,她失去了原来的地位,自己也成了被赶出去的人。被撵出科研所后,她伤心难过,试图通过跟彼得罗维奇这个"筒子楼里的畜生"(马卡宁 298)交往来轻贱自己,为过去迫害过他人进行形式上的忏悔,她"扎进粪土:让浑身沾满忏悔的污秽"(马卡宁 288)。当最后一个职务——讲习班教员被剥夺之后,廖夏中风瘫痪,而彼得罗维奇守在她身边,给予细心照料,直至她康复。等到新一轮的机会来到,相熟的"原来人"找到了廖夏,她又重新坐上了圈椅。此时,彼得罗维奇觉察到自己与廖夏之间的鸿沟,离开了她,回到筒子楼。

2. 文学情节中的女性:地铁里哭泣的女人、找上门来的妓女和吹长笛的娜塔

《地下人,或当代英雄》中彼得罗维奇为维护"我的'我'"两次杀人,再现了陀思妥耶夫斯基《罪与罚》中的情节。《罪与罚》中拉斯柯尔尼科夫杀害了女高利贷者,饱受良心的折磨,在索尼娅面前自白、忏悔,善良的索尼娅引领他走上信仰、救赎的道路。《地下人,或当代英雄》中彼得罗维奇在第一次杀人后遇到了地铁里哭泣的女人和一个年轻的妓女,第二次在游民夜店里找到了吹长笛的娜塔。

在地铁车厢角落里哆嗦着、呜咽着的女人的形象取自《罪与罚》的拉斯柯尔尼科夫在彼得堡大街的长椅上遇到的醉酒的姑娘。但相较于拉斯柯尔尼科夫遇到的可怜的小姑娘,彼得罗维奇在地铁里遇到的女郎显得过于轻浮浅薄。彼得罗维奇稍示关心,她就主动要求跟他回家,甚至直接跳过来扑上他的前胸。彼得罗维奇从口袋里掏出二十美元给她,她即拿上钱扬长而去。

随后又有一个妓女尾随彼得罗维奇回到筒子楼。妓女的身份与《罪与罚》的女主人公索尼娅一致,但她却一点儿都不为自己的处境感到屈辱,"大体上说甚至是个快活的丫头"(马卡宁 225)。她把自己设定为一个消费品,一个供男人取乐的玩物。她甚至明码标价,"原先还特意告诉过我说她对于我'太贵了'呢"(马卡宁 226),理所应当地把这当成是自己的工作及生存方式。《罪与罚》中的女性或迫于生计,或为了他人牺牲自己,她们受损害、受侮辱,但在思想上是深刻的,在精神上是高尚的,在心灵上是纯洁的。而马卡宁笔下的妓女没有为自己的境遇感到丝毫痛苦,称不上受侮辱、受损害。她们不会懂得主人公的心情,也没有办法疗愈良心,因此"拉斯柯尔尼科夫和索尼娅的故事,连简易的版本也没有

/ 17 /

出现"(马卡宁 226)。

在第二次杀人后,彼得罗维奇受到良心的折磨,感觉到有一种想要说出来的欲望。他循着笛声找到了娜塔。娜塔是一个善良、弱小的姑娘,终日哀怨地吹奏长笛。她小小的住宅安静、整洁,像游民夜店里的一片绿洲。娜塔的名字在俄语中与"应当"同音,"这就是说应当试着告诉她"(马卡宁 388)。娜塔的形象在很大程度上跟索尼娅相合。在她小小的住宅里,彼得罗维奇几次试图说出自己满腹的心事。然而娜塔心智简单,连听完别人的话的能力都没有,更别提理解主人公的痛苦,给予他同情和救赎,"她的小小的头脑不能长久地接收别人的语言。不能超过五个字"(马卡宁 390)。在精神层面上,娜塔不是索尼娅。面对单纯幼稚的娜塔,彼得罗维奇始终没能完成忏悔。

3. 日常生活中的女性:塔季扬娜、塔霞、季娜伊达等

小说还描绘了生活在筒子楼里的一众女性形象,如塔季扬娜、塔霞、季娜伊达等人,她们是筒子楼里"平米"①的主人,她们的形象反映着筒子楼里的生活方式。彼得罗维奇在筒子楼走廊里徘徊,是她们温暖舒适的"平米"的常客。

女医师塔季扬娜住在离彼得罗维奇看守的房子不远的地方。她有一个同居者,也可能是丈夫。当他在外出差的时候,彼得罗维奇经常以换药为由拜访塔季扬娜干净整洁的"平米","消费"她的肉体。但是他们的关系仅停留在肉体层面,没有共同的语言,几乎不交流,"有时我们交换一两个字,那也是空洞无物的"(马卡宁 38)。

塔霞是一个寂寞的独居女人,年近四十,身患残疾。在彼得罗维奇杀害高加索人的那个晚上,塔霞从窗户里看到了彼得罗维奇几次进出筒子楼的怪异举动。在接到警察局的传唤之后,她找到了彼得罗维奇,以告发他为筹码,要挟彼得罗维奇和她"做朋友"。彼得罗维奇与塔霞温存后,她获得了满足,并替彼得罗维奇隐瞒了那天晚上的行径。

季娜伊达与彼得罗维奇维持着长久的关系。她总是心甘情愿地为彼得罗维奇提供香喷喷的馅饼和温软的大床,甚至带着食物和女友去精神病院探望他,总的来说,她是一个热情、能干的女人。但彼得罗维奇对她总是略带鄙薄,她平庸的肉体、过分的热情以及狭隘的思想对他来说缺乏吸引力。

筒子楼里的女性让人联想到传统的妻子、母亲等形象,后者是家庭温暖的创造者,甚至是传统文化、民族精神的守护者。但在筒子楼女性的身上却找不到这种精神力量,她们不再是忠贞的妻子,失去了是非观念,思想贫瘠。彼得罗维奇从她们那里获得些许物质、情感层面的温暖,在精神上却始终保持独立。

二、女性形象与主人公彼得罗维奇的自我定位

出现在彼得罗维奇周围的女性构成了一个客观世界,主人公彼得罗维奇在其中徘徊,在与她们的交往中逐渐完成对世界和对自我的认识,形成对自我的定位。

1. 地下看守

韦罗尼卡和廖夏是两派政治力量的缩影,彼得罗维奇透过她们观察社会生活的本质和变化。韦罗尼卡的诗人形象昭示着民主派的理想主义,同时她瘦弱的身躯暗指民主的力量还十分弱小。她在生活上的迷糊和事业上的无能反映了新兴民主派的不切实际,对改变社会现状无能为力。而廖夏"巍峨庞大"的身躯反映出以她为代表的"原来人"势力强大、复杂、盘根错节。廖夏虽参与掌权者的暴行,但不是那种"穷凶极恶的社会控诉人"(马卡宁285),她只是追求名声与地位,享受高高在上的快感,这也正是一大批苏维埃中层官僚的精神特点。彼得罗维奇听了韦罗尼卡的电视号召参加民主游行,却在那里碰到了廖夏。一方面,韦罗尼卡和廖夏的交替正是当时政坛风云的写照。另一方面,韦罗尼卡和廖夏在这一刻相互靠近、融合,浪漫的理想中糅合了旧政权的色彩,或者说,露出了"旧"的本质。韦罗尼卡及其代表的民主派只会想当然地分配同情和物质利益,却忽略了个体真正的诉求,忽略了个性自由。他们用狂热的激情支配、裹挟着群众,让人丧失独立思考的能力。

彼得罗维奇没有对地面以上各政治派别产生认同感,他从中看到了旧瓶装新酒的戏码。当韦罗尼卡、廖夏离开地下,走上地面的时候,彼得罗维奇就主动离开了。他选择保持旁观者的静观立场,坚守自己地下人的身份。彼得罗维奇并没有完全脱离社会,作为一个看守,他始终在某个地方守候着。他守护痛苦的个人,给予那些坠落的、哭泣的女性温存、话语乃至爱情,理解她们被抛弃的痛苦,同情她们的不幸遭遇,也守护自己的个性自由。他离开上升的韦罗尼卡和廖夏,不参与地面的生活,始终保持自我的独立。而个人、个性正是当代社会文化中被遗忘的部分,可以说,彼得罗维奇是失落的社会价值的看守。

2. 俄罗斯经典文学的后代

俄罗斯经典文学,尤其是陀思妥耶夫斯基和他的道德观念深刻影响着彼得罗维奇,俄罗斯文学是他生活的一把标尺,一个审判者。"存在着一个唯一的集

体法官，我(有时)在黄昏时分会感到对他做出崇高交代的需要——这是占据了我头脑几乎二十五年的那个东西——俄罗斯文学。"(马卡宁211)小说中彼得罗维奇两次因维护"我的'我'"杀人，随后自觉/不自觉地进入《罪与罚》的情节，让自己的行为接受俄罗斯文学的检验。因此他在周围寻找文学经典中的女性，遇到了地铁上的女郎、妓女以及娜塔。

第一次杀人后，彼得罗维奇没有丝毫悔意，代替良心责罚的是一番理性分析。他认为《罪与罚》中的道德准则属于19世纪下半叶，如今已作为一种艺术力量被封存在陀思妥耶夫斯基的文本当中。20世纪末是一个无爱的时代，在这个时代"不可杀人"仅仅是一个禁忌，不含任何道德意义。妓女轻浮快活、不顾廉耻的形象恰好印证了主人公经典精神不再的观点。而第二次杀人后，彼得罗维奇不自觉地进入《罪与罚》的心理氛围当中，"一个思想(也是来自文学，但也是我的)在压迫着我，削弱着我——那就是我毁坏了自己身内自幼获得的某种易碎的纤细的东西"(马卡宁355)。但这种心理上的感觉还没有真正触及《罪与罚》的精神境界，他体会到的仅仅是把事情说出来的需求，并没有承认犯罪的事实。他产生了忏悔的渴望，但依然缺少忏悔的灵魂。他找到自己的索尼娅——娜塔，却发现她单纯、幼稚、弱小，不但无法承载拯救灵魂的任务，甚至自身也随时面临被摧毁的危险。

不过，在承认经典价值观坠落的同时，彼得罗维奇耳边始终萦绕着娜塔的笛声。这是经典文学中话语道不明、理性摸不透的那部分在向他低声诉说。两次杀人前后，自幼获得的(从经典文学那里)、潜伏在他内心的"道"逐渐浮现。主人公挣扎在经典文学价值观和丢失了这种价值的当代生活之间，最终丧失了理智，在暴风雪肆虐的夜晚向"上帝"发出号叫，控诉人类"离开了道的生活"(马卡宁399)。

可见，作为经典文学的后继者，彼得罗维奇内心保留着对经典道德观念的信仰。然而通过自省以及与娜塔等人的接触，他发现这种道德力量受到了削弱，经典文学中的道德高峰在当代已无处寻觅。他是经典观念改变和坠落的痛苦的见证者。此外，他始终关注人的精神道德状态，追踪经典文学中的观念在当代的遭遇，保持与经典文学的对话，在这个层面上，彼得罗维奇也是当之无愧的经典文学的后代。

3. 作为世界形象的女性和作为主人公的男性

如上所述，对于主人公彼得罗维奇，女性形象是周围世界及其价值观念的具化，在彼得罗维奇认识世界和自我的过程中扮演着功能性的角色。小说一开篇，身为作家的彼得罗维奇就确定了女性和男性在文本中的位置。在"他与她"一节中,库尔涅耶夫向彼得罗维奇讲述了他和妻子维拉的故事。在这个故事中,维拉蕴含着世界形象及其价值观念的意味,而库尔涅耶夫则是在世界中寻寻觅觅的主人公。库尔涅耶夫追求家庭和谐,而妻子就是古老的家庭观念的载体,让妻子回归家庭是库尔涅耶夫几十年来不变的诉求。每到夜晚,库尔涅耶夫就在走廊里徘徊,挨家挨户地寻找维拉。但维拉并不是一个传统的妻子,她身上兼有家庭妇女的贤惠和妓女的放浪,她不轻易回家。维拉的名字在俄语中是信念、信仰的意思,妻子维拉的身上寄托着丈夫库尔涅耶夫的信仰,但是他求而不得,终日苦苦追寻。

在库尔涅耶夫讲述的过程中,彼得罗维奇"上了他的共同感受的钩"(马卡宁9),进入了那个在走廊里寻找女人的形象,"这是向我诉了一晚上苦的库尔涅耶夫仿佛无意间把接力棒传给了我——在走廊里寻觅和找到一个女人"(马卡宁18)。韦罗尼卡、廖夏、娜塔、季娜伊达等人就是彼得罗维奇故事中的维拉。与库尔涅耶夫一样,彼得罗维奇在世界中寻寻觅觅,却无法"一劳永逸地找到那个女人",在长长的走廊上无法找到那扇门。他理想中的女人,即他理想中的世界、他的价值观始终与眼前所见不相符合,这正是主人公彼得罗维奇的困境。但与库尔涅耶夫不同的是,彼得罗维奇不依附于她们所代表的价值。无论是韦罗尼卡和廖夏的话语和温存,还是经典文学的道德观念,都无法使他彻底沦陷,他始终保持着自我的独立,守护着"我的'我'"。

结 语

综上可见,《地下人,或当代英雄》的女性人物应情节而生,在彼得罗维奇的生活中充当功能性角色。在小说中,她们没有正常的家庭生活,没有(或相当于没有)子女和配偶,关于她们的情节几乎都有彼得罗维奇的参与,并且她们的话语行为、思想情感都是由彼得罗维奇讲述的,从属于彼得罗维奇的感受和理解。这些女性人物被消除了主体性,不够立体也不够真实,并不生存在文本中。作家把她们当作彼得罗维奇借以认识世界、界定自我的客体,在叙写主人公与她们的交往过程中逐步地、动态地确立起前者的形象,而后者也随之成为抽象的"工具人"。作家通过她们,塑造了当代英雄彼得罗维奇的形象。

在俄罗斯文学作品中,尤其是男性作家笔下,女性形象常常在塑造男性主人公的过程中起到功能性的作用。作家借助女性形象来评价和考验男性主人公。受女主人公赞同的男性人物代表了俄罗斯民族的未来选择,是优于其他男性人物的。普希金《叶甫盖尼·奥涅金》中的塔季扬娜,屠格涅夫《贵族之家》中的丽莎,托尔斯泰《战争与和平》中的娜塔莎都是作家的代言人,她们选择、青睐的男性角色都是作家予以肯定的主人公。《地下人,或当代英雄》中的一众女性人物愿意委身于主人公彼得罗维奇,正说明彼得罗维奇相较于其他男性人物更具吸引力。马卡宁借助女性人物的选择来肯定彼得罗维奇的价值,确立了他作为时代英雄的身份。此外,上述经典小说中的经典女性人物都是理想女性的形象,她们率性、真诚的爱情对于男性主人公构成一种考验,然而男性主人公往往经受不住女主人公的考验,说明男性主人公身上仍有时代局限性。但《地下人,或当代英雄》中的女性人物不是理想的形象,恰恰相反,她们是时代局限性的化身。她们也为男性主人公彼得罗维奇设置了考验,她们试图用食物、温存、社会地位困住他。彼得罗维奇不为所动,在与她们的交往过程中始终坚守着"我的'我'",没有被她们的"平米"俘获,保持着地下人的独立性,恰恰说明他经受住了时代的考验。

因此,尽管小说对女性人物的描写贯穿全书,我们仍然可以说,《地下人,或当代英雄》中的女性形象是功能性的,她们是社会政治状况、经典文学价值观以及筒子楼内日常生活的具象反映。她们形成的整体就是主人公生存其中的世界的形象。作家通过叙写主人公与女性人物的交往,表现的是主人公在世界中的生存状况以及自我认知的过程。

注解【Notes】

① "平米"是主人公对住房的戏称。

引用文献【Works Cited】

Chen, Fang. "Cruel and Sentimental-On the Neo-naturalism and Neo-sentimentalism in the Creation of Contemporary Russian Female Novels." *Russian Literature* 2 (2007): 20-25.
[陈方:《残酷的和感伤的——论当代俄罗斯女性小说创作中的新自然主义和新感伤主义风格》,《俄罗斯文艺》2007年第2期,第20—25页。]
Makanin, Vladimir. *The Underground, or a Hero of Our Time*. Trans. Tian Dawei. Beijing: Foreign Literature Press, 2002.
[弗拉基米尔·马卡宁:《地下人,或当代英雄》,田大畏译,北京:外国文学出版社,2002年。]
Zhang, Jianhua. "The Feminist Movement and the Female Narrative in Literature in Contemporary Russia." *Journal of PLA University of Foreign Languages* 3 (2014): 118-127.
[张建华:《当代俄罗斯的女性主义运动与文学的女性叙事》,《解放军外国语学院学报》2014年第3期,第118—127页。]

Zhang, Jianhua and Wang Zonghu. *Russian Literature in the 20th Century: Trends and Schools.* Beijing: Foreign Language Teaching and Researching Press, 2019.

[张建华、王宗琥:《20世纪俄罗斯文学:思潮与流派》,北京:外语教学与研究出版社,2019年。]

互文性视域下的《淹没地带》研究

——以《告别马焦拉》为观照

王春菊

内容提要：当代俄罗斯作家罗曼·先钦明确表示，其创作的《淹没地带》是一部向拉斯普京名作《告别马焦拉》致敬的小说。《淹没地带》通过戏仿等互文手法，基于创作主题、故事情节、人物形象、作品意象等互文单位与《告别马焦拉》形成了互文、副文和超文等多重性的跨文本关系，在与"马焦拉文本"的互视互动中实现了对其的续写和补遗，彰显了21世纪俄罗斯新现实主义文学对传统现实主义文学的继承与发展。

关键词：《淹没地带》；《告别马焦拉》；明确性互文；建构性互文

《淹没地带》（Зона затопления）是当代俄罗斯文坛"三十岁一代"（поколение тридцатилетних）[①]作家罗曼·先钦（P. B. Сенчин，1971—）的代表作品之一，于2015年获得俄罗斯"大书"文学奖。小说的创作遵循真实性和纪实性原则，以近乎自然主义（натурализм）的笔触还原现实生活，同时融合后现代主义（постмодернизм）的艺术手法，体现出鲜明的"新现实主义"（новый реализм）文学创作风格。

《淹没地带》聚焦西伯利亚地区因水电站续建而引发的一系列社会和生态问题。故事主要发生在21世纪初安加拉河畔的佩廖沃村和博利沙科沃村。1974年苏联政府启动建设的博古昌水电站曾因种种原因停建，时隔三十年，为了增加用于出口的发电量，获取更多的经济利益，政府部门决定续建该水电站，为此需要转移数个会被淹没的村庄的居民。世世代代安居于此的人们突逢巨变，面临故土被淹、故园不再的"失根"焦虑，他们竭力与有关部门抗争，却如同蚍蜉撼树，终究只是徒劳之举。目睹故乡房屋被焚、树林被毁、田地被淹，他们也只能无力妥协,接受有失公允的搬迁条件,被迫由乡入城。然而,政府承诺的美好新生活如同"底层的幻景"(Сенчин 68),进城后的村民们难以适应新家园,遭遇生活的种种波折,陷入极端的生存困境和精神焦虑之中,在快速发展的现代文明中无望挣扎,祈望能够保留住永远失去的故乡记忆。

先钦的《淹没地带》让人自然而然地联想到俄罗斯乡村小说(деревенская проза)流派的代表作家之一拉斯普京(В. Г. Распутин, 1937—2015)创作于20世纪70年代的中篇小说《告别马焦拉》(Прощание с Матерой, 1976)。《告别马焦拉》同样讲述因水电站建设而引发的一系列搬迁故事。马焦拉岛即将因建设布拉茨克水电站而被淹没,岛上的村民需要全部撤离,小说着力刻画了马焦拉岛村民被迫离开故园之前的种种行为和心理活动。无论是先钦还是拉斯普京,都在作品中传达了对于现代文明改造大自然导致生态环境恶化、农村传统文明遭遇破坏、农民生存空间受到挤压的现代化反思。主题和情节上的呼应使得两部作品呈现出一定的互文性,同时,作为一部致敬拉斯普京的作品,《淹没地带》与《告别马焦拉》相比,主题意蕴更加多元,在更新故事情节、再塑人物形象、重现典型意象等方面也独具匠心。换言之,《淹没地带》一方面承袭并深化《告别马焦拉》的主题和情节,另一方面又与后者相论争,在一定程度上对"马焦拉文本"进行了否定和解构。

一、互文性:文学文本的超时空对话

"互文性"(интертекстуальность),又称"文本间性",是法国后结构主义文论家克里斯蒂娃(Ю. Кристева)提出的概念,后来发展成为一种诠释文本的理论。它直接受到索绪尔(Ф. де Соссюр)结构主义语言学和米·米·巴赫金(М. М. Бахтин)对话主义理论的影响,经由罗兰·巴特(R. Барт)的阐释获得了广泛传播和普遍关注。互文性所指的通常是两个或两个以上文本之间的相互关系。克里斯蒂娃指出,"每个文本的外观都是用马赛克般的引文拼嵌起来的图案,每个文本都是对其他文本的吸收和转化"(王瑾 40)。这里的"其他文本"也即"互文本"(интертексты),指的是历时层面上或前人或后人的文学作品以及共时层面上的社会历史文本;对互文本的"吸收"和"转化"可以通过引用(цитата)、暗示(аллюзия)、戏仿(пародия)等写作手法来实现,也可以通过读者和研究者发挥主观能动性的互文阅读和实证分析来确立(王瑾 1-2)。在互文性理论的框架下,"'文本'是一种批评行为或'元语言'行为,在其中主体为了取得自己的发言权而细察先前的和当代的文本,肯定某些文本并否定其他文本"（王瑾 44）。互文本的生成过程实际是一个扬弃的否定性过程，主体为了创造新文本或吸收或破坏旧文本，这就使其获得了解构所有话语的互文性功能。

不同学派的理论家根据自己的需要和理解，对互文性的概念进行了各种再阐释，使得互文性理论的发展逐渐呈现出两个不同的走向：解构方向和诗学方向。其中，解构批评方向以克里斯蒂娃、巴特和雅克·德里达（Жак Деррида）为代表，倾向于对互文性概念进行模糊而宽泛的阐释，因此又被称作广义互文性或解构主义互文性。而以吉拉尔·热奈特（Жерар Женетт）为代表的诗学方向则趋向于从诗学角度对互文性概念进行精确界定，因而又被称为狭义互文性或结构主义互文性。狭义互文性被用作一个可操作的描述工具来研究具体的文学现象，它是"一个文本与可以论证存在于此文本中的其他文本之间的关系"（程锡麟 72），论证范围仅限于文学文本。

为了更加清晰地描述文学文本之间的相互关系，热奈特提出了"跨文本性"（транстекстуальность）的概念，并将其细分为五种类型，即互文性、副文本性（паратекстуальность）、元文本性（метатекстуальнось）、超文本性（гипертекстуальность）和广义文本性（архитекстуальность）。其中，互文性在热奈特的阐释中被限定为"可找到明确证据的易于操作的特定的个体文本之间的关系"（王瑾 116），这是对互文性概念最为狭义的一种理解。此外，热奈特还着重论述了超文本性，将其定义为"任何连接文本与先前的另一文本的非评论性攀附关系"（王瑾 117），文本之间是一种移植嫁接关系。

作为文本的特征之一，互文性主要表现为文本中以各种形式存在的"他人话语指涉"或"自我指涉"，也即"互文单位"（интертекстема）。从来源上来看，互文单位分为内互文单位和外互文单位；从识别难度上来看，互文单位分为显性互文单位和隐性互文单位；从表现形式上来看，互文单位又分为明确互文单位和建构互文单位（黄秋凤、周琳娜 18）。其中，明确互文性在文本中极易被识别，其手法包括引用和戏仿等；而建构互文性则指文本体裁、类型、主题、情节等的相互指涉，需要系统研读整个文本才可能确定。

本文根据狭义互文性理论，以《告别马焦拉》为观照，从明确性互文和建构性互文这两个方面对《淹没地带》进行阐析。

二、明确性互文：《淹没地带》对《告别马焦拉》的指涉与戏仿

时隔近四十年，先钦将拉斯普京《告别马焦拉》中的人物和场景位移到了安

加拉河畔的佩廖沃村和博利沙科沃村,续写西伯利亚农民由于水电站建设而被迫搬迁、背井离乡的悲惨命运,为聚焦现代工业文明背景下俄罗斯农村发展的乡村小说添上了浓墨重彩的一笔——农村在急剧推进的城市化进程中逐渐走向毁灭,农民在迅猛发展的现代化浪潮中不断被割舍、被盘剥、被边缘化。先钦的长篇小说《淹没地带》通过指涉、戏仿等手法建立起与《告别马焦拉》的明确互文关系。

1. 指涉

热奈特认为,副文本性对文本的接受起着控制和导向作用,它保证了文本解读方向与作者创作意图的一致性。副文本包括标题、副标题、题献、前言、后记等,它是解读文本的重要互文性要素(王瑾 116 - 117)。《淹没地带》与《告别马焦拉》的关联从题献"致敬瓦连京·格里戈里耶维奇·拉斯普京"[②](Сенчин 6)就开始了。这一献词首先激活了拉斯普京作品在读者中的记忆,将读者带入三十多年前马焦拉岛的搬迁故事中,在前后文本之间搭建了一座时空之桥,直接宣告了两个文本之间的互文性联系,由此构成了进入正文本的"门槛"。

当然,《淹没地带》对《告别马焦拉》的指涉不仅限于题献,正文本当中同样存在对后者的话语指涉。先钦在小说里的《新地方》一章中讲述了2009年拉斯普京等作家到访安加拉河畔村庄一事,借由主人公阿列克谢之口表达了两次阅读《告别马焦拉》的感受。中学时的阿列克谢"有点羡慕搬迁的人,想要离开被神灵遗忘的佩廖沃小村庄"(90),而当他的这一愿望成真,佩廖沃也被迫搬迁时,阿列克谢再次阅读小说却产生了截然不同的感受:"看了(《告别马焦拉》)很震惊:作家如此生动地记述了一场远去的悲剧,但在那之后历史居然还在重演!"(90)他不禁疑惑:"该怎样解释,一方面,这个作家(拉斯普京)正是因此书(《告别马焦拉》)而不断获得国家颁发的奖项,被称作我们的良心,而另一方面,又要继续建设新的水电站,水库建设还要摧毁数个村庄,村民也因此要从主人变成愁闷的房客?"(90 - 91)此处的主人公话语暗示了小说与"马焦拉文本"的依托关系,时隔多年,马焦拉岛上的故事早已远去,人们似乎终于意识到水电站建设带来的一系列悲剧,然而,新的搬迁故事还在不断上演,由此引发的社会和生态问题依然层出不穷,看似被警醒了的人们实则并未将对悲剧的反思付诸实践,依旧自行其是。《淹没地带》中的这一指涉充分证明,时至今日,《告别马焦拉》所反映的主题仍具有很强的现实意义。

2. 戏仿

戏仿,又称戏拟、滑稽模仿等,是指现文本通过对前文本的题材、主题、风格等的模仿和戏拟,以达到对前文本的意识形态、艺术观念等的置换或解构,形成两个文本之间的强烈矛盾与对峙,从而达到滑稽、可笑的喜剧效果(李玉平 168)。《淹没地带》对《告别马焦拉》的戏仿主要体现在小说人物谢京金身上。

先钦在小说中塑造的隐居者谢京金形象是对《告别马焦拉》中的流浪汉鲍戈杜尔形象的戏仿与滑稽反串。马克西姆·彼得罗维奇·谢京金过着离群索居的生活,人们清理搬迁村庄时在乌索沃村周围发现了他,记者们蜂拥而上,不断猜测其身份,将其称为"库泰鲁滨逊",后来才查明了他的姓氏及来历。谢京金的生活经历与马焦拉岛上的村民鲍戈杜尔相似,他们都是不知来路的流浪汉,因缘际会留在村里定居,靠同村人的接济过着苦行僧一般的生活。不同的是,拉斯普京在塑造鲍戈杜尔这一形象时,赋予了他别有意味的名字,即"Богодул",它是从古希腊语"Богов раб"("上帝的奴仆")和"Божий посох"("上帝的权杖")仿造而来的(Ковтун 84)。面对马焦拉岛被淹、村民被迫搬迁的困境,鲍戈杜尔坚守在岛上,时刻准备守卫家园,竭力阻止外人破坏坟地,直至小说结尾他仍然与老太太们留守在故园。而先钦笔下的谢京金却被优渥的搬迁条件引诱,轻而易举地同意离开故土,搬进城市,甚至甘愿成为虚假宣传的工具,回归文明社会的所谓隐居者彻底成了被迫搬迁的村民眼中的滑稽小丑。先钦在自己的作品中戏仿"马焦拉文本"中的鲍戈杜尔形象,将这一人物原型降格为滑稽角色,农村传统道德文明的捍卫者摇身一变成了被舆论操纵的傀儡,拥有相似人生经历的两个人物却有迥然不同的人生选择,这也从一个侧面印证了俄罗斯传统文化中苦行僧精神的衰落。

三、建构性互文:《淹没地带》对《告别马焦拉》的延拓与重构

先钦的长篇小说《淹没地带》对"马焦拉文本"进行延拓与重构,基于故事情节、人物形象、小说意象和创作主题等互文单位建构了与《告别马焦拉》的多层级互文关系。

1. 故事情节的延续

《淹没地带》的主要情节铺设承袭《告别马焦拉》,两部作品都记述了因水电站建设而被迫搬迁的村民的故事。《告别马焦拉》集中反映搬迁前发生的事件,《淹没地带》则将"马焦拉文本"的情节线索嵌于其中,从一通决定续建博古昌水电站的电话写起,并未止于搬迁前的乡村悲剧叙事,而是一直铺陈到村民由乡入城后发生的故事,续写了他们搬迁后的种种际遇。可以说,马焦拉岛的命运是西

伯利亚农村悲剧和生态危机的肇始与缩影,被淹没地带中村民的命运则补写了马焦拉时代农村悲剧的续篇——城市悲剧,展现了后马焦拉时代工业文明与生态文明的冲突以及农村和农民面临的发展困境。

值得注意的是,《告别马焦拉》以开放式的结尾收场。巴维尔一行人乘船接达丽娅等人进城,却在大雾中迷失了方向,留守在岛上的鲍戈杜尔等人在雾中等待最终的命运。小说到此戛然而止,马焦拉岛的结局不得而知。而《淹没地带》的结局则带有审判日尘埃落定的色彩,被迫由乡入城的村民为了保留世代传承的家族记忆无奈掘坟,将祖先的墓地迁到城里,复活节到来前,伊格纳季带着孙子尼基塔来到墓地扫墓,最终却发现河水渐渐漫延到了墓地,人们被突发的洪水冲散,疲于奔命。复活节没有迎来上帝的复生,而是降下了审判日的惩罚,肆意改造大自然的人们最终自食了恶果。

《淹没地带》对《告别马焦拉》故事情节的延续还体现在搬迁前发生的一系列事件中。在刻画村民被迫离开故园前的行为和心绪时,《淹没地带》重复性地展开细节叙述,有力烘托离别氛围:村民在离开前不约而同地收好粮食,整理好菜园,收拾好屋子,聚在一起告别世代生活的故土,为佩廖沃村和马焦拉岛立碑留念,之后被迫烧毁房屋。不仅如此,《淹没地带》还记述了村民死亡和葬礼的情形。孤单的老太婆纳塔利娅·谢尔盖耶夫娜经受不住强烈的心理冲击,在搬迁前突然过世,这实则"拉开了村民与世界告别的序幕"(张俊翔 258)。此外,与《告别马焦拉》不同,《淹没地带》中村民搬离故园的过程充斥着欺骗与暴力,有关部门以生命威胁不愿搬迁的村民,迫使他们无奈屈从。死亡情节和暴力拆迁情节的出现使得《淹没地带》相较而言展现出农民更为普遍的苦痛情绪和无法自救的绝望感。

小说中多次出现迁坟的情节。在俄罗斯传统文化中,墓地具有十分重要的意义:它承载着家族世代传承的记忆,关系到每一代人的自我认同。俄罗斯人向来都有祖先崇拜的传统,作为先祖安息之处的墓地成为他们的信仰根基和精神寄托,自己走到哪里,祖先也跟着走到哪里,这体现的是俄罗斯人对家族根基的传承。马焦拉岛村民达丽娅在搬家前多次来到墓地与已逝的亲人对话,因不能守护好家园而向他们忏悔,甚至在搬家时还想要将祖坟迁到新居住地,然而,这一愿望最终却来不及实现,只能任由祖坟被水淹没。而在《淹没地带》中,以阿列克谢和特卡丘克为代表的农民在搬迁后成功带走了祖先的骸骨,将村民的祖坟迁到了城里。先钦笔下的人物看似实现了拉斯普京小说主人公迁坟的愿望,却为此付出了极为惨痛的代价。特卡丘克在返程途中病发离世,阿列克谢疑似感染西伯利亚炭疽病而住进了医院,而费尽心力安置的新墓地最终却被洪水淹

/ 29 /

没……无论迁与不迁，祖坟似乎都难逃被水淹没的命运，这也暗示着在城市化发展过程中乡村根性记忆必然遗失，农民信仰根基注定坍塌，农村传统文明迟早会消逝在现代文明发展的浪潮之中。

2. 人物形象的再塑

《告别马焦拉》的主人公是岛上的农民群体，小说主要塑造了以达丽娅为代表的老一辈农民的形象、以巴维尔为代表的中间一代农民的形象以及以安德烈、克拉芙卡为代表的新一代的年轻人形象。老一辈拒绝迁居城市，固守马焦拉，秉持传统文化价值观，反对工业化建设；年轻人则紧跟时代发展，认同现代生活的价值观，欣然接受搬迁；而以巴维尔为代表的中间一代既留恋故土生活，又承认现代化建设的优势，因而时常往返于城乡之间以淡化新生活与传统农村生活的对立。《淹没地带》则对"马焦拉文本"中的农民群体形象进行了再次塑造，同样也可将其分为三代：以纳塔利娅·谢尔盖耶夫娜和伊琳娜·维克多罗夫娜为代表的老人、以阿列克谢和德米特里为代表的中间一代以及以尼基塔为代表的年轻一辈。不同于《告别马焦拉》中尚有能力捍卫家园的老一辈农民，《淹没地带》中的老人在搬迁前后接连去世，他们已无力在现代文明的冲击下守住故土；而中间一代虽然曾竭力反对水电站续建，坚决拒绝搬迁，但其目的已不再是守卫故土原乡，而是争取更有利的搬迁条件，他们最终因无法团结在一起而失去抗争的力量；以尼基塔为代表的年轻一代则成为被戕害的一代，他们在城市中长大，远离故土，丧失了亲近自然的能力，却承受着生态失衡、环境恶化的后果。农村的一切被年轻一代彻底遗忘，传统乡村文明和文化价值的代际传承就这样被中断。正如《审理前夕》一章所言："所有人聚在这里，从几乎已经成了老人的父母到五至七岁的孩子们，这些身强体壮、熟知乡村生活的人们如今却被打击得惊慌失措、无能为力。"（Сенчин 35）

不同于《告别马焦拉》中的传统农民形象，《淹没地带》塑造的农民在身份认同上更为复杂，由于小说情节贯穿搬迁前后，跨越乡村和城市两种地域空间，由乡入城后的农民实际扮演着城市"楔入者"的角色。换言之，他们成了被工业化浪潮裹挟入城的农民，辗转在故土原乡和现代城市之间，陷入自我体认的迷途，既回不了故乡，又融入不了城市（张俊翔 260）。

《淹没地带》是一部群像小说，它没有集中刻画的主人公，这恰恰展现了当代社会中已无人具有如达丽娅、鲍戈杜尔等人一样坚守传统农村文明和文化道德的力量，三十多年后的"当下"，无人能够承担起拯救乡村文明、反对牺牲乡村生态以追求经济发展的重担。此外，除了农民群体形象，《淹没地带》中出现了众多知识分子形象,包括腐败无能的官员、闭口藏舌的新闻工作者、逐利自私的商人、徒陈空文的作家等,在这些人物身上体现的是知识分子群体对农村困境和农民苦难的态度,借由对他们的塑造,先钦摹写了俄罗斯当代社会的弊病。看似风平浪静的城市生活实际潜藏暗流,底层农民挣扎求生的殇痛与绝望被舆论营造的岁月静好的假象遮蔽,以至于身为记者的奥莉加直面搬迁后农村和农民的状况时大为震惊,此前对现代工业文明进步性深信不疑的她不禁动摇:"将这些所谓穷乡僻壤清除,究竟是对还是错?"(Сенчин 70)于是她毅然决然走上为农民维权的道路,竭力向民众揭开充斥着血与泪、暴力与丑闻的真相。

3. 小说意象的强化

《淹没地带》通过重现与深化《告别马焦拉》中的众多意象,实现了两个文本之间跨越三十多年的艺术对话,同一意象在不同时代背景下的出现见证了俄罗斯社会的变与不变。除上文所述的墓地意象之外,我们选取代表自然界的雾的意象、代表工业文明的机器意象以及寄托人们精神信仰的教堂意象进行浅析。

"雾是灭亡的预兆,但在古代文化中亦是未知的标志。"(Ковтун 83)《告别马焦拉》终章以弥漫在岛上的一场大雾作结,它模糊了马焦拉岛的位置,掩去了河水与土地、天空与陆地的界限。巴维尔和彼得鲁哈等人在雾中迷航,"将要发生什么事呢?既无法考虑,也不堪想象将要发生什么事"(拉斯普京 450)。迷航的船只能否成功抵达尚不可知,拉斯普京将这片土地的命运交到村民手中,雾在这里隐喻着马焦拉岛和村民的未知结局。而《淹没地带》则巧妙地补写了这一结局——世代生存的故园最终被淹,村民也终将背井离乡。伊琳娜·维克多罗夫娜搬家前夕,佩廖沃村起了一场大雾,她视为伙伴的母鸡切尔奴什卡"在寒冷的迷雾中,看起来非常弱小可怜"(Сенчин 66),村民们也在这场大雾中乘船缓缓离乡。《淹没地带》中的雾已不再是未知命运的标志,而预示了农村的衰亡。这是一场象征着现代文明迅猛发展的迷雾,在这场席卷而来的大雾中,切尔奴什卡所代表的农村生活方式和传统文化不堪一击,被裹挟着进城的农民成为当代社会发展过程中被抛弃的牺牲者。

机器是现代工业文明的标志,小说人物对这一意象的态度实际上代表了他们对科技发展的看法。《告别马焦拉》中达丽娅与孙子安德烈在机器问题上的分歧正是两代人不同世界观的体现:安德烈相信科技发展的力量,机器能够解放人力;达丽娅则坚持认为机器会摧毁土地,正如水电站摧毁马焦拉岛一样。村民们在割草时节竭力避免使用机器,而宁愿用传统的工具开展劳作,这是他们拒绝工业文明入侵农村传统文明的鲜活见证。《淹没地带》中被机器绞断手指的残疾人、只知洗衣机而不识洗衣板的尼基塔以及沉迷电子产品而变得日渐冷漠的孩子们，无一不是工业化发展的受害者，机器对人们身体和精神世界的双重戕害成为现代文明发展过程中的一大问题。

两部小说中都出现了教堂的形象。教堂作为俄罗斯民族重要的文化要素，代表着俄罗斯人的精神信仰，它的消失意味着信仰的缺失。马焦拉岛上的小教堂被用作仓库，后来十字架也被打掉；佩廖沃村和博利沙科沃村的教堂早已被另作他用，最终也难逃破败的命运。教堂的衰落揭开了农村没落的序幕，传统精神信仰无以为继。《告别马焦拉》中的年轻一代彻底放弃了宗教信仰和传统价值观，将希望寄托于科技和未来；《淹没地带》中的人们面对宗教难有虔诚，终日被狂乱世相搅扰，追逐私利，生存重压之下人们的信仰危机无处不在。

4. 创作主题的升华

先钦小说的主题是对《告别马焦拉》的合奏与回旋。两部小说都涉及生态主题，体现审视工业文明、保护自然生态的伦理取向和美学选择。生活在不同时代的两位作家对生态问题的共同关注绝非偶然，正如先钦本人所言："三十多年过去了，一切都毫无改变，更确切地说，是变得更可怕，更无人性了。"（Ковтун 83）不同的是，《告别马焦拉》主要展现人与自然和谐共生的生态关怀，小说中人与自然的关系主要通过人与土地、人与乡村的情感表现出来，比如，人们通过耕耘土地与自然沟通和交流，再如，人们坚守被自然之神"树王"和"岛主"庇佑的家园等；而《淹没地带》则侧重于展现现代工业文明发展与生态环境保护之间的矛盾，小说通过再现水电站续建导致的一系列生态危机为人类敲响警钟，相比较而言，这部作品具有更为强烈的责任意识和忧患意识。拉斯普京基于自然的神性及其对人的精神和灵魂的塑造作用表达人应该与自然和谐共生的生态关怀，先钦则以人类肆意破坏自然生态的后果警示生态责任意识的重要性。

再者，两部小说均涉及城乡关联的主题。城市代表的现代文明与农村代表的传统文明之间的矛盾集中反映在作品讲述的搬迁故事中。《告别马焦拉》的主人公达丽娅、鲍戈杜尔等人拒绝背离乡土，抗拒城市里更为舒适便捷的生活，他们的一生都在农村中度过，从生活习惯到思维方式都遵循农村传统，既不能适应城市生活，也难以接受时代变革，更无法走向未来，当赖以生存的农村注定被城市化、市场化、工业化，老一辈的农民就成了被抛弃的对象。《淹没地带》中被迫搬迁的农民难以从真正意义上开始新生活，由乡入城破坏了他们的生存惯性，伴随着故土被淹，他们失去了世代传承的精神根基，回不去的故园与融不进的新家园迫使他们陷入极端的生存困境和精神焦虑之中。这部作品将农民的命运置于逐渐没落的农村文化与日益强势的城市文化的激烈冲突之中,借此昭示"农民的生活传统、道德根基、精神准则在现代与传统、中心与边缘、欲望与道德的博弈中遭到的折损"(张俊翔 260)。

值得一提的是,作为斯拉夫主义者(славянофил),拉斯普京的创作遵循俄罗斯民族传统价值观,其小说《告别马焦拉》更从俄罗斯民族神话诗学(мифопоэтика)的角度审视现实生活,运用神话元素(мифологемы)展现西伯利亚农村生态。而先钦在沿用拉斯普京创作主题和情节的同时,竭力避免神话叙事,力求还原真实的社会现实,因而其作品《淹没地带》笔触尤为冷酷客观,由始至终弥漫着一种深陷生存困境且无法自救的绝望感。

结　语

先钦的长篇小说《淹没地带》跨越时空与拉斯普京的《告别马焦拉》展开对话,主题和情节上的呼应与发展使得两部作品呈现出一定的互文性。先钦通过题献指涉、戏仿等互文手法以及延续故事情节、再塑人物形象、强化小说意象、升华创作主题等创作手法,实现了对"马焦拉文本"的观照和反思,完成了对拉斯普京作品的续写和补遗。在互文性视域下对两部作品进行比较研究,有利于揭示俄罗斯社会近四十年的发展变化在文学中的集中反映,体现出不同时代背景下的创作者对社会发展和生态问题的解读与思考,彰显了 21 世纪俄罗斯新现实主义文学对传统现实主义文学的继承与发展。

注解【Notes】

① 俄罗斯"三十岁一代"作家是指出生于 20 世纪 60 年代后期至 70 年代前期的一批文学创作者,他们年少时经历苏联时期,在长大成人的过程中又见证了国家解体。这批作家步入文坛都是在三十岁左右,他们着力对时代巨变做出自我回应。关于"三十岁一代"作家的代际划分问题,可参见张俊翔所著《俄罗斯"三十岁一代"作家研究》(南京大学出版社,2019 年)。
② 《淹没地带》尚无中文译本,本文中出自该书的引文均由笔者翻译。

引用文献【Works Cited】

Cheng, Xilin. "Overview of Intertextuality." *Foreign Literature* 1 (1996): 72-78.
［程锡麟:《互文性理论概述》,《外国文学》1996 年第 1 期,第 72—78 页。］
Huang, Qiufeng, Zhou Linna. "An Analysis of the Translation of Chekhov's *Vanka* from the Perspective of Intertextuality." *Journal of Mudanjiang University* 26.5 (2017): 17-20.

[黄秋凤、周琳娜:《互文性视角下的契诃夫〈万卡〉译文评析》,《牡丹江大学学报》2017 年第 26 卷第 5 期,第 17—20 页。]

Ковтун, Н. "Историоризация мифа: от благословенной Матеры к Пылево ... (об авторском диалоге В. Распутина и Р. Сенчина)." Гуманитарные исследования 4. 17 (2017): 81–87.

Li, Yuping. *A New Perspective on the Study of the Literary Intertextual Theory*. Beijing: The Commercial Press, 2014.

[李玉平:《互文性文学理论研究的新视野》,北京:商务印书馆,2014 年。]

Rasputin, V. *Farewell to Matyora*. Trans. Dong Liwu. Beijing: Foreign Literature Press, 1999.

[瓦·拉斯普京:《告别马焦拉》,董立武译,北京:外国文学出版社,1999 年。]

Сенчин, Р. *Зона затопления* (сборник). М.: Издательство АСТ, 2019.

Wang, Jin. *Intertextuality*. Guilin: Guangxi Normal UP, 2005.

[王瑾:《互文性》,桂林:广西师范大学出版社,2005 年。]

Zhang, Junxiang. *A Study of the "Generation of Russian Writers in there 30s"*. Nanjing: Nanjing UP, 2019.

[张俊翔:《俄罗斯"三十岁一代"作家研究》,南京:南京大学出版社,2019 年。]

荒谬世界中的自我超越：
存在主义视角下的《地下人，或当代英雄》阐析

谢一萍

内容提要：存在主义以人为中心，关注人的个性和自由，将人的地位置于理性和意识形态之上。本文从存在主义的视角解读马卡宁的小说《地下人，或当代英雄》，从共在与自在、价值与选择、犯罪与忏悔等方面分析其中蕴含的存在主义思想，揭示个体在荒谬世界中坚持自我存在、维护独立人格、实现自我超越的重要意义。

关键词：马卡宁；《地下人，或当代英雄》；存在主义

存在主义（экзистенциализм）作为一种哲学思辨，自19世纪在西方诞生以来，便受到哲学家、思想家、文学家以及艺术家们的广泛关注。存在主义以人为中心，关注人的个性和自由，认为人的存在本无意义，但作为独立个体的人可以通过自我意识的存在去构建、充实并完善自我。存在主义意识在俄罗斯文学中一直作为一个独特的命题而存在，对存在主义的思索早在19世纪俄国经典文学中便初露端倪。存在主义被普希金理解为"莎士比亚主义"（шекспиризм）[1]和"世界性"（всемирность），对果戈理而言体现在主人公意识转移到作者意识的问题上，在托尔斯泰的思想中具象为一系列关于道德的问题，在陀思妥耶夫斯基作品中则体现为福音书文本和作家所提出的"活的生命"（живая жизнь）[2]概念（Алехнович 255）。存在主义的本质是一种人本主义，是在社会危机时期出现的拯救人们内心空虚的一剂良药。苏联解体使俄罗斯民族遭遇巨大的社会震荡，经济衰退、物质匮乏、社会混乱等一系列打击使俄罗斯人民陷入严重的精神危机之中，但同时这也深切唤醒了俄罗斯知识分子群体的存在意识。现当代作家开始在创作中融入自己对存在主义问题的思考，佩列文、乌利茨卡娅、托尔斯泰娅、马卡宁等作家的作品中都表现出明显的存在主义倾向。文学评论家弗·

阿格诺索夫就曾指出,"20 世纪 90 年代文学中人类的存在主义的问题越来越多地进入到现实主义小说中"(余一中 121)。

马卡宁的长篇小说《地下人,或当代英雄》(Андеграунд, или Герой нашего времени)以苏联解体初期人们的生存状态为背景,刻画出当代俄罗斯知识分子的群像及其心理特征。作为一部典型的讨论存在问题的小说,《地下人,或当代英雄》的书名本身即反映出浓厚的存在主义色彩。"地下人"这一名称是对陀思妥耶夫斯基小说《地下室手记》(Записки из подполья)的借用,但作家并未直接使用俄语词汇"подполье"(地下室),而引入了英语外来词"андеграунд"(underground),这不无原因。"подполье"常与俄国式的阴冷潮湿相联系,投射出腐败不堪的旧时代气息(姜磊 69),"андеграунд"则带有明显的西方文化色彩,蕴含着反抗束缚、追求自由的象征意义。马卡宁接受采访时曾指出,"'андеграунд'是社会的存在主义潜意识,反映社会的内部进程"(Лейдерман, Липовецкий 632)。目前,我国学界对该小说的研究主要限于后现代主义文学范围内,从存在主义哲学视角整体观照该作品的研究尚处于空白。本文拟从共在与自在、价值与选择、犯罪与忏悔三方面探讨小说涉及的存在主义问题,诠释"当代英雄"选择坚持自我存在、保持清醒意识、维护独立人格的价值意义。

一、共在与自在

小说主人公无名无姓,被人们用父称彼得罗维奇来称呼。他曾是一名地下作家,熟练掌握五门外语,可谓是一名知识分子。然而他是社会的"多余人"、持不同政见者,已年过中年,却生活坎坷,作品多年来一直得不到发表。为了谋生,他做过工厂的锅炉工、科研所的守夜人,看管过仓库,最终成为筒子楼的一名看守。在塑造主人公彼得罗维奇的形象时,作者有意将存在主义母题引入文本。小说开篇,彼得罗维奇在看守的房子内阅读着德国存在主义哲学家海德格尔的著作,并发出感叹:"要不是有比比欣的译本,俄国人有谁会读海德格尔!"(马卡宁 3)。由此可见,主人公深受海德格尔思想的熏陶,其人生观和价值观蕴含存在主义意识。

彼得罗维奇看守的筒子楼是赫鲁晓夫时期典型的简易住宅楼,它保留着贫民区住房的特征,所有建筑的风格和式样近乎一致。筒子楼不仅是国家建设追求统一化的结果,而且是苏联社会文化的标签与历史记忆。作家在筒子楼这一特殊时空内将形形色色的各类人物齐聚一堂,由此塑造出一个小型微缩版的苏联社会。在这个缺乏多样性的封闭住宅楼里,居民们的性格和行为画像近乎一致。他们是普通的市井民众,没有鲜明的个性特征,但都面临着物质和精神匮乏的双重困境,在混乱动荡的现实生存环境中艰难挣扎,在栖身的筒子楼里演绎着各自充满荒谬的生活故事:库尔涅耶夫"一如既往地在走廊里寻找着他的维拉。永恒的找寻。一边道歉一边往别人的门里探头——打听"(11);瑟乔夫老两口"彼此间永远打个没完,互相埋怨,大叫大嚷,而房门照例是不关的,盼着有人进来帮忙"(23);捷捷林"胡乱地下着剪刀,……做完以后发出一声胜利的呼喊,心梗再次发作,咕咚一声倒在地上。当下就死了"(146-147)。

  平均化的居民群体画像与海德格尔提出的"常人"概念有异曲同工之妙。海德格尔认为人本身属于他人之列并且巩固着他人的权力,因此自己的此在常受到他人的共在的影响。这个"他人"并非指单个人抑或群体,而是指带有中性色彩的常人。在海德格尔的理论中,常人具有"共处同在、庸庸碌碌、平均状态、平整作用、公众意见、卸除存在之责与迎合"等性质(287)。居民们共处于筒子楼这一平均空间之中,个人的此在受到他人共在的影响,成了性质相近的"常人",过着庸庸碌碌、蝇营狗苟的生活。他们在住房私有化浪潮中争夺着每一个可能的"平米"③,对可能占有"平米"的看门人彼得罗维奇又采取着心照不宣的"排挤哲学":居民们"不跟我打招呼,在走廊里对我粗声粗气","他们害怕和我交往——害怕表现出一丁点儿善意。见面把目光躲开:也许他(我)忽然也想要求筒子楼里的个把平米呢"(352-353)。这种无言的默契是在共处中自然而生的,同时也萦绕着筒子楼中的常人世界。

  从本质上而言,常人属于一种生存论上的观念,本真的自我存在是常人的一种生存变式,但海德格尔也指出,"本真生存着的自己的自一性(selbigkeit),从存在论上看来,并不等同于在形形色色的体验中始终保持着自身的那个我的同一性(identitaet)"(291)。主人公彼得罗维奇在生活中始终维护着那个自在的"我",在千变万化的世界里坚持着自我的同一性。彼得罗维奇没有住房所有权,只有作为看守的临时使用权,因此他在筒子楼内是一个特殊的存在,这一职业特点"决定了他必然以超脱和俯视的眼光审视周围的世界"(姜磊69)。由于没有住房,走廊成了彼得罗维奇特别的生活和休息的空间,于他而言,"有这个走廊的世界就完全够了"(34)。至少在那里他是自由的,能够双手插着兜,以主人的姿态徜徉在无尽的走廊中。值得指出的是,走廊对于主人公的弟弟韦涅季克特而言也是一个独特的自由的象征:"他忽然意识到他来到了一个轮廓整齐的完美世界:来到了病房和垂直交叉的医院走廊的形而上的境界"(32)。对于常人来说,房子是他们赖以存在的世界;但对于兄弟二人,走廊包含的自由意义才是构成他们生存世界的主要因素。

苏联解体后，俄罗斯社会弥漫着金钱至上、物欲横流的气息，人的价值与住宅画上等号，主人公无奈地感叹"通过住房而不是通过女人来认识我的存在，这就是当前的生活流（潮流）"（35）。在一片争权攘利的共在之中，彼得罗维奇选择退出争夺住宅的冲突，将大写的"我"超然于外在世界的诱惑，以一个自由人的身份居住在筒子楼内。银行家洛维亚尼科夫假装将住房转到彼得罗维奇名下，实则是为了不让自己的房子被虎视眈眈的居民私有化。但一个月后，克拉拉·安德烈耶夫娜和她女儿找上门来，出示了私有化和卖房公证书。彼得罗维奇得知自己被骗，却也没有过度气愤或委屈，"甚至开心地笑起来……握了握她们的手，祝贺她们乔迁新居"（588）。对于洛维亚尼科夫的做法，主人公从存在主义的角度表示了理解，"我看出来，洛维亚尼科夫并非受贪婪的驱使，他维护的不是金钱——他维护的是他自身。……洛维亚尼科夫是为他自己的'我'"（589）。主人公冲破束缚自由的枷锁，再次回到自己的世界。"自由是所有本质的基础"，彼得罗维奇"在超越了世界走向他固有的可能性时揭示出世界内部的本质"（萨特 533）。

二、价值与选择

作为曾经的地下作家，彼得罗维奇的作品在十五年间从未得到承认和发表。在得知自己的作品从未被编辑审阅，早已在出版社的角落里蒙上灰尘时，彼得罗维奇选择去过一种"无话的生活"，不为旁人的评价和看法所累，因为"每个人有朝一日都会明白这样或那样的作为承认形式的评价是毫无意义的"（524）。戈尔巴乔夫推行改革后，众多地下作家开始涌出地面，如斯莫利科夫和济科夫，他们"刚醒过闷来就开始捞取、攫取、获取昼光下的名声（并且成了名声的奴隶，成了历史的残废）……一本接一本地出书，担任职位，领导刊物，对这类事情的热衷，起先成为诱惑，后来成为俗恶"（525）。而彼得罗维奇却主动选择放弃写作，他不认为个人价值的实现需要别人的认可，也未曾将自己的不被承认视作一种失败，相反，他认为这是一场维护自我存在的胜利，"我的不写作的'我'获得了自身的生命"（525）。按照存在主义哲学的观点，"人始终处在自身之外，人靠把自己投出并消失在自身之外而使人存在"（萨特 30）。换言之，人只有在自身之外寻求一个可以解放自己或实现某种特殊理想的目标，才能真正体现自己的存在意义。主人公退出写作圈子，将自己从名利的桎梏中解放出来，这使他获得了"自身的生命"。关于作家和时代的关系，马卡宁有着自己的理解，"作家不能选择时代，他就不能抱怨时代，他应当学会在自己的时代里生活"（侯玮红 8）。在一定程度上,彼得罗维奇的选择犹如作家艺术观在小说中的投射。虽然时代没有为彼得罗维奇提供一个完美的生存世界,但他并未因此怨天尤人或愤世嫉俗,而是选择在自己的地下世界里完善个人存在的意义。正如萨特所言,"人像一粒种子偶然地飘落到这个世界上,没有任何本质可言"(刘莉274),只有存在着,通过自己的选择和行动,才能够努力实现自我存在的价值。

伦理道德的选择在存在主义世界观中同样是一个较为重要的命题。彼得罗维奇对伦理价值的蔑视和自我存在的超越体现在他对情欲的放纵上。情欲"是自为④的彻底变化,因为自为是在另一个存在的水平上使自己存在,它决定自己使它的身体异变地存在,决定以其人为性使自己变稠"(萨特480)。对于彼得罗维奇而言,在异性身上释放自己的情欲,是另一种感知自我存在的方式,"这种渴望是急迫的——来自本能——而且是肉欲的"(70)。彼得罗维奇对待爱情和性关系的态度自由随性、无拘无束,甚至超越了道德标准的限制。面对与自己偷情的女医生塔季扬娜·萨韦利耶夫娜和她的司机丈夫,彼得罗维奇可以坦然地与他们同坐桌前、喝酒言谈,毫无紧张与不适之感。在他的思想观念里,"当今三角关系就像三个人喝一瓶伏特加一样自然。……过去的两三个世纪把三角关系里原有的戏剧性滋味全榨干了,除尽了(大家可以顺顺当当地活着。只要不胡闹)"(40)。

作为同貌人的弟弟韦涅季克特与彼得罗维奇有着相近的存在主义思想。韦涅季克特是一个极具天赋的画家,可以在任何一张纸上用铅笔或炭笔在半分钟至一分钟内作画。天资聪颖的韦涅季克特和哥哥彼得罗维奇同样选择了地下人的世界,二人的经历和个性有着极为相似之处。他们始终坚持内心中的"我",不屈服于外在现实的压力,能够经受住外在世界的诱惑。萨特认为,存在主义并非是一种对人类悲观主义的描绘,相反,它是积极而乐观的,因为它把人类的命运掌握在自己手中。存在主义的出发点是主观性,它是基于意识本身而找到的绝对真理,"任何从人出发的理论,只要一脱离这个找到自我的状态,就是压制这种真理"(20-21)。俄罗斯的存在主义以伦理和宗教探索为主要特征,其中乐观主义的成分较多,而个人主义的成分相对较少(Кибальник 132)。小说中的兄弟二人都习惯吹着口哨笑对人生,不论陷入什么困境,都表现出极大的乐观主义精神,并能为自己的命运做出积极的选择和行动。韦尼亚⑤读大二时受到克格勃的传唤,但他没有选择忍受或屈服,反而在押送车上讥讽押警,因而遭到殴打。韦尼亚明知下场悲惨,却仍要用言语挑战警察的权威,以此来维护自己的尊严。在精神病院,韦尼亚被强制服用药物以至于个人意识尽失,然而他依然执着地在每间病房中寻找自我。小说最后韦尼亚再次被带到精神病院之时,"在这一瞬间他是俄国的天才,他被摧残,被屈辱,被推搡,一身粪便,可是仍然要说你们不要推,我会走到,我自己走"(669)。即使人的生理和意识会被控制,但人的精神和思想依然可以独立存在。兄弟二人的选择体现在社会、伦理和本体论等诸多不同但又彼此关联的层面,每一层面都决定着各自在小说中的冲突程度,"因而他们的选择充满非理性和矛盾的特点,原因即在于作者所构建的存在主义意识中的二律背反:个性与社会、生活与艺术、杀与被杀、生的渴望与死的必然"(Алехнович 256)。

三、犯罪与忏悔

《地下人,或当代英雄》在情节和主题上与陀思妥耶夫斯基的小说存在诸多文本联系,"陀思妥耶夫斯基的创作可视为该作品的思想意识草图"(Семыкина 87)。陀思妥耶夫斯基的创作焦点主要集中于异化和犯罪问题上(Кибальник 132)。异化与犯罪同样是马卡宁在这部小说中所要凸显的主题。彼得罗维奇两次杀人的场景看似是作者的刻意安排,在情节设置方面"具有进一步引导对话的作用"(于双雁 149),但从存在主义角度而言,彼得罗维奇的杀人行为其实是自由异化的结果,是为了维护自在的"我"所做的努力。

异化和非本真性是人类生存状况的普遍特征,是自我的"存在论"特征(肖恩·赛耶斯 35)。彼得罗维奇第一次杀人的缘由是三个高加索人拿刀恐吓工程师古里耶夫,并以此为乐。古里耶夫恐惧和痛苦的微笑深深刺激着小说主人公,他在古里耶夫身上看到自己同样经受过的苦难,"我的过去,我的痛楚,在我身上默默地应付着过了多少年的半臆造的受难者典型——现在他正向着他们所有人微笑"(178)。于是他回家拿起刀,放进口袋,但这不是"为了自己,而是为了自己的'我'"(179)。古里耶夫事件激起了彼得罗维奇曾经遭受的被侮辱感,虽然那种感觉早已平复,但它仍然像万有引力法则一样远距离地压迫着他,"我常常使劲地在心里(在我多次褪色的心理压痕里)重塑着过去的痛苦屈辱的场景"(179)。虽然作者在此并未具体描绘这"过去的痛苦屈辱的场景",但显而易见,这种无法忍受、多次重现的屈辱感使彼得罗维奇拿起了武器——他要保护自在的"我"不再继续受到同样的打击。因此,在面对一个高加索人的勒索与侮辱时,彼得罗维奇本真的我便超越现实的界限,拿出准备好的刀子结束了勒索者的性命。

如果说主人公的第一次杀人行为具有类似普希金时代"决斗"的特点,那么他的第二次行凶则包含宗教上某种"忏悔"的寓意(Алехнович 257)。因为发现

"咚咚同志"丘比索夫有关地下人的谈话录音,彼得罗维奇意识到自己无意中成了克格勃的线人和帮凶,而这于他地下人的身份和名誉而言,是一种莫大的侮辱,因为他"除了荣誉一无所有……随便落个什么名声都行,但可不能落个线人的名声"(323)。为了维护自己的名誉,主人公计划实施了第二次杀人行为。不过需要指出的是,在具体描写这次情节冲突之前,作者采用了延宕的方式,拉长了主人公的内心活动过程。彼得罗维奇多次意识到丘比索夫是"人"的本质,因此开始犹豫和痛苦,"一种思想一次又一次轻手轻脚地爬进我的脑海,似乎要在无意中把我变得心慈手软。痛苦并不在千秋,并不在万代——它只存在于我的短暂的'我',此地与此时"(335)。最终,异化的自我存在还是令主人公抛开了短暂的煎熬,为保护自在的"我"而再次犯下了杀人的罪行。而且这种痛苦煎熬的感受在杀人之后一直伴随着彼得罗维奇,"像世界一样古老的古旧思想,即杀了一个人,你不仅毁坏着他身内之物——也毁灭着自己的身内之物"(382)。萨特曾提出"他人即地狱"的思想,认为每个人在维护自在的绝对自由时,不可避免地会影响他人的自我存在,成为妨害他人自由的地狱。人对他人的妨碍不只是物质性的,而且是精神性的。意识到自己会成为被杀者的地狱,彼得罗维奇陷入一种形而上的虚无之中。在临杀人前,他并没有感到一种即将暴发的畅快,"……却是一种不明确的甚而萎靡的感觉。像是衰弱。像是空虚"(343)。

实施杀人后,彼得罗维奇试图向一位名叫娜塔的姑娘忏悔,以消除内心的罪恶。可娜塔的天真和不谙世事令主人公不得不放弃这一想法。在一次夜晚的嗥叫中,彼得罗维奇的痛苦终于得到释放,他也因此被抓进精神病院。但在精神病院醒来后,主人公感到无比轻松,因为在他的思想意里"游民夜店里的那场半夜的呼喊是被上苍听到了的。他们(在那里,在高高的天上)把我的嗥叫和我的痛苦作为忏悔接受了;接受了,通过了"(402)。存在主义因思想源头的差异而具有两种表现形式:有神论存在主义和无神论存在主义。然而有学者指出,存在主义最先是在宗教的基础上发展起来的,其有神论派要比无神论派更加广泛(Рябов)。俄罗斯文学深受东正教影响,文学作品中的存在主义思想因而往往具有宗教色彩。有神论存在主义摒弃理性与科学的传统,视上帝为"在场的"现实世界的最高本质。而个人与上帝的关系是"超主体化的顶峰",只有完善的个人才能与上帝进行"交往"(樊莘森、王克千62)。彼得罗维奇忏悔的情节即存在主义在宗教层面上的体现:主人公通过忏悔的方式,建立起与上帝的"对话",从而净化自在的罪恶,完善自我的本质,最终实现"超主体化"的目标。

结 语

存在主义作为一种人本主义,在探究自我存在与自由等哲学命题中将人的地位置于理性和意识形态之上。在俄罗斯,存在主义问题一直贯穿于整个文学发展进程之中,随着苏联解体,传统的信念和价值观受到前所未有的挑战,作为"危机哲学"的存在主义再一次受到追捧。当代俄罗斯作家马卡宁在小说《地下人,或当代英雄》中提出了"共在与自在""价值与选择""犯罪与忏悔"等存在主义母题。作者通过塑造地下人的形象反映社会的存在主义潜意识,不仅描绘了"当代英雄"如何在荒谬世界里实现自我超越,而且强调了坚持自我存在、保持清醒意识、维护独立人格的重要意义。从存在主义视角解读这部作品可以窥探出作者对个人和社会、生活和艺术、生存和死亡等哲学命题的思考。马卡宁在这部小说中对前人的存在性话语做出了现世的应答,并通过他人对存在主义问题的探索,实现了巴赫金所提出的有关文本之间的"对话"。

注解【Notes】

① 莎士比亚主义是通过研究莎士比亚的作品,构建俄罗斯与欧洲文化对话的美学思想。
② "活的生命"这一表述最早出现于陀思妥耶夫斯基的《地下室手记》,后在《群魔》《少年》中也有出现,但作者本人并未对这一概念做过解释。文学评论界对此有过许多不同的注解和评论,如"活的生命""真正的生命"等。
③ "平米"是主人公对住房的戏称。
④ 根据萨特的存在主义理论,存在可以分为"自在的存在"和"自为的存在"两种形式。"自在的存在"是一种绝对的、超现象的存在,即人和事物所未知的根源与本质。"自为的存在"是一种自由的、不确定的存在,即人的主观意识,表示主体通过自身的行为和动作以实现目标和发展。
⑤ 韦尼亚是韦涅季克特的小名。

引用文献【Works Cited】

Алехнович, А. С. "Экзистенциальное и антиэкзистенциальное сознание как предмет анализа в романе В. Маканина «Андеграунд, или Герой нашего времени»." *Знание. Понимание. Умение*, 2 (2011): 255 – 257.

Fan, Shensen, Wang, Keqian. "Comment on Marcel's Religious Existentialism." *Fudan UP*, 3 (1980): 58 – 62.

[樊莘森、王克千:《评马塞尔的宗教存在主义》,《复旦学报(社会科学版)》1980 年第 3 期,第

58—62 页。]

Heidegger, Martin. *Being and Time*. Trans. Chen Jiaying, et al. Beijing: SDX Joint Publishing Company, 1987.

[海德格尔:《存在与时间》,陈嘉映等译,北京:生活·读书·新知三联书店,1987 年。]

Hou, Weihong. "Literature in the 21st Century is a System of Image and Thinking-An Interview with Makanin" *Recent Developments in Foreign Literature*, 6(2003): 6-9.

[侯玮红:《21 世纪的文学是形象和思维的体系——马卡宁访谈录》,《外国文学动态》2003 年第 6 期,第 6—9 页。]

Jiang, Lei. "On the Genealogy of Contemporary Intelligentsia in New Russian Literature." *Contemporary Foreign Literature*, 4(2015): 65-71.

[姜磊:《新俄罗斯文学中的当代知识分子形象谱系研究》,《当代外国文学》2015 年第 4 期:第 65—71 页。]

Кибальник, С. А. "Экстенциализм в русской литературе и мысли." *Литературоведческий журнал*, 19(2005): 131-139.

Лейдерман, Н. Л., Липовецкий М. Н. *Современная русская литература: 1950 - 1990-е годы*: Т. 2. Издательский центр "Академия", 2003.

Liu, Li. *Concise History of European and American Literature*. Beijing: Capital University of Economics and Business Press, 2008.

[刘莉:《简明欧美文学史》,北京:首都经济贸易大学出版社,2008 年。]

Makanin, Vladimir. *The Underground, or a Hero of Our Time*. Trans. Tian Dawei. Beijing: Foreign Literature Publishing House, 2002.

[马卡宁:《地下人,或当代英雄》,田大畏译,北京:外国文学出版社,2002 年。]

Рябов, П. В. Религиозный экзистенциализм (конспект лекции). 4.1.2011 Christ_communa. 7.7.2020 ⟨https://yandex.com/turbo/s/christ-communa.livejournal.com/80218.html⟩.

Sartre, Jean Paul. *Being and Nothingness*. Trans. Chen Xuanliang, et al. Beijing: SDX Joint Publishing Company, 2007.

[萨特:《存在与虚无》,陈宣良等译,北京:生活·读书·新知三联书店,2007 年。]

---. *Existentialism is a humanism*. Trans. Zhou Xuliang, Tang Yongkuan. Shanghai: Shanghai Translation Publishing House, 2008.

[萨特:《存在主义是一种人道主义》,周煦良、汤永宽译,上海:上海译文出版社,2008 年。]

Sean, Sayers. "The Concept of Alienation in Existentialism and Marxism: The Hegelian Theme in Modern Social Thoughts." Trans. Gao Baoli. *Teaching and Research*, 7(2009): 30-38.

[肖恩·赛耶斯:《存在主义与马克思主义中的异化概念——现代社会思潮中的黑格尔式主题》,高宝丽译,《教学与研究》2009 年第 7 期,第 30—38 页。]

Семыкина, Р. С. "Локусы подполья в романе В. Маканина «Андеграунд, или Герой нашего времени»." Знание. Понимание. Умение, 4(2008): 87-91.

Yu, Shuangyan. "Deconstruction of the Meaning of Dostoevsky's Works by Makanin's *The Underground, or a Hero of Our Time*." *Journal of PLA University of Foreign Languages*, 2 (2016): 146-152.

［于双雁：《马卡宁的〈地下人，或当代英雄〉对陀思妥耶夫斯基作品的意义解构》，《解放军外国语学院学报》2016年第2期，第146—152页。］

Yu, Yizhong. *Today and Yesterday in Russian Literature*. Harbin: Heilongjiang People's Publishing House, 2006.

［余一中：《俄罗斯文学的今天和昨天》，哈尔滨：黑龙江人民出版社，2006年。］

困境中的自我救赎
——《雅科夫的梯子》的存在主义解读

张 晨

内容提要：当代俄罗斯作家柳德米拉·乌利茨卡娅的书信体长篇小说《雅科夫的梯子》讲述奥谢茨基家四代人历时百年的家族史，带有强烈的自传色彩。小说通过主人公的生活与思考，探讨个体在困境中实现自由选择、积极介入生活、承担责任、向死而生等主题，集中体现出存在主义哲学的思想内涵。

关键词：《雅科夫的梯子》；存在主义；处境；自由；向死存在

《雅科夫的梯子》(*Лестница Якова*)（以下简称《雅》）是俄罗斯作家柳德米拉·乌利茨卡娅 2015 年出版的带有家庭回忆录性质的长篇小说，也被作家称作自己的"最后一部小说"。作品情节沿两条线索展开。一条是历史线索，讲述主人公雅科夫与妻子玛露霞在 20 世纪上半叶的生活经历，通过大量书信再现了雅科夫数十年的流放生涯；另一条则是现代线索，记录了雅科夫的孙女娜拉从 20 世纪 70 年代到 21 世纪初的婚姻、事业和家庭生活。作品的叙述时间几乎涵盖整个 20 世纪，各个时期的情况在小说情节上都有所反映。俄罗斯的国家史、主人公的家族史以及不同时代人的心灵发展史相互交织，构成一部独特的史诗。

乌利茨卡娅曾在访谈中指出，她创作这部小说缘于偶然发现的一个收藏着祖父母信件的文件夹。这些书信始于 1911 年，持续了数十年，讲述了祖父母在特殊时代背景下经历的多舛人生，也揭开了那些早已被遗忘却令人唏嘘的家庭往事。正是对于家族历史的执着，迫使作家"再次提笔，写出这部异常艰难、简直有点儿力不从心的作品"(乌利茨卡娅 1)。

家庭历来是乌氏偏爱的题材。如果说作家以往的《索涅奇卡》(*Сонечка*)、《美狄亚和她的孩子们》(*Медея и ее дети*)、《库科茨基医生的病案》(*Казус

Кукоцкого)等作品多聚焦于一个家庭的生活，那么《雅》的独特之处则在于对家族历史的关注。作家通过讲述一个家族中几代人组建的多个家庭，致力于表现家族内部代际的联系与传承。我们发现，书中的奥谢茨基家四代人拥有相似的体貌特征、兴趣禀赋，甚至相同的疾病。他们欣赏过同样的戏剧文本，思考过同样的哲学问题，对生活有着相近的体验。正是这些细节上的巧合构成了维系家庭内部亲人的"奇特纽带"。但是，作家要为我们展示的绝不仅仅是一段依靠基因和共同记忆连缀而成的家族史，它更像是"一部关于'人生科学'的小说，一部教会人生活的'百科全书'"（乌利茨卡娅 8），其中蕴藏着作家对于人和人的存在的关怀，以及关于困境中的人应如何生活的思考。雅科夫和娜拉作为两条情节线索上的核心人物，传达了作家的"存在之思"。

　　雅科夫是作家以自己的祖父为原型塑造的人物，他是成长于旧俄时代的知识分子，品德高尚，才华横溢，却成了战争和极权政治的牺牲品。雅科夫几次受到迫害，后半生从一个集中营漂泊到另一个集中营。然而残酷的命运并未使他消沉，即便在如此幽闭、绝望的处境下，他也从未停止过紧张的思考和认知，以此坚守着精神独立。雅科夫的孙女娜拉是一位戏剧舞美师，她与恋人、格鲁吉亚导演坦吉兹共同开展颇具先锋色彩的戏剧实验。通过对经典戏剧的重构，娜拉将自己的人生体悟转化为直观的艺术表达。虽然娜拉直到小说结尾才读到祖父的信件，才了解了他的一生，但祖孙二人仿佛一直都在进行跨越时空的对话。晚年的娜拉几度经历生离死别，自己也与死神擦肩而过，透过死亡之镜，娜拉领悟了本真存在的意义。

　　不难发现，作品在情节安排和人物塑造方面都凸显了人的存在主题，即困境中的自由选择及对死亡的态度，而这也正是存在主义哲学的基本论题。事实上，乌利茨卡娅创作中鲜明的存在主义思想早已进入研究者们的视野。不少论者基于雅斯贝尔斯、海德格尔、萨特等存在主义哲学家的观点考察乌氏作品的经典主题，如"小人物"的生存处境和自主选择、女性在"他者"困境中的精神超越、生与死的辩证观等。

　　在《雅》中，作家将存在主义人生观投射在雅科夫、娜拉、坦吉兹等主要人物身上，讲述他们如何在荒谬的时代追求精神自由，探寻生存的意义。本文以萨特和海德格尔的存在主义为理论基础，从自主选择、介入生活、向死而在三个方面对小说主人公的行为选择进行分析，揭示作品的存在主义哲学内涵。

一、自主选择:绝境中的自我救赎

俄罗斯学者季明娜曾这样评价乌利茨卡娅,"她属于这样一类作家,哪怕在最恐怖的年代,他们也不畏惧将那些惊慌失措、饱受蹂躏,但内心又无比强大的主人公置于他们所构建的世界的中心"(Тимина)。在我们看来,这一评价是中肯的,在乌氏的笔下,那些被推入窘境的主人公往往被赋予坚韧豁达的品格。雅科夫无疑是这样一个屡受践踏又无比强大的主人公。

雅科夫生活的20世纪上半叶正是俄国知识分子的多难之秋,他的一生随时代起伏,伴随着接踵而至的苦难。青年时代的雅科夫聪颖好学,成绩优异,只因犹太人的身份而被迫终止学业。为得到求学机会,他主动服兵役。国内战争结束后,雅科夫作为高级技术知识分子全身心投入国家的工业建设中,但又以莫须有的罪名被捕,开始了长达二十余年的流放生涯。长年的两地分居和外界的压力,让挚爱的妻子逐渐疏远了他。1955年从集中营获释时,雅科夫已是妻离子散、伤病缠身,第二年便在孤独中死去。

雅科夫的命运折射出俄国20世纪上半叶的普遍性悲剧。强大的、非理性的集体力量压制着个体的存在,知识分子的才华与抱负在物质和精神的重压下消磨殆尽。恶劣的社会环境不仅限制着人的自由,还放大了人性中的阴暗和残酷。在雅科夫待过的军营和集中营里,不少人由绝望而沉沦,在无休止的相互猜疑、仇恨和诬陷中滑向虚无。然而即便深陷如此极端的"他者"处境,主人公也从未放弃本真的存在。雅科夫的一生就是一个不断认知的过程,无论漂泊到何处,他总要尽可能搜寻旧书,利用一切条件获取新知。他广泛涉猎自然和人文科学的诸多领域,在流放的岁月里自学了多门外语,尝试创作小说,撰写学术论文,不断拟订新的工作计划,全然不顾这些工作是否能为生活带来丝毫改善。强烈的求知欲和持续不断的思考,使他得以超越庸俗、荒诞的客观环境,获得精神上的解放。雅科夫的书信在小说中占了很大比重,是主人公思想情感的直接表达。在同妻子持续二十多年的通信中,雅科夫经历了数次服役、监禁和流放,然而无论处在何种环境当中,他都保持着轻松幽默的语言风格。雅科夫在信中探讨哲学、文学、艺术等话题,与妻子回忆他们浪漫的青春,事无巨细地关心她的工作和生活,而对自己忍受的病痛则一笔带过。即便在后期,当玛露霞对他的态度转向冷漠甚至仇恨时,雅科夫仍是满纸深情。读他的书信,我们常会产生这样的错觉,仿佛写信人不是置身于冷酷的集中营,而是坐在温暖舒适的客厅。1955年,重获自由的雅科夫面临的是众叛亲离的现实。妻儿早已与他这个"人民公敌"划清了界限,偌大的城市没有了他的安身之隅。他给玛露霞写下最后一封信,没有怨恨,只有感激和期盼,"我的整个青年时代,我们婚姻的全部二十五年是幸福的……我的生命即将走到尽头。我的理想是最后见你一面。我不会重新算起那些昔日的恩恩怨怨。除了你,我从没有爱过任何人"(乌利茨卡娅 618-619)。

萨特在《存在与虚无》中探讨了"自在存在"和"自为存在"的关系。自在存在是"是其所是"的客观存在,它常常以非秩序、非理性的力量压迫自为存在,即具有主观意识的个体存在,人在处境面前的困惑、痛苦正是由此而来。但是,人却可以不断通过自主选择来创造自己的本质,实现对客观存在的抽离和超越。在雅科夫看来,幸或不幸都取决于个人的主观选择。当肉体被现实囚禁,思想却保持着永恒的、绝对的、不可被剥夺的自由。在走过异常严峻的一生后,雅科夫将人性中最珍贵的品质完好无缺地保留下来,这体现出自为存在对自在存在的胜利。

世界是荒诞的,人必须忍耐客观环境。但承认了荒诞的事实,并不等于要消极地接受、顺从它。存在主义的思想底蕴中,"抗争"才是最可贵的精神。在《西绪福斯神话》中,加缪并没有将西绪福斯视为做着无效劳动的、可悲的囚徒,而是称他为"荒诞的英雄"(加缪 706)。西绪福斯的伟大之处,在于他"无能为力而又在反抗"(加缪 707),在于他一次次登上顶峰的斗争本身。雅科夫正像西绪福斯,他不因绝望的处境而消沉,也并不奢望可以扭转命运,而是以自主选择实现了"自为自由"。重获自由的雅科夫最欣慰的便是可以继续科研工作,"是的,不错,搞文化传播工作,这才是正确的方向……"(乌利茨卡娅 624)。直到猝然离世的时刻,他手边还堆放着各种文献。雅科夫的悲剧,在于他生不逢时,天赋和才华白白葬送在时代的纷乱当中。但不能因此断定他的人生是毫无意义的。人的本质须靠自身的行为去演绎。雅科夫正是如此,站在荒诞的人生舞台上,完美演绎了一位悲壮的英雄。

小说题目《雅科夫的梯子》富有神话意蕴,但其传达的思想实质仍是存在主义的。《圣经》中上帝为自己的选民雅各架起梯子,以象征爱与拯救。而在这部小说中,雅科夫却是无神论者,他从未期待过上帝的垂听。他所做的一切努力也无关乎信仰,只取决于人生态度。那帮助他逃离荒诞处境的云梯,是他通过自主选择来架设的。

二、介入生活:以行动诠释处境

在《索涅奇卡》《美狄亚和她的孩子们》等以往作品中,作家彰显了传统女性的"母性"光辉。女性是家庭的守护者,是丈夫的灵魂伴侣和精神支柱,富有牺牲精神。即使面对背叛,依然心甘情愿地履行着妻子和母亲的责任。而在《雅》中,作家却塑造了娜拉这一特立独行的女性形象,通过叙述她的人生经历和大胆的剧场实验,展示了存在主义介入生活的立场。

娜拉是雅科夫和玛露霞的孙女,她成长于社会环境相对宽松的20世纪五六十年代,又深受祖母女权主义立场的影响,追求的是我行我素、不受羁绊的生活。她以《玩偶之家》的女主人公娜拉来标榜自己,在爱情方面保持绝对的自由和理性。娜拉桀骜不驯的个性使她在中学时就被开除出校,为了向老师和同学示威,她迅速与同班的数学天才结了婚,却从未把对方当作丈夫。即便对唯一挚爱的情人——格鲁吉亚导演坦吉兹,她也一向保持着距离。娜拉与坦吉兹数十年间维持着不同寻常的恋情,两人可以一连几年不见面、不通信,不留任何约定和承诺,给对方以充分自由。两位特立独行的主人公在戏剧领域结成了最默契的合作伙伴。

娜拉和坦吉兹关于戏剧的探讨,是在故事链条之外插入的作者对于本真存在的思索,借助戏剧情节,来表达人的"存在"的本源性困惑。在导演契诃夫的《三姐妹》(*Три сестры*)时,坦吉兹标新立异地否定了剧中所有主要人物的存在方式。世纪之初,一场风暴即将来临,生活在飞快地行进,"但在普拉佐洛夫的房子里,根本发现不了这种务实的生活,发现不了外界的运动和变化,他们在屋里来回溜达,喝着茶聊天……只有安菲莎一个人提着水桶,手拿抹布,把盆里的水倒出去……"(乌利茨卡娅 64)。所有人都在"装疯卖傻",怨天尤人,厌恶眼前的工作,却渴望着别处的生活。三姐妹连同她们"到莫斯科去"的幻想,都只是虚无缥缈的影子。只有乳母是实在的人物,因为她在踏踏实实地劳作。娜拉按照坦吉兹的想法将舞台布置成模糊不清的梦幻空间,给所有主要人物罩上晦暗的薄纱,让他们像影子般飘浮,只有安菲莎和娜塔莎两人披上亮色。

类似的观点还出现在雅科夫的信里。谈到自己对《樱桃园》的理解时,雅科夫指出,《樱桃园》(*Вишневый сад*)中没落的贵族、倾圮的豪宅、凋落的樱桃,都是必将淘汰的旧世界遗物,樱桃园主人们的痛苦是经过渲染和夸张的,"任何忧愁的语言都毫无什么生活根据,只剩下某种审美的浮云"(乌利茨卡娅 377)。只有下层人民"赤裸裸的、受折磨的、挨饿的痛苦"(乌利茨卡娅 378)才是实际的、积极的,因为这种痛苦可以促成不合理社会现象的改变,推动社会进步。在雅科夫看来,只有洛帕辛是有行为能力的活生生的人。

娜拉、坦吉兹和雅科夫对戏剧人物的另类解读很大程度上契合了"处境剧"的观点。萨特谈到"处境剧"的人物塑造时指出,"戏剧能够表现的最动人的东西是一个正在形成的性格,是选择和自由地作出决定的瞬间","在自由选择之前毫无性格特征可言"(萨特《存在主义是一种人道主义》97），萨特强调行动的重要性。三姐妹和樱桃园主深陷于处境的泥淖中，他们无法实现自己的理想，阻止不了家园的毁灭，于是通过自欺逃避现实，逃避人们所是的东西，因耽于空想、拒绝行动而僵死，成为被抽空了实质的影子。与之相反，从那些"庸俗可笑"的小人物（娜塔莎、安菲莎、洛帕辛）身上，却可以看出行动着的、自主选择的正面力量。他们全身心投入当下的行动与实践，由此赋予处境和自己的存在以意义，"使当前现在对我来说更为鲜明"（段德智 308）。

在舞台上，人物的性格特质只能是由他的自由选择和行为来反映的，而在现实生活中，也正是行为诠释着人的处境。萨特曾就这一关系做过精妙的"岩石譬喻"：岩石本身是自在的存在，它是绝对的、中性的，不包含肯定或否定的评价，只有当岩石与自为的存在联系起来，亦即当我们作用于岩石时，它才是有意义的。"如果我想搬动它，它便表现为一种深深的抵抗，然而当我想爬到它上面去观赏风景时，它就反过来成为一种宝贵的援助"，岩石"等待着被一个目的照亮，以便表露自己是一个对手还是一个助手"（萨特《存在与虚无》585）。岩石如同我们的处境本身，其意义显现的唯一前提是我们介入其中。如果说娜拉以自己对生活和戏剧的理解，阐释了自由选择对于处境的意义，那么娜拉的祖母玛露霞则因受制于处境的自由而拒绝介入生活。

玛露霞是位独立、自尊、要强的女子，她出身于一个并不富有的钟表匠家庭，从小热爱音乐和文学，十六岁时步入社会，从事儿童教育工作，而后又成为一名舞蹈演员。玛露霞青年时代接受了先进的社会思想，渴望成为精神独立、不受拘束的新式女性，争取到自古以来就是由男性控制的那种精神创造权。她自称"党外布尔什维克"，立志献身于解放人类的共同事业。玛露霞与雅科夫在一次音乐会上邂逅，共同的精神追求成为他们幸福婚姻的基础。但是，玛露霞并不愿成为爱情的附庸，她担心自己的演艺生涯断送在为人妻母的处境下，惧怕"沉湎于女人过的一种枯燥的日常生活中，每天与锅碗瓢盆、洗洗涮涮和缝缝补补打交道"（乌利茨卡娅 266）。在致丈夫的信中，玛露霞描述了排练舞蹈剧时的情景，似乎是对自己命运的无奈预言："一组女舞蹈演员完全处在风的控制下，风卷着她们，一会儿把她们吹散，一会儿又卷到一起，每个人仿佛失去了个人的意志和自控力……不知所措的生命被阵阵旋风一个个卷下了舞台"（乌利茨卡娅 290）。在"处境"中的玛露霞感到自己就像风中枯叶，不得不服从自然法则。她的艺术追求、她作为个体存在的价值，注定为社会和家庭加诸女性的责任所泯灭。雅科夫被流放后，玛露霞与儿子的生活陷入窘境，顶着"人民公敌的妻子"的帽子，一切梦想的事业都无从谈起。玛露霞对丈夫由失望渐渐转向愤恨，她拒绝与从集中营归来的丈夫见面,甚至唯一的遗愿就是不同雅科夫葬在一起。

应该说,作家对这个"可怜的、踌躇满志的、一生都没成为她想成为的那种人"(乌利茨卡娅20)的玛露霞充满了同情、惋惜,但对她的生活态度并非完全赞同。人生活在处境之中,一切行为都以处境作为前提和背景。自由也会受到处境的制约,因而是相对的、有限的。萨特曾指出,"只有通过自由(显现)的处境,只有在处境中(活动)的自由"(萨特《存在与虚无》624),一个小个子不能要求变成一个大个子,独臂的人也不能奢望长出两条胳膊。玛露霞的困境恰恰在于,她无法接受个体自由注定要受限于处境的事实。对她而言,幸福感源于事业的顺遂和外界的认可,在于其独立女性价值的彰显。当这一切暂时无法实现,她便远离了生活,拒绝了生活本身赐予人的最本质的情感,同时也放弃了真实而有意义的存在。

三、向死而在:重返存在的本真

死亡是乌利茨卡娅作品中常见的主题。正如作家在访谈中所述:"如今死亡对我而言成了重要的,或许是唯一重要的主题。"(Улицкая)对死亡的关注同作家的个人经历有关。在与疾病斗争的十年间她曾有过濒死体验,这使其提早经历了人处于临界状态时的心理活动。生物学、遗传学的教育背景,又让她在描绘死亡时,较一般作家更为客观细致。同时,她善于从死亡中挖掘某种形而上的哲理。无论是《索涅奇卡》《库科茨基医生的病案》中猝然而至的死,还是《布哈拉的女儿》《欢乐的葬礼》中从容安详的死,都是通过死亡探讨个体存在的方式和意义,体现出存在主义"向死而在"的生存哲学。

在表达自己对死亡的态度时,乌利茨卡娅指出,"死亡是生命之线上的最后一点,我们毕生都在为这个点做着准备⋯⋯对于还留在这世上的人来说,死亡是珍贵的"(Улицкая)。通过他人的死亡,可以反观自身的存在,并为自己的死亡做准备。娜拉年轻时离经叛道、个性强烈,她曾经无法忍受祖母的政治立场,看不惯母亲沉迷于忘我的爱情,厌恶父亲的软弱,与婆婆更是难以相处。然而,当亲人们相继走到了生命尽头,娜拉却理解、接纳了一切。她突然意识到,父亲表面上的快活和善于交际,只是为了掩饰内心的无助;而她曾十分反感的母亲那天真的笑声,如今竟使她无比怀念。娜拉回忆着与亲人们相处的往事,"心中渐渐充满了怜悯、过失和宁静之感"(乌利茨卡娅338),为自己没能给予他们更多的爱而感到惭愧。

死亡是无法回避的哲学命题,"从事哲学即是从事死亡"。无论是雅斯贝尔斯的"死亡是一种一直渗透到当前现在里来的势力"(段德智 304),还是海德格尔的"死亡是此在的最本己的可能性"(段德智 304),都将死亡视为生存过程和生命系列的一部分。"只要此在生存着,它就已经被抛入了死亡这种可能性"(段德智 309),死亡的不可避免和不可替代,决定了人的存在是"向死存在"。然而对待死亡这一必然结局,人们却下意识地采取回避态度。通过主动沉陷于繁忙的日常生活,依赖于同世界共在的此在来回避死亡,不让畏死的勇气浮现。直到某个时刻,个体出于某种契机站在了"存在"与"非存在"的交界处,重新察觉到自身的存在与个性,才能顿悟本真的存在。托尔斯泰笔下的伊凡·伊里奇正是在突然降临的死亡面前,看出了此前沉迷其中的生活的虚伪,开始用新的目光来回顾自己的全部生活。透过死亡之镜,人们摆脱大众意见的羁绊,看到生活的全部可能性,这就是海德格尔所说的"畏令此在先行到死"(陈嘉映 97)。

暮年的娜拉与病魔抗争,对人生有了独特的体验。疾病使得娜拉预先体验、理解了死亡,从而加深了对生的热爱。曾经令她感到遗憾、伤感的往事,如今只留下美好的回忆。她将琐事列成清单,像祖父当年那样,从生活本身的平凡事务中汲取无穷乐趣,"现在,当她把死亡推迟到了没有定期,便体验到了人生异常的鲜亮和强烈的求生的欲望。她过去从来没有把生命当作一种馈赠,可现在它却变成了生活中每时每刻的节日。之前她几乎注意不到的区区小事,如今都熠熠闪光并让心里感到温馨……她只感到一种连续不断的欢乐,感到一种千倍增长的生活情趣"(乌利茨卡娅 601-602)。

接触死亡,为娜拉提供了"先行到死"的机会,产生了清醒的"畏",并代替了此前对于死亡的恐惧。娜拉以存在主义的方式思考死亡:每个人的一生都在河里游泳,都要游完"出生—存活—死亡"这段路程。与此同时,每个"自我"都仿佛被封闭在一个精致的水泡里,当水泡破裂,人就回到了河里的无穷深渊。这里的"自我"是本真的存在,"水泡"则是人的处境,此在总是被抛掷于一定的处境中,进而沉沦在非本真状态的漩涡里。水泡破裂,意味着人终于挣脱了处境束缚,找回了个体的自由,但死亡也就近在眼前了。娜拉是幸运的,她能够在自己真正的死亡到来前体验"临界处境"的精神激荡,获得知命乐命的豁达智慧。

存在主义哲学对待死亡的积极态度,体现在这个悖论里:死亡是此在的终结,然而它却是使此在成为此在的终结。人生的一切价值都建立在死这一前提下。"死亡把生命的弦绷紧了"(陈嘉映 95),只有死亡才能把意义给予此在、给予生命。对死亡的直面和思考,使娜拉领悟了生活的真谛,从而通向本真的向死而在。

结　语

　　作为当代俄罗斯女性作家的杰出代表,柳德米拉·乌利茨卡娅不仅展现女性的命运和生存状态,更以细腻的笔触去描绘广泛的"人",特别是那些处在社会边缘的、平凡而普通的小人物,关注他们在群体中的生存困境,表现他们作为个体的内心世界与生存方式。虽然乌利茨卡娅的作品不足以被贴上"存在主义文学"的标签,但其中的思想内涵与存在主义哲学的基本观点是契合的。

　　在小说《雅科夫的梯子》中,作家透过主人公的人生经历探索了存在主义的人生观问题。雅科夫是20世纪上半叶苏联饱受磨难的知识分子的典型,在荒诞而孤独的处境中,他艰难地维护着精神自由,通过自主选择实现了对困境的超越,诠释了"存在先于本质"的存在主义哲思;娜拉和坦吉兹则通过独创性的戏剧实验,艺术地表达了人应当介入处境、以行动演绎存在的观点;同时,作家通过娜拉晚年的生活与思考传达出存在主义的"死亡哲学"——死亡为存在赋予意义,只有理解和直面死亡,人才能懂得生命的美好,才能学会本真地存在。由此可见,乌利茨卡娅在《雅科夫的梯子》中传达的存在主义思想内涵,最终指向了积极的生活态度。正如作家本人为小说下的注脚,"我的这本书就是要告诉人们,人即使处在地狱底层也要一直往上爬"(乌利茨卡娅 3)。作家以《雅科夫的梯子》作为自己的存在宣言,诠释了海德格尔、萨特的存在主义观点中最明亮的部分,也为时常陷入存在困境的当代读者洒下一道光芒。

引用文献【Works Cited】

Camus, Albert. *The Collected Works of Camus. A.* Trans. Guo Hongan et al. Nanjing: Yilin Press, 1999.

[阿尔贝·加缪:《加缪文集》,郭宏安等译,南京:译林出版社,1999年。]

Chen, Jiaying. *An Introduction to Heidegger's Philosophy.* Beijing: SDX Joint Publishing Company, 2005.

[陈嘉映:《海德格尔哲学概论》,北京:生活·读书·新知三联书店,2005年。]

Duan, Dezhi. *The Philosophy of death.* Beijing: The Commercial Press, 2017.

[段德智:《死亡哲学》,北京:商务印书馆,2017年。]

Sartre, Jean-Paul. *Existentialism Is a Humanism.* Trans. Zhou Xuliang and Tang Yongkuan. Beijing: SDX Joint Publishing Company, 1988.

[让-保罗·萨特:《存在主义是一种人道主义》,周煦良、汤永宽译,上海:上海译文出版社,1988年。]

Sartre, Jean-Paul. *Existence and nothingness*. Trans. Chen Xuanliang et al. Beijing：SDX Joint Publishing Company，2014.

［让-保罗·萨特：《存在与虚无》,陈宣良等译,北京：生活·读书·新知三联书店,2014 年。］

Тимина С. И. *Медиа XX века：полемика，традиция，миф*. Санкт-Петербургский университет. 29 июн. 1998. №16－17.〈http：// www. spbumag. nw. ru/oldindex. html〉.

Ulitskaya, Lyudmila. *Jacob's Ladder*. Trans. Ren Guangxuan. Beijing：People's Literature Publishing House，2018.

［柳德米拉·乌利茨卡娅：《雅科夫的梯子》,任光宣译,北京：人民文学出版社,2018 年。］

Улицкая, Л. *Смерть тоже принадлежит жизни*. Москва：Новая газета, 2019，№ 129 от 18 ноября.〈https://news. myseldon. com/ru/news/index/219181467〉.

作为反乌托邦暗黑童话的《野猫精》研究

朱碧滢

内容提要：本文从时间和空间的设定、主人公的亲历性以及人的异化三个方面对俄罗斯当代反乌托邦长篇小说《野猫精》的反乌托邦合法性进行论证。从童话因素和非童话因素两个方面解读作品暗黑童话的风格，肯定《野猫精》作为一部"反乌托邦暗黑童话"的独到之处。本文同时指出，托尔斯泰娅在该作品中主要揭示了"文化失落"的主题，书写了一幅别样的反乌托邦图景。

关键词：《野猫精》；塔吉扬娜·托尔斯泰娅；反乌托邦；暗黑童话

塔吉扬娜·托尔斯泰娅（Т. Н. Толстая，1951—）是当代俄罗斯的著名作家。《野猫精》（Кысь）是作家历时14年创作，于2000年出版的反乌托邦长篇小说。《野猫精》讲述了一个未来发生在费多尔—库兹米奇斯克城的故事：大爆炸发生之后，曾经的人类几近灭绝，包括主人公已故的母亲、锅炉工尼基塔·伊凡内奇在内的"往昔的人"仍保留着人类文明时代的生活习惯，坚守人类文化的火种。而大爆炸之后出生的人受核辐射的影响，身体都存在着严重的畸形，这些"乖孩子"们野蛮、无知、顺从，他们都处于大王费多尔·库兹米奇的黑暗统治下。主人公本尼迪克与他同一办公室的"女神"——富家女奥莲卡结婚，岳父以书籍为诱饵，逐渐控制了本尼迪克，使之成为自己"反动"活动的得力助手。最终，费多尔·库兹米奇被推翻了，本尼迪克的岳父成为新的大王，他逼迫本尼迪克将古老文化的传承者尼基塔·伊凡内奇连同普希金雕像一起烧成灰烬，而尼基塔喷出一场大火烧死了本尼迪克的岳父库德亚尔·库德亚雷奇。最终，尼基塔和不同政见者列夫·利沃维奇一起飞走了。

《野猫精》是一部典型的反乌托邦作品，它符合反乌托邦文学的诸多要素。

在这部作品中,托尔斯泰娅利用后现代主义的技法,以暗黑童话的风格塑造了一系列怪异、扭曲、变形的暗黑童话式人物,构建了一个野蛮、原始、荒诞的暗黑王国,揭示转型期俄罗斯潜在的文化危机,呼吁俄罗斯人坚守本民族的传统文化,对世人做出警示。

一、《野猫精》中时间和空间的设置

反乌托邦文学是一种我们非常熟悉的文学体材。从狭义上看,反乌托邦作品主要描写集权国家的生活图景,如英国作家乔治·奥威尔的《1984》(1984)中主人公所在的"大洋国",以及俄国作家扎米亚京的《我们》(Мы)中 Д-503 生活的"伟大的联众国"。而从广义上看,"任何作品,如果其中流露出对未来世界潜在危险因素的担忧和预测,皆可以称之为具有反乌托邦元素和倾向的作品"(郑永旺 3)。例如,英国作家赫胥黎的《美丽新世界》(Brave New World)主要反映了过度依赖科技的机械社会的文明危机;美国科幻作家布雷德伯里的《华氏451度》(Fahrenheit 451)中塑造了一个人类已然成为"消费"奴隶的消费乌托邦;俄罗斯当代作家尤·科兹洛夫的《夜猎》(Ночная охота)则构建了一个反映严重生态危机的生态异质空间,为世人敲响警钟;而托尔斯泰娅在《野猫精》中主要反映了俄罗斯转型时期的文化危机。《野猫精》是一部典型的反乌托邦文学作品,它符合反乌托邦文学的多个要素。本文试图从三个角度论证《野猫精》的反乌托邦合法性:时间和空间维度、主人公的亲历性、人的异化。

首先,我们聚焦反乌托邦作品的时间维度。反乌托邦世界的时间往往设定在未来,然而,这一"未来"和"现在"之间的时间跨度不会特别大。也就是说,它并非遥不可及。"未来"的时间背景使反乌托邦作家的想象力得以充分发挥,跳出当下现实世界的局限,许多十分夸张的情节或设定在未来的时间维度中似乎顺理成章;而"未来"与"当下"之间较短的距离则为反乌托邦作家的构思提供了现实的土壤,作家的想象并非虚无缥缈,而在一定程度上是现实的延续,或者说,是对当下现实的某种预见,因此,反乌托邦作品往往具有警示意义,给人以启发。乌托邦和反乌托邦文学作品中时间维度的主要区别在于,乌托邦文学中的时间往往比较宽泛,而反乌托邦作品中的时间则较为具体,作家往往通过具体的数字或明显的提示让读者得知故事发生在并不遥远的未来。托尔斯泰娅虽然没有直接点明《野猫精》中故事发生的时间,我们却可以通过本尼迪克母亲的年龄以及费多尔—库兹米奇斯克城市名字的变化推断出,故事发生在距今二百余年:"我们的城市、亲爱的故乡名叫费多尔—库兹米奇斯克;而在这之前,老妈说,又叫伊凡·波尔费里奇斯克；再往前叫谢尔盖·谢尔盖伊奇斯克；在那以前叫南方仓库；而最早的名字是莫斯科"（托尔斯泰娅 13）。这种时间设定使我们不禁联想到俄罗斯当下传统文化失落、精神危机加剧的社会现实。传统文化是国家和民族发展的土壤和根基。如果不爱惜本民族的传统文化，不将传统文化发扬光大，俄罗斯或将无法逃脱"文化失落"的命运。

反乌托邦作品的空间维度也有一定的特点。与乌托邦文学中非现实、理想化、与世隔绝的空间维度不同，反乌托邦作家往往会构建一个基于现实又不同于现实的空间，这一空间远远称不上美好：现实中的种种不理想之处和可能出现的危机通过作家的夸张、变形等技法被充分放大，读者在阅读过程中往往不自觉地将作品中的想象内容代入自身所处的现实世界，丰富的衍生意义和独特的审美体验也由此产生。托尔斯泰娅在《野猫精》中利用后现代主义的荒诞、夸张、变形等技法，以暗黑童话的风格，构建了一个哥特式的极权王国。小说中的费多尔—库兹米奇斯克城处于文化上的封闭和孤立状态。从城市内部看，统治者控制了书刊出版和印刷行业，进行文化垄断，对市民实行愚民政策。从外部环境上看，城市的北方是据说生活着野猫精的黑暗森林，西部是无垠的草原，南部是"危险的"车臣人。可以看出，统治者通过舆论诱导百姓，使他们对外部世界产生恐惧，不但不"走出去"与其他民族的人进行经济、文化交流，还封闭自身，拒绝外人到来。

二、《野猫精》中主人公的亲历性

反乌托邦文学的主人公往往具有亲历性特征。亲历即亲身经历，文学作品中的亲历性指的是人物在情节发展过程中始终在场，不存在视角缺席的情况。反乌托邦文学往往意在建构出一个具有现实世界般质感的文学世界，使读者产生身临其境之感，为现实世界敲响警钟。而具有亲历性的主人公则有助于达成这一艺术效果。读者借主人公之眼在反乌托邦空间中漫游，文中不存在主人公视角缺席的事件，因而读者对反乌托邦世界的观察就更加全面和立体。

反乌托邦文学的主人公不是反乌托邦世界的旁观者，而是在其中成长和生活的一分子，是一切重大事件的经历者和见证者，他的所见、所想、所思、所感使故事更加生动、具体，更具有说服力。通过主人公的视角，读者得以看到反乌托邦世界的方方面面，也能在其经历中感受到极权世界对人性的压抑。例如，俄罗斯当代反乌托邦作品《夜猎》的主人公安东生来就是未来世界的一员，我们跟随他的步伐穿越了以"残疾人的乐园"为代表的生态异质空间和以帕诺尼亚省为代表的都市异质空间,目睹了受核辐射影响的残疾人的悲惨生活,见证了帕诺尼亚省的黑暗和混乱。生态和社会环境的异化不仅使主人公的身体受到摧残,更令他陷入心理和精神的双重困境。

在《野猫精》中,主人公本尼迪克在费多尔—库兹米奇斯克城出生、长大,他并非"暗黑王国"生活的旁观者,而是整个故事生活的参与者。可以说,本尼迪克和小说中所有人物之间都存在着某种联系,正因如此,我们沿着本尼迪克的行动轨迹,通过他的视角看到了费多尔—库兹米奇斯克城城市生活的全貌。本尼迪克的母亲是往昔的人;他和传统文化的守护者、锅炉工尼基塔也关系密切;在本尼迪克的办公室里我们认识了美丽却庸俗的奥莲卡,还看到了沉醉于书籍的瓦尔瓦拉·卢基尼什娜,才有机会面对面观察大王费多尔·库兹米奇的外貌和言谈举止;本尼迪克和奥莲卡结婚以后,我们才有机会了解"野猫精"一家奢靡、放纵的生活。而无论是象征着新旧文化碰撞的母亲和父亲争吵,尼基塔在城内建造普希金纪念碑,本尼迪克岳父的"篡位",还是尼基塔喷出大火、飞升天上,费多尔—库兹米奇斯克城中几乎所有的重要事件都有本尼迪克的参与。本尼迪克的的确确是"暗黑王国"生活的亲身经历者,正因为主人公本尼迪克的亲历性,我们才得以关注到"暗黑王国"生活的诸多细节。他以自身的足迹引领读者去思考,《野猫精》中的反乌托邦图景通过本尼迪克的生活进程逐渐在读者眼前展开。

三、《野猫精》中人的异化现象

"人的异化"是反乌托邦文学作品的又一重要特征。不同的反乌托邦小说诞生于不同的时代背景之下,因此"人的异化"的具体表现也存在差异。在资本主义工业蓬勃发展、物质文明发达的时代,诞生了《我们》和《美丽新世界》等批判矛头直指人的"机器化"和极权政治的反乌托邦文学作品。在这类作品中,人的异化主要表现在两个方面:其一,科学主义影响下人的物化;其二,极权主义导致个体个性的丧失。《野猫精》中的"暗黑王国"也体现了极权主义的特点。首先,从大王和城市的名字中就可以看出端倪。大王的名字是费多尔·库兹米奇,而城市的名字则是以大王名字命名的"费多尔—库兹米奇斯克"。城市居民们都处于严格等级制度的极权专制统治下而不自知,反而把费多尔·库兹米奇当成偶像一样顶礼膜拜。被大王洗脑后,乖孩子们以为所有的故事都是费多尔·库兹米奇写的,一切日常生活用品都是费多尔·库兹米奇发明的,在高度极权的"暗黑王国"里,侏儒费多尔·库兹米奇成了无所不知、无所不能的伟大神明。其次,在大王之下,还有大王爷、小王爷等统治阶层。而被统治阶层的人们也被划分成了三六九等。例如,同为畸形的人,蜕化异质分子被人为划分成最低等的人,被当成牲畜一样使唤。在被统治阶层中划分不同的阶级,这正是独裁者极权统治、控制人们的手段。

在托尔斯泰娅笔下的"暗黑王国"中,人的异化主要体现在三个方面:人身体的异化、人精神的异化以及人与人之间关系的异化。大爆炸出生的乖孩子们因为核辐射的影响,身体上都存在着各种畸形。托尔斯泰娅采用夸张、变形、漫画式的后现代主义笔法,塑造了一系列身体异化了的暗黑童话式人物。且看作家笔下怪诞的畸形人物画廊:蜕化异质分子"长着人的面孔,可身上却长满了毛,并且用四只脚在地上跑"(托尔斯泰娅2);大爆炸后出生的人的"后遗症"千奇百怪——"有的手上像是敷了一层绿色的面粉,仿佛在面粉袋里乱刨过一阵;有的长着鱼鳃;有的长着鸡冠或是其他东西。不过,也有什么后遗症也没有的人;除非到老了还会从眼睛里冒出粉刺来;或者胡子从那隐蔽的地方长出来,一直长到膝盖边,或者鼻孔从膝盖上钻出来"(托尔斯泰娅12);负责窃听的大耳朵瓦休克"长着很多耳朵,有的看得见,有的看不见:头上有,头下也有;膝盖上有;胭窝里也有;连毡靴里都有。这些耳朵各种各样:有大有小,有圆有长,有的只有一个洞,有的则是粉红色的管子,有的像条缝隙,有的长着毛,有的十分光滑"(托尔斯泰娅30);瓦尔瓦拉·卢基尼什娜"脑袋光光的,一根头发也没有;脑袋上长满了鸡冠,它们还不住地摇晃。每只眼睛里也冒出鸡冠"(托尔斯泰娅31);令乖孩子们闻风丧胆的卫生员们"该长眼睛的地方是两个大窟窿,脸也看不见"(托尔斯泰娅42);居住在垃圾塘小木屋的伊凡·戈维亚基奇的头、手和肩膀都长得很壮实,"只是脚掌直接从腋下长出来,而奶子就长在身子正中间"(托尔斯泰娅48);大王爷瓦尔索诺菲·希雷奇胖得惊人,"哪怕将六个乖孩子捆在一起,也不及瓦尔索诺菲·希雷奇一半大"(托尔斯泰娅56);而大王费多尔·库兹米奇是个侏儒,他的个头"并不比猫咪大,顶多只齐本尼迪克的膝盖"(托尔斯泰娅61)。不难看出,整个城市从上到下人的身体都处于极度夸张、怪诞的异化状态,正是这些身体异化的人物,使整个城市宛若"暗黑王国",充满了黑暗的哥特式色彩。

而在描写本尼迪克和岳父一家身体的异化时,托尔斯泰娅进行了直观的、静态的描绘。例如,本尼迪克的尾巴"那么匀称、白净而又结实。它有巴掌那么长"(托尔斯泰娅135);岳父库德亚尔·库德亚雷奇"嘴巴长得很长,像是一根棍子","眼睛又圆又黄,就像月光果一样,眼底似乎会发出光来"(托尔斯泰娅147)。除此之外,作家还对这些异化特征进行生动、形象的动态描写,极具暗黑童话的风格。本尼迪克的尾巴会随着他的心情做出不同的反应,在他满意或高兴时小尾巴会摇摆,当他恐惧或忧伤时尾巴会卷起来。对岳母肥胖特征的描写也是动态的:"可以说她是漂浮进来的。这个女人肥胖无比,半边身子已经进屋,另外半边还待在另一间屋里"(托尔斯泰娅 148)。而在描写岳父一家"猫"的特征时,作家从本尼迪克的视角对他们的"爪子"进行静态与动态相结合的生动描绘,更是令读者感到毛骨悚然:"桌下又响了起来——就在脚边。本尼迪克实在忍不住故意用肘部将一片面包从桌上推下去,然后俯下身子,装出去捡的样子。而桌下是岳父穿着树皮鞋的脚。他的脚爪子从树皮鞋里钻出来,灰不溜丢的,又长又尖。他用这些爪子在长凳下的地板上刨,已经刨起了一堆东西:像是毛发,又像是麦秸,拳曲而又闪亮。他再看了一下:岳母也长着爪子。奥莲卡也是。只是奥莲卡的比较小。她的凳子下刨起的东西也比较少"(托尔斯泰娅 151)。

在《野猫精》中,人精神上的异化主要体现为一种原始主义的返祖迹象,即人性的衰弱和兽性的增强。聂珍钊提出的术语"斯芬克斯因子"能够很好地说明这一点。"斯芬克斯因子"是由两部分组成的——人性因子(human factor)与兽性因子(animal factor)。这两种因子有机地组合在一起,其中人性因子是高级因子,兽性因子是低级因子,因此前者能够控制后者,从而使人成为有伦理意识的人(聂珍钊 5)。《野猫精》中居民们身上"斯芬克斯因子"的变化反映出人类伦理的衰落。托尔斯泰娅主要通过对主人公本尼迪克和奥莲卡一家人的描写来反映这一点,他们的精神异化具体表现在对于"食"和"色"的态度上。对于奥莲卡一家来说,"吃"是生命中最重要的事情,他们拥有野兽一样的胃口,食量已经远远超出正常人的范畴。他们日常的每一餐都是饕餮盛宴,因此一家人都拥有极度肥胖的身躯。家人们聊天的话题也永远围绕食物展开,这样空虚、无趣的生活令爱读书的本尼迪克头痛不已。本尼迪克和奥莲卡的情欲同样带有明显的兽性特征。和奥莲卡结婚之前,本尼迪克和女性发生性关系之前会跳一整套类似于动物求偶的舞蹈,求偶舞可谓是本尼迪克身上动物本能残留的生动写照。而奥莲卡则彻头彻尾被情欲支配着,她几乎无所事事,除了吃饭以外,就是躺在床上无休止地渴望情欲的发泄。本尼迪克和奥莲卡一家身上人性的衰弱和兽性的增强从侧面反映出文化垄断的极权主义国家中人精神上的异化。而集体精神上的异化自然会导致文明的失落。在统治者的文化垄断下,居民沦为彻头彻尾的无知、顺从的"乖孩子",他们对于文明世界最后的遗产"古版书"唯恐避之不及,相信接触它们就会得传染病,被卫生员抓走。

《野猫精》中人际关系的异化主要体现在人与人之间都处于相互怀疑、敌对的状态。失去了文明的乖孩子们在相处时从来不懂什么是礼貌,总是对彼此恶语相向;在仓库节到来时,老奶奶刚领到的物资转眼间就被人偷走,取而代之放上了肮脏的粪便。男性和女性之间的关系也处于极度异化的状态中。男性将女性视为物化了的附属品,本尼迪克的父亲总是打骂自己的妻子。对男女关系异化最生动、具讽刺性的描写莫过于小说中关于三八妇女节的情节:在大王的命令下,男性乖孩子们在妇女节当天遇到女性时,要向对方说"您妻子和母亲和祖母和侄女或者别的什么丑八怪女人生活幸福工作顺利日子平安"(托尔斯泰娅106)。严肃的话语和带有侮辱性词汇的结合形成一种滑稽的效果。本尼迪克背熟了这句话,多次向不同的女性表示祝贺,而女性们听到这样的贺词竟然欣然接受。可见女性完全被置于社会的边缘地位,两性关系的异化不言而喻。

从某种程度上看,《野猫精》中存在着怪诞现实主义的倾向。巴赫金指出,"怪诞现实主义的主要特点是降格,即把一切高级的、精神性的、理想的和抽象的东西转移到整个不可分割的物质—肉体层面、大地和身体的层面"(23—24)。《野猫精》中畸形、怪诞、异化的人物身体恰恰反映了这种指向"物质—肉体"层面的降格现象。托尔斯泰娅通过对怪诞人物身体某一器官或部位的放大、扭曲和突出来表现其返祖、兽性的特征,揭示人物身体和精神上的异化。然而,尽管作家借老妈之口指出故事发生的地点费多尔—库兹米奇斯克城其实就是未来的莫斯科,小说中的许多情节也隐含着对现实问题的影射,《野猫精》却并不是一部怪诞现实主义作品。这是因为在托尔斯泰娅的有意安排下,整个故事沉浸在非现实、怪诞、哥特式的氛围中,具有明显的暗黑童话风格。小说中无论是时间和空间的设置、人物形象的塑造,还是世界观维度,都与现实世界相去甚远。如果说果戈理的《鼻子》《肖像》《外套》等作品当属怪诞现实主义,布尔加科夫的《大师和玛格丽特》堪称魔幻现实主义,那么托尔斯泰娅的《野猫精》则可以被概括为一部具有怪诞现实主义倾向的"反乌托邦暗黑童话"。

四、《野猫精》中的童话因素和非童话因素

诚然,《野猫精》不同于传统的反乌托邦作品。无论是从作品的风格上看,还是从创作的技法上看,《野猫精》都超越了传统的反乌托邦叙事,在后现代主义的语境下焕发出新的生机。可以说,"《野猫精》是反乌托邦体裁的后现代主义变体"(Грешилова 34)。的确,托尔斯泰娅在《野猫精》中运用了荒诞、夸张、变形、互文等一系列后现代主义技法,建构了一个哥特式的"暗黑王国"。有学者指出,"托尔斯泰娅的小说展现了光怪陆离、五彩缤纷的童话氛围,并以此表

达了解构神话的反乌托邦主义思想"(赵杨 113)。托尔斯泰娅以暗黑童话的风格，通过对当下现实的隐喻式书写，描绘了一个虚构的童话世界。

在暗黑童话，或者说成人童话中，总是同时存在着童话因素和非童话因素，两种因素相互交融、相辅相成，给读者以独特的审美体验。《野猫精》中最突出的童话因素在于，作家充分发挥了想象力和创造力，不仅塑造了一系列怪诞、畸形、非现实的怪物形象，还赋予许多人物和事物"魔法的元素"。大耳朵瓦休克长在腘窝的耳朵具有超乎常人的听觉，窃听就是他的"魔力"。本尼迪克的小尾巴就像他心情的晴雨表，能随着心情的变化做出不同的反应。总锅炉工尼基塔能够从嘴里喷出熊熊火焰，且看他喷火时的场景："他的嘴里喷出一团火——它像一根柱子，又像一股风，直往火炉里吹去，随后发出一声巨响，在宽大的炉子里燃烧起来，噼噼啪啪，燃起金黄色的火苗"(托尔斯泰娅 67)。而尼基塔最终飞升天上也向读者展现了他飞翔的魔力。本尼迪克的岳父库德亚尔·库德亚雷奇能从眼中发出超强的光，岳母和奥莲卡也能，只是光更弱一些。再看暗黑王国中神奇的果实月光果，这种果实仿佛被施了魔法，不仅会发光，还会趋利避害："在密林深处最古老的槭云杉树上，长有月光果。这是一种非常好吃的东西：又甜、又圆、又黏。成熟的月光果像人的眼睛那么大。它们在夜间银光烁烁，像是从枝叶间照进的月光；而白天你却休想看见它们。据说，还不能让月光果猜到这是人。采摘月光果时动作要快，以免它受惊、喊叫。否则，它会警告其他月光果，而后者一得到信息，马上就停止发光了"(托尔斯泰娅 11)。除此之外，小说中还穿插着许多由人物讲述的童话和寓言故事的片段。《野猫精》中充满魔力的人和物将我们带入了一个光怪陆离、似真似幻的童话世界。

暗黑童话中往往具有以下非童话因素：没有善与恶的对立，主人公没有明确的目的，开放式的结局，以及恐怖、怪诞的因素。《野猫精》中的人物同现实中的人一样，并不是"非黑即白"的，每个人物都有自己的身份、立场，人物的思想、情感也处于动态变化中。福斯特将叙事作品中的人物概括为两类："扁平人物"和"圆形人物"。"所谓'扁平人物'，也就是我们常说的类型人物，他们往往性格单一、没有发展；而'圆形人物'正好相反，他们的性格特征中总是包括不止一种元素，而且其性格是发展变化而不是静止不动的"(龙迪勇 206)。如果说儿童童话中的人物往往是具有单一特征的"扁平人物"，那么暗黑童话中的人物则通常是复杂、多变而难以定义的"圆形人物"。虽然《野猫精》中不存在明显的善与恶的对立，却存在着作家赞扬或不赞扬的倾向，这与作家的创作宗旨息息相关。托尔斯泰娅在接受采访时表示："我只想通过对日常生活的描写表现人类永恒的主题——善与恶，真与假，爱与憎"(余一中 76)。在托尔斯泰娅的笔下，在大爆炸时不自私的那些往昔的人们都有"不会变老"的后遗症。这正是托尔斯泰娅对"善"的奖赏。作为往昔的人中被着重塑造的女性形象,本尼迪克的母亲拥有着真、善、美的特质。在"丑相当道"的暗黑王国中,她"面色绯红,头发乌黑"的美好形象不禁使人眼前一亮。在《野猫精》中,主人公本尼迪克显然没有明确的目的,他痴迷读书,但缺乏判断力,尼基塔、岳父的想法都能在他身上留下痕迹,关于这一点我们自不必多言。童话故事往往拥有美满的结局,但暗黑童话却并非如此,它的结局往往是开放式的,引人思索的。在小说《野猫精》的结尾,尼基塔喷出大火自救,烧死了库德亚尔·库德亚雷奇,和不同政见者列夫·利沃维奇一起飞走了,留下本尼迪克一人。这一开放式的结局使读者不禁猜测主人公的命运,引起读者对俄罗斯,甚至对全人类文化道路发展问题的思考。

结　语

《野猫精》是一部复杂的、多层次的作品。有学者指出,"《野猫精》是一部涵盖了幻想小说、童话、寓言和互文性特征等元素的反乌托邦长篇小说"(Адилханова 10)。而在这部几近神话史诗般的长篇巨著中,鲜明地展现出暗黑童话的风格。托尔斯泰娅在《野猫精》中有机结合了童话因素和非童话因素,运用后现代主义技法,构建出一个光怪陆离的暗黑童话王国。作家心系国家、民族的命运,坚信坚守传统文化才是最优的发展道路。"塔吉扬娜·托尔斯泰娅书写,或者说创造了俄罗斯历史和文化的真正模式,这是一个正在运行着的模式,是一个微观宇宙"(Парамонов)。作家在《野猫精》中突出展现了"文化失落"的主题,通过对遗失了传统的怪诞人物的描写,以隐喻的方式对现实生活中的文化危机做出警示,描绘了一幅别样的反乌托邦图景。

引用文献【Works Cited】

Адилханова М. А. Жанровое своеобразие романа Т. Толстой «Кысь». Филологические науки. Вопросы теории и практики, 2017(04): 10 – 12.

Bakhtin. *The Complete Works of Bakhtin*: *Volume VI · The Creation of Rabelais and the Folk Culture of the Medieval and Renaissance*. Trans. Li Zhaolin and Xia Zhongxian. Shi Jiazhuang: Hebei Education Publishing House, 2009.

[巴赫金:《巴赫金全集:第六卷·拉伯雷的创作与中世纪和文艺复兴时期的民间文化》,李兆林、夏忠宪译,石家庄:河北教育出版社,2009年。]

Грешилова А. В. Антиутопические тенденции в романе Т. Н. Толстой «Кысь». Филологические науки. Вопросы теории и практики, 2017(08): 33 – 36.

Long, Diyong. "Space Writing and Character Creation in Narrative Works." *Jianghai Academic Journal* 1 (2011): 204–215.

[龙迪勇:《叙事作品中的空间书写与人物塑造》,《江海学刊》2011 年第 1 期,第 204—215 页。]

Nie, Zhenzhao. "Literary Ethics Criticism: Ethical Choice and Sphinx Factor." *Foreign Literature Studies* 6 (2011):1–13.

[聂珍钊:《文学伦理学批评:伦理选择与斯芬克斯因子》,《外国文学研究》2011 年第 6 期,第 1—13 页。]

Парамонов Б. Русская история наконец оправдала себя в литературе [DB/OL]. 2000-10-14. 〈http://www.guelman.ru/slava/kis〉.

Tolstoya, Takyana. *Kys*. Trans. Chen Xunming. Shanghai: Shanghai Translation Publishing House, 2005.

[塔·托尔斯泰娅:《野猫精》,陈训明译,上海:上海译文出版社,2005 年。]

Yu, Yizhong. "The Interview of Takyana Tolstoya." *Russian Literature & Arts* 2 (1995): 75–77.

[余一中:《塔吉扬娜·托尔斯泰娅访问记》,《俄罗斯文艺》1995 年第 2 期,第 75—77 页。]

Zhao, Yang. "Writing and Reflection of History in Russian Postmodernist Literature." *Journal of Capital Normal University*(*Social Sciences Edition*) 3 (2014): 109–114.

[赵杨:《俄罗斯后现代主义文学对历史的书写与反思》,《首都师范大学学报(社会科学版)》2014 年第 3 期,第 109—114 页。]

Zheng, Yongwang. "The Root, Man and Soul of Dystopian Novels-Also on Russian Dystopian Novels." *Foreign Literature Review* 1 (2010): 3–10.

[郑永旺:《反乌托邦小说的根、人和魂——兼论俄罗斯反乌托邦小说》,《外国文学评论》2010 年第 1 期,第 3—10 页。]

法国文学研究

帕特里克·莫迪亚诺的侦探小说创作手法

李 琦

内容提要：帕特里克·莫迪亚诺的作品带有鲜明的侦探小说风格，情节大多是跟踪和调查、回忆和探索，寻找是其笔下永恒的主题之一。本文对莫迪亚诺的侦探小说创作手法的动因、特征和内涵进行剖析，发现于作家而言，寻找的过程亦是重构身份的过程。莫迪亚诺的侦探小说创作手法有别于传统范式，裹藏在侦探小说外衣之下，是作家的人文关怀意识及其对人类无法摆脱的生存困境和游离在"寻根与遗忘"之间的迷惘命运的无尽探索。

关键词：莫迪亚诺；侦探小说；寻找；记忆；身份

帕特里克·莫迪亚诺（Patrick Modiano, 1945—）是法国当今最重要的小说家之一。2014年，他以回忆的艺术唤醒了最难以捉摸的人类命运，揭露了占领时期的生活世界，从而摘得诺贝尔文学奖的桂冠。莫迪亚诺的小说并没有特别复杂的情节，大多是跟踪和调查、回忆和探索，寻找是其笔下永恒的主题之一。主人公往往由于某位相识之人的消失而重溯过去，追寻往日逝去的时光，探求尘封已久的真相。恰如他在获奖演说上所言："这种想弄清楚又弄不太清楚，急切想揭开谜底的欲望促使我去写作，仿佛写作和想象可以帮助我揭开这些谜团，刺探这些秘密"（64）。这种想要探求真相而不得的无奈，使得莫迪亚诺的作品常常蒙上一层侦探小说的悬疑色彩。然而，相较于传统侦探小说的叙事模式，莫迪亚诺抛出了很多谜团，却没有给出答案，甚至疑云渐浓。"促使我写作的动因就是重新找到痕迹，而不是直接讲述事件，这些事件多少有点神秘"（Entretien avec Liban）。对于莫迪亚诺而言，重要的不是谜题的结果，而是解谜的过程，借由写作在寻找的过程中深化对人生的感悟与思考。

一、莫迪亚诺的侦探小说创作手法动因

　　回顾欧美侦探小说史，最早的现代侦探小说可以追溯至埃德加·爱伦·坡（Edgar Allan Poe）的《莫格街凶杀案》(The Murders in the Rue Morgue, 1841)，而后经过阿瑟·柯南·道尔（Arthur Conan Doyle）等人的推广，在"一战"和"二战"之间步入巅峰，"二战"后侦探小说的类型与风格日趋多样化，涌现出一批包括阿加莎·克里斯蒂（Agatha Christie）、乔治·西默农（Georges Simenon）在内的侦探小说家。西默农作为世界闻名的法语侦探小说家又深深影响了阿兰·罗伯—格里耶（Alain Robbe-Grillet）、乔治·佩雷克（Georges Perec）、让·艾什诺兹（Jean Echenoz）、帕特里克·莫迪亚诺等人，他们从侦探小说中汲取灵感，但是又不拘泥于传统侦探小说的模式，"新类型的诞生，并非不破不立地一定要摧毁旧类型，而是作为一个不同的特征体，与旧类型和谐相处"（托多罗夫 17）。莫迪亚诺曾在访谈中多次提到他想要创作侦探小说的愿望："是的，我常常渴望创作侦探小说。或者侦探系列，就像乔治·西默农一样"（Entretien avec Crom）。莫迪亚诺也表示自己和西默农的相似之处在于"他也需要确切地知道其人物会在什么样的地点和环境中演变。他会用精练的风格和简短的句子来表现氛围或者描述非常复杂的行为，这也是我一直以来努力的方向"（Entretien avec Kéchichian）。从两人对人名和地名的热衷，对巴黎这座城市的偏爱等方面可以看出，莫迪亚诺继承了西默农的诸多创作风格。

　　莫迪亚诺选择侦探小说创作手法还有另外一个更深层次的原因，即作家本人飘忽不定、动荡不安的童年经历。"归根结底，侦探小说的主题和我所念念不忘的主题很相似：失踪、身份问题、失忆、回到迷雾重重的过去。……我对这类情节的偏好也有个人原因。现在回想起来，我觉得童年的一些情节很像一部侦探小说"（Entretien avec Crom）。作家的父亲阿尔贝·莫迪亚诺（Albert Modiano）在占领期间和德军进行可疑勾当而行踪不定，母亲路易莎·科尔贝（Luisa Colpeyn）要跟随剧院参与世界巡演而无法顾家，莫迪亚诺从小便被寄养在父母的朋友家，而这些朋友也行事神秘，过往成谜。其童年建立在流沙之上。然而对于少不经事的儿童来说，这一切并不会显得怪异，"当时我身边充满了神秘的人和事。那时的孩子不会问那么多问题，在他们看来一切都是自然而然的。但是很久以后，随着时间的流逝，他们回溯过去，扪心自问：到底是怎么回事"（Entretien avec Crom）。这也就解释了为什么成年后的莫迪亚诺一次又一次在作品中重回故地，重返逝去的岁月，无非就是为了揭开尘封已久的历史面纱，探

明真相,寻找答案。

一方面是受到西默农的影响,另一方面是其自身童年生活的颠沛流离、漂泊不定,二者构成了莫迪亚诺的侦探小说创作手法动因。在莫迪亚诺构建的文学世界里,显然他并没有完全依照传统侦探小说的模式,而是以某种"解构"(Meyer-Bolzinger 1)的形式去叙述。在被问到为什么不直接创作侦探小说时,莫迪亚诺回答称"侦探小说诱发了一种现实主义,甚至是自然主义,其叙事结构非常严谨简洁。在结构方面,没有位置可以留给变幻莫测的想象,需要朴实自然,甚至带有说教意味,好让拼图的碎片嵌入原位。在一部侦探小说的结尾,需要有一个解释、一种解决办法。当我们想要描述一段破碎的、不确定的、如梦如幻的过去时,它就不适用了,我就是这种情况"(Entretien avec Crom)。由于只能凭借残存的迹象、散落的碎片去拼凑儿时的回忆,童年的经历像迷雾一般萦绕在作家心头,令人不安的遗弃感、焦虑感和不真实感成为莫迪亚诺童年的代名词,想要言说却无法言说、想要探寻过去的真相却又不得的无奈,让作家选择"借用侦探小说的套路"(余中先 291)去书写记忆与遗忘。

二、莫迪亚诺的侦探小说创作手法特征

托多罗夫认为早期的侦探小说存在"一种二重性"(5),即犯罪的故事和侦破的故事,前者讲述实际发生了的案件,后者解释读者(或叙述者)是怎样获悉真相的(7)。虽然莫迪亚诺很少在作品中直接描写犯罪的故事,但是读者总能从字里行间辨认出这一必不可少的要素,比如《青春咖啡馆》(*Dans le café de la jeunesse perdue*,2007)中的毒品和自杀、《一度青春》(*Une jeunesse*,1981)中的卖淫和强奸、《八月的星期天》(*Dimanches d'août*,1986)中的绑架和走私、《夜的草》(*L'Herbe des nuits*,2012)中的谋杀、《多拉·布吕代》(*Dora Bruder*,1997)中的失踪等等。有时,他也会用简短的句子委婉带过,《缓刑》(*Remise de peine*,1988)中"那年,一位摩洛哥政治家被绑架"(66),《八月的星期天》中"他在巴黎解放时在一个街垒上被乱枪打死了……"(134)等等。后一部堪称是莫迪亚诺最为典型的带有"黑色小说"标签的作品,集合了犯罪、动机、受害者和犯罪者等基本要素:希尔维娅带着未婚夫维尔库刚刚到手的价值连城的钻石和"我"逃到了南方城市尼斯,准备物色买家,将钻石脱手。一对美国人尼尔夫妇有意购买,就在交易即将达成的某个晚上,尼尔说要带"我"和希尔维娅去戛纳兜风,路上尼尔让"我"下车去买香烟,等"我"从加拉克饭馆走出来,汽车已经无影无踪,他们三人消失在茫茫夜色中。

"侦破的故事"侧重于"了解情况、搜集证据"（托多罗夫 5），因而"享有特殊的地位"（6），侦探小说的套路模式决定了莫迪亚诺"作品故事的情节大致是跟踪、调查，外加回忆和探索"（余中先 291），也就是较多着墨于讲述"侦破的故事"，更确切地说是"寻找的故事"，因此"寻找"这个主题在其作品中比比皆是：出版于 1978 年并荣获当年龚古尔文学奖的《暗店街》（*Rue des Boutiques Obscures*）是莫迪亚诺"第一次以一种直接的方式试验侦探小说"（Meyer-Bolzinger 5），讲述了一个失忆的侦探在茫茫人海中调查自己的身世和来历，开启寻根之旅的故事。而后，作家继续深入这一主题。《缓刑》中的帕托施成年之后追忆往昔；《多拉·布吕代》中的"我"看到一则关于失踪少女多拉·布吕代的寻人启事，由此开启了长达十年的调查；《地平线》（*L'Horizon*，2010）里博斯曼斯在四十年后打算重新找到玛格丽特，只身前往柏林。作家的第 29 部小说《隐形墨水》（*Encre sympathique*，2019）一如既往延续了"寻找"的情节，主人公根据零碎的信息开启了漫长的寻人之旅，期望通过仅有的人名和地名来复原破碎的"时间拼图"。

无论是犯罪的故事还是侦破的故事，都离不开人物的存在。在莫迪亚诺的笔下，有几类比较典型的人物形象：一是不受保护、游离在社会边缘的年轻人。他们终日在城市里（如巴黎）漫无目的地游荡，"四处漂泊、居无定所、放荡不羁、无忧无虑"（《青春咖啡馆》5）。有时他们还会使用化名，甚至拥有伪造的假证件——无论是选择在冬日离家出走的多拉，还是藏着不为人知的秘密、使用假名的露姬。二是从事非法勾当，行踪不定、过往不明的神秘人物。作品中常常出现诸如"赌博""走私""黑市交易"这样的关键词。在《八月的星期天》里，维尔库口中"重要的事业"就是"倒卖美国汽车这种勾当"（137），作品对和他走得很近的勒内·茹尔丹所从事的职业也语焉不详；又或者《缓刑》中的罗歇·樊尚、让·D、安德烈·K 以及"洛里斯通街的那帮人"，同样形迹可疑。三是侦探小说作家或爱好者。比如《暗店街》中的丹尼斯，《八月的星期天》中的希尔维娅，《一度青春》中的让，都对阅读侦探小说情有独钟；而在《迷失的街区》（*Quartier perdu*，1985）中，主人公则直接化身为一名侦探小说家；甚至在《缓刑》里，让·D 建议年幼的帕托施阅读黑色小说，"你应该读读黑色小说"，"我给你带来一本黑色小说……"（46）。四是侦探或警察角色。和传统侦探小说里探明真相、挖掘事实的形象不同，在莫迪亚诺笔下，二者并不能起到重要作用。《暗店街》中的"我"是一位失忆的侦探，不得不凭一己之力探寻自己的来历，尽管已经在巴黎的大街小巷寻找了无数次，却始终没有弄清自己的真实身份，留下种种疑团；而在《八月的星期天》里，面对希尔维娅遭遇的绑架案，警察习以为常，摆出一副见怪不

怪的姿态:"对不起……我们实在无能为力……"(119)

按照弗里曼(Freeman)的划分,侦探小说这类叙事分为四个阶段:提出问题、展示数据、了解真相、验证结局(转引自袁洪庚 224),其中"数据"即物证,在小说中的作用毋庸置疑。为了在时间的长河中留下"固定点"(un point fixe ou un point de repère),在莫迪亚诺的小说中自然少不了依靠一些物品来证明实实在在的过去,这些物品在一定程度上代替了传统侦探小说里的物证或罪证,有的时候甚至起到推动情节发展的作用。比如《缓刑》中的香烟盒——"这个物品是我生活中一个不能对任何人说的阶段的唯一证明"(99),《八月的星期天》中尼尔夫妇给"我"的名片——"这是我们和尼尔夫妇相逢过的唯一证据"(71),《多拉·布吕代》中多拉的出生证明和家庭照片,《青春咖啡馆》中记录了整整三年孔岱咖啡馆顾客姓名的本子,《这样你就不会迷路》(Pour que tu ne te perdes pas dans le quartier, 2016)中的电话本,等等。最直观的例子无疑是《暗店街》,书中大量的篇幅用于展示数据,无论是于特留在侦探事务所中的《社交名人录》,还是情报商贝纳尔迪的调查报告,种种信息诸如出生日期、居住地、电话号码都为主人公居伊接下来的调查指明了方向,"提供某种充满历史感的佐证"(余中先 291)。

除了上述的人、事、物之外,莫迪亚诺尤其擅长对环境的描写,大到他偏爱的巴黎雨天或夜晚,小到昏暗的房间、幽静的咖啡馆,作家竭力营造一种"暗"环境来衬托人物内心的孤独感与无力感。在《八月的星期天》中,"又闻见房间里潮湿发霉的味道。……我们总是觉得那么孤独,以至于潮湿和霉气好像都渗入了我们的身体"(47),半昏暗的酒吧带来"一种近似窒息的感受。我觉得我们像是关在鱼缸里的金鱼,只能透过玻璃看外面的天空和树木,永远呼吸不到自由的空气"(50),"黑暗和寂静像裹尸布一样缠着我,使我感到窒息。渐渐地,窒息的感觉又被空虚、沮丧所代替"(108)。又或者,在《缓刑》的最后,安妮等人离去,只剩下"我"和弟弟在花园里无助绝望地等待;而在《这样你就不会迷路》的结尾,同样被抛弃的感觉再度袭来,甚至愈发强烈,"开始的时候,似乎一切照常:轮胎在砾石上摩擦发出的声音,然后是渐渐远去的马达声,需要一点时间,你才能明白过来,房间里只剩下了你一个人"(136)。当然,莫迪亚诺的小说背景大多数都可以追溯到德占时期,恰如他在获奖演说上所言:"这个占领时期的巴黎一直纠缠着我,我的书都沉浸在它那被遮蔽的光中"(60)。虽然作家不曾亲身经历占领时期,但这段记忆作为他的"史前"(préhistoire)始终萦绕着他,让他无法摆脱。德占时期的亲历者试图忘却这段记忆,但是莫迪亚诺却希望"在遗忘的白纸上,重现出几个模糊的字迹"(67),因而他从未停止探索巴黎的秘密。占领期间的城市如同噩梦一般,空气中弥漫着危险的气息,因此莫迪亚诺笔下的环境常常"停留在一种半明半暗之中"(Entretien avec Montaudon),这也"影射了找寻过程与结果的模糊性、不确定性乃至存在的虚无性"(翁冰莹、冯寿农 128)。

若隐若现的犯罪情节,亘古不变的寻找主题,特征鲜明的人物形象,真实存在的物品证据,半明半暗的空间环境,构成了莫迪亚诺的侦探小说创作手法的主要特征。作家一次又一次乔装打扮,化身不同的角色开启寻根之旅:他可以是《缓刑》中以儿童视角描述童年的帕托施,可以是《暗店街》里失忆的中年男子,也可以是《这样你就不会迷路》里年近六十回顾往昔的达拉纳;书中他们要寻找的或者是遥远童年的记忆碎片,或者是青年时期的短暂相识,甚至是完完全全的陌生人。传统的侦探小说都会有一个明确的故事结尾,不同于此,在莫迪亚诺的笔下,故事的最后往往由于线索中断而寻找无果,于是每一次创作都化作"无尽的孤独寻找"(Gellings 143),宛若一场"永恒轮回"游戏,自始至终莫迪亚诺书写着相同的主题和相似的情节。

三、莫迪亚诺的侦探小说创作手法内涵

显而易见,帕特里克·莫迪亚诺的小说带有鲜明的侦探小说风格,但是裹藏在侦探小说外衣之下,是他独具特色的写作内涵,即一种对身份的寻找。这无疑源自作家长久以来形成的身份缺失感。出生于 1945 年的莫迪亚诺自称是"战争的孩子",认为他的生命"属于占领区的巴黎"。在那个噩梦般的岁月里,每个人都可能随时失踪,不留下一丝痕迹。就是在这样一个特殊时期,莫迪亚诺的父亲冒用假身份,与德国警察勾结,母亲为了避免犹太姓氏可能引起的麻烦,给莫迪亚诺举行了天主教洗礼。"既是受害者又是刽子手,既是犹太人又是反犹分子"(Amar 346)的矛盾身份给作家带来了很多困惑,让他始终心怀愧疚,无法释怀。自出生起就镌刻在他身上的"战争"印记,再加上童年时期的动荡生活、内心的孤独不安,使莫迪亚诺长期处在一种失根状态,这直接导致了他在创作中对身份格外关注。"出生就是他作品的源头"(qtd. in Laurent 26),只有追忆往昔,踏上寻根之旅,才能确定自己的身份。因此,于作家而言,在写作中寻找的过程亦是重构身份的过程,"在一种侦探式的、接近于人的使命感式的内在精神驱使下"(翁冰莹、冯寿农 129)挖掘自己的存在之根。

不仅如此,帕特里克·莫迪亚诺还将他对自我身份的关注投射到小说中的人物身上,刻画了"在社会中挣扎着的即将成人的未成年人以及成年人,他们通过艰难的乔装打扮和身份篡改,背负着神秘过去带来的重担"(Blanckeman 74)。

莫迪亚诺早先在《暗店街》中塑造了"海滩人"(50)的形象,谁也叫不出"海滩人"的名字,即使有一天他消失了也没有人注意到。作家借于特之口表示"其实我们大家都是海滩人……沙子只把我们的脚印保留几秒钟"(50)。嗣后他又在诸多其他作品中间接地延续了这个概念,比如《八月的星期天》里的"我"和希尔维娅又何尝不是"海滩人"呢?"我们的生活、我们可怜的个人经历算得了什么?不过是给许许多多事件加一段插曲罢了,而且并不是最后的插曲"(120)。又如在《青春咖啡馆》中,作家采用四个人的口吻进行叙述,共同构成了关于主人公露姬的"拼贴画":一个巴黎矿业大学的大学生,一个从事情报工作的人,露姬本人和露姬在生命最后阶段的情人罗兰。纵然如此,依然无法还原露姬的真实内心,她如同"海滩人"一样,最后消失在时间的长河中。

对边缘人物的关注和描写也体现了帕特里克·莫迪亚诺的人文关怀意识。作为"战争的孩子",他试图去理解那些遭到战争迫害或者被社会抛弃的受害者的悲惨命运,并且将关注的群体延伸至20世纪60年代的迷惘青年。这些处在社会边缘的人,如果没有人在意,他们就会像"海滩人"一样,随着历史的洪流彻底消失,正如他在《多拉·布吕代》中写道:"如果我不把它写出来,一九四二年二月发生在香榭丽舍大街大围捕中这个陌生女人还有我父亲的踪迹将消失殆尽"(57)。莫迪亚诺敏锐地把握了时间的逝去和生命的虚无,《暗店街》这样结尾——"我们的生命不是和这种孩子的悲伤一样迅速地消逝在夜色中吗?"(182)。或许正是由于这种感悟,莫迪亚诺小说中的主人公一次次回顾往昔,"他们在寻找的正是人物生存的根基、依托和支点"(余中先288),对于作家来说,生活中最重要的不是未来,而是过去,一定要"弄清楚自己的过去,才肯接受自己"(董强)。但是由于过去记忆的不完整和不确定,莫迪亚诺的叙事并非线性的,通常是在寻找的过程中采用倒叙手法回顾往日的事件,不同时空交错重叠,结局也往往无果而终,使其作品呈现出鲜明的碎片化风格,这恰好印证了莫迪亚诺的美学选择:小说是一种"拼拼凑凑"(Entretien avec Le Fol)。作为现代主义和后现代主义文学中常见的手法,碎片化的写作风格不仅增设了悬念,也暗示了身份的破碎,失根状态变成"人类生存的荒诞境遇"(余中先288)。但是,只要还能写作,就可以在虚拟的文学世界里溯源、寻根、重构身份,成为命运的主宰。

结　语

帕特里克·莫迪亚诺在诺贝尔文学奖获奖演说中表示"只要用一种专注、

近乎被催眠的姿态去观察世界,就可以挖掘出被日常生活淹没的人和貌似平庸的事物的隐秘。……诗人、小说家,同样还有画家的任务就是要揭示每个人心灵深处的奥秘和幽光"(62)。作家挪用了传统侦探小说的一些元素,但是消解了传统侦探小说严密的逻辑和确切的结局,其作品所要表达的内涵与意义更加丰富。这种将通俗小说和经典文学杂糅在一起的独特的侦探小说创作手法不仅增强了其作品的可读性,扩展了在读者中的受众范围,也奠定了作家在文学界的位置。莫迪亚诺不只是借助小说中的人物回溯过去,重构自己的身份,也是希望通过写作为无数因历史、文化、政治、宗教等原因深陷身份危机中的群体发声。莫迪亚诺将自我身份、普通个体身份、人类共同命运凝结在一起,展现其人文关怀意识的同时,重现和思考人类面对的荒诞境遇。裹藏在侦探小说外衣之下的,是作家对文学更深更高的追求:对人类无法摆脱的生存困境和游离在"寻根与遗忘"之间的迷惘命运的无尽探索。

引用文献【Works Cited】

Amar, Ruth. "Le ton de Patrick Modiano." *Analyses*. vol. 6, no 1 (2011): 343 – 361.

Blanckeman, Bruno. *Lire Patrick Modiano*. Paris: Éditions Armand Colin, 2014.

Dong, Qiang. "Modiano: What Else Can Writers Do After God Abandoned Human Beings?" *The Phoenix Culture* 2014-10-16.

[董强:《莫迪亚诺:上帝抛弃人类后,作家还能做什么?》,《凤凰文化》2014 年 10 月 16 日。]

Entretien avec Laurence Liban. dans *Lire*. octobre 2003.

Entretien avec Nathalie Crom. dans *telerama*. le 3 octobre 2014.

Entretien avec Patrick Kéchichian. dans *Le Monde des livres*. le 5 octobre 2007.

Entretien avec DavidMontaudon. dans *Quoi dire*. mars 1984.

Entretien avec Sébastien Le Fol. dans *Le Figaro*. le 27 janvier 1999.

Gellings, Paul. *Poésie et Mythe dans l'œuvre de Patrick Modiano: le fardeau du nomade*. Paris: Lettres modernes Minard, 2000.

Laurent, Thierry. *L'oeuvre de Patrick Modiano, une autofiction*. Lyon: Presses universitaires de Lyon, 1997.

Meyer-Bolzinger, Dominique. "L'enquête en suspens ou l'écriture policière de Patrick Modiano." Petit, Maryse, et Gilles Menegaldo. *Manières de noir: La fiction policière contemporaine* [en ligne]. Rennes: Presses universitaires de Rennes, 2010 〈http://books.openedition.org/pur/38809〉.

Modiano, Patrick. *Dans le Café de la Jeunesse Perdue*. Trans. Jin Longge. Beijing: People's Literature Publishing House, 2014.

[帕特里克·莫迪亚诺:《青春咖啡馆》,金龙格译,北京:人民文学出版社,2014 年。]

---. *Remise de peine*. Trans. Yan Shengnan. Shanghai：Shanghai Translation Publishing House，2014.

[《缓刑》,严胜男译,上海：上海译文出版社,2014 年。]

---. *Rue des Boutiques Obscures*. Trans. Wang Wenrong. Shanghai：Shanghai Literature and Art Press，2015.

[《暗店街》,王文融译,上海：上海文艺出版社,2015 年。]

---. *Dimanches d'août*. Trans. Huang Xiaomin. Beijing：People's Literature Publishing House，2016.

[《八月的星期天》,黄晓敏译,北京：人民文学出版社,2016 年。]

---. *Pour que tu ne te perdes pas dans le quartier*. Trans. Yuan Xiaoyi. Beijing：People's Literature Publishing House, 2016.

[《这样你就不会迷路》,袁筱一译,北京：人民文学出版社,2016 年。]

---. *Dora Bruder*. Trans. Huang Hong. Beijing：People's Literature Publishing House, 2017.

[《多拉·布吕代》,黄荭译,北京：人民文学出版社,2017 年。]

---. "Discours de réception du prix Nobel de littérature." Trans. Huang Hong. *World Literature* 2（2015）：55－67.

[《莫迪亚诺获奖演说》,黄荭译,《世界文学》2015 年第 2 期,第 55—67 页。]

Todorov, Tzvetan. *Poétique de la prose*. Trans. Hou Yinghua. Tianjin：Bai Hua Literature and Art Publishing House, 2011.

[茨维坦·托多罗夫:《散文诗学——叙事研究论文选》,侯应花译,天津:百花文艺出版社,2011 年。]

Weng, Bingying, and Feng Shounong. "Self-Seeking and Forgetting：On Patrick Modiano's *Missing Person*." *Contemporary Foreign Literature* 2（2015）：125－131.

[翁冰莹、冯寿农:《寻根与遗忘——试论莫迪亚诺〈暗店街〉的文学主题》,《当代外国文学》2015 年第 2 期,第 125—131 页。]

Yu, Zhongxian. "'Wanderer' in an Endless Quest：Modiano Winning the 2014 Nobel Prize in Literature." *World Literature* 2（2015）：284－299.

[余中先:《不停探寻中的"迷途人"——莫迪亚诺获二〇一四年诺贝尔文学奖》,《世界文学》2015 年第 2 期,第 284—299 页。]

Yuan, Honggeng. "Review of Narrative Research of European and American Detective Fiction." *Foreign Language Teaching and Research* 3（2001）：223－229.

[袁洪庚:《欧美侦探小说之叙事研究述评》,《外语教学与研究》2001 年第 3 期,第 223—229 页。]

美国文学与文化研究

言说与沉默:从书信看莉莉·巴特的自主性

刘　雅

内容提要:书信作为《欢乐之家》中的重要物件,对了解社会背景和人物形象有重要作用。从小说重要物件书信出发分析莉莉本人的言说和沉默,有助于了解莉莉·巴特的双重身份以及矛盾成因,把握"他者"身份之外的自我。

关键词:他者;自我;《欢乐之家》;伊迪丝·华顿;书信

在电报和电话大量普及之前,书信仍然是19世纪末重要通信工具之一,伊迪丝·华顿(Edith Wharton)本人也是一位热心的书信爱好者。在《欢乐之家》(*The House of Mirth*)中,书信作为重要物件以不同的身份和功能贯穿始终。信封本体具有身份标识功能,书信不仅能够传达文字信息交流感情,还有重要的象征意义。本文探讨的"书信"不限于通过邮政系统传达的信件,也包括便笺等一切向特定对象传递信息和进行思想感情交流的信笺。因为《欢乐之家》重要事件都与书信有关,细读小说中的书信情节,小说"现实"和社会现实会在主人公莉莉·巴特的言说与沉默中展开,而主人公的丰富心理和性格也会在其中显现。

关于莉莉·巴特的言说和沉默,评论家们倾向于将作者华顿的女性作家身份加入对作品的分析。肖沃尔特认为莉莉的沉默是该时代淑女风度要求的"自我噤声",也是华顿为了成为小说家必须克服的自我约束(136);吴娟指出华顿用"潜文本"的形式,将隐形文本"叛逆女性小说"藏在小说的显形文本"男权社会牺牲品小说"之中,表达对父权制压迫的反抗和挑战(61);贾玉洁讨论了女性写作的困境,并分析华顿在《欢乐之家》中对男性话语权的瓦解,"从新的叙事角度的运用、女性象喻系统的建立和人物形象的塑造三个层次"挑战男权社会的霸权,并建立了以女性为中心的话语权(44)。莉莉的沉默让评论者们更注重她的"他者"身份[①],聚焦于她的悲剧成因[②]。封金珂借助存在主义女权理论界定莉莉的他者身份,分析她对他者观念的内化、他者地位的反叛等方面,认为"莉莉正是在对死亡的选择中……获取了人格的独立,恢复了自我的主体性"(70)。但沉默在奥尔索普看来不是服从,而是反抗:不仅是被动抵抗,还是主动批判(94)。莉莉不缺表达自我的能力,深谙说话之道的她熟知情节安排的技巧,了解语言的力量,因此沉默也是她反抗和抨击社会的武器。华顿让莉莉的沉默不语伴随着行动,为表达反对提供了多样的修辞策略(Alsop 90)。鉴于评论者们更加关注莉莉·巴特的"他者"身份,相对忽视其主体性,本文将从小说重要物件书信出发,分析主人公莉莉·巴特的言说和沉默,以了解莉莉"随波逐流"和"特立独行"的双重身份及其矛盾成因,把握其"他者"身份之外的自我。

一、书信与身份

莉莉·巴特的命运起伏,可以从她与书信的互动中窥得一二。在消费社会中,信封是一种身份标识:

> 一所除非有客人谁也不在家用餐的住宅;一个丁零零响个不停的门铃;门厅里一张桌子上,信件像雪片般纷至沓来——方形的信封被匆匆打开,长方形的则给扔到一个铜罐子底上去聚集灰尘。(华顿 29)

正方形的信封通常用于私人通信,长方形的信封则装有账单,分别象征着上流社会的名与利。杰拉德指出这些信封里存着的上流社会的邀请函和账单实际上是莉莉遭遇的"暴政"(409),所有人都被名利场吸引着,难以抗拒,如迪莫克所说,"市场的力量不在于它的表现(在《欢乐之家》中仅处于边缘地位),而在于它的自我复制能力,和同化其他事物的能力",莉莉的"叛逆",软弱又局限,只能证明市场的强大威力(783)。追究"暴政"根源,可以探寻莉莉接受的家庭教育。

莉莉出身于日渐衰落的贵族家庭,主要依靠母亲传授上流社会生存技能:婚姻是女人社会地位的唯一保障,在婚姻这个金钱交易中,美貌是女人的资本。而父亲在家里更像是提款机,"女儿有时候听到爸爸因为没有及时给太太汇款而受谴责。但是,大部分时间,却从来没有人想到或提到他"(华顿 30),女儿在遭到母亲拒绝后就会去求助父亲,这也是巴特太太教莉莉的技能之一,利用自己的优势求助他人。在父亲破产后,他就成了"无关紧要的人物。当他不能再发挥作用的时候,就像一盏灯熄灭了"(33)。由此可见,社会上唯利是图和金钱至上的风气是从无数个小家庭中养成的,这种社会体系下男性也是受害者,沦为"婚姻生活中的劳工"(李希萌 142)。肖沃尔特(E. Showalter)指出人们常常忽视《欢乐之家》男性角色所面临的困境,华顿对婚姻制度的批评并不仅局限于女性在经济上的依赖,还延伸到男性的孤独、非人化和焦虑(141)。当男性无法成为家庭经济支柱时,他存在的意义也消失了。③

这种社会现实是人类的特殊现象。吉尔曼(Charlotte Perkins Gilman)在《妇女与经济学》(Women and Economics)中指出"人类是自然界中唯一一种雌性依赖雄性获得食物的动物,也是唯一一种两性关系就是经济关系的动物"(6)。这种"特殊性"能一直保存是因为人类对所谓社会规范的代代传承:"女孩必须结婚,否则如何生存?准丈夫希望女孩什么也不懂。他就是市场,是需求,她是补给。母亲为了孩子的经济利益,早早让她为市场需求做好准备。"母亲给女儿做的准备会让女性"生来就高度专业化:她受到精心的教育和训练,以认识到她在各个方面的性别局限性和性别优势",当婚姻定义女人的时候,"年轻的男孩制定计划是为了实现目标,而年轻的女孩制定计划是为了得到丈夫"(50),因为丈夫就是她们的未来。

吉尔曼勾勒出"正常的"或者说人们习以为常的女性成长轨迹,指出这是一个"过度性化"的社会,社会建构的性别标准不断自我加强,限制人类的自由发展。莉莉在这样的教育中成长,习得的是一套社会规训话语,她在母亲的教导下还有"创新"领悟:"美貌只是用来征服的原材料而已,要达到成功,还需要其他方面的艺术"(华顿 35)。她绘画、赏花,读感伤小说增强多愁善感的气质,企图让她的世俗追求变得高尚。华顿用莉莉的"上进心"讽刺了女人必须结婚,在经济上依附男人,婚姻由金钱维系的社会现实。

吉尔曼进一步指出社会上存在的普遍不公平:社会一边规定女人要结婚,称之为"光荣的求生手段",另一边却要求女性矜持——女性不能表现出她很渴望结婚,"她一定不能把手举起来,……她必须保持被动,并且每年的'机会'都会减少",如果最终没有嫁出去,"她就会被人们鄙视,除了充当配角、依靠有钱的亲戚、成为老处女之外,在生活中再无立足之处"(50-51)。吉尔曼这幅女性素描放在莉莉身上分毫不差,她接受的教育就是找到另一个依附——丈夫,如果她不想受穷,不想"像猪一样过活",那就要做好计划,习得诱人本领,机智圆通,寻得好归宿。家道中落后,她与母亲四处漂泊,寄居亲戚家中;母亲去世后,她只能继续依靠有钱的亲戚、朋友。如果接受了传统价值观,莉莉只能发展寄生虫般的人生,人之为人的独立和尊严就会消失殆尽,一样沦为"像猪一样过活",因此莉莉在理想与现实之间陷入选择困境。

书信也标识了莉莉寄人篱下的身份:

第二天早晨,在她的早餐托盘里,莉莉发现女主人写来的一张便函。"亲爱的莉莉,"那便函写道,"如果不太麻烦的话,十点钟过来帮我处理一下讨厌的事好吗?"(华顿40)

这封便函礼貌地表达了一个无法拒绝的请求,帮女主人处理这些乏味的社交事务是巴特小姐的"义务",莉莉深知这个社会的操作法则,她平时"毫无怨言"地接受,但是昨夜赌博过后空空如也的钱袋,连同这个"命令",加重了她"仆从的感觉",缺少金钱和地位的她没有机会和权力表达真实意愿,因此她只能"叹气",暗中加速寻找丈夫的进程,企图用这种方式改变自己的命运,从上流社会的边缘重回中心;但是与此同时,"她心里看不起她自己努力争取的东西"(华顿193),所以才在果实成熟要收成的时候逃离。莉莉在结婚上表现出的踌躇和延宕,在郭雯看来是莉莉迷失自我的表现,"她一直在矛盾地选择,最终被无情地排挤出上流社会,一方面是由于他人的外因作用,另一方面是由于理想和现实自我的冲突,让她无法真正适应上流社会"(226)。莉莉在内外力作用下产生了双重自我,一个甘愿随波逐流,在上流社会寻得丈夫享受荣华富贵,另一个不愿同流合污,特立独行,渴望"精神共和国"。双重自我的相互作用让她十分矛盾,在迷茫和坚定中徘徊。

二、书信与权力

书信除了标识作用,也作为信息载体给予莉莉权力。文中最重要的几封信件之一就是第十三章中塞尔登给莉莉留下的便笺,虽然简短却足以给莉莉力量:"他简短地写道,有件重要的事务召他去奥尔巴尼,晚上才能回来,要求莉莉告诉他,第二天什么时候她肯见他"(华顿141)。塞尔登的求婚预告给莉莉带来成功的喜悦——"生活中最甜蜜的事莫过于感受到自己对于他的威力"(141),增强她在婚姻游戏中的自信心,也给她拒绝罗斯戴尔的底气。从烦恼到欣慰再到兴奋,莉莉嘴上说着要拒绝塞尔登,心里却在回味他们的美好回忆,自欺欺人地把明确拒绝改成了见面的时间,借口"我会很容易推辞他的"(142)。这封信给莉莉的力量是暂时的,而且马上因为塞尔登的误会和逃离而消失殆尽,但莉莉一直保留着这封信笺,足以见得它力量之大,它不仅给莉莉带去安慰,而且给她勇气去面对与坏人同流合污的自己,还让她抱有被拯救的希望。

另外一包信件给莉莉的影响更大,哈芬太太将伯莎·道塞特和塞尔登的通信用旧报纸包在一起卖给了莉莉,莉莉掌握了信息的同时掌握了权力。无论她

是否要用秘密报复或者威胁道塞特太太,拥有这些信件本身就让她满足:

> 而现在,莫名其妙地,莉莉觉得自己渴望报复的心理消失了。一句马来亚谚语说得好:"要想宽恕你的敌人,先把他刺伤。"莉莉正体验着这句格言所包含的真理。假如她已经毁掉了道塞特太太那些信,她可能还会继续恨她;那些信仍然掌握在她手中,这件事本身餍足了她的怨恨。(华顿 121)

信件的赋权作用不止于此,这时她与道塞特太太的恩怨尚浅,后来她与道塞特夫妇出游却遭到污蔑,回国后名利双失,两人的恩怨更深。也许因为塞尔登的缘故或是莉莉根本没想起这些信件,即使在她经济情况十分窘迫的时候,她也从未想过真正利用它们为自己牟利。但是偶然得知的罗斯戴尔却"好意"为她分析了形势,提出高效利用信件的方法:嫁给他重回小圈子后再给道塞特太太狠狠一击。莉莉对这套虚伪说辞的反应由惊讶到不知所措,从清醒到对他的权力感到恐惧,到越来越反感,再到气愤,这些情绪都在罗斯戴尔对话语的控制下无法抒发,长久的沉默竟使这些情绪化作她对罗斯戴尔的认同,他的计划虽然违背道德,却本着"平等交易"的原则把所有的虚伪摆上台面:"从变幻不定的道德权衡进入了尺寸斤两的具体范畴——莉莉那疲惫不堪的心灵被这种解脱给迷住了"(华顿 265)。莉莉最终在罗斯戴尔的逼近下召回理智,看清罗斯戴尔的真面目,本是各取所需的交易被他说成是他的无私奉献、施舍,识破了他的卑鄙掩饰,莉莉终于开口拒绝,"用连她自己听了都感到惊奇的声音说道:'你错了——完全错了——无论是事实还是你的推论'"(266)。

从被说服到挣脱控制、重回清醒,莉莉经历的道德挣扎是无限重复的。从踏入白乐蒙开始,她就在物质和精神两个对立世界之间游走。沉闷无聊的婚姻生活和空空如也的钱包都让她焦虑无比,一开始她对婚姻游戏里的扮演环节很感兴趣,根据社会标准来呈现自己高贵美丽的形象,但是她见识了塞尔登描绘的"精神共和国"后,又有了新的选择。在多次被见钱眼开的社会打击后,她依然没有放弃自尊,反而日益看清她面临的挑战:"作为女人,保持尊严比保持风度要付更高的代价。要坚持一种道德风范就得依赖于钞票,这个世界看起来比她想象的还要龌龊"(华顿 174)。

其实在第一次拒绝罗斯戴尔的时候,莉莉就清楚她面对的难题:"当一个人很穷,却又生活在富人中间的时候,要做到完全独立和自尊不是很容易的"(华顿 182)。当时她以为塞尔登马上会来向她求婚,所以当然不会选择罗斯戴尔。

然而两次拒绝罗斯戴尔也不是容易的事情,因为"她的教养中没有培育持续的道德力量的基础"(268),也许她马上就会后悔,为了"面子"错过了摆脱穷困的机会。因此,第二次拒绝更加显示了她的道德力量,在没有退路的时候还能坚持自我,这种"连她自己听了都感到惊奇的声音"(266)强调了坚守自我的难能可贵,也是她对自己不随波逐流的认可,这种"惊奇"就是她给自己的掌声。

  书信不仅给莉莉带去力量,也作为载体彰显了莉莉的权力。莉莉·巴特拒绝罗斯戴尔可能还算意料之中,烧掉这些信件绝对是意料之外。迪莫克认为莉莉不再衡量计较她对塞尔登付出的爱,通过肆意挥霍她拥有的一切,"她正在对交易伦理进行最有力的抗议",但终究是"无用的姿态"(789)[④]。霍赫曼认为一方面表现了"她一直渴望的奢侈浪费","她不再想拯救自己,也不想继续节省,她要挥霍"[⑤];另一方面这个情节出人意料的地方在于她放弃了"长期以来被关注和赞扬的渴望——拒绝了她对声誉和金钱的需要"(157-158)。但是莉莉烧信的动作并不显眼,甚至塞尔登都不知道她做了什么,这种"不显眼"的挥霍是无声的表演,莉莉既是表演者,又是观众,莉莉拒绝了她赖以生存的关注,也拒绝了他人对她行为的解读,以此达到一种反抗(Hochman 158-159)。无论如何,把最后的砝码烧掉,是莉莉拒绝同流合污的宣言,是对这个吃人系统的无声反抗。此时无声胜有声,她没有声张她拥有的肮脏证明,摧毁这些信件不仅意味着她放弃回归物欲横流的上流社会的机会,某种意义上也是摧毁这些信件利用她的机会。莉莉悄声又决绝地保持真实高尚的自我,不必从别人眼中找自己,她的内心已经平静。

  小说最后莉莉留下的两个信封也诉说着她的觉醒,显示她的力量。莉莉在收到一万元遗产后都拿来还债,"大约有四五百元的遗赠用来清算了账单,剩下的几千元都包含在一张支票中,在同一个时间,开给了查尔斯·奥古斯塔斯·特莱纳"(华顿336),给特莱纳的信封里只有一张支票,"没加一句附言"(329),这一举动显示了她的勇敢和"精神洁癖":"这项债务使她一直无法忍受,当她得到第一个机会的时候,便立即把自己解脱了出来,尽管这使她陷进了彻底的、无法克服的贫困"(337)。她不愿沾污染尘,势必要与这个腐败社会决裂,保持纯洁美丽的自我。奥尔索普主张肯定莉莉·巴特为避免悲剧而做出的努力:"莉莉可能会在书的结尾死去——她的'故事'可能会结束——但围绕着故事和她自己展开的讨论却没有结束"(96)。[⑥]奥尔索普认为莉莉是主动选择的沉默,而不是被迫沉默,这在她与格蒂的对话中表现得非常明显。当格蒂引导莉莉说出自己的故事、全部事实的真相时,莉莉回答她"从未想到过要像伯莎那样事先准备一套说法。就是准备了,现在我也不想劳神去用的"(华顿231)。而在格蒂的

温和态度下,莉莉也说出了心里话:

> "从头?"巴特小姐温和地学着她的话说。"亲爱的格蒂,像你这样的好人太缺乏想象力了,咳,我想,'头'在我的摇篮里就开始了。它产生在我的教养方式里,以及别人教我喜爱的那些事情当中。要么不对,我不想为自己的错责怪任何人;我该说这症结产生在我的血液里,我从一位贪图享乐的罪恶的祖先身上继承来的。她反对阿姆斯特丹新政朴实的道德准则,想要回到查利王的宫廷中去!"由于法里什小姐用一双不安的眼睛继续追问,她不耐烦地接下去说:"你刚才问到我事实真相,真相是,任何一位姑娘一旦被人们议论,她就身败名裂了;她越是解释,问题就越显得严重。我的好格蒂,你身边还有没有香烟?"(231)

莉莉熟知男权话语体系下没有单一的真相,只有对事件不同的阐释,正如塞尔登因别人对莉莉的评价轻易改变他的心意,这个社会需要的从来都是男性建构的真相,他们的解读。⑦莉莉在这里毫不掩饰地表达了对叙事计划的蔑视,并嘲讽为她的麻烦找到一个"开始"的可能性(Alsop 95)。通过拒绝开始,莉莉可能会避免随之而来的悲剧结局。她选择"沉默",拒绝成为男权社会的歌颂者、同流者,她可能继续被男权话语主流体系误读,也可能被正名,但绝不会有确定的答案,她的沉默显示了她的高傲,继续影响她死后的世界。从最后两个书信情节,我们看到了莉莉的道德力量,她的"真实自我从未完全与环境妥协,而是渐次抵触远离它"(吴娟 61)。

结　语

综上所述,在莉莉·巴特从富贵之家到寄人篱下,再到穷困独居的人生轨迹中,书信标识了各阶段的身份,用信息赋予莉莉权力,也是莉莉展现她道德力量的工具。研究书信情节,我们可以看到莉莉的双重自我——随波逐流的自我和真实反叛的自我是如何产生,又是如何在言说与沉默中相互对抗、压制。莉莉在双重自我的矛盾互动中,逐渐摆脱传统价值观的控制,发挥主体性,实现精神上的独立自强。

注解【Notes】

① 自我和他者是一对相对概念,都与身份有关。身份是由差异构成的,其基础是每个自我与

他者身份的差异。对他者的讨论,涉及个人身份和自我构成(特别是精神分析)以及集体身份(社会学、人类学、文化研究)。他者处于自我意识和认知领域之外,是非我的和非我们的(Robins, Kevin. 2005, "Other". *New Keywords*: *A Revised Vocabulary of Culture and Society*, eds. Tony Bennett, Lawrence Grossberg & Meaghan Morris, Oxford: Blackwell, 249 - 51)。

② 《欢乐之家》中莉莉的他者角色是针对男/女二元对立而言,封金珂指出她的"他者"定位是在男权社会中的"第二性",即作为男性"主体"的附庸。"对于丽莉的形象定位,评论者们尽管歧见林立,却大多倾向于将女主人公受难的原因归咎于社会、历史和他人,这样多少忽视和回避了对丽莉的主体身份和自主性行动的注视,从而也放弃了对这个形象进行心理上、性格上更深入的剖析"(吴娟 61)。希苏(Hélène Cixous)用德里达的差异论重新界定了女性的"性区别":女性被定义为男性传统的"他者"(Other),"身处几千年男性所精心构制的思维结构的边缘,其象征就是多元、复数、发散,随时从事着颠覆男性中心的活动"(朱刚 309)。

③ "男性和女性都成了对方的牺牲品,共同被一个男性所创造的制度压迫着"(李希萌 142)。"这是主奴辩证法最具体的说明:在压迫人之中,自己反被压迫了。男人被他们的统治权本身所囚;既然只有他们自己赚钱,那么妻子向他们索取薪水是理所当然;既然只有他们自己从事事业,太太们便要求他们成功;既然只有他们有超越自我的活动,太太们自然要以管理他们的事业和居功来剥削他"(波伏瓦 参见:李希萌 142)。

④ 迪莫克主张这个姿态"无用"是因为莉莉维持了她在交易系统中惯常的角色:"付钱"的那个人(Dimock 789),她的抗议并没有改变她是受害者的事实。迈克尔斯(Walter Benn Michaels)提出相似概念:没有购买的支出,即花了钱却没得到任何东西,"The Gold Standard and the Logic of Naturalism," *Representations* 9(1985)。

⑤ 英文中"save"同时有拯救和节约的意思,莉莉·巴特放弃这些珍贵的信件,同时也放弃了她被拯救的希望,因此她可以肆意挥霍,不用节约。

⑥ 对莉莉的讨论"仍然非常不稳定","虽然塞尔登相信他已经'推断出了对那件秘密的解释',但他承认他的解释仍然是片面的",他知道的总比莉莉说出口的要少(Alsop 96)。

⑦ 莉莉认识到她所处的社会中话语权和解释权的问题,这与希苏在《美杜莎的笑声》中指出的带有性别专制印记的写作相互联系,希苏认为"写作一直远比人们以为和承认的更为广泛而专制地被某种性欲和文化的(因而也是政治的、典型男性的)经济所控制"(西苏 参见:张京媛 191)。"在这里妇女永远没有她的讲话机会",而写作是"改变的可能"(西苏 参见:张京媛 191)。

引用文献【Works Cited】

Alsop, Elizabeth. "Refusal to Tell: Withholding Heroines in Hawthorne, Wharton, and Coetzee." *College Literature*, 39. 3 (2012): 84 - 105.

Dimock, Wai-Chee. "Debasing Exchange: Edith Wharton's *The House of Mirth*." *PMLA*, 100. 5

(1985): 783 – 92

Feng, Jinke. "Rethinking the Tragedy of Lily Bart in *The House of Mirth*." *Foreign Language Education*, 28. 6 (2007): 67 – 70.

[封金珂:《重审〈欢乐之家〉中莉莉·巴特的悲剧》,《外语教学》2007年第6期,第67—70页。]

Gilman, Charlotte Perkins. *Women and Economics: A Study of the Economic Relation Between Men and Women as a Factor in Social Evolution*. Berkeley: U of California P, 1998. http://ark.cdlib.org/ark:/13030/ft896nb5rd/

Guo, Wen. "The Perplexity of Lily Bart: On Edith Wharton's *The House of Mirth*." *World Literature Review*, 1 (2012): 225 – 228.

[郭雯:《莉莉·巴特的困惑:评伊迪丝·华顿的〈欢乐之家〉》,《世界文学评论》2012年第1期,第225—228页。]

Hochman, Barbara. "The Rewards of Representation: Edith Wharton, Lily Bart and the Writer/Reader Interchange." *NOVEL: A Forum on Fiction*, 24. 2 (1991):147 – 161.

Jia, Yujie. "Edith Wharton's Exploration of Discourse Power in *The House of Mirth*." *Journal of Mudanjiang University*, 23. 8 (2014): 44 – 46.

[贾玉洁:《伊迪丝·华顿在〈欢乐之家〉中对话语权的探索》,《牡丹江大学学报》2014年第8期,第44—46页。]

Li, Ximeng. "Wharton's Deconstruction of Male Authority in *The House of Mirth*." *Journal of Chinese Language and Culture Nanjing Normal University*, 2 (2008): 142 – 146.

[李希萌:《〈欢乐之家〉中华顿对男性权威的解构》,《南京师范大学文学院学报》2008年第2期,第142—146页。]

Showalter, Elaine. "The Death of the Lady (Novelist): Wharton's House of Mirth." *Representations*, Special Issue: American Culture Between the Civil War and World War I, 9 (1985): 133 – 149.

Wharton, Edith. *The House of Mirth*. Trans. Zhao Xingguo, Liu Jinkan. Nanjing: Yilin Press, 1993.

[伊迪丝·华顿:《欢乐之家》,赵兴国、刘景堪译,南京:译林出版社,1993年。]

Wu, Juan. "American Nora: the Universal Significance of Edith Wharton's *The House of Mirth*." *Journal of Sun Yat-Sen University (Social Science Edition)*, 52. 3 (2012): 56 – 68.

[吴娟:《美国的娜拉出走以后——伊迪丝·华顿〈欢乐之家〉的普遍意义》,《中山大学学报(社会科学版)》2012年第3期,第56—68页。]

Zhang, Jingyuan, ed. *Contemporary Feminist Literary Criticism*. Beijing: Peking UP, 1992.

[张京媛编著:《当代女性主义文学批评》,北京:北京大学出版社,1992年。]

Zhu, Gang, ed. *Twentieth Century Western Literary Theory*. Beijing: Peking UP, 2006.

[朱刚编著:《二十世纪西方文论》,北京:北京大学出版社,2006年。]

种族他者
——朱厄特《外乡人》中的帝国主义与民族主义

吴 雯

内容提要:美国乡土作家多对国家的海外战争和帝国主义事业保持沉默甚至表示反对。与此恰恰相反,新英格兰乡土作家萨拉·奥恩·朱厄特借由文学作品书写在意识形态层面积极参与帝国建设。在《外乡人》中,朱厄特通过神秘化、丑化故事中的有色人种,力图展现白人优越性,印证美国推行进步式帝国主义的必要性和合法性。而面对大规模海外扩张给美国国民身份带来的挑战,朱厄特有意抹去异族人在当地社群的生活轨迹,巩固社群同质性,进而强化美国民族主义。

关键词:萨拉·奥恩·朱厄特;种族;帝国主义;民族主义;叙事

萨拉·奥恩·朱厄特(Sarah Orne Jewett,1849—1909)是19世纪新英格兰乡土作家[1]的代表人物,因而也被认为对美国20世纪之交如日中天的帝国主义事业态度冷淡。其文学创作多围绕发生在缅因州[2]一个海边小镇的故事展开,短篇小说《外乡人》("The Foreigner")发表于1900年;其代表作《尖尖的枞树之乡》(*The Country of the Pointed Firs*)在四年前问世。在解读《外乡人》时,学者集中关注了作品的性别隐喻,包括其对女性主义事业可能产生的影响。马乔里·普瑞斯(Marjorie Pryse)认为《外乡人》本质上是一个关于焦虑的故事,托德太太离开母亲后表现出强烈的分离焦虑,她充分感受到这种情绪并试图用各种方式使自己平静下来(249)。朱迪斯·弗莱尔(Judith Fryer)指出,朱厄特将短篇小说的场景设置为女性房间,在这样熟悉、安心的环境和氛围中,女性角色都表现出非同一般的共情能力,她们在谈话中能够准确地捕捉对方发出的信息并做出及时有效的回应,由此形成一个女性群体(622)。胡晓红认为,朱厄特通过创造两个不同的叙述层将几位来自不同历史时期、拥有不同文化背景的女性聚集到一起,帮助她们从疏离的边缘走向中心位置。独特的女性叙事完成了"女性谱系"的建构;"女性个体生命在'女性谱系'中彼此认同,女性主体身份在去陌生化和去疏离感的基础上得到了重建"(胡晓红 116)。

学者们从不同角度分析了《外乡人》中的女性角色以及她们之间的互动隐含着的重要意义,但是故事涉及的与美国同时期的海外扩张息息相关的细节,例如登奈兰丁小镇在殖民历史中扮演的角色、陶兰德太太复杂的种族背景,以及她在小镇被视为种族他者饱受排挤的事实,却较少被深入探寻。本文试图挖掘登奈兰丁在美国对牙买加丰富的自然资源进行殖民剥削的过程起到的作用;研究托德太太如何通过第一人称叙事和碎片化记忆将陶兰德太太塑造成种族他者,包括叙事中出现的含混、省略、断裂以及笼罩其终始的神秘色彩。此外,朱厄特本人在发表《尖尖的枞树之乡》和《外乡人》的几年间所写的信件也作为分析考证的依据。本文认为,与对美国海外扩张和帝国主义事业保持沉默的态度恰恰相反,朱厄特在塑造陶兰德太太以及其他两个非白种人角色时有意渗透对有色人种的负面看法,并通过对比力图展现白人优越性。此外,由于他们的存在隐隐威胁着一个相对孤绝且封闭的社群的纯粹性和同质性,朱厄特在故事中通过种种方式将他们边缘化,甚至完全抹杀其曾经存在过的痕迹,借此来夯实美国民族主义精神。朱厄特在作品创作中流露的观点实质上为美国海外扩张的正当性、合法性及其资质"背书";同时应对巨大转变,朱厄特对美国国民身份可能遭遇的挑战表示隐忧,并提出适当的解决方式,体现了民族主义意识形态。

一、叙事建构种族他者身份

登奈兰丁(Dunnet Landing),缅因州的一个沿海小镇,重度依赖海洋经济,是朱厄特在文学作品中虚构的地方。镇上的海员,那些船长和水手们,长年在海上谋生。陶兰德船长指挥着一艘性能良好的横帆双桅船,值得注意的是,这艘船在蔗糖贸易中发挥了重要作用。他把"从河上游某处带来的一船松木带到各个小岛上",而船只将满载着成包的蔗糖在金斯敦港[③]启程回家(183-186)。这样的海上货物贸易表面看来稀松平常,实质上其经济基础与西印度群岛的奴隶贸易密不可分。帕特里克·吉尔森(Patrick Gleason)指出,"缅因州的木材换来了由奴隶劳工生产的牙买加蔗糖"(37)。故事中,船长们照例停靠在金斯敦港休息整顿,在一家酒馆喝酒用餐时,为对面一栋房子的明亮灯光和清丽歌声所吸引。他们决定过去看看,到那儿却发现一位年轻女子正被几个穿着考究的军官欺凌。这位女子"算是美丽漂亮",船长们不满军官所为,决定把她带回家。陶兰德船长把船舱里存储放置好的满满当当的蔗糖挪开，腾出空间，好让这位女子有地方坐下（185）。缅因州的海岸与加勒比和非洲都有着非同一般的紧密的经济政治联结，斯蒂芬妮·福特（Stephanie Foote）认为，"船长们实际上在重走奴隶贸易的路线；陶兰德船长移开蔗糖，在船上腾出位置好把陶兰德太太带回家，从奴隶经济的角度来看，这一举动将陶兰德太太的身体与奴隶的身体画上了等号"（32）。也就是说，陶兰德船长用一船松木换来了陶兰德太太，后者象征性地以一个奴隶的身份来到登奈兰丁小镇。她此后为了能够被这个"母系社群"[4]接纳不断挣扎，然而她的努力从一开始就注定失败。

后殖民主义关注的重点之一就是在殖民过程中产生的"他者"（朱刚 422）。在《外乡人》中，陶兰德太太是种族意义上的他者的化身。陶兰德太太在故事中是沉默的、无声的、被动的，她的身份不由自己阐明，而是通过托德太太破碎的叙事建构。也就是说，读者对陶兰德太太的认知很大程度上建立在托德太太的个人看法之上。但是作为故事的主要叙事者，托德太太并不可靠。一方面，她的叙事依托于朦胧的回忆和选择性记忆，试图低调处理陶兰德太太的他者性，甚至完全隐去其异族身份。托德太太不愿意用具体实在的话语描述陶兰德太太。在托德太太的回忆里，陶兰德太太是个外乡人，据"他们"[5]说，她是个寡妇，有房产，但是"天知道房子到哪儿去了"。她的第一任丈夫是葡萄牙人，"或者什么的"（183）。她是个好看的女人，虽然"有几分异域风情"，有时她的样貌显得"奇怪"，除了些许异国情调以外，"什么都看不出来"（189，191，197）。陶兰德太太来到登奈兰丁后，"不知怎么的，偏见产生了"（187）。陶兰德太太逝世时，托德太太和陶兰德太太都看见了后者的生母，一个矮黑的女人。[6]谈及此事，托德太太带着"不同寻常的犹豫，且绝口不提细节"（194）。叙事中最为明显的遗忘当属托德太太不记得陶兰德太太的名字这一细节。名字是定义身份的要素之一，而托德太太说自己从没听过陶兰德太太的娘家姓氏，"就算听过，我也忘了；这对我来说没有任何意义"（183）。托德太太含糊其词，犹豫背后，或许是其作为小镇大家长流露出的守护小镇平静生活的心愿，不愿一个来路不明的外人打扰了原有的安宁。另一方面，弄巧成拙，托德太太想要掩盖陶兰德太太的种族身份的尝试不仅无疾而终，整个故事围绕陶兰德太太身份产生的不确定性和含混进一步暴露和强调了其在小镇居民中的异族他者身份。小镇上的住户寥寥，大家都知根知底，只有陶兰德太太例外。而这种遮掩表明，尽管托德太太与陶兰德太太在相处中建立了深厚的友谊，从内心深处，托德太太仍然对陶兰德太太的身份十分介怀。托德太太在小镇享有很高的威望，自然也有义务确保小镇人员组成的纯粹性。她心存芥蒂，也为后来陶兰德太太始终无法为小镇全然接纳埋下伏笔。

更重要的是,陶兰德太太的异族身份不仅在托德太太的叙事中得到强化,还被蒙上一层神秘色彩。在小镇的教堂集会中,陶兰德太太的歌声清丽动人,让"在场的所有人都忘记了时间"(187)。紧接着她开始用手指有节奏地打出鼓点,在歌曲的段落间轻轻地跳起舞来。舞姿如此优美,以至于如痴如醉的人们也全都不由自主地跟着"踮起脚尖,有些男人拍起手来,发出响亮的声音"(187)。这场载歌载舞的表演如此引人入胜,看起来又是这般浑然天成,似乎陶兰德太太身上拥有某些普通小镇居民无法感知的原始神秘力量。作者对整个教堂跳舞场景的描写甚至隐隐激起新英格兰地区人们关于巫术(witchcraft)的遥远而模糊的记忆。而陶兰德太太站在舞台中央,牢牢掌控着这股神奇的魔力,牵制着观众的心。除此之外,陶兰德太太掌握的丰富的草药知识也令她显得愈加不可捉摸。她来到登奈兰丁后,渐渐地,托德太太与她熟识并建立了友谊,也从她身上学会了辨别各式草药:

> 她教我认识一些草药,都是我从没见过的,那之后也再没机会看到。她对植物的药性特别熟悉。她在某些事上表现得很神秘,甚至令人感到害怕。她善于发掘表现自己的魅力,有几个邻居在她离世后来来回回地说着那几句话,意思是他们清楚得很,不要招惹她。(190)

加勒比海小岛的生活经历培养了陶兰德太太熟练辨别、使用草药的能力,这是长年居住在缅因州海岸小镇的人们所不具备的。小镇居民对草药知识感到陌生,不同植物具有的丰富多样的药性是他们认知体系中的空白。在这种情况下,拥有知识的个体就掌握了一定的操纵控制权。于当地人而言,陶兰德太太象征着某种强大的未知力量,这股力量深深根植于陶兰德太太的神秘出身。同长年在海上漂泊的男人不同,镇上的女人们一生都生活在孤绝的社群内部。她们眼中,茫茫大西洋深不见底,遥远的加勒比海小岛幻影憧憧。与此同时,未知往往与恐惧相伴相生,强烈的不熟悉感触发了处于弱势的人们的自我保护本能。为了将威胁可能带来的伤害最小化,小镇居民有意识地疏远甚至排挤陶兰德太太。据托德太太所说,教堂集会过后,陶兰德太太似乎挑起了一场战争,"至少大家是这么认为的",且这种对抗旷日持久,自那时起从未停歇(188)。陶兰德太太无疑是登奈兰丁的他者,能歌善舞、精通草药,相比之下,小镇居民朴拙无知。托德太太的叙事中提及的教堂跳舞场景和陶兰德太太掌握的草药知识,都让后者的形象神秘莫测、扑朔迷离。

二、白人优越与帝国主义

除了陶兰德太太之外,《外乡人》中还出现了另外两个有色群体。一边是在金斯敦忙进忙出、张罗着给身着制服神采飞扬的年轻军官服务的"有色仆人"(the colored folks);另一边是偷了陶兰德太太已故丈夫的钱的"黑鬼"(the negro)。无一例外,他们的形象都被不同程度地丑化、边缘化。同陶兰德太太一样,他们无名无姓,甚至仅仅通过肤色特征被指称。这些有色人种或同器宇轩昂的军官同时出现,成为在后者面前点头哈腰、低人一等的仆人,或是生来就带着人性之恶,理所应当地沾染诸多不当品行。在托德太太叙事中,他们被一句带过,没有任何机会通过言语或行为直接表达自己的观点和看法,更不可能为自己辩驳。"有色仆人"是否兢兢业业,以一流水准履行职业准则呢?"黑鬼"是否为生活所迫,不得已违背良知偷盗呢?这些都不得而知。爱德华·萨义德(Edward Said)在《东方主义》(Orientalism)开篇援引卡尔·马克思(Karl Marx)的话,"他们不能代表自己;他们必须被代表"(xii)。包括陶兰德太太在内,《外乡人》中的有色少数人种都不约而同地被剥夺了话语权,依赖于白人对他们朦胧的记忆、粗浅的印象和模糊的描述而存在。值得注意的是,短篇小说中,有色少数人种在白人眼中呈现出来的都是负面形象,而白人群体里,托德太太利落周到,她的母亲善良真诚,舅舅热心勤快,二者对比,高下立现。前者的负面形象归因于作者的有意创作,是否是对客观现实的反映还有待商榷。

朱厄特对有色人种持有偏见在其信件中得到进一步印证。事实上,朱厄特本人在1896年就乘大型游轮游览了加勒比海地区,在此期间她对牙买加群岛产生了很大兴趣。在1889到1900年间,她还多次游览欧洲和加勒比海地区,并在与友人的往来书信中提到自己的亲身感受。她对原住民做了细致入微的观察,却不免在言语中流露出白人惯有的优越。她在一封信中这样写道:

> 这是一个临水而居的迷人小镇,镇上的小屋是方形的,屋顶四面都用茅草铺盖。沿小路走下来的女人们把东西顶在头上,多是木柴和大篮葡萄。一个无所事事闲逛的男人骑着一只瘦弱的毛驴。还有皮肤黝黑的小黑人(little black darkeys)[7],哦,实在是太黑了,他们穿着极不合身的白色衣服。(Letters)[8]

在朱厄特眼中,原住民的生产发展落后,人也愚笨,不懂得采用省力的运输方式,只能苦卖力气；他们的交通工具是原始低效的毛驴，就连毛驴也因没能得到足够的吃食而瘦骨嶙峋。在她看来，当地人就是一群衣服不合身的懒汉。更重要的是，朱厄特在短短一句话中带着居高临下的口吻反复三次提及原住民的肤色。她用三个词语强调他们的肤色之黑，分别是"黝黑"（black）、"黑人"（darkeys）、"太黑了"（very black）。而他们身上穿着的肥大的白色衣服与黝黑的肤色形成了鲜明的对比，更强化了深色皮肤给人留下的印象。殖民主义将世界划分为两个部分：野蛮的世界与文明的世界（朱刚 422）。显然，在"开化"的美国公民眼中，牙买加原住民落后、野蛮、愚昧。

事实上，正是这种根深蒂固的人种偏见为帝国主义扩张铺平了道路。朱厄特在有色人种面前享有充分的优越感，她在文学作品中渗透的价值观为美国在20世纪之交的帝国主义海外扩张建构了话语秩序，强调了侵略的合法性。帝国主义通常指"一个国家认为自己对其他领土享有统治权威——这种权威体现在仪式、象征上，也体现在军事和经济力量上"（Boehmer 2）。有两种类型的帝国主义，分别是回归式帝国主义和进步式帝国主义。不同于回归式帝国主义"持续地剥削消灭其他族群，无论是落后的还是先进的"，进步式帝国主义声称自己以世界主义为基础，追求"提升人们的生活质量和文化水平；将教育和艺术带到落后地区"，并"建立法律和普世准则，保障人民安全"（Feuer 4）。表面上看来，回归式帝国主义力图凌驾于别国主权之上建立经济和政治霸权，充斥着剥削和压迫，而进步式帝国主义则以提高全世界人民的福祉为己任，立意高远，惠泽四方。实则进步式帝国主义的本质同回归式帝国主义并无二致，只是前者用一套冠冕堂皇的说辞包装了自己侵略扩张的真实目的。朱厄特在另一封信中表露的观点同进步式帝国主义看似美好实际空洞的口号如出一辙：

> 西班牙是完全没有能力将文明带向古巴的……我从未如此强烈地感受到战争的必要性，它将打开进步之门……这场战争似乎是一场手术，一场能够治愈古巴的手术——我们是一把好手，如果要亲自操刀的话，就决不能介怀那些令我们憎恶和感到害怕的事。（Letters）

朱厄特在信中清楚地阐明自己的态度：她希望能够推进美国帝国主义的扩张，把古巴从无能的西班牙手中解救出来，从而造福古巴百姓。朱厄特在信中用到了一个生动的比喻，她将可能发生的战争比喻成一场手术，美国是"一把好手"，将拯救古巴于危难水火之中。在这个比喻中，美国是比西班牙更加优秀的外科医生，而古巴则是躺在手术台上羸弱的病人。这充分说明作者对所谓进步式帝国主义持有的信心,也将不遗余力地支持美西战争①以及美国帝国版图的建构。也就是说,作为新英格兰乡土作家,朱厄特不仅清楚地认识到当时美国雄心勃勃的海外扩张计划,还对帝国事业发展表达充分的赞同和支持。朱厄特将这种意识形态透过文学作品书写带到公众认知中,为帝国主义强权政治的合法性"背书"。

三、乡土文学与民族主义

此外,面对大规模殖民扩张,朱厄特在《外乡人》中表达了对美国国民身份在可能的全球化进程中遭受挑战的隐忧。帝国主义事业如日中天,外来文化的到来必将极大冲击和影响本土文化的发展,如陶兰德太太的到来就打破了登奈兰丁小镇的宁静。作为乡土文学作家,朱厄特在作品中用特有的细腻敏锐的笔触为读者全方位展现了缅因州海岸小镇的风土人情。托德太太极具地方特色的方言富有辨识度,是乡土文化的代表之一。玛丽·艾伦·蔡斯(Mary Ellen Chase)认为朱厄特在作品中真实准确地记录了这些终将消逝的俗语口语表达(234)。蔡斯指出托德太太的缅因方言有以下特点。首先,托德太太喜欢使用感叹词"你瞧(there)"。这个单词在托德太太的讲话中频繁出现,起到有效的加强语气的作用,这种使用习惯现在在缅因州一些老人身上还能看到。例如,诉说陶兰德太太将全部遗产留给她时,托德太太回忆"你瞧,那时我哭了(There, I begun to cry)"(197);描述陶兰德太太去世当晚的情形,托德太太说"你瞧,那是那晚刮的大风的最后挣扎(There, that's the last struggle o' the gale)"(200)。此外,托德太太喜欢在表达中插入表示肯定或否定的副词来加强语气。例如,"是的(yes),我想如果你不忙的话,我就来跟你坐一会儿"(180);"是的(yes),是她教会我如何利用欧芹给饭菜增色添香"(190)。还有"不(no),冬天的时候我从不担心他们"(180);"不(no),我辗转反侧难以入睡"(181)。这些个性鲜明的语言表达背后,是丰富的缅因州历史。"你瞧"这样的插入语可以追溯到 16 和 17 世纪的英国。而 19 世纪末居住在缅因州海岸的几乎都是在 18 世纪末 19 世纪初来到马萨诸塞州定居的英国人后裔。即使现在,这个群体占总人口的比例依旧很高(Chase 236)。语言在满足沟通交流的需求之余,也诉说着一个地区的历史,彰显独特的在地文化。从方言的完整保留程度来看,登奈兰丁小镇的人口组成纯粹、社群同质性强,而朱厄特在作品中也有意突出了这一点。

除语言外,登奈兰丁还有别样的风景和习俗。夏夜,狂风大作、雨点密集、海浪呼啸,而这样的夜晚,虽不免让人焦虑忧心,对小镇上的人来说却也稀松平常。

种族他者

海洋塑造了当地的地理环境,也滋养着人们的性情。蜿蜒曲折的长长海岸线是男人们征程的起点,从小耳濡目染,没有哪个男人不是出海的一把好手,波士顿轮船公司的经理甚至说光光登奈兰丁的陶兰德家族这个名号就给了年轻人登上任何一艘大船的通行证了(182-83)。小镇上的人吹着一样的海风,操着一样的方言,遵守一样的习俗,相互之间知根知底。而陶兰德太太是一个彻头彻尾的外乡人,她身世神秘,长得颇具异域风情,说着蹩脚的英语,跟一个孩子差不多,因此陶兰德太太尝试融入小镇的努力最终失败也不足为奇。

朱厄特在《外乡人》中对登奈兰丁的地域特色描写颇多,她极力渲染的,是对于美国民族身份的文化认同。这就使得与陶兰德太太出现相关的"危机说"顺理成章,她的确构成了不小的威胁。随着故事的推进,这种威胁显得越来越迫在眉睫,以至于陶兰德太太最后必须从登奈兰丁彻底消失,小镇才能确保自身的社群同质性不被破坏,重拾往日宁静。据托德太太所言,在知道丈夫死讯的几个月后,陶兰德太太也去世了,小镇里终于没有了"外乡人"。不仅如此,在作者笔下,陶兰德太太的消逝是完全的、彻底的,故事不单用死亡宣告陶兰德太太肉体的灭亡,也利用巧妙的情节安排将她在登奈兰丁生活的痕迹一一抹去。陶兰德太太居住过的房子毁于一场大火,据猜测是托德太太的舅舅在一次前去查看门窗是否都关好时意外点燃的(199)。陶兰德家的房屋在熊熊烈火中消失殆尽,一同被火海吞噬的,还有陶兰德太太从牙买加一路带来、常年陪伴在身边的吉他。"不知怎么的",即使她与陶兰德太太极为交好,托德太太从来不愿把这把吉他带回家;她"也不想把它拿去拍卖"(199)。托德太太对乐器的强烈反感可能与吉他的背景有关,因为吉他不断提醒着人们陶兰德太太的出身,她不属于登奈兰丁。金斯敦立于茫茫大洋中,在那里,陶兰德太太曾抱着吉他弹唱谋生,后来结识陶兰德船长一行人,吉他也被一路携带,最终留在缅因州的海岸小镇。陶兰德太太本人、她住过的房子、她弹过的吉他全数化为灰烬,留在小镇的,只有那些零碎的关于"外乡人"的传说。

但值得一提的是,虽然房屋和吉他都葬身火海,托德太太最终却成为陶兰德太太遗嘱的最大受益人。陶兰德家的三十把椅子在拍卖中卖得的好价钱尽数归唯一继承人托德太太所有,总计超过一千美元(199)。在某种意义上,缅因州沿岸小镇的经济基础建立在加勒比海地区的奴隶贸易之上,居民们用缅因州盛产的木材同奴隶在种植园中种植的甘蔗交易。陶兰德太太来的时候是一个外乡人,在船舱里顶替了由缅因州松木换来的牙买加蔗糖的位置;走的时候仍旧是一个外乡人,却留给托德太太一笔可观的遗产。托德太太在一定程度上代表了奴隶贸易这种经济体系的背后受益者。以这种方式,故事不仅让陶兰德太太消失得了无踪迹，还帮助托德太太从陶兰德太太身上攫取了可观的利益。在此过程中，朱厄特表现出强烈的民族主义倾向。通过对地域特色的描写和对方言的运用，作品充分彰显了美国民族和文化身份，"外乡人"的消失有效巩固了社群同质性，而背后的利益纠葛折射出作者鲜明的政治立场。

结 语

虽然乡土文学的特点、重心和发展通常被认为与帝国主义建设格格不入，朱厄特的乡土文学作品却在意识形态层面积极地参与其中。《外乡人》隐晦地展现了缅因州海岸小镇与牙买加殖民地紧密的经济联结。考虑到牙买加的殖民历史及其与奴隶贸易错综复杂的相互关系，登奈兰丁实质上共享了帝国殖民带来的巨大利润，尤其是从当地的甘蔗种植园中。故事中出现的非白人角色，包括克里奥尔人陶兰德太太、有色仆人和黑鬼小偷，都在不同程度上被丑化、神秘化和边缘化。一方面，托德太太叙事中的含混、省略和断裂塑造了神秘的种族他者陶兰德太太；另一方面，仆人的低劣和小偷的恶习印证着美国推行进步式帝国主义的"必要性"和"合法性"。此外，《外乡人》对登奈兰丁这个孤绝的海岸小镇的语言、景色、习俗等风土人情的细腻描画，体现了浓重的乡土文学色彩，突出了其人口组成的纯粹性和传统习俗的延续性，这些都为陶兰德太太最终无法融入小镇埋下伏笔，也彰显了社群内部的稳固与成员身份的坚实。陶兰德太太成为打破小镇宁静的外来威胁，作者有意将她在登奈兰丁的生活轨迹尽数抹去，是为了在帝国进行大规模海外扩张时巩固美国国民身份，重塑社群的同质与统一，强调美国民族主义精神。总而言之，种族歧视和白人优越、帝国主义情结和民族主义精神充斥着《外乡人》叙事的终始。

注解【Notes】

① 在美国文学中，地方主义（regionalism）指的是那些"描述独特的当地地理和文化，重视对某个地方小规模的精细描绘而不致力于展现大的地域空间"的作品，发源于美国内战后。地方主义表明"作者选择关注一个权利中心以外的地区，并将作品围绕这一地区展开"（Joseph）。
② 缅因州位于美国东北角，是新英格兰六州里面积最大的。缅因州濒临大西洋，崎岖的海岸线从西南一直延伸到东北。
③ 金斯敦是牙买加的首都和最大城市。金斯敦港是邮轮港，位于小岛的东南沿海地区，是牙买加主要的货物运输港口。
④ 登奈兰丁镇上的男人大多数都是海员，长年在海上与风浪拼搏，以此养家糊口，妻子则待

在家中。托德太太曾在叙事中提及镇上有很多寡妇,大海带走了他们的男人和希望(192),所以小镇在广义上可以被视为一个"母系社群"。在女人们中间,托德太太为人亲切和善、幽默风趣又乐于助人,加之她的草药总能药到病除,因此享有很高的威望。

⑤ "他们(they)"就是托德太太在叙事中用到的原话,在文中的指代不明。

⑥ 托德太太告诉故事的叙事者"我",说她在陶兰德太太弥留之际看到一个很矮的女人,因光线原因,她无法看清身形,但是"一个女人黑色的脸正盯着我们看"(202)。陶兰德太太认出来这名黑人女性,说她是自己的母亲,而陶兰德太太本人又出生于法国,表明陶兰德太太极有可能是克里奥尔人(creole),也就是住在西印度群岛的欧洲人和非洲人的混血儿。

⑦ "Darkey"是对黑人轻蔑的称呼。

⑧ 引用原文为电子版,没有页码。

⑨ 美西战争是发生于1898年的美国和西班牙之间的冲突,战争结束了西班牙在美洲的统治,为美国赢得西太平洋和拉丁美洲的领土。

引用文献【Works Cited】

Boehmer, Elleke. *Colonial and Postcolonial Literature*. 2nd ed. Oxford: Oxford UP, 2005.

Chase, Mary Ellen. "Sarah Orne Jewett as a Social Historian." *Prairie Schooner* 36.3 (1962): 231-237.

Feuer, Lewis. *Imperialism and the Anti-Imperialist Mind*. New York: Prometheus Books, 1986.

Foote, Stephanie. *Regional Fictions: Culture and Identity in Nineteenth-Century American Literature*. Wisconsin: U of Wisconsin P, 2001.

Fryer, Judith. "What Goes on in the Ladies Room? Sarah Orne Jewett, Annie Fields, and Their Community of Women." *The Massachusetts Review* 30.4 (1989): 610-628.

Gleason, Patrick. "Sarah Orne Jewett's 'The Foreigner' and the Transamerican Routes of New England Regionalism." *Legacy* 28.1 (2011): 24-46.

Hu, Xiaohong. "A Study of the Female Narrative in 'The Foreigner' by Jewett." *The World Literature Criticism* 3 (2010): 116-120.

[胡晓红:《〈外乡人〉中的女性叙事》,《世界文学评论》2010年第3期,第116—120页。]

Jewett, Sarah Orne. *Letters of Sarah Orne Jewett*. Ed. Annie Fields. Boston: Houghton, 1911. 〈http://public.coe.edu/~theller/soj/let/letters.htm〉

---. *The Country of the Pointed Firs and the Dunnet Landing Stories*. Ed. Deborah Carlin. Ontario: Broadview Press, 2010.

Joseph, Philip. "Regionalism." *Oxford Bibliographies*. 29 May 2019. Oxford UP. 1 November 2022. 〈https://www.oxfordbibliographies.com/view/document/obo-9780199827251/obo-9780199827251-0197.xml〉.

Pryse, Marjorie. "Women 'At Sea': Feminist Realism in Sarah Orne Jewett's 'The Foreigner'." *American Literary Realism* 15.2 (1982): 244-252.

Said, Edward. *Orientalism*. New York: Vintage Books, 1979.
Zhu, Gang. *Twentieth Century Critical Theories*. Beijing: Peking UP, 2006.
［朱刚:《二十世纪西方文论》,北京:北京大学出版社,2006年。］

身体、空间与都市商业想象

——《夜色温柔》中主体的越界与后撤

谢雨函

内容提要：《夜色温柔》被视为展现美国爵士时代荒芜精神景象与颓唐情绪的代表作,菲茨杰拉德在书中描摹了一个沉醉于消费主义与偶像崇拜的社会。本文选择分析书中对身体、空间、都市景观和商品消费的有关描写,融合让·鲍德里亚的消费主义理论与他对资本主义社会的反思,力图揭示使得小说主人公和作者本人的主体意识在时代喧嚣中被消解的强大力量。

关键词：《夜色温柔》；身体；都市空间；符号消费

《夜色温柔》(*Tender Is the Night*)是美国作家弗朗西斯·斯科特·基·菲茨杰拉德(Francis Scott Key Fitzgerald, 1896—1940)于 1934 年出版的一部长篇小说,题目取自济慈的诗作《夜莺颂》。在菲茨杰拉德自己的生命力即将被消耗殆尽之时,他将他的目光所捕捉到的存在于 20 世纪 20 年代熠熠生辉的物质表象之下暗流涌动的欲望和隐秘的哀恸,以一种华美、戏剧而血腥的笔法进行了勾勒和涂抹。小说的叙事框架中糅合了女性意象、都市意象、商品意象与明显的颓唐情绪,带有专属于菲茨杰拉德作品的鲜明印记。书中的男主角迪克沉迷和屈服于现代世界的商品崇拜,在领受了情感和生命神经的损伤之后,最终被曾经包容和接纳他的上流阶层彻底抛弃。关于故事中主体的沉沦和坠落,此前的研究多利用弗洛伊德的人格理论和马斯洛的需求层次模型来进行解读,而忽视了对被鎏金都市所囚禁的区域进行探索。本文试图从小说文本中对身体、空间、都市与商品等元素的碎片化描述切入,并融合让·鲍德里亚的消费主义理论以及他对资本主义社会现象的反思,来剖析和揭示使得小说书写的主体和小说作者自己的主体意识在喧嚣声中被溶解的力量。

一、处于都市符号体系中的身体

在小说的最开始，作者就非常明了地给出了一个存在于1925年6月的欧洲、属于显赫时髦人物的文化空间与社交场合。几位主要人物的出场，都伴随着作者对他们身体外在特征的观察与描写，凸显了身体的外在性在现代社会的支配作用。正值妙龄的罗斯玛丽灵动而美丽，她身上属于好莱坞冉冉上升的电影新星的靓丽生命力被强调：

> 她好看的额头温柔地斜向发际，金黄和灰金色的发卷呈波浪状在额头周围卷曲着，像徽章盾牌。她的大眼睛明亮、清澈、湿润、闪光，她的脸颊天然红润，是心脏年轻强壮的跳动带来的血色。她的身体微妙地徘徊在少女的最后阶段——她快十八岁了，几乎成熟了，却依然单纯。（Fitzgerald 4）

罗斯玛丽非常了解自己身体的魅力，她也知晓如何将动人的身体外表作为用来满足自己欲望的资本和武器。她浪漫且任性，听凭本能的驱使，而不顾后果如何和道德约束；菲茨杰拉德对罗斯玛丽身体魅力的描述包含了人类对实现非理性欲望的要求。即使她清楚地知道迪克是某人的丈夫，她仍然试图用美貌吸引迪克的注意。另两位主角尼科尔与迪克的外在形象是透过这位年轻女性的视角来描绘的。在尼科尔身体上，她看见了一种昂贵的美丽和矜持，尼科尔对于购物清单的专注也在为后文的消费描写做出了铺垫；而迪克的兴奋和魅力具有一种吸引和唤醒人的能量。他们两人的身体都属于一个自给自足的封闭小团体，也属于一套都市商业话语堆砌起来的符号体系。而罗斯玛丽也已经敏感地察觉到属于这一个小团体或者说阶层的礼节，她开始有意识地选择疏离。

菲茨杰拉德对主角们身体的描绘非常细腻，读者能感受到这些角色的身体就存在于他们的严密观察之下。即使在创作这本小说之时，菲茨杰拉德与泽尔达的婚姻已经陷入千疮百孔的境地，他仍然将一种神圣高贵的美赋予这个与他曾疯狂迷恋的女性非常相似的角色尼科尔身上——"尼科尔的美相对罗斯玛丽的美来说，就如同列奥纳多笔下的女孩儿相对于插画师笔下的女孩儿"（161）。而在男主角的身体上，菲茨杰拉德也投射了自己曾经光芒闪烁的影子，这也是他的作品充斥着自恋情绪的表现。小说叙事营造了一个映照时代现实的空间，营造了一种清晰可见的物质表象，正是在这个空间里，故事的主体沉溺其中并最终丧失本我。

汪民安提出，身体具有冲撞性。身体往往在个人试图放纵的心理空间和社会强有力的规训空间的夹道中寻求一个平衡点，而"当理性失去了保持曾经的允诺、在力量中间权衡和抑制情绪的作用后，身体将跨越界限并重新配置自己的空间"（汪民安 86）。而本文认为，当平衡被打破之时，身体不仅会冲撞扩张，也有可能陷入一种蜷缩和提防的状态。这两种状态都在这部小说中得到了诠释。失意的迪克等人沉迷于酒精甚至是寻衅滋事，来故意跨过安全界限，透支自己的身体、麻醉自己的情感，主动通过自虐技术使身体陷入沉沦和坠落。在意大利，受到身体里积攒的愤懑情绪的驱使，迪克因为小事与当地一位出租车司机非常不体面地扭打在一起。迪克意识到此种厮打行为有辱自己的身份地位，可是盛怒之下，他也只能等待尼科尔的姐姐芭比来救他出狱。在故事的后半段，他的自尊已被疲倦的精神状态和凄楚的人生境遇所压垮，而他颓丧的模样也让芭比开始怀疑迪克是否还值得为她的家人所信任和利用。

反过来，尼科尔也想侵占和囚禁她曾经的"救世主"迪克的身体和生命，而她的精神疾病就是她行使这项"权利"的工具。尼科尔想要占据他，"希望他永远待在原地，自然地怂恿他懒散懈怠，以各种方式用源源不断的物品和金钱淹没他"（244）。当初迪克作为一个前景极其光明的医生，选择与他的病人相爱。尼科尔的疾病反复无常，在拯救她的过程中，迪克身体的生命力也被汲取殆尽。尼科尔的父亲曾经对他年幼的女儿实施性侵，尼科尔的精神分裂症就是她在为自己的父亲身体空间界限的越界行为"埋单"。小说中，无论是尼科尔与迪克之间的爱，还是罗斯玛丽与迪克之间突如其来的爱，都带有非常奇异的色彩。身体始终与一个杂糅着爱情、阴谋、禁忌、欲望的空间紧密相关；迪克作为受害者，一开始是被带有目的性地引导，最终自顾自地走向精神层面的极度破败。

至于身体的蜷缩状态，首先表现为情感和身体距离的后撤。在结识罗斯玛丽之后，迪克发现自己在尼科尔发病时会流露出明显的厌恶情绪，这是在一个固定而密闭的空间里，身体庞大的需求长期被压抑的后果。尼科尔向迪克索取独立精神和创造才能，而迪克却不愿被她一人占有。迪克憎恶尼科尔家人一副有钱人的冷酷与傲慢，为尼科尔的病情感到心烦意乱，却始终努力地控制着自己，努力压缩着自己的身体空间与情绪——"当迪克不能再演奏他想要演奏的歌曲时，便预示着生活被精练到了某种程度"（210）。在游乐场里，目睹了尼科尔在孩子们面前歇斯底里症的突然发作以及她企图故意制造车祸的行为，迪克被激起了强烈的憎恶与仇恨："孩子们在尖叫，尼科尔尖叫着，咒骂着，伸手去抓迪克的脸。迪克首先想到的是汽车的倾斜程度，他没法估量，只好推开尼科尔的手臂,从上面那一侧爬出去,把孩子们拉出来,接着发现车子稳定了下来。他站在那里浑身发抖,气喘吁吁,一时什么都做不了"(217)。当最初的激情和迷恋渐消,这段关系只剩下病态的折磨和精神创伤,尤其是对迪克而言。他不能真正地惩罚尼科尔,也没能真正地放弃尼科尔,转身脱离这场闹剧般婚姻。

  多年以来,迪克其实是一个失去了家园的流浪者,而在他的父亲去世、他自己也因为变得平庸而被尼科尔和她的家族抛弃之后,他成了彻底的流浪者。"迪克父亲的去世这一事件与他丧失权威和自律这一过程并行不悖"(Sanderson 159)。故事的最后,他也是以流浪和蜷缩的方式保护了自己身体最后的生存之地:"不管怎么说,他差不多就在美国的那个地区打转,不是在这个镇,就是在另外一个"(477)。迪克擅长扮演的角色是救世主和家长,在这类角色中他可以"代表法律、道德、秩序以及在社会和家庭中的主导地位"(桂滢等 18)。当迪克能够以权威的形象出现时,他在他人面前进行表演的强烈冲动和欲望就会得到满足。权威地位的获得使迪克尚且拥有可扩展的生存空间,而随着尼科尔精神的康复,迪克逐渐丧失了话语权,陷入一种他者的边缘生存状态。他曾经凭借光彩照人的外表挤进他追求的上层社会,但他忽略了他的身体与才智将会被限制在狭小空间的后果。当尼科尔还是个精神不稳定的病人时,他必须对她的全部人生负责;当她的健康逐渐好转时,他却最终失去了言论和参与社交活动的自由。这段婚姻既是一个华丽的牢笼,把迪克困住,又是一则荒唐的寓言,见证了他全部的身心活力最终被剥夺。

二、商业话语与商品契约的强权性

  居伊·德波(Guy Debord)在《景观社会》中已经提到,"在资本主义的抽象体系中,商品的华丽外表和展示景观的存在比其使用价值更为重要"(18)。1970年前后,已涉足经济学领域研究的让·鲍德里亚也试图揭示商品对人们深层欲望的引导和支配。在道格拉斯·凯尔纳看来,与德波不同的是,"鲍德里亚开始从符号的政治经济学角度审视资本主义的统治"(10)。在其早期著作《消费社会》中,鲍德里亚对"消费社会"这一概念做出定义,即"进行面向消费的社会驯化的社会"(42)。鲍德里亚认为,进入现代消费社会市场中的商品或者说消费品,其价值已经不局限在马克思所指认的使用价值、交换价值,还被附加了符号价值。符号价值就是指商品在表达消费者的品位、个性、实际购买力和社会地位等方面的差异的功能,"而消费作为一种符号的系统化操控活动,是人们表征自我以及相互区别或相互认同的媒介"(张良丛 34)。因此,消费的过程也成为一个社会分类的过程,不同的社会阶层逐渐形成了不同的消费观念与消费结构。而人们的消费行为与消费结构在本质上受到他们所处社会阶层的影响,有闲阶级总是把消费作为展示或炫耀自己的象征,以及作为迈入更理想的社会阶层的跳板。

书中尼科尔的形象既是精神不稳定的病人,也是商业话语强权结构的代言人。小说中关于她数次疯狂消费的描写让人印象深刻。作为一位阔绰的主人,她拥有一套毫不留情的、令人折服的购物结构,而她所展示的日常、狂热、恣意、优雅的购物瞬间吸引和打动了旁观者罗斯玛丽。尼科尔展示了一种新鲜、诱人的都市体验方式,使得她与她的情敌结成了一种暂时的、充满讽刺性的联盟。都市场景则成为人性和某种特定生活方式的见证:

> 罗斯玛丽在尼科尔的帮助下用自己的钱买了两条裙子、两顶帽子和四双鞋。尼科尔根据一份两页长的清单购物,另外还买了摆在橱窗里的东西。她自己喜欢又用不上的东西就当作送给朋友的礼物。她买了彩色珠子、海滩折叠靠垫、人造花、蜂蜜、一张客床、包、围巾、几只鹦鹉、娃娃屋里的微型摆设、三码虾色的新款布料……她阐明了非常简单的原则,掌握着自身的命运,但是她阐明得如此确切,从而使这个过程显得优雅,不久罗斯玛丽也会加以仿效。(153)

根据鲍德里亚的消费理论,尼科尔的消费早已超越了实用性,是一种有关娱乐性、为了取悦自身的快感原则而进行的炫耀性的金钱展示,指向物质而非精神。她消费的并不是某件物品本身的实用价值,而是内化于那件物品中,能够识别身份地位与财富的符号体系。同时,鲍德里亚指出,在这样的一种符号消费的过程中,"存在着一种消费动力学的幻觉——它使所有消费者产生可以享受同样特权的幻觉"(83)。这也正是尼科尔成为某些人眼中高贵女性的范本和争相模仿的对象的原因。尼科尔需要这样一种符号消费来隐瞒或者使自己忘却自己作为病人的被动身份,她也正需要这样一种符号消费让自己的婚姻以及与其他人的人际关系在金钱和狂热消费的支撑下暂时营造出一种虚假的和谐氛围,来继续表演他们那种假装毫不费力的悠闲安定的生活。尼科尔的奢侈消费是她对家族荣耀、家庭财力和自己在上流社会身份地位的有意展示,彰显着她与隶属于非特权阶层的消费者们在经济实力上的巨大差异,而她也成功唤醒了在事业上初获成功的罗斯玛丽通过大量消费来表现自己的冲动:

她帮着罗斯玛丽挑选了给母亲的钻石、几条围巾以及一些新颖的烟盒,好让罗斯玛丽带回加利福尼亚送给事务上有往来的人。她给儿子买了希腊罗马玩具兵,整整一个部队,花了一千多法郎。她们再次以不同方式花钱,而罗斯玛丽再次对尼科尔花钱方式表示欣赏。尼科尔很确信她花出去的钱是她自己的——罗斯玛丽则依然觉得她的钱是奇迹般借来的,因此花起来必须非常谨慎。在异国他乡的阳光下花钱非常愉快,她们身体健康,脸色红润,自信地舒展着胳膊和手、腿和脚踝,举手投足间流露出对男人来说很可爱的女性的自信。(154)

在现代社会中,人们常把消费等同于幸福,大量消费的行为也与努力追求幸福符号的积累画上等号。而鲍德里亚则指出,这种对消费神奇地位的仰赖,实际不过是"原始人期待奇迹出现的一种心态,它所建构的只是消费社会的神话"(72)。尼科尔正是生活在这样一个由她丰厚的家庭财富为她堆砌的神话般的幻想中;在消费过程中,她获得了极大的安全感、幸福感、满足感和尊严感,也只有在这样一种她所追求的生活方式中,她才能享受着作为一套商业话语缔造者的强势与自主感,享受着他人艳羡并绝对臣服于她的购物结构的快感,而不是在苍白的病房中作为被操纵者的自卑感与无力感。在迈克·费瑟斯通(Mike Featherstone)看来,"将某种模范当作一种与众不同的卓越价值和绝对差异来膜拜和盲目追随,是被欺骗的表现"(147)。

鲍德里亚也分析了个人主义和享乐主义的无形控制可能导致消费者陷入异化的困境。目睹尼科尔的购物经历为罗斯玛丽变成一个精致的利己主义者的走向进行了铺垫;当迪克再次在度假时遇到罗斯玛丽时,他很快注意到罗斯玛丽的变化,并意识到他们之间短暂出现的爱意是无法挽回的。对尼科尔来说,消费的过程是她内心欲望真正实现的过程。她的消费结构是完全主观的,完全取决于她的个人意志和个人价值模式。在购物的时候,尼科尔享受着消费社会不断提供给她的丰富商品,享受着个性化选择被实现的满足感。与普通人相比,她的消费目的已经发生了转变,不再是满足日常生活的基本需求,而是满足不断产生的欲望。丹尼尔·贝尔(Daniel Bell)将异化消费困境出现的原因解读为"满足生存目的的商品需求是有限度的,为了炫耀和竞争而进行的象征性符号消费则是无穷无尽的"(91)。在消费社会,有购买能力的人有资格不断地扩大自己的欲望,占有越来越多的商品成为生活的指南,消费者在享受着商品的丰盛与舒适之时,"疯狂的自私自利"的人格也被激发出来(罗蒂 213)。

尼科尔注定要改变、要飞翔,而金钱就是她的资本和翅膀。飞翔的姿态即便多年来由于疾病被隐藏,也终究会回归自我。而迪克与尼科尔作为统领者和臣服者的身份,随着故事的发展实现了互换。迪克为尼科尔放弃了自己对事业和理想的追求,最终却沦为一个被幽闭的精神领域所囚禁的软弱个体,并被他曾经仰赖的资本势力抛弃。在所有与尼科尔在一起的日子里,迪克都在领受着因为对拜物的认同、对情感的臣服而带来的灾难般的后果。这部小说描摹的是对迪克精神世界的谋杀。菲茨杰拉德让迪克见证了尼科尔精神疾病的好转,以弥补自己不能治愈泽尔达的遗憾,他让迪克看着病愈之后的尼科尔走向新生活,而冷眼旁观了他与自己相似的坠落和失败。

结　语

　　文学评论家亚瑟·密兹纳(Arthur Mizener)认为:"菲茨杰拉德全部的文学天赋,他对生活的细致观察,他具有深刻意义的价值观,他对小说每一个细节的精心安排,他的艺术表现手法,这一切在这部小说(《夜色温柔》)中得到了比以往任何时候都更加充分的展示"(23)。菲茨杰拉德更新了小说的形式和叙事模式,在时空的处理、视角的变换和结构的安排上都表现出独创性,他"没有跟随欧洲现代主义以意识流叙事为主的潮流,而是自出心裁地从叙事和象征这两个层面革新了小说的表现形式"(何宁94),因此,有人称他"推动了美国小说形式的发展,使在他之后的小说家受益匪浅"(Garrett 16)。菲茨杰拉德以成熟的写作技巧,生动地展示了人物的生活经历和内心活动。莱昂内尔·特里林曾将菲茨杰拉德定义为"最后一位肯定浪漫主义和英雄主义的杰出作家"(Berman 97)。小说中,纯真的幻想与残酷的现实不断碰撞,主人公迪克不过是一个孤独的反叛者,而他的地位和他多年来的坚守与努力也终被一个象征着野蛮与武力的男性所取代和磨灭。

　　在20世纪20年代的美国,新兴的不仅是爵士乐,随着生产力的显著发展、西方消费主义的兴起,认为不断扩大的商品消费规模和大量购买服务对社会和个人都有利的观点逐渐被公众广泛接受。存在于都市生活中的消费话语赋予菲茨杰拉德一个独特的视角来表现他所体察到的浮华尘世与个人悲剧。在《夜色温柔》一书中,作者对美国上流社会成员之间的错综复杂的人际关系与隐秘的个体经验进行了描述。个人对消费主义的崇拜贯穿了整个故事,而作者也隐喻了消费对个体命运的两面性影响,即"消费导致身份重建:它既可以赋权,也可以导致个体的物化和异化"(王怡然等103)。一方面,大量的无序的消费赋予尼科尔掩盖其精神病人身份的资本,使她成为众多人眼中上流社会女性的典范;另一方面，尼科尔利用对消费的崇拜埋葬了迪克曾拥有的才华和志向，禁锢了他的身心。最终，一场权力的重新分配随着尼科尔病情的好转出现了。

这部小说脱离了传统的叙事场景，不再是一个女性永久地依附于男性的财富和社会地位。在英雄作为现代主义的真正主题的前提下，迪克只是一个被剥夺了个体语言的流浪者，在他与尼科尔的这段关系中，他从来没有真正获得过主体性，最终也被罢黜和抛弃。渗透于故事中的不是反叛，而是无奈和单向的嘲弄。故事结尾，当尼科尔回忆起迪克曾经对她的好，尼科尔的姐姐冷眼嘲讽道，"那就是他接受教育的目的罢了"（476）。迪克目睹自己的父亲在贫困教区奋斗，这段经历早早地在他看似淡泊沉稳的天性里植入了对金钱的渴望。他曾经认为爱情和妻子家中的保险箱可以成为承纳和绵延自己生命的支撑点，而他最终失去了作为医生和一家之主的权威性，只剩下冲动和荒唐的行为，他知道自己在坠落、在受辱，却已是毫无还手之力。

菲茨杰拉德的确没有实现对现实的超越，他表现的，是现代都市和现代生活需要有一种刻意去扩张占领的激情和一种以道貌岸然的方式去表现得优雅而理性的能力，而不是面向有生命的主体与无生命的商品世界进行屈服和后撤。这也是他对侵扰自己已久的颓唐情绪的最终注解。

引用文献【Works Cited】

Baudrillard, Jean. *La Société de Consommation*. Trans. Liu Chengfu and Quan Zhigang. Nanjing: Nanjing UP, 2014.

［让·鲍德里亚：《消费社会》，刘成富、全志钢译，南京：南京大学出版社，2014年。］

Bell, Daniel. *The Cultural Contradictions of Capitalism*. Trans. Zhao Yifan. Beijing: SDX Joint Publishing Company, 1992.

［丹尼尔·贝尔：《资本主义文化矛盾》，赵一凡译，北京：生活·读书·新知三联书店，1992年。］

Berman, Ronald. *Fitzgerald-Wilson-Hemingway*. Tuscaloosa: U of Alabama P, 2003.

Debord, Guy. *La Société du Spectacle*. Trans. Wang Zhaofeng. Nanjing: Nanjing UP, 2014.

［居伊·德波：《景观社会》，王昭风译，南京：南京大学出版社，2007年。］

Featherstone, Mike. *Consumer Culture and Postmodernism*. Trans. Liu Jingming. Nanjing: Yilin Press, 2002.

［迈克·费瑟斯通：《消费文化与后现代主义》，刘精明译，南京：译林出版社，2002年。］

Fitzgerald, F. Scott. *Tender Is the Night*. Trans. Tang Xinmei. Shanghai: Shanghai Translation Publishing House, 2012.

［弗朗西斯·斯科特·菲茨杰拉德：《夜色温柔》，汤新楣译，上海：上海译文出版社，2012年。］

Garrett, G. Fire and Freshness. "A Matter of Style in The Great Gatsby." *New Essays on The*

Great Gatsby. Ed. Matthew J. Bruccoli. Cambridge：Cambridge UP, 1993.

Gui, Ying and Wang Jiezhi. "Identity Crisis, Reconstruction and Disillusionment of a Generation— Rethinking the Image of Dick in Tender Is the Night." Northern Literature 5(2017)：18－22.

［桂滢,汪介之：《一代人的身份危机、重建与幻灭：〈夜色温柔〉中迪克形象意义的再思考》,《北方文学》2017 年第 5 期,第 18—22 页。］

He Ning. "F. Scott Fitzgerald and American Modernism." English Studies：Studies of Characters and Culture 9（2019）：90－98.

［何宁:《论菲茨杰拉德与美国现代主义文学》,《英语研究——文字与文化研究》2019 年第 9 期,第 90—98 页。］

Kellner, Douglas. Baudrillard：A Critical Reader. Trans. Chen Wei-zhen. Nanjing：Jiangsu People's Publishing, LTD, 2008.

［道格拉斯·凯尔纳:《鲍德里亚：一个批判性读本》,陈维振译,南京：江苏人民出版社,2008 年。］

Mizener, Arthur. The Far Side of Paradise：A Biography of F. Scott Fitzgerald. Boston：Houghton Mifflin Company, 1951.

Rorty, Richard. Pragmatism Philosophy. Trans. Lin Nan. Shanghai：Shanghai Translation Publishing House, 2016.

［理查德·罗蒂:《实用主义哲学》,林南译,上海：上海译文出版社,2016 年。］

Sanderson, Rena. Women in Fitzgerald's Fiction. Cambridge：Cambridge UP, 2002.

Wang, Min-an. Body, Space and Post-Modernity. Nanjing：Jiangsu People's Publishing, LTD, 2005.

［汪民安:《身体、空间与后现代性》,南京：江苏人民出版社,2005 年。］

Wang, Yiran and Liu Ying. "Tender is the Night：A Tragic Fable of Consumerism." Journal of Inner Mongolia University（Philosophy and Social Sciences）2（2019）：103－108.

［王怡然,刘英:《〈夜色温柔〉：消费主义的悲剧寓言》,《内蒙古大学学报（哲学社会科学版）》2019 年第 2 期,第 103—108 页。］

Zhang, Liangcong. From Deconstruction to Construction：A Genealogical study of Post-modern Thoughts and Theories. Beijing：Social Sciences Academic Press, 2017.

［张良丛:《从解构到建构：后现代思想和理论的系谱研究》,北京：社会科学文献出版社,2017 年。］

科利之死与信仰危机
——戈尔丁《启蒙之旅》中异质文化空间的建构

易文菲

内容提要: 在航海小说《启蒙之旅》中,威廉·戈尔丁通过船体既存空间与三重异质文化空间的并置实现了文本意义的叠加,从而在还原牧师科利之死始末的同时揭露了因资本主义价值扩张而导致的人类社会信仰危机。社会历史空间见证了船只对阶级体制的沿用以及排他地理的塑造,科利的精神空间展示了"激情"命题对宗教阐释权威构成的挑战,而叙述层面的戏剧空间则以情感表达式的现实呈现传达了科利之死的暴力崇高美学。

关键词:《启蒙之旅》;威廉·戈尔丁;异托邦;空间

英国作家威廉·戈尔丁(William Golding, 1911—1993)的《启蒙之旅》(*Rites of Passage*, 1980)通过州长教子埃德蒙·塔尔伯特与牧师罗伯特·詹姆斯·科利的双重视角讲述了拿破仑时代末期在一艘被改造的军用战舰上所发生的道德悲剧。船长安德森崇拜权力,轻视宗教。在这艘等级森严的船上,单纯的科利先后经历了物理与精神层面的边缘化困境,最终丧失理智,蒙羞而死。小说在出版的同年便斩获了布克奖,但因中译本的延迟出版与评论热点的转移而鲜少受到国内学者的关注。本文将以米歇尔·福柯(Michel Foucault)的"异托邦"(heterotopia)理论为出发点,探讨这艘驶往新西兰对跖岛的船只作为漂浮着的异托邦与社会历史空间、科利的精神空间以及戏剧空间的互动关系,从而剖析科利之死所指涉的人类社会信仰危机。

福柯在 1997 年发表的《另类空间》(*Of Other Spaces: Utopias and Heterotopias*)一文中指出,"异托邦"的原理与"场所并置"和"异时"(heterochronias)两个概念紧密相连。前者通过叠加多个异质空间实现"象征性的完善"(张锦 138),后者以塔尔伯特逐渐混乱的日志记时为例,凸显异托邦对于传统线性时间观念的打破。而"船"作为异托邦的潜在物理载体,则"是空间的漂浮的一块,一个没有地点的地点,它自给自足,自我关闭"(福柯 57)。船只"抗议和颠倒了常规空间的秩序","连接了未知、冒险和新秩序的可能",并使其承载的生命"实现了对循规蹈矩所需要的规则的否定"(张锦 145)。在安德森的"暴政"下,宗教作为社群精神核心的文化影响力不复存在,取而代之的则是专制主义以及迷信主义的权力话语杂糅。物理空间与异质文化空间的叠加实现了对于既存空间秩序的补充与拓展,从而使航海文化与宗教文化间的冲突更具张力。小说中的船只既沿用了外界社会的阶级制度,同时融入了一套疏于矫正的极权体系。安德森和水手们所执行的被极端化的资本主义意识形态从侧面影射了不断壮大的科学话语对于神权价值的压迫。在刻画外部空间社会历史意义表征的同时,戈尔丁通过加强"激情"与"信仰"间的摩擦与碰撞凸显了科利的精神困境,并在此基础上构筑了相对异位的内部空间。而"剧院"与"演员"则是在塔尔伯特的叙事层面上与现实意义不断并置的象征符号。通过对真实事件的陌生化处理,戈尔丁旨在推动读者对于"科利之死"等事件的对象化进程,并唤醒个体对于信仰危机的有效认知。

一、敌视与压迫:阶级框架内的排他地理

在采访中,戈尔丁曾把《启蒙之旅》称为"一部与现实状况相关的黑色喜剧"(Golding and Baker 160)。作者取材于伊丽莎白·朗福德(Elizabeth Longford)所著的惠灵顿公爵传记[①],聚焦英国在 18 与 19 世纪之交的摄政时期所发生的社会变革。在小说中,戈尔丁以阶级概念为突破口,探究在新兴的工业主义浪潮冲击下社会主流话语对宗教信仰的排斥与弱化。船长安德森制定了严苛的《内务规则》,并将船只按照既定的等级划分为三个主体部分:军官专用的后甲板、供中上阶级自由活动的后甲板和堡状甲板,以及与其一条白线之隔、大桅杆另一侧对移民和水手开放的前甲板。三者均受到"神圣化"[②](sanctification)现象的控制,代表着"具有一定社会意义和社会积淀的空间对立"(张锦 125)。在航行初期,牧师科利曾试图登上军用甲板向安德森表示善意,却被残忍地驱逐,尊严全无。在承受船长的怒吼之后,科利从梯子上摔下,"一只手拿着铲形帽,另一只手拿着假发……宽领带扭得歪在一边"(戈尔丁 35)。牧师制服的凌乱具象化了行船权力体系对信仰价值的压缩。叙述者塔尔伯特惊诧于船长激进的无神论倾向,并向甘伯舍穆感概道:"假若你把拱心石去掉,整个拱门就塌了"(戈尔丁

17)。而后者浑然未觉前者对宗教作为社会文化核心的指涉,不明就里。

　　戈尔丁巧妙应用了异质空间的表征功能,并对船只的物理空间进行了旨在讨论社会现实的意义延伸处理。"阶级"一词在18世纪40年代首次出现,并在文本所处的1812至1813年得以广泛应用。以约翰·皮尔(John Peel)为代表的社会学家曾指出阶级概念不仅推动了社会的"客体化"进程,也使"异见文化"对于宗教价值的排斥与颠覆"正当化"。在皮尔看来,阶级概念"肇始于外省中产阶级"。其"意味着流动性,地域上和社会上的流动性,反对等级、秩序和产业象征的稳定性"(达比119)。工业资本主义者以此作为价值支撑,将以国教为代表的信仰文化评估为腐败体制的一部分,并试图在科学话语的指引下拓宽商业解放的渠道。这一在不列颠延续将近百年的社会运动[3]实则为"世俗化理论"(secularization thesis)的政治性表现。根据莱特曼(Bernard Lightman)的论述,"自启蒙时代起,科学便逐渐取代宗教与神秘事物而成为了解读自然世界的权威"(364)。尽管认可国教的主导性地位,塔尔伯特在字里行间仍不断透露出对整体性宗教概念的轻视。当评价共和派支持人普瑞蒂曼先生将印刷机带往对跖岛的行为时,他不屑地思忖道:"路德教的《圣经》就是用一种不比它大多少的东西打印出来的"(戈尔丁47)。异位功能放大了社会历史空间内的价值取向,因而塔尔伯特所表征的工业浪潮下的现代个体直接激进地将宗教视为科学世界的附庸。

　　除却对于社会秩序的巩固作用,宗教所代表的阶级超越性同样引发了工业主义者的危机感与敌意。在萨默斯的促成下,科利得以在船上举行小型的礼拜仪式,但其邀请移民共同参与祈祷的举措却引发了塔尔伯特的震惊。他愤然道,"任何一个乡下的教堂里都可以看到等级不同的人混杂在一起",并用亚里士多德的金句讽刺科利,"人生来毕竟还是隶属于某一个等级,不过,由于一种错误的庇护,把他提升到超过原来的等级"(戈尔丁55-56)。随着情节推进,礼拜仪式的取缔以及农民科利由"军用后甲板"到"堡状后甲板"再到"前甲板"的悲剧性转移反而被漠然的旁观者视为阶级正义的履行。戈尔丁所营造的"历史性异托邦"揭露了在一般性场所(船只)中被忽视的文化层面,通过不同空间之间的"连接"机制,为科利的堕落和死亡赋予浓厚的现实意义。

二、激情与毁灭:宗教价值的内在危机

　　与"历史性异托邦"对于科利受害者形象与行为被动性的强调相异,戈尔丁所建构的"精神性异托邦"与船只作为"既存空间"的互动关系从个体内部的维

度剖析了宗教价值的局限性。在旁观水手的海上作业时,科利不受控制地为比利·罗杰斯健硕的体魄倾倒。他把海员之酒视为"灵液"(ichor)④,并认识到自己像塔罗斯(Talos)⑤一样——在神职人员的铜质外壳下燃烧着无尽的烈火。罗杰斯的躯体构成了巴赫金语境中的狂欢因素,象征着欲望的展示以及对日常行为的突破。在激情的冲击下无助祷告的科利俨然成为尼采所称的"酒神式"(Dionysian)角色。在赴生命最后的狂欢之约前,科利曾看到"日神"式的美好幻象:"天恩的力量"为其带来了"新的安全感""爱"与"快乐"(戈尔丁 211),而随后占据主导性地位的,便是"解放本能""跨越界限"的酒神式冲动(Nietzsche 26)。从塔尔伯特的叙述中,读者得知原计划去传教的科利在"獾皮囊酒会"中大肆放饮、与罗杰斯发生性关系、当众解手,并最终因羞愧而死。

自文艺复兴时期起,西方世界便面临着一个极具挑战性的命题。思想家们不再相信"道德哲学和宗教信条可以管控人的毁灭性激情"(Hirschman 14-15)。早在古罗马时期,圣奥古斯丁(St. Augustine)所提出的三大罪欲(财欲、权欲与性欲)便规范了基督教的价值体系。在此基础上,以马基亚维利(Niccolò Machiavelli)和霍布斯(Thomas Hobbes)为代表的政治家不断强调人类本质的黑暗以及欲望的不可控,并主张以惩罚式的政治制度替代宗教和缓的教导性机制。随着市场经济的发展,亚当·斯密(Adam Smith)等资本主义价值持有者借机夺取了"激情"这一概念的阐释权,认为经完善的私有制可以"将人类对自身利益的激情转化为一种文明的秩序"⑥(Hirschman 17)。对"激情"命题的解读空白不仅影射了宗教理论活力的丧失,也使其权威受到极大的威胁。《启蒙之旅》中,科利虔诚的宗教信仰外化为对激情的盲目压制及对体制弊病的被动顺从,并由此衍生出一种探讨教义僵化与弱化现象的异质文化空间。心怀对主的信仰,科利自信、坦荡地踏入前甲板的神秘空间,试图拯救"精神贫瘠"的水手,却不小心步入自己内心的黑暗之处。再次现身时,"他的法衣和身份的标志都不见了"。他因酗酒而神志不清、踉跄蹒跚,"像一个智力低劣的独眼巨人"(戈尔丁 99)。戈尔丁在文本中多次引用柯勒律治(Samuel Taylor Coleridge)的《古舟子咏》(*The Rime of the Ancient Mariner*),同时也对其进行了"文本含义的解构"(Boyd 94)。诗歌中的行舟人在杀死信天翁后成功赎罪。但正如普瑞蒂曼先生未竟的"射杀信天翁"愿望所暗指的那样,科利因精神和肉身情感体验的不可调和而永远坠入罪恶感的深渊。

"獾皮囊酒会"展示了两种层次上的异位,即"狂欢的异位"和"结合着累积时间永恒性的异位"。像尤巴草屋一样,船只上的异托邦"废止了时间,但是时间也重新获得了,就好像是以某种宏大的直接认识的形式,人类的整个历史回到

/111/

了其源头"(福柯等 26)。戈尔丁以科利的精神世界为基础所形塑的异质空间短暂地与现实世界割裂,并使读者在重新感知时间概念的同时对现存文化秩序进行更明晰的思考。可怜的牧师饱受欺辱,却未曾实现身为"殉道者"(martyr)的历史价值。他"将自己的死亡作为礼物",但无力如阿甘本(Giorgio Agamben)所言,"为无依无靠的社会存在提供源头与基础"(Eagleton 15–16)。在福柯的理论视域内,航船代表着从紊乱的现实空间到理想殖民空间的过渡,而在戈尔丁笔下,宗教的神圣领土在资本主义世界的冲蚀下不断消融。

三、悲剧与崇高:戏剧空间中的意义呈现

戈尔丁曾以彼得·布鲁克(Peter Brook)的《马哈/萨德》(Marat/Sade)为例,指出戏剧为真实情感的爆发提供了自由空间,是一种对人类思想的直观投射。[7]《启蒙之旅》中的戏剧叙事对于情节发展起到重要的推动及阐释作用。热情奔放的季诺碧亚小姐俨然成为"性别表演性"的代言人,而塔尔伯特常以或旁观或参演的角度评述船上发生的事件。他将季诺碧亚和科利比作"不太可能结合的贝特丽丝和培尼迪克"[8](戈尔丁 80),并在回忆科利尊严丧尽的行为时慨然道:"这是一出戏。是闹剧,或是悲剧?"(戈尔丁 89)。在其著作《戏剧理论与分析》(The Theory and Analysis of Drama)中,普菲斯特(Manfred Pfiste)通过双向应用拉玛特(Eberhard Lämmert)和热奈特(Gérard Genette)的叙事学理论成功论证了存于小说与戏剧之间的体裁互通性(intermediality)。在这种互通性的助推下,戈尔丁打破了单一的情节结构,并通过在一个独立的既存空间中并置双重体裁的叙事空间而完成了文本意义的叠加。当与乘客们一同向前瞻望科利与水手们的狂欢时,塔尔伯特蓦然意识到"我们是观众",而科利所处的"那巨大的圆锥形的主桅外面,就是舞台"。一时间,两种空间意象在叙述者的眼前交叠重合——"舞台上的幻象,我一度认为是现实生活的清晰写照,我不能发现二者之间的差别"(戈尔丁 93–94)。至此,被并置的叙事空间达成了表意的一致性。科利的堕落成为一种"逻各斯式"的现实呈现:它在西方戏剧再现传统的基础上实现了美学创新,并在"情感表达式"[9](affective-expressive)(Miner 53)的悲剧氛围中彰显了教义信条的脆弱。

牧师科利的信件体现出一种与塔尔伯特手稿全然不同的戏剧高潮走向。在船只跨越赤道分界线时,水手们通常会以举办"过界仪式"[10]的方式消除对未知航行的恐惧。通过科利的自述,读者得知这位牧师在水手们的暴力威胁下成为仪式的祭品。他的头颅被没入盛满污水的帆布盆中——在海神波塞冬扮演者的

注视下经历了一场凌辱性的"施洗"。在18世纪,埃德蒙·伯克(Edmund Burke)对朗基努斯(Saint Longinus)的美学理论进行了延伸,指出对于"崇高"(sublime)定义的理解应与暴力概念紧密相关。伯克认为:"任何可能导致疼痛或危险的事物……都是崇高概念的来源。也就是说,崇高概念可以引发人类大脑所能承受的最强烈的情感"(36)。在戏剧空间内,"过界仪式"恰以"暴力崇高"为渲染,突出迷信主义对宗教话语权的威胁。和康德(Immanuel Kant)的立场类似,戈尔丁将对迫切危险的感知(即"想象性威胁")融入"恐惧"要素的定义中。遭受虐待的科利"觉得绝望又害怕,以为自己会随时随地死去,成为这个残酷游戏的牺牲品"(戈尔丁203),并在日后频繁地受到梦魇的侵扰。热忱的宗教信仰使科利毫无负担地内化了"苏格拉底命题",即"遭受不义要好于行不义",并最终沦为安德森极权主义体制的附庸。戈尔丁遵循传统西方哲学将"恶"进行极端化处理的手法,于激进的暴力行为间揭露了宗教理念的局限与空洞。

在《戏剧符号学》(Lire Le Theatre)一书中,于贝斯菲尔德(Anne Ubersfeld)曾把戏剧文本界定为"唯一绝对不能按历时顺序、而只能按共时的符号密度即重叠在时间中的空间化符号进行阅读的文学作品"(119)。戈尔丁巧妙地提炼出戏剧空间的可并置性,多重叙事空间的融合使科利之死所投射的现实意义更加深刻立体。这一幕或带有讽刺剧色彩的航海悲剧,是信仰与主体性间不兼容的悲剧,更是陈旧的宗教理念无法适应时代之变的悲剧。

结　语

《启蒙之旅》中,戈尔丁笔下与船体既存空间进行意义互动的社会历史空间、精神空间以及戏剧空间,分别从外在危机、内在忧患以及叙述方式三个角度切入摄政时期英国宗教世界所面临的危机和挑战。它们既是对社会场景中教义排斥的夸张化处理,也暗含着对真实空间内现存文化秩序的抗议。和颂扬"甜蜜与光明"的阿诺德(Matthew Arnold)一样,戈尔丁此举旨在强调唤醒信仰体系生命力的重要性,从而使其在有效制约人性恶的同时为迅猛发展的资本主义价值提供有力的精神支撑和指引。但正如小说的结尾所暗示的:科利的尸骨荡然无存,而新生儿却带着船只的名字健壮成长。彼时宗教的复兴之路和当下人类精神诉求的提升之路一样,无疑是艰巨且漫长的。

注解【Notes】

① 取自传记第一部《宝剑时代》(*The Years of the Sword*)中斯凯文·布伦特(Scawen Blunt)的信件。详见戈尔丁1982年在《二十世纪文学》(*Twentieth Century Literature*)中的采访。
② 福柯在《激进的美学锋芒》一书中用"神圣化"一词指涉空间之间的对立,如公共空间与私人空间之间的对立等。
③ 在宪章运动的主线贯穿下,激进派试图摆脱"互相勾结的贵族、土地主、国教教会和对议会的联合控制"(达比 116)。而以外省异见者为代表的非国教教徒则以此为契机,将对于他者文化的弘扬以及对国教的排斥融入工业与科技的发展热潮中。
④ 在希腊神话中被用来指代诸神的血液。
⑤ 希腊神话中克里特岛的守护者。其外表为铜质,拥抱他人时会使其灼烧而死。塔罗斯会通过扔石块击毁来访者的船只,在小说中或被用来指涉"激情"对于科利信仰的毁灭性冲击。
⑥ 详见 *Scienza Nuova*, pars. 132 – 133。维科的思想与亚当·斯密的"隐形之手"(the invisible hand)有着直接的互动关系。
⑦ 戈尔丁的《品彻·马丁》(*Pincher Martin*)(1956)中同样采用了剧院的隐喻。
⑧ 莎士比亚戏剧《无事生非》(*Much Ado About Nothing*)中的人物。
⑨ 厄尔·迈纳将戏剧诗学类归为三种:第一种是亚里士多德式的"模仿式"诗学,第二种是"情感表达式"诗学,第三种则是"反模仿式"诗学。在戈尔丁所构建的"戏剧空间"中,"主人公"科利的表现与西方传统僵化的戏剧诗学状态相左。其突破了戏剧与生活之间的界限,使戏剧变成了一种与生命相融合的真实状态,从而更有力地传达了宗教危机的信号。
⑩ 即 Rites of Passage,是小说书名的直译。讽刺的是牧师科利不仅沦落为过界仪式的祭品,也因其精神困境而始终没有达成宗教意义上的"过界"。

引用文献【Works Cited】

Boyd, William. "Mariner and Albatross." *London Magazine* 20. 1981: 92 – 108.

Burke, Edmund. *A Philosophical Inquiry into the Origin of Our Ideas of the Sublime and Beautiful.* Oxford: Oxford UP, 1990.

Darby, Wendy Joy. *Landscape and Identity*: *Geographies of Nation and Class in England.* Trans. Zhang Jianfei, and Zhao Hongying. Nanjing: Yilin Press, 2018.

[温迪·达比:《风景与认同:英国民族与阶级地理》,张箭飞、赵红英译,南京:译林出版社,2018年。]

Eagleton, Terry. *Radical Sacrifice.* New Haven: Yale UP, 2018.

Foucault, Michel. "Of Other Spaces." Trans. Wang Zhefa. *World Philosophy* 6. 2006: 52 – 57.

[福柯:《另类空间》,王喆法译,《世界哲学》2006年第6期,第52—57页。]

---, et al. *Radical Spearhead of Aesthetics.* Trans. Zhou Xian. Beijing: China Renmin UP, 2003.

[福柯等:《激进的美学锋芒》,周宪译,北京:中国人民大学出版社,2003 年。]

Golding, William. *Rites of Passage*. Trans. Chen Shaopeng. Beijing: Yan Shan Press, 2017.

[威廉·戈尔丁:《启蒙之旅》,陈绍鹏译,北京:北京燕山出版社,2017 年。]

---, and James R. Baker. "An Interview with William Golding." *Twentieth Century Literature* 28. 1982: 130-170.

Hirschman, Albert O. *The Passions and the Interests: Political Arguments for Capitalism Before Its Triumph*. Princeton: Princeton UP, 1997.

Lightman, Bernard. "Victorian Sciences and Religions: Discordant Harmonies." *Osiris* 16. 2001: 343-366.

Miner, Earl R. *Comparative Poetics: An Intercultural Essay on Theories of Literature*. Princeton: Princeton UP, 1990.

Nietzsche, Friedrich. *The Birth of Tragedy*. Trans. Douglas Smith. Nanjing: Yilin Press, 2016.

Ubersfeld, Anne. *Lire le théâtre*. Trans. Gong Baorong. Beijing: China Theatre Press, 2004.

[于贝斯菲尔德:《戏剧符号学》,宫保荣译. 北京:中国戏剧出版社,2004 年。]

Zhang, Jin. *A Study of Michel Foucault's Ideas of "Heterotopias"*. Beijing: Beijing UP, 2016.

[张锦:《福柯的"异托邦"思想研究》,北京:北京大学出版社,2016 年。]

论《嘉莉妹妹》中的异托邦构建

张力心

内容提要：在西奥多·德莱塞的代表作《嘉莉妹妹》中，从乡村开往芝加哥的火车以及纽约第五大道的雪莱饭店分别是连接两个异质文化空间的浮动异托邦及满足要求才可进入的禁区式异托邦，这两个异托邦不仅在叙事层面将嘉莉的前后转变凸显，同时在德莱塞本人的创作出发点层面也体现了他想要借真实的异托邦书写揭露当时美国底层社会的阴暗面，表现他对当时文坛美化现实的"高雅"传统的质疑。

关键词：《嘉莉妹妹》；德莱塞；异托邦

《嘉莉妹妹》(*Sister Carrie*)是西奥多·德莱塞(Theodore Dreise，1871—1945)的杰作，描述了乡村女孩嘉莉·米伯从社会底层努力跻身上流社会最终成为当红女演员的人生经历：年轻貌美的嘉莉为了追求更好的物质生活，乘坐火车来到大都市寻求幸福，在残酷的现实面前她通过出卖自己的贞操不断摆脱困境，后成为知名女演员，独自享受荣华富贵。这部带有自然主义色彩的小说通过真实又辛辣的笔触描绘了19世纪末到20世纪初美国的都市现实生活，展现了资本主义急速发展之下的人生百态。诚如辛克莱·刘易斯(Sinclair Lewis)在诺贝尔文学奖获奖演说中所言："自马克·吐温和惠特曼以来给封闭沉闷的美国带来第一股西部的自由的凉风"(qtd. in Wolstenholme 243)。

在作者德莱塞所描绘的这幅美国都市画卷中，诸多意象被提及，尤其是具有工业文明或资本主义色彩的一些特定场所，譬如小说开篇的火车、第五大道的豪华饭店等等。德莱塞对这些场所的细致描绘着实体现了19世纪末20世纪初居于转型期的美国社会现实，也是自然主义风格的完美展现。然而，这些场所实则还具备异质空间性质。福柯(Michel Foucault)曾提及："在所有文明中，都存在着这样一些真实的场所、有效的场所，它们被书写入社会体制自身内，它们是一种反位所的场所,它们是被实际实现了的乌托邦……我称它们为异托邦"(22)。小说开篇提及的开往芝加哥的火车及纽约第五大道的雪莱饭店(The Sherry's)都可以被看作此类"反位所的场所",因而笔者将引入福柯的"异托邦"(heterotopia)概念,分别从连接两个空间的浮动异托邦火车及将嘉莉妹妹拦截在外的禁区式异托邦雪莱饭店入手,由此剖析作者德莱塞是如何通过这种异托邦式叙事来对当时的美国社会进行批判,从而揭开资产阶级伪善的面具,吹来这阵文坛"自由的风"。

一、浮动的异托邦:从乡村开往城市的火车

在福柯的空间理论体系中,存在着一种较为特殊的异托邦,它"有一种与其他空间相关的功能"(Foucault 27),即这种异托邦是可以连接两个或多个异位的位所,且它自身是独立封闭又游移不定的。福柯在论证时使用了船舶以及其连接的妓院与殖民地为例:"船舶是一个浮动的空间,一个没有处所的处所,靠自己的各种装置而存在,它本身是自我封闭的,同时又驶在一望无际的大洋上,从一个港口到另一个港口,从一个轮班到另一个轮班,从一个妓院到另一个妓院,一直抵达殖民地"(27-28)。妓院和殖民地是福柯笔下两个极端的异位,这两处拥有完全不同性质的秩序,而正是船舶使得两处在地理意义上得以连接,同时更是实现了两种秩序的连接。殖民时代的船舶载着黑奴前往殖民地,在那里建立严格周密的新秩序,于是这些黑奴们的他者身份得以建立,抑或说,当他们踏进船舶的一刻,就开始被迫建构新的身份与地位。

德莱塞的《嘉莉妹妹》显然并非一部殖民主题的作品,但是开篇就提及的开往芝加哥的火车也完全具备类似殖民船的异托邦特质。这列火车连接了乡村与都市:"大城市就在前面,就靠每天开来的这一班班火车把它更密切地联系了起来"(13)。嘉莉乘着这列火车离开家乡哥伦比亚城,前往芝加哥,这是两个截然不同的地方,或许不似妓院、殖民地那样有着极端差异,但是在当时居于转型期的美国,德莱塞笔下的哥伦比亚城象征着日渐衰败的农业文明,那里有着嘉莉"看惯了的绿野"(13)、"父亲白天在那里工作的面粉厂"(13),而相对应的,芝加哥则象征着急速发展的工业文明,这里有"一行行电杆"(17)、"灰暗的房屋、吐烟的工厂、高高的起卸机谷仓"(18)。显然,这列火车不仅在地域上连接了哥伦比亚城及芝加哥,更是连接了两种文明之下的两种秩序,火车既是工业文明的产物,亦是社会秩序变化转型的加速器。虽然德莱塞并未对嘉莉的故乡哥伦比亚城作详细描写,但是结合真实地理位置来看,哥伦比亚城[①]位于印第安纳州东

北部,离德莱塞小时候全家定居的华沙城很近,而童年时的德莱塞在印第安纳州经历的皆是旧秩序下的不幸与贫穷,其父经营的毛纺厂失火导致全家陷入困境,小说开头还提及嘉莉父亲在面粉厂工作,这样的小型家庭作坊的存在体现了"这个国家还保留着很多农耕社会自给自足的特征"(Greenspan and Wooldridge 65),而且"一个小火星儿就有可能引发一场城市大火"(65),如此情景,正如德莱塞父亲那座被烧毁的毛纺厂。显而易见,随着人口的增长、经济的发展,此类旧的社会秩序已经与逐渐转型为以消费为主导的现代化社会不相符合。

  无论是哥伦比亚城还是华沙城,从某种程度上就如同福柯笔下的一个极端空间即妓院,那是一个"梦幻之地"(22),人们不需要遵守任何常规空间的秩序,换言之,它所体现的是与常规空间不相符合的秩序,这是异质空间所具有的反抗与颠覆。在嘉莉的故乡,那里的社会秩序也是与当时美国社会中的新秩序大相径庭,但是它不似妓院那般是一种具有反抗与颠覆性质的梦幻性异位,而是一种具有妥协性质、被常规秩序所淘汰的异位。在当时资本主义经济飞速发展的背景之下,"与这个时代的发展相匹配的是,美国在这段时期建成的最伟大的建筑都是火车站,其中包括……1881年建成的芝加哥联合车站"(Greenspan and Wooldridge 68),人们会从尚未工业化的乡村荒野乘坐火车来到工业化盛行的城市,寻求财富与梦想。这些追梦人所来到的大都市在德莱塞笔下"到处是狡诈的骗局,其程度并不差于比它小得多的装着人样的诱惑者。有的是巨大的力量,会像修养到家的人那样用激情来骗人上当"(13)。当时消费主义盛行的美国"拥有全球人数最多的百万富翁和全球最富有的工人阶级"(Greenspan and Wooldridge 65),人们"具有极旺盛的商业精力,对追逐财富有近乎疯狂的胃口"(qtd. in Greenspan and Wooldridge 67)。财富、地位成了新秩序的主导,这直接导致了那些怀揣"美国梦"的底层人民的艰辛追梦路,也预见了嘉莉在追名逐利过程中的所谓丧失道德底线的抉择与手段。这也是为何德莱塞笔下所描绘的都市对于嘉莉来说是既充满诱惑又布满陷阱的。福柯所言的殖民船舶的终点,是一个由殖民者建立其理想秩序的空间。在这个空间里,殖民者构建新的秩序来统治被殖民者。原本处在不同空间里的人,被新的秩序构建为所谓的"自我"与"他者"。而这个由上流社会的富翁们打造的由财富主导的空间,又何尝不是另一种形式的殖民地呢?人们因为财富地位这条准绳而被分为不同阶层,它或许实现了"更多样化和多元化的社会生活中"(Fukuyama 35)的"流动身份"的构建,而非"受制于村庄、部落和家族的习俗"(35)。它的确是一部分人理想中的异位,但也是更多人被迫重建身份的陷阱。这列载着嘉莉以及诸多和她类似的人们的火车从乡村行驶到城市,从农业文明的旧秩序跨越到工业文明的新秩序,从普通的乡村居民身份构建为社会底层阶级的代表。浮动的异托邦连接了具有妥协性质的异托邦与另一个具有理想性秩序的异托邦,而当火车到达芝加哥之时,它便融入后者,成为"理想"秩序构建的助推器。

每一个异托邦都"是真实的空间,这些真实的空间场所是嵌入和写入社会体制内的"(张锦"Named",132),除此之外,"这些空间是反我们时代的其他常规空间,'反'即反映、表征、抗议和颠倒"(132)。因而火车除了作为一个浮动的异托邦来连接不同的异位之外,它自身作为一个工业文明里的封闭、独立的空间时,也具有其特定的空间秩序,这正是对 19 世纪末 20 世纪初的美国消费主义社会下的秩序的反映与表征,是"局部化的真实存在"(132)。德莱塞运用异质空间的表征功能,将火车上的物理空间进行意义延伸。在这列火车上,有着豪华车厢与普通列车之分,显而易见,豪华车厢是为那些拥有财富与地位的资产阶级所准备的,而嘉莉这种底层的乡村少女自然是只能选择普通的车厢入座。从物理空间层面来看,不同阶级已然被分隔开来,而他们之间的界限则是由金钱所组成的。这与火车的终点即芝加哥这一空间里的秩序是类似的,这也是因何火车被称为"工业化生产的最大助推器"(Greenspan and Wooldridge 69)。杜洛埃作为列车上的活跃分子,想要打破界限进入豪华车厢去寻求"最有希望上手的女客"(Dreiser 15),而德莱塞赋予他"成功的举止和手法"(15)即"上等的衣饰":"手上戴着好几个戒指,其中之一是永不走样的厚实私章戒。背心的口袋外垂着一条精致的金表链,链上系着'麋鹿会'的内部徽章"(14–15)。而嘉莉的"全部行装只有一只已交行李车托运的小皮箱,一只放着些盥洗用的小物件的鳄鱼皮手提包"(13)。这体现的是金钱主导下的社会分层所导致的文化分层,服装、闲暇生活等都是这种分层的生动体现。"富人阶级会形成'贵族文化'、绅士文化,穷人阶级形成'短衣帮'的文化,文化分层对经济分层、阶级区分起到了固化的重要作用"(李强 24)。杜洛埃所着服饰正是上流社会富人的风格,他为了打破阶级界限便从文化分层的特点着手,伪装成富人进入豪华车厢;除此之外,他所佩戴的"麋鹿会"徽章表明了他对富人闲暇生活的模仿。"麋鹿会"是 1868 年于纽约成立的一个主办慈善活动的组织,其于芝加哥设立麋鹿全国基金会并开展活动,这一组织显然不会欢迎嘉莉这样穷困的底层人民。这列火车将异托邦的表征功能发挥得淋漓尽致,不论是物理空间上的座位划分还是文化阶层的区别都是常规空间里的真实存在,都是对当时美国常规空间下的秩序的完美反映。

二、禁区式异托邦：第五大道的雪莱饭店

雪莱饭店，这是德莱塞笔下的位于纽约第五大道的一家豪华餐厅，无独有偶，在另一位自然主义作家伊迪斯·华顿（Edith Wharton）的著作《欢乐之家》（The House of Mirth）中也曾出现该场所。雪莱饭店这一意象同时出现在两部经典作品中，这只是一个巧合吗，还是它真的存在？这不是一个绝对的巧合，因为它确实存在于美国纽约。据《纽约时报》（The New York Times）报道，雪莱饭店在1880年前后在纽约第38街和第六大道正式成立。它一经建立，就吸引了许多具有社会威望的社会精英和富人。在1898年，它被升级、扩大和迁移到第44街和第五大道，这是"财富的家园"（Dreiser 209）。后来，这家餐馆成为实业家科尼利乌斯·比林斯举行骑马晚宴的固定场所。它于1919年再次被移到第59街（Pollak 2004）。

从《纽约时报》的记载可以看出，雪莱饭店在历史上不仅是一个真实的存在，而且与德莱塞和华顿的描述几乎完全相同：

> 他们走进门厅，里面已经顾客盈门，待脱去外衣后来到了豪华的餐厅里。嘉莉有生以来从来没见过这样的场面……这家餐厅由于花费昂贵，所以来的顾客都局限于追求享乐的富裕阶层。嘉莉经常在《早报》和《晚间世界》读到这里的情况。（Dreiser 211）

> 假期过后，社交旺季开始了……比如，喧哗声突然大增，那就说明大批宾朋正涌进范·奥斯布格家盛大的舞会，而马车车轮声增强，要么意味着歌剧院散场，要么，说明雪莱餐厅在举行盛大的晚宴。（Wharton 130）

这家在历史上真实存在的雪莱饭店，它显然是一个真实的空间，是被当时的社会机制所认可的，"是被实现了的乌托邦……使得某种理念、文化、理想、颠倒、中立或者关系变成了一种空间现实"（张锦"A Study" 129）。这就意味着这家饭店不仅是实体意义上的空间，更是一个文化意义上的空间，它作为一个真实位所，需要在反映其当下状态之外呈现出"我假设我在那里时的知识状态和可能的文化与真实状态"（132）。毫无疑问我们和德莱塞、华顿所处的时代不同，也无法亲身去雪莱饭店体验那里的豪华晚宴，但是该位所更加强调的是文化身份而非地域指代。它是一个文化空间符号，一个真实位所的空间构建是社会权

力运作核心机制的表征。雪莱饭店的想象空间是实体空间和文化互动的产物，折射此地和真实世界之间互为指涉的关系。也许在纽约存在着无数和雪莱饭店类似的店面，在对空间的文化想象中，尽管这些不同的饭店都意味着空间变迁的断裂，但它们实质上都是雪莱饭店的复影，不断在不同的实体空间、相同的文化空间里进行关于欲望、金钱、人性的探索。

在两位作者的著作中，雪莱饭店是富人的天堂，是精英的温床，这是嘉莉最向往的舒适家园。在时代背景下，这家餐厅就像纽约上流社会的缩影，或者说是20世纪初由财富和权力控制的迷你社会。富裕阶层的绅士和女士们在这里尽情享受。来自下层阶级的人，如嘉莉或是《欢乐之家》中的莉莉，也非常渴望融入这个地方，成为它的一部分。这反映了"异托邦"的第五个原理："异位总是假定了一个开放的和关闭的系统，这个系统使异位孤立起来，并使之同时具有可渗透性"（Foucault, et al. 26）。这种类型的异托邦类似于一个禁区，只有具备某种条件或要求的人才可以进入。然而，福柯亦提及，这种异托邦会给人带来幻觉，即误以为自己进入了，实则并非如此："他相信自己正在走进去，正是由于这一进入，他也就被排斥在外了"（26）。嘉莉毫无疑问是不属于雪莱饭店的，因为她的地位使得她被拦截在外，但是她渴求踏入此位所，尽管并没有在此真正被上流社会所接受，正如福柯评述那些希望进入巴西大农场的房子的游客："她无疑是一个幸运的宾客，但并不是一个真的被邀请的宾客"（26）。作为"幸运"的宾客，嘉莉渴求成为真正被邀请的宾客，最终目的都是在消费主义社会背景下，在雪莱饭店这一有闲阶级的文化空间符号中获得认同。然而，结局或许不尽如人意。

根据学者艾伦·普莱斯（Alan Price）之言，"（嘉莉）只对两件事感兴趣：尊重和消遣"（243）。显然，她想利用自己优越的外表来获得更好的生活。而雪莱饭店作为只欢迎上流社会富人的异托邦，便成为嘉莉展示自己的重要舞台。在这个舞台上，她是由时代控制的灵活的木偶。某种程度上，这种表演是她成为正式宾客的必做之事。

当嘉莉第一次前往雪莱饭店参加晚宴时，她的内心无疑是紧张的，困惑的，甚至是茫然的，"一个初来乍到的人，处处都能明显地看到这儿弥漫着悠然自得、妄自尊大的气氛"（Dreiser 212）。但是她表面上却故作镇定，仔细观察周围环境，学着其他阔太太们的行为，"嘉莉走路的神气也像万斯太太那样"（Dreiser 212），至少从装扮以及神态都活像个上流社会的淑女。不管是否真的曾经光顾，嘉莉在行为和言语上透露自己对雪莱饭店很熟悉，这一信息在一定程度上体现了她的表演性（performativity）。根据朱迪斯·巴特勒（Judith Butler）的理论，性别是通过具有表现力的重复性行为和非语言交流在社会上建构的，它们可以用来定义和维护身份(21),简而言之,性别是具有表演性质的,并非是天生决定的。后天的社会规范、文化背景包括家庭教育等都会影响一个人的性别身份构建。在当时的消费主义社会中,嘉莉正是在扮演19世纪末20世纪初所规训的标准淑女,每一个动作、每一句话语都是在所谓的对淑女的要求之下展现的,并借由这样的身份寻觅权贵男性,获得名利与地位。正如凡勃伦(Thorstein Veblen)所言,在那个年代的美国,"社会仍处在妇女是男性的财产这样一个经济发展阶段"(134)。所谓的淑女其实不过是达官贵人们的附属物品而已,她们在社交场所代表着的其实是她们的丈夫,至于她们自己,是无法真正拥有自己的身份认可的。"他们做什么事都要表现一下自己的才干,在竞争中居绝对优势"(杨金才253)。正如嘉莉所见,每位淑女们、太太们都穿着极其华丽的服装,佩戴闪亮昂贵的珠宝,行为举止也都非常优雅大方,这样她们就完成了自己在晚宴上的使命,即展示丈夫的形象:"妇女都是奴仆,在经济职能分化过程中被指派的任务是显示其主人的支付能力"(Veblen 135)。嘉莉拥有漂亮的皮囊、年轻的肉体,这是对上流社会男性最大的吸引力所在,再加上她在雪莱饭店优秀的性别表演,进一步加深了对男性的吸引,帮助其获得渴求的地位和消遣。这种表演略显荒谬,她的行为也时常为读者所诟病,但是在当时消费时代的背景之下,金钱定义一切,有闲阶级的"休闲"是"荣耀并且具有强制性"的,因为"其显示了免于从事卑贱的劳动"(Veblen 73)。嘉莉从内心深处是不愿意去从事底层人民的"卑贱的劳动"的,这也是为何她当初选择乘火车离开家乡哥伦比亚城来到都市的原因,然而她却由于社会阶层的限制不得不通过这种表演与模仿去寻求雪莱饭店这一异托邦中宾客的认可与欢迎,宁愿成为美丽的花瓶。除此之外,在当时的社会背景下,男性还占据着绝对主导,女性终究是附属品,她们需要通过炫耀性的穿戴甚至是反人体结构的装束来表现其丈夫的财力,例如20世纪的女性束腰等等,一方面意味着女性被物化成男性的展品,另一方面也表现出有闲阶级的女性是不需要从事劳动的。嘉莉为了逃脱劳动,必须选择主动被物化,她实则是被时代所操控着进行表演,仿似提线木偶一般。某种程度上,她是时代的受害者,是被物化了的附属产品。这既是她自己选择的道路,也是社会为她铺设的道路,也只有这样的道路使得她可以暂时栖身于雪莱饭店这一禁区内。正如身着高级衣饰混迹于豪华车厢里的杜洛埃,他们想要打破界限,只能在文化阶层的表征上做出伪装与模仿,从而获得物理空间层面的界限突破。

三、异托邦构建的意义:反映最真实的美国社会

德莱塞自幼经历诸多苦难,前文亦提及其与嘉莉类似的生活经历。正是由于他自身的真实体验,使得他对底层人民的生活有着切实感触,"任何形式的痛苦——不管是筚路蓝缕的四邻、贫瘠的农场、疯人院、监狱,任何地方的一个人或一群人,只要显得缺乏生计,或被剥夺了正常的生活享受——都足以在我内心引起一种思绪和情感,好像我也深受其痛"(qtd. in 龙文佩,庄海骅 48),他在自传里如是说,因而他想要通过文学作品来展现最真实的社会下最真切的情感与体验。在 19 世纪末 20 世纪初的美国,自由资本主义发展迅速,整个社会正在经历从农业主导型向以城市为中心的转变。小说开头的火车这一浮动的异托邦正是这一转型的载体,同时又具有转型后工业文明的局部表征特点。正如福柯那艘殖民船,载着黑奴进入殖民地,预示着殖民时代的到来,同时船上的各种条例要求也凸显了殖民者对黑人的奴役与压制。它不仅连接了两个异位空间,更是连接了两种文明。德莱塞巧妙利用火车的移动性特征暗示出社会转型的大环境背景,又用寥寥数语展现了火车上对不同阶层人物的划分,这为嘉莉之后初到芝加哥的艰难生活以及为了追名逐利而不断降低道德底线的行为埋下伏笔。在资本主义工业文明对社会的侵袭之下,消费主义越来越流行,人们对金钱的追求越来越强烈,甚至产生了一些异常的心理和思想。嘉莉亦是受到这种社会风气的影响,于是她变态般地渴望进入上流社会,以此获得更多的财富和更高的社会地位。雪莱饭店正是德莱塞笔下上流社会的缩影,作为一个具体的"空间",它是"在常规空间中拥有一些集中表达了个人、文化和意识形态特征因素的特殊的空间"(张锦 "A Study" 147)。豪华餐厅本身是有闲阶级的享乐场所,中产阶级与底层人民自然是与此格格不入,但是这一空间所展现的经济秩序、伦理秩序都体现了"常规空间"下的秩序与要求。作为底层社会的女性,贫穷及女性身份可谓是压在嘉莉背上的双重大山,于是为了进入雪莱饭店这一禁区式异托邦,她必须加以表演与伪装,才能勉强成为"幸运的宾客"。诚如艾尔弗雷德·卡津(Alfred Kazin)所言:"这可能正是'现代'人的命运,他们的性格是由'贫困'所塑造,而由'社会'来完成的。越来越多的人,自己一无所有,而只期求着'幸福'"(7)。

德莱塞结合自己的真实经历勾勒出 19 世纪末 20 世纪初的美国,讲述了"现代"人的故事,塑造出文学史上具有里程碑式意义的人物嘉莉。她摆脱了传统的贤良淑德的家中天使的形象,而被作者赋予一些具有反面角色的特质,例如冷

漠无情抛弃爱人、一心贪求名利等等。小说同时还刻画了许多具有浓重悲剧色彩的人物,譬如惨遭抛弃、最终身亡的赫斯渥。而真实的异质文化空间则贯穿于这些悲剧之中,无论是那时新兴的交通方式火车,还是切实存在于第五大道的雪莱饭店,都是人物命运发生转折的重要节点。作者在小说中通过异托邦的构建,将美国社会底层人民的生活揭露得淋漓尽致,"冲击甚至动摇了在这以前一直统治美国文坛的文过饰非、美化现实的'高雅'传统"(裘因 3),这也使得《嘉莉妹妹》成为当时备受争议的作品。而这种争议也恰恰体现了人们对嘉莉这种出卖自己肉体而获得名利的底层女性的唾弃与排斥,小说中嘉莉的结局似乎很圆满,但作者却表明她最终是孤独的:"你会坐在窗旁的摇椅里梦想着,孤独地渴望着。你会坐在窗旁的摇椅里,梦想着永远感受不到的幸福"(Dreiser 333)。可以看出,在一个以金钱为主导的自由资本主义社会和一个以男性为主导的父权制社会中,如果底层妇女想追求财富和地位,或许只能像嘉莉那样在获得名利的同时也获得大众的鄙夷与孤独的余生,那些非上流社会的妇女最终将被时代所监禁,似乎雪莱饭店永远不会真正为她打开那个时代的大门,她终究是没能踏入这片禁区。就像艾伦·普莱斯在他的文章末尾提到的那样:"两位女主人公[②]都发现,在 19 世纪末的美国文化中,实现人生是不可能的"(244)。

结　语

在《嘉莉妹妹》中,德莱塞通过完成异托邦的构建讲述了嘉莉等人具有悲剧性的人生经历。从叙事结构来看,从哥伦比亚城开往芝加哥的火车与第五大道的雪莱饭店都是嘉莉人生的转折点,她从一个还带着一丝天真与幻想的乡村少女变成善于伪装的"幸运"宾客,不同的异托邦见证了人物不同方面的特质,也体现了自然主义的色彩,即强调社会环境对人意识形态的影响。除此之外,德莱塞本人与他笔下的嘉莉其实有着类似的经历,他们都是来自社会底层,并曾前往芝加哥等大都市追求梦想,因而德莱塞本人的创作意图正是借由嘉莉的经历直接切实揭露当时美国社会的阴暗面,而真实的异质文化空间则可以最淋漓尽致、不加掩饰地展现当时社会的荒唐秩序,小说中异托邦的构建也是对当时文坛选择美化现实以麻痹读者现象的讽刺与质疑。

注解【Notes】

① 哥伦比亚城在地理位置上实际位于印第安纳州东北部,但在小说中作者将其定位于威斯康星州。

② 此处的"两位女主人公"分别指嘉莉与《欢乐之家》的女主人公莉莉·巴特(Lily Bart)。

引用文献【Works Cited】

Butler, Judith. *Gender Trouble: Feminism and the Subversion of Identity*. Routledge, 1990.

Dreiser, Theodore. *Sister Carrie*. Trans. Qiu Zhuchang. Shanghai: Shanghai Translation Publishing House, 2006.

[西奥多·德莱赛:《嘉莉妹妹》,裘柱常译,上海:上海译文出版社,2006 年。]

Foucault, Michel, et al. *Radical Spearhead of Aesthetics*. Trans. Zhou Xian. Beijing: China Renmin UP, 2003.

[米歇尔·福柯等:《激进的美学锋芒》,周宪译,北京:中国人民大学出版社,2003 年。]

Fukuyama, Francis. *Political Order and Political Decay: From the Industrial Revolution to the Globalization of Democracy*. Trans. Mao Junjie. Guilin: Guangxi Normal UP, 2015.

[弗朗西斯·福山:《政治秩序与政治衰败:从工业革命到民主全球化》,毛俊杰译,桂林:广西师范大学出版社,2015 年。]

Greenspan, Alan, and Adrian Wooldridge. *Capitalism in America: A History*. Trans. Shu Yu. Beijing: China CITIC Press, 2019.

[艾伦·格林斯潘、阿德里安·伍尔德里奇:《繁荣与衰退:一部美国经济发展史》,束宇译,北京:中信出版社,2019 年。]

Kazin, Alfred. "Preface." *Sister Carrie*. By Theodore Dreiser. Shanghai: Shanghai Translation Publishing House, 2006.

[艾尔弗雷德·卡津:《序言》,德莱塞著《嘉莉妹妹》,上海:上海译文出版社,2006 年。]

Li, Qiang. *Ten Lectures on Social Stratification*. Beijing: Social Sciences Academic Press, 2011.

[李强:《社会分层十讲》,北京:社会科学文献出版社,2011 年。]

Long, Wenpei, and Zhuang Haihua, ed. *Critical Collection on Dreiser*. Shanghai: Shanghai Translation Publishing House, 1989.

[龙文佩、庄海骅编:《德莱塞评论集》,上海:上海译文出版社,1989 年。]

Pollak, Michael. F. Y. I. *The New York Times*. August 15, 2004.

Price, Alan. "Lily Bart and Carrie Meeber: Cultural Sisters." *American Literary Realism* 13 (1980): 238-245.

Qiu, Yin. "Translator's Preface." *Sister Carrie*. By Theodore Dreiser. Shanghai: Shanghai Translation Publishing House, 2006.

[裘因:《译者序》,德莱塞著《嘉莉妹妹》,上海:上海译文出版社,2006 年。]

Veblen, Thorstein. *The Theory of the Leisure Class*. Trans. Li Huaxia. Beijing: Central Compilation & Translation Press, 2012.

[凡勃伦:《有闲阶级论》,李华夏译,北京:中央编译出版社,2012 年。]

Wharton, Edith. *The House of Mirth*. Hertfordshire: Wordsworth Editions Limited, 2002.

Wolstenhome, Susan. "Brother Theodore, Hello Women." *American Novelists Revisited: Essays in Feminist Criticism*. Ed. Fritz Fleischmann. Boston: G. K. Hall & Co., 1982.

Yang, Jincai. "*The House of Mirth* and Edith Wharton's Naturalistic Tendency." *English and American Literary* (2001): 248-258.

[杨金才:《〈欢乐之家〉与伊迪丝·华顿的自然主义倾向》,《英美文学论丛》2001年,第248—258页。]

Zhang, Jin. *A Study of Michel Foucault's Ideas of "Heterotopias"*. Beijing: Peking UP, 2016.

[张锦:《福柯的"异托邦"思想研究》,北京:北京大学出版社,2016年。]

---. "'Named, Represented and Contested': On Michel Foucault's Heterotopias and Literature Heterotopia." *Foreign Literature* 1 (2018): 128-138.

[张锦:《"命名、表征与抗议"——论福柯的"异托邦"和"文学异托邦"》,《外国文学》2018年第1期,第128—138页。]

丹托寓言中原始艺术的"挪用"
——错置中的文化身份问题

赵婉莹

内容提要：部落原始手工艺品在20世纪经由现代艺术的模仿和挪用进入西方艺术史的叙事，从而与其自然史民族志处于长久的错位中。美国艺术批评家阿瑟·丹托就错置问题带来的艺术品/手工艺品之争用丹托寓言进行阐释。本文将分析丹托寓言中艺术品/手工艺品之争背后隐含的艺术的阐释主体问题，及其艺术哲学化与去语境化主张在全球艺术史的发展中对原始艺术创作者的文化身份的构建作用。

关键词：原始艺术；丹托寓言；挪用；错置；文化身份

1988年纽约非洲艺术中心举办了一场名为"艺术品/手工艺品：人类学藏品中的非洲艺术"("Art/Artifact: African Art in Anthropology Collections")的展览，从布法罗科学博物馆、汉普顿大学博物馆和美国自然历史博物馆共选出160件艺术品进行策展。这三家博物馆都是建于19世纪60年代的人类学博物馆，具备杰出的非洲藏品(Vogel 11)。尽管放入了诸如捕猎网之类的充满了功能性的物品，这一展览的主题并不是非洲艺术本身，而是西方人自19世纪末以来展示非洲艺术的各种方式。它旨在研究人类学博物馆和美术馆不同的物理环境和制度背景是如何影响人们的感知和价值观念，让展品在艺术品和手工艺品之间来回移动。如今参观者依然可以在城市中毗邻的自然博物馆与艺术博物馆内，同时见到类似的原始部落手工制品。在艺术博物馆，策展人将它们精心排布，就材质、形态、传达的情绪进行形式分析。在自然博物馆，它们作为点缀放置在搭建的还原布景里，作为解读早期人类部落生活或仪式的物证。

究竟是什么决定了原始艺术的展示场所？自然博物馆和艺术博物馆中相似的展品有什么本质上的区别？在1988年的展览和长久以来艺术史和人类学的

艺术品、手工艺品之争的背景下，美国艺术批评家、哲学家阿瑟·丹托协同其他批评家出版了论文集《艺术品/手工艺品》（Art/Artifact）进行阐释。他认为尽管艺术品本身的概念就是模糊的，随可见性的拓展不断革新，现代艺术通过"挪用"将手工艺品变为艺术品使情况变得更为复杂（Danto 23）。丹托一直致力于艺术的哲学化，他在文中提出丹托寓言的假设来论述艺术品的认定并非由其历史意义决定，艺术的挪用策略就是典型代表。本文将梳理原始艺术与西方挪用策略的艺术史的渊源，从分析丹托寓言对原始艺术挪用的艺术史阐释出发，就挪用对原始艺术去除历史语境后对其文化身份混合的构建性意义，对原始艺术品/手工艺品之争进行回应。

一、"挪用"传统中错置的原始艺术

作为论文集《艺术品/手工艺品》中的第一篇评论文章，阿瑟·丹托的《工艺品和艺术品》对艺术品概念上的模糊性进行了论述。如同卡拉奇从柯列乔画作中人物姿态和表现方式中瞥到巴洛克主义的灵感，浮世绘以日本人没有想到的方式影响了欧洲的后印象主义，受限于历史和文化想象力，艺术批评总是滞后于同时代的艺术作品（Danto，"Artifact and Art" 18）。艺术观看之道的变化使得其范围和边界不断拓展。在某种意义上，艺术史上持续的继承与发展可以说是通过"挪用"实现的。

挪用（appropriation）为拉丁词源 appropriare/adpropriare 过去分词的变形，由 ad（向，对于等）和 propriare（占有）组成，可直译为"将……化为己用"。挪用策略是现代艺术的一种常用表现形式，本质上是一种差异性重复，即在原有的物质基础上进行创新，进行差异表达，其能指往往对应着全新的所指或意指。挪用这种类似"拿来主义"的理念引发了对于艺术符号定义的革新。虽然挪用一词往往应用在现代艺术的语境下，它所代表的具备互文意义的模仿和借用是艺术史中由来已久的传统。

在古典艺术时期，受美学和教学法的影响，艺术的模仿是普遍的。"古典艺术理论强调完美的艺术本质上被理解为客观和永久的，并被假定于时间和文化的结构之外。理想的美主张永恒，拒绝苛刻的批评分析"（Cropper 194）。在传统美学观中，艺术是为了表现美、描摹自然物，因而模仿并非如当今一般往往与剽窃相联系。尤其是宗教神话题材，由教会规定的同一主题，构图和形象往往多有相互借鉴。如拉斐尔《圣女的婚礼》，据艺术史学家判断应该是借鉴其老师佩鲁基诺的同名作品。同时，"模仿是一种文艺技巧，也是教学法和批评场；它包含了风格理论、哲学史和自我的概念。在实践中,它并非偶尔导致'不育'。尽管不那么频繁,它也带来了一系列的杰作"(Greene 2)。因而如上述般学生模仿老师画作的情形,在古典时期直至文艺复兴时期是非常普遍的。中国艺术史中,模仿同样是重要的教学手段,海外中国艺术史学家方闻曾就书画传统中摹、临、仿、造的区别进行辨析和阐释(Fong 103),而模仿之风在明清这一聚焦于技艺和笔墨的时期尤甚。

现代艺术时期的"挪用"则超越绘画这种单一媒介,达到不同艺术形式间的借用。这一时期的艺术重心从注重外在的视觉上物理图像和图像客体的相似性转向内在的意识和图像主题,涌现了各种不同的艺术风格。现代艺术是被符号标识的,立体派、野兽派、构成主义、至上主义、未来主义、达达主义、超现实主义、表现主义、抽象艺术——每一个艺术运动都有自己的宣言。比如立体主义放弃了传统的透视理论,借用几何体的拼接来展现从各个角度观察的同一事物,再现平面化的立体空间。再如印象派转向内在的瞬间的感受,借用光学概念,用粗放的纹路和鲜艳的色彩描绘光的形态展现瞬间的真实。正是在这一时期,以非洲艺术为代表的原始艺术进入西方艺术史的研究范畴。

早在19世纪初,最初为非洲物品设置的放置环境之一是古玩室(curiosity room)。自文艺复兴以来,法国、德国和英国的科学家和业余爱好者开始在空间内展示各种自然的和人造的奇观。博物馆装置很自然地反映了组织者的态度。大多数古玩室没有提及物品的原始文化背景,也没有暗示其制作者的审美意图或能力(Vogel 12)。

大约在1907年,非洲艺术进入巴黎先锋艺术家的圈子,随后他们的转变导致欧洲艺术创造了一些类似非洲艺术的作品,使得人们开始接受非洲雕塑作为艺术品。在这一过程中,艺术家、艺术史学者、博物馆和公众逐渐将某些非洲手工艺品重新定义为艺术。

同时,作为主导的这一时期的艺术家们的作品往往是非写实的、抽象的,从而使越来越多造型夸张的非洲手工艺品被视为艺术品(Vogel 14)。许多现代艺术大师从非洲雕刻艺术品中汲取灵感,如马蒂斯的作品《艺术家妻子的肖像》取材于非洲的面具,除却鲜活热烈的颜色用封闭自由的轮廓来描绘面孔;毕加索的作品《亚威农少女》模仿刚果木雕的划痕记号用条纹对面部进行填充。英国艺术史家与形式主义批评家罗杰·弗莱(Roger Fry)曾就1920年在伦敦切尔西读书俱乐部的展览对非洲雕塑这种"富有表现力的造型形式"(expressive plastic form)进行评价:"不得不承认某些无名的野蛮人拥有的这种能量不仅比我们现在,而且比我们整个国家所拥有的程度都要高,这是不公平的"(Flam and Deutch

145）。

随后，杜尚（Marcel Duchamp）的《泉》（*Fountain*）、安迪·沃霍尔（Andy Warhol）的《玛丽莲·梦露》（*Marilyn Monroe*）等装置艺术作品的出现使挪用不限于如毕加索那般的形式的借鉴，而是成为艺术符号的游戏，改变了艺术本身的定义。杜尚用"现成品"（readymade）来称呼他运用挪用理念制作的艺术品。

在这一过程中，挪用的手段将原始艺术插入自20世纪起西方艺术史的叙事中，使得艺术史的原始艺术与自然史中的民族志器物保持着时间意义上持久的错置状态（displacement）。

二、丹托寓言和艺术阐释者

原始艺术与"挪用"的概念联系颇为紧密。在非洲本土语言中，没有办法找到一个语词与西方的"艺术"一词相对应（Vogel 13）。在艺术史观中，原始艺术直到20世纪才终于被看见，对原始艺术形式的借用为现代视觉艺术带来巨大变革，仿真与传统意义上的美学不再是时代的潮流，抽象艺术开始兴起，尤其是面具和雕塑的元素被大量融入艺术创作，使得这些物品的艺术性与历史意义的变得模糊。如果直接的观看不能将二者区分，原始艺术的艺术性是由什么决定的？阿瑟·丹托在文章中塑造了一个假设进行说明。

丹托寓言（Danto's fable）假设在非洲有相邻不相识的部落A和部落B，住着筐族和壶族，由于地理位置相近，筐和壶都是他们熟知的事物。筐族人认为草编的篮筐无论放置多久，只要遇到水就会像刚刚做好那样散发出草木清香且坚韧，是永恒的象征。部落的智者说世界是一个筐，由神将空气草木水编制在一起，生生不息，筐即他们的绝对精神，而壶、罐子等对于他们只是普通容器。邻近的壶族则恰恰相反。他们常用罐子装种子，这是上一年的收获，也是下一年的希望。部落的智者说世界是一个壶，神将黏土塑形，将世界从混沌化为形体，孕育新生，壶代表着绝对精神，筐只是普通容器（Danto,"Artifact and Art" 23－26）。

多年后，人类学家将筐族的筐放入艺术博物馆，壶放入自然或人类学博物馆；反之，将壶族的壶放入艺术博物馆，筐放入自然或人类学博物馆。作为普通观众是否能看出艺术博物馆和自然博物馆中相似的筐的区别呢？丹托的答案是否定的。

在现代艺术的概念中，表征已不再是绝对划分艺术品的标准。在丹托看来，就像两个部落的智者决定了壶和筐的区别那样，艺术品也许需要熟知艺术史和艺术批评的专家来判断。但这不是由他们的权力决定的，他描述使得某物成为艺术品的条件为由艺术史、艺术理论知识构成的"艺术世界"(Danto, "The Artworld" 584)。

丹托的艺术世界某种意义上是对柏拉图"理念"的回归。以安迪·沃霍尔的《布里洛盒子》为例,造就艺术品的并非物质表现出的意义,就像这个普通的洗衣粉盒子如果代表着大工业生产和消费主义的复制性,并非由于它是一个洗衣粉盒子,而是沃霍尔选择在展览中堆叠,在特定的空间和装置中以特定的方式呈现以传达这种理念(581)。

在丹托的艺术理论中,这种革新在于它不再是对自然或者个人感受的仿真,而是通过艺术品直接再现一种理念,丹托认为真正的艺术品需要无所在的(placeless)性质,将语境从中剥离。尽管他的假设并没有正面回答壶族和筐族艺术品和手工艺品的具体区别,但他指出这种差异是存在的,依托于他们背后不同的创作理念,只有具备相关知识的专家才有资格进行区分。

丹托寓言旨在论证他的艺术哲学化理论,但是在这个构想中依然忽略了一些问题。首先是对原始艺术品直观感受的否认,美国另一位艺术哲学家丹尼斯·达顿对丹托这一观点进行了驳斥,"一个明显的实证推论是,对一个部落来说最重要的体裁或对象通常是包含了最可感知内容的那些;祖先的神圣雕刻在与文化背景的联系上会更加丰富,提供一种更强大的视觉体验,而不是挖掘的棍子或烹饪锅具"(Dutton 20)。

丹托在论述中常用的例子还有杜尚的《泉》。据纽约达达主义创办的杂志《盲人》(The Blind Man)披露,这是 R. Mutt 送去独立艺术家协会举办的艺术展中被退回的作品,虽然这是一个声称任何艺术家只要花 6 美元就能参加的展览(Norton 4-6)。直至杜尚承认这件作品的存在,这个名为《泉》署名 R. Mutt 的倒扣小便池成为现代艺术里程碑式的作品。杜尚通过语言符号对机器制造的工业产品进行标记,使其变为独一无二的杜尚的艺术品,但这是与视觉感知无关的,小便池换成雪橇铲也能达到同样的效果。

然而,1907 年 6 月在特罗卡德罗宫(Palais du Trocadero)的人种学博物馆(ethnographic museum),当毕加索看到那些充满异域感的物品时,他受到一种如情动般直观的冲击:"当我来到特罗卡德罗,我感到一阵恶心。跳蚤市场。怪味。我独自一人。我想离开,但我留下来了。我待着、待着。我明白一件很重要的事;有什么事情在我身上发生了"(Flam and Deutch 33)。这些当时被视为原始手工艺品的物品,为他后来的艺术创作提供了大量灵感。

在去除视觉上的差异后,丹托把艺术品的意义交给阐释者。按照他的假设,对于普通人来说,艺术博物馆中筐族的筐和自然博物馆中壶族的筐没有明显区别。因此,阐释者或者说鉴赏者是丹托理论中非常重要的一环,只有具备专业知识的鉴赏者才能进行评论与区分,比如丹托假借欧洲现代艺术对原始艺术的差异性复制看到了艺术理念化的雏形,尽管在达顿的驳斥中这只是一种误读。

从丹托的解读中可以看出,对于原始艺术这类在西方艺术史中处于错置状态而产生的艺术品/手工艺品之争,并非仅仅聚焦于物品蕴含的历史文化或艺术语境这些可以通过博物馆策展装置的变化而进行移动和转化的问题,它暗含着对于阐释主体的争论,关于谁有资格决定一个器物的意义所在,是熟知民族文化的原住民、具备民族志研究理论的人类学家,还是深谙现代艺术美学的文艺批评家?对于丹托来说,这属于后者。

三、交互中的跨文化身份构建

丹托寓言假定了一个封闭的系统,壶族和筐族并不知道彼此的存在,这一形而上的完美假设和社会现实多少是脱节的。在原始艺术被看见之后,关于原始艺术的阐释主体究竟属于哪一方一直有着很大争议,尤其是20世纪后半叶随着文化转向和后殖民理论的发展,出现了越来越多代表第三世界的声音,使得原始艺术的艺术品/手工艺品之争现在依旧活跃。

2006年建成的法国布朗利博物馆(Musée du Quai Branly)的布展就曾引起极大争议。布朗利博物馆是一个以非洲、亚洲、大洋洲和美洲本土艺术为特色的博物馆,它从三十万藏品中选出3500件作常设展。博物馆的目标充满了文化和政治意义,试图像卢浮宫对待希腊、罗马和文艺复兴时期的艺术,奥赛博物馆对待印象派那样对待非西方艺术。这是一项艺术项目,其政治目标是宣示法国对世界的开放与包容。时任法国总统希拉克在博物馆揭幕式致辞时宣称:"艺术没有等级之分,民族也是如此"(Riding)。对此,该馆采用的策展策略是在暗调的空间里用灯光将作品凸显,并在陈列时去除作品周围的文字介绍,仅在旁侧对整个群组的展品进行简要介绍。

人类学家对布朗利的策展方式多有批判,认为这不是开放,而是后殖民语境下法国的遮蔽。布朗利博物馆邀请游客进行反思的体验,却没有提供历史参照。面对去除了文字介绍的展品,展品的文化内涵已不在场,其背后的文化被抹去了。游客们穿过藏品的迷宫,在玻璃罩的反光前与自己面对面(Debary and Roustan 6)。这些艺术品在此成为幻觉,是对殖民主义的无声定义。

问题是前哥伦布时代的玛雅物品和19世纪的非洲面具除了在巴黎需要一个精美的展示窗口之外,还有什么共同之处吗?更确切地说,那些不是作为艺术创造出来的东西,是否应该从它们的民族志语境中分离出来,作为艺术呈现出来?某种意义上,布朗利博物馆的策展方式和丹托对1988年纽约非洲艺术中心策展中艺术的理念化阐释有着相似之处。这些来自不同地区、不同民族的手工制品本身的特性与相互的关联并非是展览的重心,并置的重心在于这些物质一同出场时传达的理念。

但在全球化的日益推进中,已经没有如壶族和筐族那样闭合的信息系统,具备专业知识的阐释者可能也已不再局限于艺术界。公众逐渐可以理解现代艺术博物馆中展出的脱离语言符号的作品的文化框架。同理,就原始艺术来说,博物馆参观者也会明白这些孤零零站在陈列台上引人注目的作品背后有一个并不属于这片大陆的故事。"没有人的参与,后殖民的景象就不会消失"(Lebovics 9)。人类学研究对布朗利博物馆多有批评,但在某种程度上它创造了类似曾经的"古玩室"那样一个混合的空间,把阐释的机会开放给所有人。这种情况下"文化的意义和符号没有原始的统一性和固定性;即使是同样的符号也可以被挪用、翻译、重新历史化和重新阅读"(Bhabha 157),让原始艺术在与参观者的直观交互中构建新的身份意义。

除却非洲原始艺术,其他地域的原始艺术,如澳大利亚本土艺术,自20世纪起也与全球化叙事有着密切的交互。2018年3月,澳大利亚竞争和消费者委员会(Australian Competition and Consumer Commission,ACCC)对澳大利亚昆士兰州的澳大利亚风格纪念品批发商比鲁比艺术公司(Birubi Art)提起诉讼,因比鲁比公司做出虚假或误导性陈述,称其销售的产品如飞去来器、留言石等是澳大利亚制造并由澳大利亚土著手绘的,违反了澳大利亚消费者法。这些印度尼西亚生产的纪念品与本土艺术家绘制的在图示中没有显著区别,但消费者仍在为他们所想象的澳大利亚本土民族文化买单。抛开造假的伦理问题,这一定程度上说明在具有历史文化意义的手工制品层面,当地的民族文化已经渗入跨文化叙事当中。

而在艺术品层面,原始艺术仍遭遇了丹托寓言中相似的困境。就像非洲艺术与立体主义等流派密不可分,澳大利亚土著对梦的描绘总是和概念艺术相联系。另一位本土艺术画家迈克尔·尼尔森·贾卡马拉(Michael Nelson Tjakamarra)曾表示"白人并不能真正地欣赏我们所描绘的梦。这些梦是我们生活在这个国家的一部分,我们一直试图向他们解释,为了所有澳大利亚人,解释这对我们意味着什么。我们试图向他们展示这是我们的土地"(Keeffe 40)。部分民族文化的亲历者仍旧认为原始艺术作为研究对象从来不是在与自然史时间轴同步的原始时期出现,其艺术造诣似乎只有随着现代艺术的挪用才有了容身之地,20世纪以来它仍旧笼罩在西方艺术史的帷幕中,这使得艺术阐释处于被西方操纵的状态中。

从索尔·勒维特的作品中人们似乎能找到一些不同的观点。勒维特是概念艺术与极简主义先锋艺术家,他在20世纪60年代首先提出概念艺术的观点,将艺术推向更为形而上的领域。"当一个艺术家使用一种艺术的概念形式时,这意味着所有的计划和决定都是事先做的,执行是敷衍了事。想法变成了一种制造艺术的机器"(Lewitt)。比如他的《墙上绘画》就是一段文字构成的作品,它可以转化生成无限的作品。他的一些概念绘画与埃米莉·卡梅·肯华雷耶(Emily Kame Kngwarreye)这位本土艺术家的系列作品《番薯的故事》(1995)非常相似,纯色背景下圆润蜿蜒的曲线可以铺满画纸或是整个墙面。事实上,勒维特正是从肯华雷耶的作品中汲取了灵感。当他1998年赴悉尼参加他自己的当代艺术博物馆个人展时,新南威尔士美术馆正在举办一场乌托邦艺术展,肯华雷耶的线条击中了勒维特的双眼,他认为这正是他需要做的(Eccles)。

虽然澳大利亚艺术品受到的青睐背后依然隐藏阐释主体的博弈,如在肯华雷耶去世后,她作品的艺术价值因为鉴赏家对勒维特的追捧而非她本人的创作理念受到瞩目,其中一幅在2007年就以31 000美元成交,但勒维特对肯华雷耶的挪用为当代概念艺术发展,对描绘思绪等非实体的符号带来了创造性的灵感。在此意义上,丹托寓言对艺术哲学化对作品语境意义的剥离是富有构建性的。就像霍米·巴巴对文化的阐释那样,个体需重新定义在多元文化社会中获得身份认同的方式。在全球化的混杂中,如今社群的定义远远超过其原有的种族特征。事实是,艺术品/手工艺品之争不再会有明确的答案,在不同文化叙事和信息的交互中,每个人的经验在和历史的接触中,必须立足当下的社会,观察这些相互间的关系是如何创造新的意义。在这种互动中,其背后二元对立的东方与西方、原始与文明的身份将不再有明确的边界,原始艺术的错置在艺术史中也会自然消解。

结 语

综上所述,艺术的边界总是随着可见性的改变不断拓展,在挪用策略的差异性重复中,艺术史不断引入新的概念,使得原始艺术在20世纪加入西方艺术史叙事。这些原始部落的物品在自然史和艺术史中的错位引发了人类学与艺术史的跨学科争论:艺术品/手工艺品之争。对此,阿瑟·丹托用丹托寓言的假设进行阐释,以论证当代艺术的哲学化趋势。尽管丹托寓言在对原始艺术的理解中有一定误读,他的艺术界概念引申出艺术批评中阐释者的主体性问题,映照出原始艺术在西方艺术史书写中的被殖民身份。同时,丹托寓言中对于当代艺术去语境化的论述,与全球化背景下原始艺术与其他多元艺术文化的交互不谋而合。在布朗利博物馆的策展和概念艺术与澳大利亚原始艺术的融合案例中,原始艺术参与着新的艺术形式和文化身份的生成,既往艺术史叙事中的殖民话语也在不断消解。

引用文献【Works Cited】

BhaBha, Homi K. "Cultural Diversity and Cultural Differences." *The Post-Colonial Studies Reader*. Ed. Bill Ashcroft, Gareth Griffiths, and Helen Tiffin. New York: Routledge, 2006. 155–157.

Cropper, Elizabeth. *The Domenichino Affair: Novelty, Imitation, and Theft in Seventeenth-century Rome*. New Haven: Yale UP, 2005.

Danto, Arthur C. "The Artworld." *The Journal of Philosophy* 61.19 (1964): 571–584.

---. "Artifact and Art." *Art/Artifact: African Art in Anthropology Collections*. Ed. Arthur C. Danto et al. New York: Center for African Art, 1989. 18–32.

Debary, Octave, and Mélanie Roustan. "A Journey to the Musée Du Quai Branly: The Anthropology of a Visit." *Museum Anthropology* 40.1 (2017): 4–17.

Dutton, Denis. "Tribal Art and Artifact." *The Journal of Aesthetics and Art Criticism* 51.1 (1993): 13–21.

Eccles, Jeremy. "Sol and Emily." *Aboriginal Art Directory*, 5 March 2014. 〈https://news.aboriginalartdirectory.com/2014/03/sol-and-emily.php〉.

Flam, Jack, and Mariam Deutch. *Primitivism and Twentieth-Century Art: A Documentary History*. Berkeley and Los Angeles: UC Press, 2003.

Greene, Thomas M. *The Light in Troy: Imitation and Discovery in Renaissance Poetry*. New Haven: Yale UP, 1982.

Keeffe, Kevin. *From the Centre to the City: Aboriginal Education, Culture and Power*. Canberra: Aboriginal Studies Press, 1992.

Lebovics, Herman. "Echoes of the 'primitive' in France's move to postcoloniality: The Musée du Quai Branly." *Globality studies journal* 4.5 (2007): 1–18.

Lewit, Sol. "Paragraphs on Conceptual Art." *Artforum*, 1967. 〈https://www.artforum.com/print/196706/paragraphs-on-conceptual-art-36719〉.

Norton, Louise. "The Buddha of the Bathroom." *The Blind Man* 2 (1917): 4–6.

Riding, Alan. "Imperialist? Moi? Not the Musée Du Quai Branly." *The New York Times*, 22 June 2006. 〈https://www.nytimes.com/2006/06/22/arts/design/22quai.html〉.

Vogel, Susan. "Introduction." *Art/Artifact: African Art in Anthropology Collections*, edited by Arthur C. Danto et al. New York: Center for African Art. 11 – 17.

Wen, Fong. "The Problem of Forgeries in Chinese Painting." *Artibus Asiae* 25. 2/3 (1962): 95 – 140.

白痴、疯子与阉人：残破的班吉与病态的南方

赵远扬

内容提要：在众多以《喧哗与骚动》中班吉为对象的文学研究中，绝大多数研究者都将班吉的"痴"看作一种美学效果，把痴傻的班吉解读为高尚神性的代表，即"圣愚"形象，但几乎都脱离了"痴"本身作为一种严重精神疾病的事实。本文意在回归疾病本身，从疾病研究的角度出发，将班吉的形象定位回归到一个可怜又可悲的多重残病者，并进一步透析班吉个人残病背后所折射出的美国南方社会顽疾，以个人与社会这两个层面的疾病式悲剧探微福克纳对衰落的南方家园的沉痛哀悼。

关键词：《喧哗与骚动》；班吉；疾病研究；病态南方

1925 年，《时代琐闻报》(*Times Picayune*) 发表了福克纳 (William Faulkner) 的一部短篇《上帝的王国》("The Kingdom of God")，其中有一位白痴人物，他"呆滞迟钝、嘴唇低垂，双眼像矢车菊一样湛蓝，完全没有思想"（卡尔 340）。以这个角色为起点，福克纳在此后的作品中又相继塑造了众多白痴形象，包括《我弥留之际》(*As I Lay Dying*) 的瓦达曼、《押沙龙，押沙龙！》(*Absalom, Absalom!*) 中的吉姆·邦德等，但其中最富"盛名"，也是最先引起评论界注意的是《喧哗与骚动》(*The Sound and the Fury*) 中的班吉。33 岁的班吉只有三岁儿童的智力，他杂乱无序、点滴破碎的回忆与讲述构成了全书关键性的第一章，在混乱中为读者铺开了三十年间康普生家族的没落画卷。这个智力低下的"巨婴"形象受到不少来自学术界的美誉。有人认为班吉由于痴傻而不受任何虚伪、世俗和功利的影响，折射出最基本、最纯洁的人性（肖明翰 242）；还有人称班吉拒绝着其他康普生家族成员身上那非人的理性，只保留了强烈的感官意识与最直接的情感，因而是上帝以"痴性"来保全人类生命的记号（李湘云 602）。这些评论无

一例外都将班吉的"痴"看作一种美学效果,把痴傻的班吉解读为高尚神性的代表,即"圣愚"形象,但同时也似乎脱离了"痴"本身作为严重精神疾病这一事实。事实上,班吉并不是一位简单的智力障碍者,而是一个复杂的多重残病者:他不仅从小患有先天性智力障碍,十几岁时还因"骚扰"女学生而遭到残忍的阉割之刑,在母亲去世之后最终被哥哥杰森当成疯子送往疯人院。身体与精神的双重残疾使班吉陷入可怜而又可悲的一生;而他生于斯、长于斯的南方家园,也同这个小人物一样发出疾病缠身、奄奄一息的哀鸣。因此本文意在回归疾病本身,从疾病研究的视角出发,重新定位班吉的本原形象,并进一步探寻班吉个人残病背后所折射出的宏大社会顽疾,透过个人与社会这两个层面的疾病式悲剧探微福克纳复杂而深刻的人道主义思索。

一、无智无助的可怜之人

小说一开篇,黑人男孩勒斯特正带着班吉在草场边寻找一枚两毛五的钢镚儿,这一天恰好是班吉的 33 岁生日。读者很快便能捕捉到这位 33 岁主人公的异常之处:他不会说话,却时常因为莫名其妙的缘故哼哼唧唧、哭哭啼啼,一根狗尾草又能让他暂时归于平静。这种异常随后就在勒斯特与同伴的对话中得到印证:三十年来班吉都像个三岁小孩,是个智力失常的"老傻子"。他的思绪杂乱无章、毫无逻辑,常常因为某一个感官刺激回忆起过去的瞬间或片段,但又毫无时空概念,思想在过去与现实,以及种种不同地点、人物之间来回跳跃,其间总是伴随着痛苦的喊叫与号哭,是智力障碍的典型表现。但如果说智力障碍只是班吉悲剧命运的起点,他更大的悲剧则在于这场先天疾病引发的后续效应,即家庭内部的情感疏离,以及班吉成长过程中的情感缺失。

苏珊·桑塔格(Susan Sontag)在其《疾病的隐喻》(*Illness as Metaphor and AIDS and Its Metaphors*)一书中指出,从词源上看,患者就是受难者[①],但一场疾病中令人恐惧的并不是受难本身,而是这种受难使人丢脸(111)。班吉自降生起就无疑是智力障碍的原初受难者,但先天的认知缺陷与智力停滞几乎抹杀了他对自身疾病感到"受难"或"丢脸"的能力,于是"受难"和"丢脸"的主体便很大程度上转移到整个康普生家族,特别是他的亲生母亲身上。这个曾经风光无限、显赫一时的南方贵族家庭本就正朝着没落之路滑坡,因太太生出的小儿子是个智障而蒙受了一个巨大的污点。即便在自家仆人口中,这也是个不吉利的家族,这种不吉之兆甚至蔓延到他们身上,例如仆人罗斯库思生病了却拒绝找医生诊断,因为他坚信"大夫有什么用……反正在这个地方不管用"(福克纳 30)。康普生太太也向丈夫抱怨,班吉就是对她所犯罪孽的沉重惩罚。身为母亲的她也的确从未尽到合格母亲的职责:她冷漠虚伪、自私自怜,从不停止抱怨和哀叹,对孩子们毫无体贴、关心和爱,对班吉这样一个本就需要更多关怀的患病儿童更是没有一点温情,反而为他感到羞耻,称他"一定是老天爷给我的折磨"(福克纳5)。班吉原名为"毛利",是康普生太太的兄弟之名,本意是继承母亲家族的光耀传统;可痴傻的班吉令她大失所望,于是在他四岁时母亲便为其更名为"本杰明",意欲主动切断与小儿子的血缘联系,甚至勒令凯蒂呼其大名,拒绝使用亲昵的小名来称呼儿子,处处彰显冷漠。《疾病研究关键词》(*Keywords for Disability Studies*)一书将"家庭"一词与疾病研究紧密相连,认为家庭对患者而言并不总是温情的关怀场所,还有可能是抑制、拒斥与故意低幼化的场域(Ginsburg & Rapp 234)。由此来看,康普生太太便是家庭中典型的拒斥力量,她尽可能地拒绝与班吉产生任何亲密联系,主观上将自己视为这场疾病的受害者,却将真正的受难者班吉推向更加悲惨的境地,使本就带有缺陷的他几乎难以体会到健康的母爱与亲情关怀。在这种家庭环境下成长起来的两位兄长昆汀与杰森也对这位小弟弟毫无怜悯之心,前者孤僻而冷漠,后者自私又丑恶,杰森更是从小就对弟弟欺侮责骂,随意剪掉他的娃娃,劝父亲把弟弟送往杰克逊(密西西比州州立精神病院所在地),最终在母亲去世之后便亲手将班吉送往精神病院。先天性的智力缺陷是班吉难以抗拒的命运使然,而家人的冷漠与亲情的疏离则是这场疾病引发的更大苦难。

除却先天的智力残疾之外,班吉在15岁时又经历了残忍的阉割之刑。姐姐凯蒂在婚后离开了康普生庄园,班吉由此陷入对姐姐的巨大思念之中,可智力缺陷使他深陷痛苦却又难以言说,因而引发了他人生中的又一场灾难。1910年的某一天,班吉在暮色中溜出大门,遇上了放学经过的几位女学生。凯蒂很可能在此时又出现在班吉混沌的思绪中,引发了他强烈的情感发泄欲望,于是他一把抓住其中一位女孩,"一个劲儿地想说话想说话"(福克纳47),这一粗鲁可怕的行为被当作来自疯子的骚扰,于是班吉立刻被送往医院进行了阉割手术。至此他不再仅仅是一个智障,还成了一位阉人。阉割手术正是福柯(Michael Foucault)在《规训与惩罚》(*Discipline and Punish*)中提出的身体在惩罚权力下的悲惨遭遇(牟世晶28),但这一惩戒权力又展现出明显的滥用和误判色彩,因为班吉所谓的骚扰行为并非源于不道德的性冲动,而是来自家庭亲情缺失之下对他唯一的关怀者凯蒂的强烈情感表达,以及无人理解、无法言说的深切痛苦。这种审判与惩罚无疑是不公的,可班吉无能为力。先天的智力障碍无力改变,后天的不公审判又使本就不完整的他更加残缺。躯体与智力的双重残疾是班吉苦难的根源,这个残破的人注定要走过悲剧的一生。

二、无知无能的可悲之处

不幸中的班吉又是万幸的——几乎所有人都嫌弃他、以他为耻。除了仁爱宽厚的女仆迪尔西之外,凯蒂无疑是班吉成长过程中唯一对他施予关怀和爱的人。更准确地来说,凯蒂完全代替了康普生太太,为班吉扮演了长达十多年的母亲角色。自童年起,凯蒂就无微不至地关怀着这个有些特殊的弟弟:她为他穿衣穿鞋,总把他带在自己身边,因杰森剪掉班吉的娃娃而与杰森大打出手,直到十几岁的时候还会哄他睡觉。以下是发生在班吉与凯蒂之间的一个极其动人的场景:

> 凯蒂跪下来,用两只胳膊搂住我,把她那张发亮的冻脸贴在我的脸颊上。她有一股树的香味。
> "你不是可怜的宝贝儿。是不是啊。是不是啊。你有你的凯蒂姐呢。你不是有你的凯蒂姐吗。"(福克纳9)

"凯蒂伸出胳膊搂住我"这一场景在班吉的回忆中出现了无数次,每一次都发生在班吉受人排挤或遭遇挫折之后。班吉是幸运的,凯蒂的怀抱是班吉唯一温暖的避风港,他也自然而然对凯蒂产生了强烈的依恋,以至于直到凯蒂离开家多年之后,当班吉听到高尔夫球场上传来呼叫球童②的声音时仍然会大哭不止。但班吉终究是不幸的:他对姐姐的依恋太过盲目与强烈,逐渐发展成了一种病态的"爱"。这种爱的不幸之处在于,班吉在自身毫无意识的状态下(实际上他的生理缺陷使他永远也不可能有这种意识)对姐姐凯蒂施加了一股令人窒息的压迫性力量,迫使她长年以来屈居于一段极度不平等的关系中,严重束缚着她的个人成长与自我发展。福克纳曾在一次采访中谈道:"对班吉这个人物谈不上什么感情的,因为这个人物本身并没有什么感情,班吉谈不上好也谈不上歹,因为他根本就不懂得好歹"(李文俊317)。何敬由此认为福克纳笔下的这个愚人形象根本就不懂得什么是索取和自私(32)。但即便不懂自私为何物,班吉的确在扮演着一个自私者的形象。与其美其名曰极力阻止凯蒂的堕落,倒不如说班吉在无形中自私自利地阻止凯蒂成长。即便在凯蒂失贞怀孕,即所谓"堕落"之前,她作为一个自然人的生长过程中,几乎每一个正常环节都受到班吉的干预与阻挠:14岁时第一次使用香水,15岁时与男孩接吻,16岁时与男友荡秋千,凯蒂身上任何细微的变化都能使班吉感受到一种失去她的威胁,并以大声号哭来迫使凯蒂主动消除她的成长痕迹,变回那个带有树香的女孩。班吉自身的智力停留在三岁,而他贪婪地要求凯蒂也同他一样停止生长、维持现状,如此一来亲爱的姐姐便能永远留在他身边。在这一点上班吉与哥哥昆汀的目的如出一辙,都妄图将凯蒂永久禁锢在"纯洁"与"童贞"之中,从而永远拥有她(肖明翰 244)。

事实上,从关怀伦理学的视角也不难得出这样的结论:在这段长达十几年的关怀关系中,凯蒂不仅是持续付出的关怀者,也是值得同情的受害者。众多当代关怀伦理学家都认为"关怀"与"公平"在某种程度上相互依存、不可分割,因为一段关怀关系总是涉及关怀者的自由与被关怀者的回馈这两个变量,二者之间的交换关系与"公平"一词密不可分(Collins 5)。著名女性伦理学家伊娃·菲德·凯特(Eva Feder Kittay)也提出,被关怀者越无能、越无助,关怀者与被关怀者的关系就越偏离平等状态(7)。由此可以得出,班吉与凯蒂的关系绝非健康、平等,因为作为被关怀者的班吉相比他的关怀者而言极度无能,他的受关怀需求与期望需要凯蒂付出极大的关怀代价,甚至是自我牺牲才能得以满足。正如凯特所言,被依赖者(即关怀者)的自我是透明的,她[3]需要透过这一透明自我来识别出他人的需求,不断为了他人进行自我调整,他人需求往往凌驾于自我需求之上(Kittay 51)。

十几年来凯蒂正是以班吉的需求作为衡量自我的标杆,不断地进行自我审视、自我调整以满足班吉对她提出的种种要求。每当班吉无端哭泣时,凯蒂都会耐心询问:"你怎么啦,班吉。怎么回事啊。凯蒂干了什么啦。"(福克纳 42)14岁时凯蒂第一次穿上大人衣服、搽上香水,但得知这正是班吉哭闹的原因时,她立即将香水送给女仆迪尔西,声称自己不爱用香水。当凯蒂与男友查理在一起被班吉撞见时,她不顾查理的恳求与威胁,立即带班吉逃回家里,无比自责地洗净自己与男孩接吻过的嘴唇,并哭着向班吉道歉:"我永远也不会再那样了。班吉。班吉。"(福克纳 50)自省是凯蒂成长过程中的常态,作为一个自然人的正常成长需求长期遭到忽视。而当她最终意识到自我需求、感受到这段关怀关系的不公时,她便开始尝试脱身于班吉的束缚,试图丰盈那个从前透明的自我。卡罗尔·吉利根(Carol Gilligan)在其著作《不同的声音——心理学理论与妇女发展》(*Different Voice*: *Psychological Theory and Women's Development*)一书中将关怀伦理解读为女性道德在三个层面的依次递进:女性关怀者在前两个阶段中将他人的需求置于首位,正如前文中凯蒂的"透明自我"一样,将自我排除在关怀关系之外,并在不断的付出与牺牲中加剧这种不平等。而到了第三阶段,也是关怀伦理发展的最高阶段,女性关怀者不再仅仅关怀他人,而是开始将自我也纳入关怀对象之中(Gilligan 74)。在班吉回忆里两人最后一次在家里相处的场景中,他拽住凯蒂的衣裙走向洗澡间,一边哭一边推她;而凯蒂则盯着班吉,随后举起胳膊捂住了脸。这一幕中凯蒂不再像往常一样顺从班吉的意志,主动"洗净"自己,也不再向班吉伸出拥抱的手臂;相反,她伸出胳膊捂住自己,"捂"(原文为cover)这一动作带有强烈的拒绝他人、保护自我的意味,象征着凯蒂进入吉利根关怀伦理的第三阶段,也就是将自我也纳入关怀范畴,不再一味地将自我作为关怀关系的牺牲品。凯蒂最终意识到,不管是搽香水还是谈恋爱,她终究需要长大成人;充当班吉的好姐姐、永远顺从他、陪伴他的幻想终究不可能实现。因此,凯蒂最终结婚并离开康普生家,一方面是母亲出于维护南方贵族礼教而急于把未婚先孕的她踢出家门,另一方面或许也可以解读为凯蒂自身的出走愿望。早在童年时期与几个兄弟在河边戏水时,六岁的凯蒂就宣告"我要逃走,而且永远也不回来"(福克纳 20)。如果说那时幼小的她还不明白她到底要逃离什么,那么17 岁时她已看清一切:整个康普生家族的陈腐礼教,以及她亲爱的小弟弟班吉,都向她伸出囚禁的魔爪,不甘束缚的她注定要逃出牢笼,走向自由。而痴傻的班吉将凯蒂当作唯一的依靠,却在不知不觉中充当起自私的暴君,成为凯蒂出走的一大动因,这是他苦难人生中的又一可悲可叹之处。

三、南方之子的病态家园

　　智力低下的班吉每一次出场都伴随着一位看护者,包括姐姐凯蒂、女仆迪尔西以及迪尔西家的三代黑人男孩。这些看护者表面上是在照顾班吉,实际上也起到不同程度的监督与规训作用,尤其在最年轻的黑人男孩勒斯特身上体现得尤为明显。在勒斯特与伙伴的对话之中读者得知,他的职责就是看住班吉,不让他跑出院子,很可能是奉杰森之命以防他外出闯祸。实施这样严格监管的原因不难追溯到班吉的青少年时代:14 岁的他溜出院子,被指控骚扰女学生;从此以后他的活动范围就被限制在自家院内,从他的独白中反复提到的"栅栏"一词便可得到印证。显然,栅栏是用来囚禁班吉这个精神失常者的工具,由此可联想到福柯在其著作《疯癫与文明:理性时代的疯癫史》(Madness and Civilization: A History of Insanity in the Age of Reason)之中所提到的精神病院的场景。精神病院常对疯癫者实行孩童化的管理方式,在禁闭世界里为他们建立起一种虚拟的家庭氛围(福柯 234–35)。这恰恰是周边人应用于班吉的管理策略:智力停滞的他长期以来被当作 3 岁小孩来哄劝,即便在 33 岁时也还是递给他一根狗尾草或一朵花当玩具,孩童化是对他而言最有效的训导方式。同时,前文也已提到班吉虽然身处自家却几乎难以感受到健康的家庭亲情,如果说凯蒂和迪尔西是仅有的给予过他亲情的人,那么凯蒂留下的那只泛黄的小拖鞋,以及迪尔西屋中跳跃的炉火,就是能给班吉带来虚拟温情的物象,是班吉在禁闭生活之中仅存的能倚靠的温暖幻想。因此,康普生家或许可以视作一座隐形的疯人院,班吉就是被禁闭在医院里的头号病患。

值得一提的是,班吉并非这座疯人院里唯一的病人,康普生家族的所有人都或多或少带有不同程度的病态。康普生太太整日自怨自艾、无病呻吟,总是一副病榻上的孱弱模样,对孩子、丈夫以及仆人都近乎冷漠、不近人情;康普生先生性格软弱、嗜酒如命,最终死于酒精中毒;长子昆汀孤僻冷漠,极端保守,在理想与现实的冲突面前不堪一击,自杀身亡;次子杰森自私狡诈、凶狠恶毒,是邪恶人格的又一个极端;唯一的女儿凯蒂则是所有人口中不知羞耻、不堪提及的荡妇。在福柯看来,"禁闭的恐怖是从外面包围着疯癫,标志着理性和非理性的分界"(227)。从读者的外部视角来看,康普生大院中那道栅栏即为理性与非理性世界的分界线,不仅锁住了班吉,也将整个康普生家族都隔离在社会大众之外;换言之,栅栏之内的每一个康普生都是病人,是被隔绝在理性世界之外的疯子。

然而,当我们越过康普生家的栅栏,将视野扩大到整个南方,会发现南方社会也同班吉及其家人一样久病缠身。学术界普遍将长子昆汀视为最能代表康普生家族以及整个南方社会的失落个体,其实班吉身上也同样折射出奄奄一息的旧南方形象;从隐喻的角度来看,或许残病交加的班吉更适合作为南方家园的直接代言人。虽然父辈并未将光复家族的使命寄希望于痴傻的班吉,可他的名字却暗含着他与南方之间不可分割的联系。英文单词 Benjamin,即班吉从四岁起一直沿用的大名本杰明,起源于希伯来名字בִּנְיָמִין,词根בֵּן(ben)代表"儿子"(son),词缀יָמִין(jamin)代表"右手"(right hand)或"南方"(south)("Behind the Name: Benjamin")。由此来看,班吉名字的寓意便可解读为"南方之子","子"之疾则映射着南方之疾。文学批评家大卫·米歇尔(David T. Mitchell)认为文学作品中的残疾人形象一般都带有更高层面的社会隐喻:"目盲或许可以理解为人性对未来的短视;瘸腿有可能是对社会意识形态缺陷的反映;耳聋则暗示领导人对民众的建议充耳不闻等等"(Synder 162)。有智力残疾的班吉不只是个人疾病与家庭异常的直接化身,而且带有社会层面的宏观隐喻含义。同作者笔下的其他有智力障碍的形象类似,班吉身体笨拙,神情愚蠢,智力缺失,语言匮乏。他精神空洞,思绪混乱,无法像常人一样用理性的语言表达情感诉求,而是代之以他人几乎无法理解的哼唧与号哭,而这正是内战后美国南方人积郁已久却难以言说的写照。在美国历史上,南北方之间的长期冲突是影响南方社会历史与思想的关键因素,当这场冲突最终积累成为一场惨烈的国家内战时,意料之外的战败与随之而来的后果给向来骄傲自信的南方人带来致命的思想打击。当北方地区在胜利中迎接蓬勃发展之时,南方人却在独自忍受着贫穷与屈辱。有评论家把战后南方人这种无法言说的痛苦状态描述为"精神瘫痪",这种瘫痪状态"剥夺了南方人理性的行为能力,又让他们仅仅攀附着与现实格格不入的梦想中过去的奢华与荣耀,以此软化严酷的现实,掩盖矛盾"(何敬 33)。这正是精神瘫痪的班吉的所作所想:没有理性思维与行动能力的他固执地沉浸在过去有凯蒂陪伴的温情回忆之中,对凯蒂的任何改变都强烈抵抗、拒不承认,即便在她离开家多年之后仍然沉浸在过去的美梦之中。战后的南方人也同班吉一样,他们对南方社会的严重弊病闭口不谈、视而不见,现实的残酷与曾经的辉煌都使他们"'泪眼模糊'地回望过去"(李文俊 108),一如想起凯蒂就号啕大哭的班吉。南方人对变革的深刻恐惧、对旧秩序的拼命维护以及随之而来的绝望,在微观的班吉个人与宏观的南方社会之间建立起显著的共性,因此整个南方也成了一位庞大的精神病人,在空洞匮乏的精神荒原之上发出沉重的喘息。

"子"为后代,本来象征着新生与希望;而身为"南方之子"的班吉却代表着残缺与停滞。33 岁生日当晚,当班吉脱掉衣服看到自己异样的身体时,他哭了起来。随着昆汀自杀,父亲酗酒而死,单身的杰森在钱财中迷失自我,被阉割的小儿子班吉最后宣告了康普生家族男性谱系的终结。唯一的家族后代,即凯蒂的女儿小昆汀在这天晚上爬树逃走,一如自己的母亲一样永远地离开了这座充满腐朽气息的房子。这个荣耀一时的贵族家庭,连同它所代表的那个高贵浪漫的南方神话,都在此宣告衰亡。

结 语

痴傻的班吉在无知无智、无助无能中走过了 33 年可怜而又可悲的人生,他生于斯、长于斯的南方家园也同他一样身患重疾、痛苦低吟,读来令人叹惋。福克纳在 1955 年接受日本记者采访时曾说道:"我唯一属于的,并且愿意属于的流派是人道主义流派。"(Jelliffe 95)在这部充满喧哗与骚动的康普生家族衰亡史中,福克纳用他那悲悯的目光注视着班吉这个残破不全的人,也借助班吉的泪与笑反思着那个令他爱恨交加的南方。福克纳是一名毋庸置疑的"南方之子",他不像班吉一般痴傻疯癫,却在他理智的悲痛中见证着人类苦难与旧南方的衰微走向。微观个人和宏观社会在他笔下都成了令人同情的残病形象,这便是从疾病研究的视角解析这部作品的意义所在,有助于从新的角度解读福克纳笔下的失落个人与病态南方之间的深刻联系,以由小到大、由微观到宏观的渐进方式透析福克纳对消亡之中的南方家园及其个体的深切关怀与沉痛哀悼,从而更好地认识福克纳、解读福克纳,探微他的人道主义关怀与思索。

注解【Notes】

① "患者"与"受难者"均可用 sufferer 一词表示。
② 球童"Caddie",与凯蒂名字"Caddy"发音相同。
③ 由于关怀责任多由女性人物承担,凯特在书中将被依赖者预设为女性。

引用文献【Works Cited】

"Behind the Name：Benjamin." Page. 29 May 2020.〈https：//www.behindthename.com/name/benjamin〉

Carl, Frederick R. *Biography of Faulkner*. Trans. Chen Yongguo, et al. Beijing：The Commercial Press, 2007.

［弗莱德里克·R.卡尔:《福克纳传》,陈永国等译,北京:商务印书馆,2007年。］

Collins, Stephanie. *The Core of Care Ethics*. Hampshire：Palgrave Macmillan, 2015.

Faulkner, William. *The Sound and The Fury*. Trans. Li Wenjun. Shanghai：Shanghai Translation Publishing House, 2010.

［威廉·福克纳:《喧哗与骚动》,李文俊译,上海:上海译文出版社,2010年。］

Foucault, Michael. *Madness and Civilization：A History of Insanity in the Age of Reason*. Trans. Liu Beicheng and Yang Yuanying. Beijing：SDX Joint Publishing Company, 2003.

［米歇尔·福柯:《疯癫与文明:理性时代的疯癫史》,刘北城、杨远婴译,北京:生活·读书·新知三联书店,2003年。］

Gilligan, Carol. *Different Voice：Psychological Theory and Women's Development*. Cambridge：Harvard UP, 2003.

Ginsburg, Faye and Rayna Rapp. "Family." *Keywords for Disability Studies*. Ed. Rachel Adams, Benjamin Reiss and David Serlin. New York：New York UP, 2015.

He, Jing. "On Idiots of Faulkner's Novel." Thesis for Master Degree of Shan Dong University, 2015.

［何敬:《福克纳小说中的愚人形象研究》,山东大学硕士论文,2015年。］

Jelliffe, Robert A., ed. *Faulkner at Nagano*. 4th ed. Tokyo：Kenkyusha, 1966.

Kittay, Eva Feder. *Love's Labor：Essays on Women, Equality, and Dependency*. New York：Routledge, 1999.

Li, Wenjun. *The Myth of Faulkner*. Shanghai：Shanghai Translation Publishing House, 2008.

[李文俊:《福克纳的神话》,上海:上海译文出版社,2008年。]

Li, Xiangyun. "The Mark of God: Analysis of Faulkner's Idiots." *Journal of Anhui Normal University* (*Humanity & Social Sciences*) 5(2003): 601-604.

[李湘云:《上帝的记号:福克纳"白痴"形象析》,《安徽师范大学学报(人文社会科学版)》2003年第1期,第601—604页。]

Mou, Shijing. "Attitude on Body from Nietzsche to Foucault." Thesis for Mater Degree in Nanjing Normal University, 2006.

[牟世晶:《从尼采到福柯的身体态度》,南京师范大学硕士论文,2006年。]

Sontag, Susan. *Illness as Metaphor and AIDS and Its Metaphors*. Trans. Chen Wei. Shanghai: Shanghai Translation Publishing House, 2003.

[苏珊·桑塔格:《疾病的隐喻》,程巍译,上海:上海译文出版社,2003年。]

Synder, Sharon L. *Disability Studies*, *Enabling the Humanities*. The Modern Language Association of America, 2002.

Xiao, Minghan. *Study on William Faulkner*. Beijing: Foreign Language Teaching and Research Press, 1997.

[肖明翰:《威廉·福克纳研究》,北京:外语教学与研究出版社,1997年。]

南非文学研究

论库切《耻》的反田园书写

王 航

内容提要: 后殖民历史语境下,田园书写是文体模式,也是审视文化动态的视域。《耻》围绕暴力冲突和土地流转等创作背景,呈现出艺术风景、小镇农场和田园话语等田园模式,延续且丰富了库切的田园书写传统。通过阈限空间、失效语言和土地流转等反田园叙事,卢里和露西分别代表的殖民地田园理想和欧洲田园理想面临危机,佩特鲁斯主导的父权制田园面临暴力威胁。库切意在表明,唯有大历史观下的土地伦理和重视责任的他者伦理,才能呼唤和谐友爱的新型田园。

关键词:《耻》;反田园;农场小说;土地伦理

1987 年,库切(John Maxwell Coetzee)在"耶路撒冷文学奖"获奖演说中谈道:"南非白人对南非的爱集中表现在其对土地的占有和使用,但土地最不可能对其做出回应"(Coetzee, *Doubling the Point* 97)。农民与农场的依存关系,决定土地所有权的归属,构建南非白人的身份认同。1994 年,曼德拉执政上台后,黑人要求归还土地的政治诉求与白人朝向失落田园的怀旧情感产生激烈冲突,酿成数以千计针对南非白人的农场袭击案(South African farm attacks)。

历史与现实交互影响下的《耻》(*Disgrace*)便是库切对田园理想的批判性审视。回顾库切研究,鲜有学者对贯穿库切写作生涯的田园书写传统和《耻》的历史创作语境进行综合式观照。史密斯-马莱和文泽尔视农场为敌托邦,颠覆了卢里期盼的父权和殖民者主导的田园理想(Smit-Marais and Wenzel 26);巴纳德(Rita Barnard)进一步指出,小说虽然颠倒了卢里与佩特鲁斯的主奴关系,但是欧洲和南非语言都不适合描绘农场景观(34)。由此观之,学者们集中探讨了田园危机的表征,相对忽视了田园理想的起源、实质和未来。

田园文学(pastoral literature)泛指反对大都市主义、歌颂乡村、自然或荒野的文学创作(Buell 439)。在《后殖民生态批评》(*Postcolonial Ecocriticism*)一书中,哈根和蒂芬首次将田园置于加勒比英语文学中考察,认为后殖民作家要么推崇田园改造社会和环境的积极作用,要么贬斥田园蕴含的殖民主义思想(Huggan and Tiffin 120)。借助田园书写的话语体系和文体模式等双重功能,文本与后殖民历史语境产生对话,拓宽田园书写的历史维度和创作空间。鉴于库切的田园书写传统,本文从南非后种族隔离时代的历史文化语境出发,在后殖民研究和田园研究双重坐标下探讨《耻》中田园理想的起源、实质和未来。围绕暴力冲突和土地流转,小说《耻》呈现出艺术想象、小镇农场和田园话语等田园模式,丰富了库切的田园创作谱系。由于空间、语言和土地等层面的反田园力量,卢里和露西的田园理想遭遇危机,佩特鲁斯主导的父权制田园同样面临暴力威胁。唯有大历史观下的土地伦理和重视责任的他者伦理,才能呼唤和谐友爱的新型田园。库切在《耻》中揭露了后种族隔离时代南非白人的田园理想危机,表达了对种族问题的担忧,也寄寓了对新型和谐田园的期盼。

一、库切与田园书写传统

特里·吉福德(Terry Gifford)认为,在田园书写中,作家们善于运用理想化语言,将田园塑造为生态乌托邦,并以隐退田园的姿态实现对现实生活和生态环境的观照(*Pastoral* 45)。殖民地语境下的田园书写常常带有"帝国之眼"式的话语构建目的,表现为殖民者对殖民地阿卡迪亚式的田园幻想、殖民者对殖民地景观的田园改造和家园实践,以及欧洲田园模式在殖民地的文化传播。这种殖民田园书写模式演化成了田园-家园神话的文学实践(Casteel 160)。然而,田园自身蕴含反田园因子,理想田园和现实田园之间的冲突向来是后殖民田园书写的核心主题。奈保尔(V. S. Naipaul)、希尼(Seamus Heaney)、金凯德(Jamaica Kincaid)等后殖民作家一方面感叹殖民者对殖民地生态的片面认知和粗暴改造,另一方面坚信欧洲语言不能传达殖民地生态的地区性和多样性(Huggan and Tiffin 126)。但殖民地本土语言一经翻译,便失去了源语言携带的词语意义和文化特质。如何书写后殖民田园成为作家面临的难题。

恰如早期探险家对美洲大陆伊甸园式的描绘,南非白人作家善于借助农场小说(plaasroman)的书写形式渲染花园式的田园风景,强化家庭与土地的情感连接,掩盖黑人劳工和冷酷自然的存在,维持和平安定的田园表象。当这种表象受到外在威胁时,田园书写同样有助于重塑神话般的农场秩序,为南非白人的土地所有权和定居者身份正名。库切将这种田园理想称为"梦幻地理景观"

(dream topography),即世代因袭、父权主导的家庭农场,狗群看守、四面围栏的田园乌托邦(Coetzee, *White Writing* 106)。保利娜·史密斯(Pauline Smith)的《小官吏》(*The Beadle*)便是描写此类田园乌托邦的代表作。史密斯将色泽明亮、闲适优雅的荷兰田园传统毫无保留地移植到南非风景中,父权主导的家庭结构成为备受推崇的农场秩序,农场成为与世隔绝、神圣富足的伊甸园。反田园书写同样贯穿南非田园文学的历史。1883年,奥利弗·施莱纳(Olive Schreiner)发表《非洲农场的故事》(*The Story of an African Farm*),借农场隐喻殖民时期的南非社会。农场位置闭塞,地处荒野,不曾与人亲近。通过揭示南非土地上欧洲文化的疏离状态,施莱纳展现出鲜明的反殖民态度。史密斯和施莱纳虽怀有不同政治诉求,却都忽视了主导南非农场的农民文化。该文化强调因循守旧、反智主义和实利主义,重视农事劳作,反对闲散懒惰。然而,欧洲学者习惯于赋予农场崇高的道德价值,忽视农场经济和自然条件的变化。概言之,田园书写是审视南非国家遗产和种族命运的重要体裁(Olivier 322),学者必须通过特定的历史时期对其进行解读。

　　成长于南非家庭农场(voëlfontein)的库切一直对田园保持高度关注,其作品迥异于(后)殖民时期单调的(后)殖民田园书写模式,以文史互证的方式不断探索田园书写蕴含的文化政治意蕴。在他看来,南非白人的田园书写不仅是承载学术研究的文体范式,而且启发了自身的地方书写实践,借此来表达定居者与田园神话的疏离,寄寓自己对土地伦理的探索(Kossew 142)。库切的早期作品均围绕田园展开,赋予田园意象丰富的解读空间。在《白色写作》(*White Writing*)中,开普敦并非殖民者设想的伊甸园,而是"土著人居住的南方大陆",反田园的地理空间(2)。《少年时代》(*Boyhood*)中,年少的库切钟情于"蓝色、灰色、黄褐色和橄榄绿交响映照的田园风景",将农场视作自由之地(90)。然而,南非白人向土地投射的情感依恋固然热烈,但土地上的山川沙漠、飞鸟走兽最不可能对这种一厢情愿的情感做出回应(97)。《幽暗之地》(*Dusklands*)和《内陆深处》(*In the Heart of the Country*)相继从语言模仿和两性欲望等角度凸显农场内部主仆关系的流动性。《迈克尔·K的生活和时代》(*Life and Times of Michael K*)更为彻底地挑战了家庭农场传统。虽然农场依旧象征土地所有权和自由的物质基础,迈克尔和其母亲建立了脱离父权制和殖民历史的新型田园。库切力图消除人与土地之间的权力关系,通过迈克尔对田园的纯粹热爱倡导无边界的田园观。由此观之,库切的田园书写充满反田园倾向,既从文类上打破传统南非白人作家的田园话语体系,又指向后种族隔离时代田园理想的危机。

　　小说《耻》呈现出多样化的田园表征。大卫·卢里艺术想象的田园风景、封

/151/

闭隔绝的小镇农场、欧洲语言和本土语言交织下的农场风景等形式构成理想的田园表达。这些表达形式受制于文本创作的独特历史语境。1998 年，南非总统曼德拉与内阁成员和农业部门领导商谈当时针对南非白人农民的猖獗的谋杀案，探讨案件背后的个人或者种族动机。据此，有学者将南非诗人布莱顿·布莱顿巴赫（Breten Bretenbach）的回忆录《狗心》（*Dog Heart*）与《耻》联系起来，认为前者记述的乡村地区白人遭受的暴力袭击虽未在后者直接展演，但两部作品同样指向传统农村经济下种族角色的置换、田园牧歌的消亡（Barnard 37）。换言之，白人的田园理想与政府的土地流转方案相互掣肘："知道"谁是农场的合法主人，并不能恢复他们的合法所有权（Wenzel 109）。政府试图将人与土地的关系转化为人与人之间的关系，却激发了白人的土地焦虑和种族间的仇恨冲突。《耻》影射了现实生活中的暴力冲突和土地流转，是库切对田园危机的重要思考。

二、田园理想的危机

库切并未赋予露西的农场田园牧歌般的空间想象，而是始终从文化地理视角将其塑造成暴力和不安纠缠下的阈限空间。远而观之，农场位于多民族杂居的东开普省边界。自 18 世纪以来，该地殖民斗争、牲畜争端和土地争执等冲突接连不断，充斥着暴力和危险。农场临近号称南非英国学术中心的格雷厄姆斯敦，开普敦大学校长恩德贝勒（Njabulo Ndebele）曾于此发表质询压迫性英语教学的著名演说（Sanders 367）。近而视之，农场所在的萨勒姆小镇在历史上真实存在，英国人与科萨人之间的九次边境战争均爆发于此。殖民历史阴影下，农场既是具有威胁性和危险性的物理空间，也是自我与他者相遇、身份不断流动转换的符号空间（Bhabha 4）。露西深知农场的空间属性。当卢里将汽车停在乡间小道时，露西急忙对其劝说，"别停在这里。这段路情况很糟糕，停车太危险"（Coetzee, *Disgrace* 182）。佩特鲁斯的视野则更为开阔，"农场地理位置偏僻，有点危险。可现在哪里都危险"（75）。露西和佩特鲁斯深知农场边界内部权力运作的法则，具备"边界意识"（Anzaldúa 77），将物理空间的边界内化为心理边界。然而，不同于安扎杜尔将掌握边界意识作为生存技巧的乐观态度，库切笔下的萨勒姆农场充满仇恨、剥削与暴力，受制于返魅的历史，成为暴力滋生的边界。

农场阈限空间中，卢里艺术想象中的田园风景与农场景观互相抵牾，构成田园理想危机的初级表征。作为一名田园追求者，卢里归隐—逃离—复归农场的空间行进路线陷入难以调和的田园悖论：从怀旧、希望到幻灭、绝望的情感循环

(Gifford,"The Environmental Humanities"161)。首先,卢里承袭传统南非白人农场文学的立场,将农场视为经济独立、无拘无束的"小王国"(koninkrykie)。其次,久居城市的卢里未曾拥有乡村生活经验,只能从华兹华斯和拜伦的诗歌中想象乡村。卢里与索拉娅的共处时刻触发了强烈的满足感,犹如夜晚让"乡下人安然入眠的寂静"(5),情欲与自由构成卢里对乡村的基本想象。当卢里前往萨勒姆镇时,他自比湖畔派诗人华兹华斯,将自己标榜为乡间隐士。然而,由于语言意义和文化语境的跨文化传播困境,华兹华斯式的田园想象并不能移植到南非土地上。虽然卢里认为语言传递思维、感觉和愿望的观点"太过荒谬",但他却极力鼓励学生从南非的山峰中发现华兹华斯在《序曲》中强调的人面对自然时产生的崇高感(4,26)。再次,卢里自相矛盾的语言观烛照出白人写作的僵局:虽然库切拒绝通过语言结构暗示"文化、阶层和种族"之间的差异,但语言的意义不能进行完整的跨文化转移(Steyn 119),语言对于不同文化群体来说具有不同意义。由于学生集体抵触华兹华斯的田园书写,卢里的田园理想失去了适用性和感召力。

家庭农场中,卢里兼具乡村隐士和拓荒者双重身份,却始终不能在农场中找到归属感。粗野的农场风景、乡村与城市的对立意象和流动的种族关系等加剧了卢里的田园理想危机。首先,卢里进入农场时,惊讶于农场与世隔绝的地理位置和粗野干燥的自然环境,农场位于"灰土路的尽头",周围全是"碎土和砾石"(69)。视野所及之处,皆是贫瘠的土壤和暗淡的风景,远非田园牧歌式的和谐自然。卢里试图延续殖民者的田园理想,把露西塑造成拓荒者。从"养牲畜种玉米"到"养狗种花",南非白人延续了对土地的霸占和使用,对理想田园的改造和重建(72)。因此,卢里将露西指甲上沾染的泥土视为光荣的历史,不断加深拓荒者的形象定位。然而,卢里并未在农场感受到愉悦的氛围和亲近的自然。甫入农场,卢里便体会到寒冷的气候、清晨的狗吠和栽培的铁树带来的疏离感,被迫承认一个经验范围之外的农场世界。其次,随着时间推移,乡村与城市的对立逐渐瓦解,转向共荣共生的关系。乡村与城市互相转化,木棚屋逐渐逼近飞机场,暴徒同时洗劫了露西的农场和卢里的公寓,瓦解了田园理想的空间基础。威廉斯(Raymond Williams)认为,田园书写中的"自然秩序"掩盖了田园归属权的争论,而花园意象将这种归属权危机延伸到国家层面,两场洗劫呼应现实世界中不断滋生的暴力冲突(11)。换言之,蔓草丛生的花园不仅暗示了开普敦并非"地球上的伊甸园",更隐喻了南非危机四伏的反田园状态。再次,随着宗主国语言权威性的衰落,卢里的英语得不到农场工人的回应,殖民田园的话语体系迅速崩塌。库切未将佩特鲁斯刻画为通过模拟殖民者语言颠覆种族关系的角色,而从语言层面重塑卢里与佩特鲁斯的关系。殖民田园中,黑人帮工是沉默的耕作者,未曾有言说的权利。小说《耻》却将殖民田园的主仆关系转变为帮工、邻居乃至更为亲近的亲属关系。因此,当意大利语和西班牙语等欧洲语言都不能拯救他和女儿的生命,卢里只能通过咆哮表达自己的愤怒。当卢里责骂偷窥露西的黑人时,卢里压抑的田园话语体系暴露无遗,"你这头肮脏的猪!给他一个教训,让他知道自己的位置"(206)。然而,在后种族隔离时代的南非,殖民者语言的施事性逐渐减弱,偷窥者依然可能带来新一轮的暴力。总之,卢里罔顾农场风景、城乡对立和种族关系的历史动态,将殖民田园理想投射到露西的农场,注定其难以融入农场的疏离状态。

不同于卢里激进的殖民田园理想,露西的欧洲田园理想较为温和,执着于安稳、美德、劳动和自由组成的乡村生活(陈红等 71)。露西与佩特鲁斯合力经营农场,将对自然和动物的热爱投入日常劳作中;她与恋人隐居农场,选择自己的生活方式,并与镇上居民建立和谐友爱的关系,俨然是华兹华斯笔下的理想田园人物。然而,和谐表象之下翻涌着两股破坏性力量。一方面,南非现实主义小说经常表现人类在土地上的疏离感(Gray 151),强调土地并不属于人类,暴露人类的渺小,驳斥人类扎根的愿望。田园文学兴起之初,维吉尔(Virgil)就强调阿卡迪亚(Arcadia)的脆弱性。梅利伯多次提醒提图鲁田园的脆弱性,点明田园乌托邦时刻受到流亡他处和无家可归的威胁。然而,露西坚决反对卢里劝说自己移居荷兰的提议,"我就当他(佩特鲁斯)是土地上的房客……但这房子是我的,没有我的允许谁也不能进这房子,而且我还要留着这狗棚"(236)。露西坚守的不仅是具有自由精神、展现自然关爱的精神田园,还是房子和狗棚等具体物体代表的实体家园(heimatland)。对于集体和个人来说,留在家园构成稳定(ständigkeit)的基本要素,这种在地性(bodenständigkeit)是个人与集体和历史连接的方式(Escudero 31)。房子和狗棚承担了露西的个人记忆和农场的历史记忆,构成露西的个体记忆主场。然而,露西对农场的认知并非全面,需要依靠他人才能真正立足于土地。露西与卢里从马棚返回住处时迷失方向,跌跌撞撞地穿过一片土豆地,才摸到自己的家门,露西与土地的关系始终处于疏离状态。另一方面,从历史语境来看,土地所有权的争夺引发暴力行径,露西的农场危机四伏。1992 年,南非白人占领南非国内 92% 的农场土地,白人农场的谋杀案日渐攀升。1998 年 3 月,南非国土事务部门宣称农场谋杀案属于纯粹犯罪(pure criminality),并非源于种族驱逐或者土地改革(Wenzel 91),愈发加剧了南非白人的土地焦虑。露西和佩特鲁斯的农场规划显示出两人截然不同的田园理想。露西向往和谐安定的田园生活,满足于自然和狗群的陪伴。她的身体与自然构建了亲密的关系,却需要忍受强奸和抢劫等身体暴力。佩特鲁斯从实用角度出发改造自然,修建长长的栅栏,掌控家族和农场,致力于维护家族荣誉。虽然佩特鲁斯的房屋阴影足以掩盖露西脚趾上的泥土痕迹,佩特鲁斯也逐渐掌控了露西农场的经营权,但小说遗留的露西农场所有权的归属悬念,暗示库切期盼的田园理想的未来并非发端于土地法案的强力推进,而是来源于人与土地关系的变革。

三、新型田园的诞生

田园理想危机实质上是关乎未来人与土地关系的危机。小说《耻》呈现出卢里—露西的交汇田园和佩特鲁斯的家庭田园等未来田园形式,呼唤新型田园的诞生。

卢里—露西的交汇田园根植于欧洲田园理想,指向静止风景画构成的田园乌托邦。卢里复归农场时,挪用了擅长风景画和肖像画的萨金特与博纳尔的观察视角,描绘出"完全的静寂"统筹的风景画:"和煦的太阳,静谧的午后,在花丛中忙碌的蜂群;而在这幅画面的中央站着一位年轻的女子,刚刚怀孕,戴着顶草帽"(251)。这幅田园画卷犹如荷兰的地方风景画,既崇尚如画的乡村景象,又描摹异域的风景特征(安德鲁斯 107)。卢里通过强调露西与土地的亲密关系,将风景转化为荷兰财富的源泉和历史的象征,体会到华兹华斯笔下的田园之美。露西重燃对和谐田园和独立家庭的向往,在农场快乐地忙碌,重新展露健康的神色。如果佩特鲁斯出现在画面中,卢里和露西的田园理想将从超越时间的乌托邦转变为历史力量支配下的农场边界。然而,虽然卢里希望这种风景画式的静寂和安稳能够持续到永远,并且自比访客,强调露西的主人身份,希望露西和农场都能够扎根于这片土地,延续和谐安定的田园乌托邦,但是强盗也是以访客的身份闯入露西的农场,访客的意义自行解构。主人一词同样自我解构,包含主客双方的双重对立关系(Miller 442),露西的农场主人身份面临转让给佩特鲁斯的危机。小说亦并未结束于卢里的田园愿景。卢里在远离农场的小镇定居,并无长远的未来打算。露西的未来受制于佩特鲁斯的掌控和潜在的暴力行为。卢里—露西的田园理想并非朝向安稳的未来。

佩特鲁斯的家庭农场也并非库切推崇的未来田园模式。佩特鲁斯认为,田园并非人与自然和谐相处的乌托邦,而是用来赢利的改造对象。从园丁、看狗人到农场主人的身份转变,佩特鲁斯既有审时度势的敏锐政治嗅觉,又有勤劳能干的实用主义生存智慧。作为新型黑人农民的代表,佩特鲁斯兴建了代代传承的家庭农场,似乎实现了田园理想。然而,佩特鲁斯并未认识到土地伦理和他者伦理对于和谐田园的重要性。

土地流转不仅指向土地的重新分配,而且注疏世代相传的人与土地的关系。佩特鲁斯始终从实用主义角度规划田园的未来,将农场视为商品经济的一部分。从词源角度讲,农场蕴含"固定代价"(fixed payment)的含义。卢里和露西都为留在农场付出了代价,遛狗和园丁等工作并不足以确保佩特鲁斯的土地所有权。黑人偷窥者的受辱、农作物销量的减产以及露西农场所有权的遗失,都表明佩特鲁斯将土地作为家庭经济财产必须付出的代价。如果农场持续作为一般等价物,种族双方都必须付出惨重的代价。库切意在扭转人与土地的关系,说明土地并不为意识形态和经济关系束缚,而是自然的一部分。"这里不是农场,只是一小块土地"(200)。正如大历史观强调培养人类物种准确把握在生物圈乃至整个宇宙的位置,呼唤人类的道德责任(Christian 490),小说《耻》追求从漫长的绵延中看待土地的新型伦理。依托大历史的思路,土地所有权的归属无足轻重,卢里、露西和佩特鲁斯等人物不应依靠占有土地建立身份认同,而应自视为土地的过客。唯有如此,土地才能巩固未来田园乌托邦的物质基础。

卢里与狗的遭遇不仅是对卢里和露西的田园理想危机的再次确认,也以非经济的伦理形式修正了佩特鲁斯的田园观念。崇尚实用主义的佩特鲁斯将动物视作随意宰制的物品,放任两只山羊在方寸土地上忍受饥饿和痛苦。但被束缚的山羊与被囚困的卢里父女之间的平行隐喻却暗示了将人与动物一同降格为剩余物的排除策略。烈火烧伤的不只是卢里,还有焚尸炉里的狗尸。颠倒的种族关系固然值得注意,更值得警醒的是,该降格方式暗示佩特鲁斯的农场延续这种排除策略的可能性。这些情境下的受害者虽无反抗之力,但土地代表的田园具有自我修复的力量。卢里认识到自然作用于人、动物和土地的力量,遭到袭击的卢里在入侵者的靴子上发现一片草叶,杂草丛生的动物诊所是许多动物的寄居之地。自然见证人与动物的命运变化,而人与动物在自然面前属于命运共享的同伴物种。卢里在与狗的交往中不仅意识到田园理想的必然衰落,也通过同伴物种关系的形成构建了人与自然和谐共生的理想关系。卢里与动物建立的共生关系成为崭新的伦理地平线,昭示个体对他者的伦理责任。"责任是个体化的原则"(Levinas 170)。若要成为伦理主体,就必须为他者承担责任。在照顾即将面对死亡的狗时,卢里正视列维纳斯所说的"不让他者独自面对死亡"的伦理责任。因此,当卢里放弃与他建立亲密关系的狗时,他把死亡转化为伦理意义上的爱,用自己不再感到难以启齿的字眼——爱——去定义他的行为。唯有这种超越种族、性别和物种的他者伦理,才能构成新型田园的基本底色。

结　语

　　后种族隔离时代的新南非不是田园乌托邦,更不是库切期盼的"自由平等互爱"笼罩的自由土地(Coetzee, *Doubling the Point* 96)。《耻》既承载了20世纪末暴力冲突和土地流转的历史现实,也延续并扩展了库切的田园书写传统,为后殖民田园文学开辟了崭新的文学领域。秉承殖民田园理想的卢里将农场视为避难的田园,却屈服于暴力滋生的农场边界、城市与乡村的空间融合和欧洲语言的失效权威等反田园力量。固守欧洲田园风格的露西将精神田园转化为实体家园,忽视了自在自然和土地流转裹挟的历史进程。获得言说力量的黑人劳工佩特鲁斯虽然成功建立了父权制的家庭农场,却孕育着殖民田园复归的可能。库切转而借助大历史观下的土地伦理和重视责任的他者伦理,呼唤超越种族、阶级和物种的和谐田园。《耻》不但见证了库切对20世纪末种族危机的前瞻性思考,而且寄托了他对新型土地伦理构建新和谐田园的美好愿望。

引用文献【Works Cited】

Andrews, Malcolm. *Landscape and Western Art*. Trans. Zhang Xiang. Shanghai: Shanghai People's Press, 2014.

［安德鲁斯:《风景与西方艺术》,张翔译,上海:上海人民出版社,2014年。］

Anzaldúa, Gloria. *Borderlands / La Frontera*. San Francisco: Aunt Lute Books, 1987.

Barnard, Rita. *Apartheid and Beyond: South African Writers and the Politics of Place*. Oxford: Oxford UP, 2012.

Bhabha, Homi K. *The Location of Culture*. London: Routledge, 2012.

Buell, Laurence. *The Environmental Imagination: Thoreau, Nature Writing, and the Formation of American Literature*. Cambridge: Harvard UP, 1995.

Casteel, Sarah Philips. "Pastoral." *Keywords for Environmental Studies*. Eds. Joni Adamson, William A. Gleason, and David N. Pellow. New York: New York UP, 2016. 158－161.

Chen, Hong, Zhang Shanshan, and Lu Shun. *Pastoral*. Beijing: Foreign Language Teaching and Research Press, 2019.

［陈红、张姗姗、鲁顺:《田园诗》,北京:外语教学与研究出版社,2019年。］

Coetzee, John Maxwell. *Disgrace*. Trans. Zhang Chong. Nanjing: Yilin Press, 2013.

［库切:《耻》,张冲译,南京:译林出版社,2013年。］

---. *Doubling the Point: Essays and Interviews*. Cambridge: Harvard UP, 1992.

---. *White Writing: On the Culture of Letters in South Africa*. New Haven: Yale UP, 1988.

Christian, David. *Maps of Time: An Introduction to Big History*. Berkeley and Los Angeles: University of California Press, 2011.

Escudero, Jesús Adrián. "Heidegger's Black Notebooks and the Question of Anti-Semitism." *Gatherings: The Heidegger Circle Annual* 5 (2015): 21–49.

Gifford, Terry. *Pastoral*. London: Routledge, 1999.

---. "The Environmental Humanities and the Pastoral Tradition." *Ecocriticism, Ecology, and the Cultures of Antiquity*. Ed. Christopher Schliephake. Lanham: Lexington Books, 2017. 159–173.

Gray, Stephen. *Southern African Literature: An Introduction*. London: Rex Colling, 1979.

Huggan, Graham, and Helen Tiffin. *Postcolonial Ecocriticism: Literature, Animals, Environment*. London: Routledge, 2015.

Kossew, Sue. "Criticism and Scholarship." *The Cambridge Companion to J. M. Coetzee*. Ed. Jarad Zimbler. Cambridge: Cambridge UP, 2020. 138–151.

Levinas, Emmanuel. *Is It Righteous to Be? Interviews with Emmanuel Levinas*. Ed. Jill Robbins. Stanford: Stanford UP, 2001.

Miller, J. Hillis. "The Critic as Host." *Critical Inquiry* 3.3 (1977): 439–447.

Olivier, Gerrit. "The Dertigers and the Plaasroman: Two Brief Perspectives on Afrikanns Literature." *The Cambridge History of South African Literature*. Ed. David Attwell and Derek Attridge. Cambridge: Cambridge UP, 2012. 308–324.

Sanders, Mark. "Disgrace." *Interventions* 4 (2002): 363–373.

Smit-Marais, Susan, and Marita Wenzel. "Subverting the Pastoral: The Transcendence of Space and Place in J. M. Coetzee's *Disgrace*." *Literator* 27.7 (2006): 23–38.

Steyn, Jan. "Translation." *The Cambridge Companion to J. M. Coetzee*. Ed. Jarad Zimbler. Cambridge: Cambridge UP, 2020. 103–121.

Wenzel, Jennifer. "The Pastoral Promise and the Political Imperative: The Plaasroman Tradition in an Era of Land Reform." *Modern Fiction Studies* 46.1 (2000): 90–113.

Williams, Raymond. *The Country and the City*. London: Chatto & Windus, 1973.

日本文学与文化研究

京都学派对东西方近代的认识
——以《世界史的立场与日本》为例

李嘉棣

内容提要：在诸多"近代的超克"论者中，京都学派的近代观颇具代表性。他们认为日本的近代化既是学习欧洲经验的结果，也有源自日本自身历史的一面。京都学派肯定欧洲近代文化曾有的优越性，却片面理解了当时欧洲学界的新变化；针对日本近代，京都学派为了主张其与欧洲不同，过度强调近代化过程中日本的主体性，其学说也最终沦为单纯的日本优越论。这种过度强调更与"历史主义"结合，导致京都学派对日本历史的误读。如何认识近代也是当代人的课题，我们应当从京都学派的失败尝试中汲取教训。

关键词：近代；近代的超克；京都学派；《世界史的立场与日本》

近代化（Modernization）又称现代化，一般包括政治上的民主化，经济上的工业化，思想文化领域的科学化、自由化、个人化、世俗化等。

历史上，欧洲首先开始了近代化进程，而随着欧洲资本主义"把一切民族甚至是最野蛮的民族，都卷到文明中来"（马克思、恩格斯55），其他国家也不得不走上近代化道路。因此，对广大非欧美国家而言，近代往往意味着外来的侵略或压迫，是应当被反思和克服的对象。

在日本，对近代的反思出现过一个高潮。那就是在太平洋战争时期兴起的"近代的超克"。此处的"超克"是日语词汇，意为对困难的超越与克服。"近代的超克"最初是部分知识分子在"知识性协作会议"上提出的口号，该座谈会由杂志《文学界》举办，于1942年7月召开。"二战"后，以竹内好为首的学者们扩大了"近代的超克"的范围，将其作为同类思想的总称。

在"近代的超克"中，京都学派占重要地位。此处的京都学派指的是受到西田几多郎、田边元影响,继承其"绝对无"等哲学思想的学者团体,主要成员是所谓"京都学派四天王"的西谷启治、高山岩男、高坂正显、铃木成高。其中,西谷与铃木参加了"知识性协作会议",但四人的"近代的超克"思想更多地出现在以"世界史的立场与日本"为首的三场座谈会中。这三场座谈会的内容均刊登于战时的《中央公论》杂志,其单行本亦以"世界史的立场与日本"为名。

对近代的看法是"近代的超克"思想的重要组成部分,它是展开"超克"的基础。"知识性协作会议"就以欧洲的近代始于何时这一问题为切入点展开,但基于相关视角的先行研究还不多见。相较其他"近代的超克"论者,京都学派的近代观更为特殊,本文将以京都学派的近代观为中心,对其思想内涵及局限性进行梳理和分析。

一、近代的两面性

众所周知,和诸多非欧美国家一样,日本的近代化最初也是"黑船事件"等外力作用的结果。但是,日本的近代化显然比几乎所有的非欧美国家都要成功。在甲午战争、日俄战争后,日本跻身列强行列,并于1911年与美国签订《日美新通商航海条约》,正式废除了所有不平等条约。在此意义上,近代化不再意味着外部压力下的无奈选择,而是日本历史的一部分。

针对日本近代的上述两个侧面,"二战"前的日本知识分子的关注点各有不同,这体现了他们对近代的不同态度,可以分别概括为将近代视作"他者"及"自我"的立场(藤田,『日本哲学史』348)。这种不同近代观共存的情况随着太平洋战争的爆发发生过改变——对英美开战意味着近代的发祥地已成为敌国,这推动了日本知识界对近代的重新审视。而在"近代的超克"中,这种变化得到了集中体现。

"近代的超克"是在战争的直接刺激下产生的,具有很强的现实性。太平洋战争初期,日本占领了欧洲列强在东南亚及太平洋的大片殖民地,并提出建设"大东亚共荣圈"的口号。受此影响,许多知识分子相信日本已经能够"超克"近代。因此,大多数"近代的超克"论者在谈论近代时,通常会将其视作日本的"他者"。

例如,在"知识性协作会议"上,文学家林房雄将明治以来的文明开化简单地视作"对欧洲的屈服",而明治维新则不是对欧美列强的模仿,其本质是"复古",是"东洋对西洋的最后的反抗"(『近代の超克』239、243)。换言之,林房雄等人"认为近代化的弊端——这在一般情况下被等同于近代本身——原本就不属于日本,因此主张回到过去'纯粹'的日本,以消除那些弊端。对这些人来说,'近代的超克'就是向纯粹的日本的复古。在他们眼中,'近代'与自己有本质上的不同"(藤田348)。子安宣邦也认为,对大多数"近代的超克"论者而言,他们想要批判、克服、理解的对象就是所谓的"西洋近代",而"近代日本"则是"被西洋近代侵犯而陷入混乱和痛苦"的被害者(185)。

与林房雄等其他大多数"近代的超克"论者不同,京都学派认为日本的近代具有两面性,既是来自欧洲的舶来品,又是日本历史的一部分,既是"他者",也是"自我"。同样在"知识性协作会议"上,铃木成高针对林房雄的上述发言,提出"对明治日本而言文明开化尤其必要","树立起某种日本的东西固然很好,但对欧洲的彻底理解也十分必要",近代"与我们自身相关"(『近代の超克』240、241)。此外,西谷启治一方面同意"一般来说,近代的事物指的就是欧洲的事物",但也认为"日本的所谓近代的事物,就是基于明治维新以后传来的欧洲的事物",承认日本有"近代"的一面(18)。正如藤田正胜所言,京都学派眼中的近代"绝非与自己无关,而正是自己的问题,是自己所有立论的基础"(348)。

在"近代的超克"思想兴起的太平洋战争初期,知识分子们多醉心于日本在军事上的胜利,无法客观地审视近代。相较而言,京都学派对日本近代具有两面性的认识更加符合史实,体现了他们作为学者的理性。但是,京都学派看似合理的近代观中也包含许多问题。下面将对此进行详细分析。

二、欧洲文化的新变化

京都学派由一群研究历史、哲学等人文科学的学者组成,他们对近代的探讨多集中于文化及文明层面。在"世界史的立场与日本"座谈会上,他们首先对以欧洲文明、文化为代表的"他者"近代展开讨论。京都学派对近代欧洲的文化给予了很高评价。铃木成高认为,"欧洲的文化曾拥有普遍妥当性。这支撑了欧洲的优越地位,在此之上,由欧洲主导的世界秩序也得以完成"(『世界史の立場と日本』21)。高山岩男和西谷启治也对此表示了肯定。

对于代表了近代的欧洲文化,日本自然应该进行学习和模仿。高坂将日本在明治维新初期学习西方、"脱亚入欧"的方针概括为"东西文化的融合",并认为"虽是陈词滥调,但在当时,其着眼点并没有错"(124)。承认文明开化、向西方学习的正确性,这体现了京都学派"四天王"作为学者的理性和矜持,也使得他们无法做出如林房雄一样的感性发言。

尽管如此,京都学派并不认为欧洲近代不应批评。在承认欧洲文化优越性的同时,他们也指出了其中存在的问题。以西谷启治在"知识性协作会议"座谈会上的发言为例。西谷认为,欧洲近代化开始的标志是"宗教改革、文艺复兴与自然科学的成立",这同时意味着当时的"欧洲文化已分裂为各个专门领域"。在日本引入欧洲文化时,上述的"文化各领域几乎没有被相互联系起来"。这种分裂的文化与"以自由主义为中心的政治上的问题"结合,导致了"个人、国家、世界"三者关系的混乱。最后,西谷总结道:"西洋文化就在相互冲突、分裂的情况下渗透到明治维新后的日本,带来了形成统一世界观的基础被破坏、人们的自我认识陷入混乱的危险"(『近代の超克』19)。

更加值得注意的是,京都学派只对过去的欧洲文化表示了肯定。在他们看来,当时的欧洲思想界出现了一些新变化,证明欧洲文化已无法代表近代,也不应成为日本学习的对象。在"世界史的立场与日本"座谈会上,铃木成高对此进行了详细的说明。

铃木以法国思想家亨利·马西斯(Henri Massis)的著作《欧洲的防御》(*Défense de l'Occident*)为例,认为其中虽然有某种"世界史意识",但带有"危机思想的性质",即"欧洲将那些在东亚发生的世界史事态视作威胁"(『世界史の立場と日本』12)。马西斯基于这种"危机思想",采取了一种被铃木称作"西欧主义"的立场,将从德国、俄罗斯到日本、中国在内的欧亚各国视作"似而非的东洋主义"。马西斯认为"似而非的东洋主义"各国正在攻击当时的欧洲,为此欧洲需要"防御",方法则是"重新认识属于自己的欧洲的传统,再一次回到原本的欧洲"(14)。高山也举了维尔纳·桑巴特(Werner Sombart)和埃里希·勃兰登堡(Arnold Otto Erich Brandenburg)的例子呼应铃木的观点。高山指出,桑巴特在《现代资本主义》(*Der moderne Kapitalismus*)一书的最后也提到了日本对欧洲的威胁,勃兰登堡则在欧洲内部关系方面提出了与马西斯类似的主张,只不过由于自己是德国人,他强调的是德国与旧协约国的团结以及将俄罗斯视作亚洲国家加以排斥(13)。

上述的引用可分为两类。一是对欧洲"世界史意识"的描述,二是有关欧洲各国追求内部团结的内容。由"在对新的世界史事态的把握中,将其视作世界的革新的观点是最正确的"(15)一句可知,铃木认为欧洲学者的"危机思想"错误。至于欧洲各国追求内部团结的倾向,铃木则提出这"事实上承认了欧洲文明只是一介地方文明"(19)。

综上所述,针对作为日本"他者"的近代,京都学派将欧洲文化作为其代表,并根据时间先后将其一分为二,分别进行了分析。这既顺应了批判欧美这一战时大环境的要求,又保持了一定的客观性。尽管如此,京都学派对欧洲文化新变化的批评仍存在问题。

首先,在对最近的"他者"近代即欧洲文化进行批评时,京都学派引用了许多欧洲学者的言论。这似乎可以增加他们论点的说服力,但值得注意的是,马西斯、勃兰登堡、桑巴特均为偏向法西斯主义的保守主义者。马西斯支持墨索里尼对埃塞俄比亚的侵略,还曾在维希法国政府任职;桑巴特是反犹主义者,并且和勃兰登堡一样,都支持希特勒和纳粹党。这些学者的思想只能反映当时欧洲思想界的部分情况,缺乏代表性。

其次,从对欧洲右翼学者的关注中还可以看出京都学派对法西斯主义的错误憧憬。法西斯主义是20世纪20、30年代的显学,被视作能够"超克"英法主导的旧世界秩序的一种尝试。西谷启治曾于1937年到1939年以文部省在外研究员的身份留学德国,在留学期间,他致信其师田边元,认为"纳粹有各种各样的、有些甚至是根本性的缺陷,但我依然坚信,在现在的欧洲,只有希特勒和墨索里尼试图从内面重建欧洲的人心"(竹田168)。由此可见,京都学派尽管学识丰富,但仍不免受当时的"潮流"影响,导致自己对欧洲思想的关注点发生原则性的错误。

众所周知,欧美的近代并非近代的全部,因此京都学派对其的分析有一定合理性。但是,他们使用的方法、引用的内容并不全面,缺乏说服力——其对法西斯主义的亲近也从侧面说明了这一点。总而言之,京都学派对"他者"近代的看法合理性与局限性并存,须辩证看待。

三、对"发展阶段论"的批判

如上所述,京都学派将以欧洲文化为代表的"他者"近代矮化为欧洲的"地方文明"。但是,被批评和矮化的只是时间距离较近的欧洲文明,至于过去的欧洲文明,西谷与铃木二人认为它已被内化为日本近代的一部分,即"自我"。另一方面,同为京都学派的高山岩男不满足于此,他在"世界史的立场与日本"座谈会上以批判"发展阶段论"为契机,进一步贬低欧洲对近代日本的影响,不仅试图证明欧美式的近代无法代表近代,更在此基础上提出日本的近代源自日本历史,是日本自身发展的产物,能够与欧美近代平起平坐。

高山在《世界史的哲学》中将"发展阶段论"视作近代世界史学的代表性观点,并做出如下定义:"(发展阶段论)认为人类社会一定会经历特定的发展阶段,其中欧洲位于最高阶段,其余的(国家)都只是到达那一最高阶段前的某个阶段而已"(『世界史の哲学』9)。

高山在此后的"世界史的立场与日本"座谈会上批判了"发展阶段论",指出"发展进步的观念是欧洲近代特有的","将发展阶段论当作事实问题或历史事实是错误的","我认为那只是为了理解各国历史特性的一个中间标准",只能"如实反映近世欧洲的史实"(『世界史の立場と日本』36)。总之,高山认为"发展阶段论"不能解释日本历史,日本的发展并不落后于欧洲,更没有必要向欧洲式的近代转型。

高山进一步指出,日本存在两个"近代",分别是"明治维新前的近代与明治维新后的近代",他的详述如下:

> 日本的近世与欧洲的近世大约于同一时期开始。当欧洲人向海外扩张时,日本人也向海外扩张。日本能够扩张的根据在于个人意识的发展和商业的发达。因此,如果没有锁国,近代日本的发展或许会完全不同。但因为日本的锁国,江户时代的近代精神踏上了和欧洲极其不同的道路,二者的性质变得完全不同。(26)

高山将江户时代的近代精神概括为"带有封建性的近代精神"。这种"近代精神"在"维新后与欧洲的近代精神连续,在外表上变成了欧洲的样子,创造了明治后的日本"(28)。换言之,江户与明治两个时代间存在一种"非连续的连续"(29)。

笔者认为,高山对日本历史的见解可以用"连续史观"一词概括。"连续史观"也是在"世界史的立场与日本"座谈会上出现的用语。在讨论文艺复兴时,铃木成高提到康拉德·柏达赫(Konrad Burdach)与艾蒂安·吉尔森(Étienne Gilson)对文艺复兴的新观点,将其总结为一种"连续观",根本特征为"在中世中寻求文艺复兴的起源"(61)。这显然与高山对日本近代的看法暗合。

高山的"连续史观"大大削弱了作为日本"自我"的近代与欧洲的联系。不仅如此,京都学派还从高山的"连续史观"中导出了另一个结论:既然欧洲与日本的近代在根本上并不相同,那么近代欧洲的问题在近代日本也就不会成为问题,甚至可能得到解决。如此,日本的近代便不仅能够与欧美平起平坐,甚至可能较其更为优越,由日本进行"近代的超克"的合理性也能够得到体现。下面以"个体意识"为例说明。

如前所述,西谷认为欧洲的近代化导致了个人与国家的分裂,文艺复兴后的欧洲文化与"以自由主义为中心的政治上的问题"结合,导致了"个人、国家、世界"关系的混乱。但对高山而言,"个体意识"并非欧洲近代化的特产。他认为,当时的日本思想界存在一种将"个体意识"视作欧洲舶来品的倾向,这是一种"非历史的思考逻辑"(45),并且会"在排斥近代式的个人主义和自由主义的同时,也将个人的自发性、自主性都视作不好的东西加以排斥"(46)。在高山眼中,日本自古就存在不同于欧洲的"个体意识",并有以下两个特征。

首先,日本的"个体意识"带有责任感。高山认为,"只有在个人拥有真正的自发性、自主性时,强烈的责任感才会出现"。日本在江户时代时便"确定了身份秩序以及每个人的职务和本分,个体意识由此变成了强烈的责任主体,直至今日"。在高山看来,武士的切腹也是"强烈的自由意识、个体意识"的体现,符合"强烈的责任感"出现的条件。对高山而言,"这样的自由和个人意识与无止境地追求利益、不受限制的自由,即近代町人市民社会的自由不同",是"真正的自由、真正的个人"(47)。

其次,日本的"个体意识"不与集体矛盾,二者间反而有绝对的联系。高山认为"武家封建社会的基础是对人格的相互信赖关系","主绝对信赖从,从也绝对信赖主"。这样的关系之所以能够成立,原因在于"武士一直生活在死生的交界,直面生死这一绝对的事实。因此,在武士之间,虚伪和谎言无法成为社会的构成原理"(48)。总之,"在武家社会,存在一种非常强的对主体性的自觉,它可以被称作绝对的责任主体,与近代欧洲的个人主义、自由主义完全不同"(49)。

高山对"个体意识"的解读是典型的偷换概念。文艺复兴后在欧洲兴起的个人主义,曾将欧洲人民从教会、封建领主等外部束缚中解放,并推动了社会契约论的出现。但正如服部裕所言,高山所谓的"个体意识"依然被武士道等"超个人伦理观"所束缚,它"否定了西欧个人概念的本质,即个人的自律性"(48)。

对"发展阶段论"的克服在战后仍是日本知识分子的普遍关切。石田英一郎认为"发展阶段论"不符合历史事实,大岛康正也批评其"错看了历史活跃的实相"(220、222)。由此可见,高山等京都学派成员否认日本近代与欧洲的关系,对日本近代的这种解释体现了对近代化过程中日本主体性的追求。

但在另一方面,高山在解释日本的"个体意识"时过度强调日本的主体性,以至于错误解读了日本历史,使自己的学说沦为某种形式的日本优越论。这与战时的大部分"近代的超克"论者可谓是殊途同归。总而言之,当时京都学派的言论尽管显得相对客观、理性,但仍属于"哲学性的饶舌"(子安189),最终得出的结论也从理论层面支持了当时侵略扩张的国策。

附带一提,在单行本《世界史的立场与日本》的序言中,京都学派提到自己在座谈会后遭受过"日本主体性不足"的批评(5)。这并非自相矛盾,而是体现了当时的日本言论环境。

四、"历史主义"的问题

如上所述,京都学派针对作为日本"自我"的近代进行的新解释存在问题,他们过度追求日本的主体性和独立性,以至于错误解读了日本的历史。在笔者看来,除了战争这一外部因素的影响,京都学派的"历史主义"也是导致其错误认识的原因。

在"世界史的立场与日本"座谈会上,京都学派十分强调"历史主义"对日本的必要性(44)。但在欧洲出现"历史主义的危机"的背景下,他们提出日本需要的"历史主义"是"历史主义的理想型",高坂将其总结为"在历史的立场上理解一切""在历史中思考一切"的立场,具体来说就是"避免在历史之外设定一个超越历史的原理,如自然、逻各斯等","相反,无论是逻各斯、自然、理性、人类,这些驱动历史的东西本身也是历史的产物"(71)。不难看出,前文提到的"连续史观"也是这种理想的"历史主义"的体现。

"二战"后日本出版的《哲学·伦理学用语辞典》将"历史主义"称作"将一切视作'历史必然'进行肯定或判断的学说……它的理论总是为真,无法被证伪。这是因为,根据历史主义的理论,现在的一切事实都与过去有关,并且可以用过去发生的史实进行说明。而被这样构成的说明也反过来证明了历史主义理论的正确性。在此意义上,基于'历史主义'的理论与其说是科学,不如说更像魔术"(397)。显然,京都学派主张的"历史主义的理想型"就是现代学界眼中"历史主义"的典型。

基于这样的"历史主义",京都学派自然无法对日本过去的历史进行批判,只能完全肯定其合理性。其恶果不仅体现为对"个体意识"的错误解释,还有京都学派对日本历史及现实的全面误读。

京都学派对"历史主义"的贯彻是双标的,这从另一个侧面体现了其发言背后日本优越论的本质。换言之,京都学派通过对日本近代的主体性的强调否定了其他国家"近代的超克"的可能,并以此为日本侵略扩张的国策摇旗呐喊。具体而言,在面对来自欧洲的偏见时,京都学派会通过列举史实来力陈日本近代的独立性、自主性;但针对其他东亚国家,京都学派又仿佛是从自己所批判的欧洲人的视角出发,强调日本的优越性,武断地认为东亚各国无法自主进入近代。例如,西谷一面批评欧洲人只将雅利安人视作"文化创造者"而将日本等各国视作"文化保持者"(19),一面又认为在面对欧洲的文化与技术时,日本与其他国家存在"主体性"与"模仿性"之差(168);高坂认为,在东亚的各民族中看不到"形成近代国家的冲动或意志、倾向"（340）；铃木认为，"东洋没有近代，但日本有近代。这证明日本会在东亚开启新时代"（34）。

结　语

　　京都学派对近代的认识存在种种问题。由京都学派在座谈会上的其他发言可知，对欧美近代以及其他东亚国家的贬低，对日本近代的主体性的强调，最终使得京都学派相信日本的近代取代了欧美的近代，这也成为他们主动支持"大东亚共荣圈"的理论依据。而基于此种近代观的"近代的超克"思想被称作"穿上日本服装的欧洲式帝国主义"（杉山 23）也就不足为奇了。

　　尽管如此，在当下重新审视"近代的超克"的必要性并没有减少。正如竹内好所言，"'近代的超克'作为事件已经成为过去。但是，作为思想还没有成为历史……'近代的超克'所提出的问题，其中有一些在今天又被提出来了"（295）。因此，竹内好主张"火中取栗"，从"近代的超克"中提取出可供现实利用的思想资源。此外，"近代的超克"对中国同样有启发意义，这也是孙歌在 21 世纪初重提"近代的超克"，将竹内好的思想引入国内的原因。

引用文献【Works Cited】

Fujita, Masakatsu. *A History of Japanese Philosophy*, Kyoto: Showado, 2018.

［藤田正勝：『日本哲学史』，京都：昭和堂，2018 年。］

Hanazawa, Hidefumi, ed. *Philosophy of World History: The Origin of Postwar Japanese Thought*. Tokyo: KobushiShobo, 2001.

［花沢秀文編：『世界史の哲学——戦後日本思想の原点』，東京：こぶし書房，2001 年。］

Hattori Yutaka. "'Overcoming Modernity' without Modernity: The Meaning of 'The Standpoint of World History and Japan'." *Research Summary of the Faculty of Education*, Akita University, *Humanities and Social Sciences* (53)1998: 43-53.

［服部裕：「近代なき「近代の超克」——『世界史的立場と日本』の意味」，「秋田大学教育学部研究紀要人文科学社会科学」1998 年第 53 号，第 43—53 页。］

Kasuya, Kazuki. *Postwar Thoughts: Portraits of Intellectuals*. Tokyo: Fujiwara Shoten, 2008.

［粕谷一希：『戦後思潮——知識人たちの肖像』，東京：藤原書店，2008 年。］

Kawakami, Tetsutaro, et al. *Overcoming Modernity*, Tokyo: Toyamabo, 1979.

［河上徹太郎等：『近代の超克』，東京：冨山房，1979 年。］

Kosaka, Masaaki, et al. *The Standpoint of World History and Japan*, Tokyo: ChuoKoronsha, 1943.

[高坂正顕等:『世界史的立場と日本』,东京:中央公論社,1943年。]

Koyasu, Nobukuni. *Critique of Modern Japanese Thought*: *The Establishment of One Country's intelligence*, Tokyo: Iwanami Shoten, 2003.

[子安宣邦:『日本近代思想批判———一国知の成立』,东京:岩波书店,2003年。]

Marx, Engels. *Selected Works of Marx and Engels Volume* 1. Beijing: People's Publishing House, 1972.

[马克思、恩格斯:《马克思恩格斯选集》第1卷,北京:人民出版社,1972年。]

Sugiyama, Masao. "Justification and Ethics of The Great East Asian War: *Philosophy of World History* and Kiyoshi Miki." *Human relations Journal* (21)2004: 69-91.

[杉山雅夫:「大東亜共栄圏の正当化と論理——『世界史の哲学』と三木清」,『人間関係論集』2004年21号,第69—91页。]

Sun, Ge. *The Paradox of Takeuchi Yoshimi*. Beijing: Peking UP, 2005.

[孙歌:《竹内好的悖论》,北京:北京大学出版社,2005年。]

Takeda, Atsushi, *The Story of "Kyoto School"*. Tokyo: Chuo Koron Shinsha, 2001.

[竹田篤司:『物語「京都学派」』,东京:中央公論新社,2001年。]

Takeuchi, Yoshimi. *Overcoming Modernity*. Trans. Li Dongmu. Beijing: SDX Joint Publishing Company, 2005.

[竹内好:《近代的超克》,李冬木等译,北京:生活·读书·新知三联书店,2005年。]

The Science of Thoughts Research Association, ed. *New version Dictionary of Philosophy and Theory*. Tokyo: SanichiShobo, 2012.

[思想の科学研究会編:『新版 哲学·論理用語辞典』,东京:三一書房,2012年。]

Zhao, Jinghua. "'Overcoming Modernity' and 'Datsua Nyuo': Reflections on East Asian Modernity." *Open Times* (7)2012: 55-72.

[赵京华:《"近代的超克"与"脱亚入欧"——关于东亚现代性问题的思考》,《开放时代》2012年第7期,第55—72页。]

日本历史上接受儒学的三个关键节点

沈行健

内容提要：本文从日本儒学发展的历程入手,探究日本历史上接受儒学的几个关键节点,试图以此确定儒学在日本历史文化演进过程中产生的关键影响,厘清儒学对于日本发展起到的真正作用。当代中国立足现代人文立场,力图发展先进文化,树立文化自信,本文也试图以日本为鉴,对当前应当怎样看待儒学、怎样发展儒学的问题展开思考。

关键词：日本；儒学；近代化

作为一衣带水的邻邦,中国与日本在千余年的思想文化交流中长期相互借鉴,在日本文化形成的早期,大陆人经由朝鲜半岛、中国东南沿海等地通过海路将先进的思想文化、器具科技、典章制度等传入日本,促进了日本文化从幼年期到成长期的快速嬗变。中日交流在历史进程中虽因战争、政策、国家利益等原因时有中断,但直到20世纪末日本的官方及民众主体上一直对中国历代王朝及其思想文化抱持着一种较为倾慕而向往的态度,并且积极进行学习。儒学作为中国自汉之后的主流意识形态,也被日本通过官方及民间多次引入,并一度成为官学,但最终未如中国或朝鲜那样在思想界取得最高地位。近现代日本虽有不少儒者登上思想史的舞台并占有一席之地,但近一个世纪以来,也未形成像中国新儒家这样的儒学复兴热潮。

可以说,儒学思想虽由原产地中国进入日本,且在几个关键性节点为日本官方或学者所利用,但日本在对外来思想的接纳方面一直有着自己的考量。如同近代对西方思想的吸收与借鉴和对佛教的接收与改造那样,日本对于儒学的接受也一直是不完整的,并且还加上了经由自己改造的成分。那么,日本在改造性地接受儒学的过程中,什么因素发挥了促进以及阻碍作用? 这些因素在近代日本试图"脱亚入欧"的大改造和大发展过程中仍有比较大的影响吗? 本文主要围绕日本历史上接受儒学的几个关键节点,从制度、历史、思想谱系等方面探讨日本在接受儒学时有所迟疑并导致接受不彻底的原因,尝试提炼传统儒学思想促进当代社会发展与进步的因素,进而探讨在今天东亚诸国形态各异的社会结构中,历史上在东亚文化圈中的认同感上起过关键作用的儒学思想能否再次发挥作用,如果可以,它又将是何种姿态? 发挥多大的作用?

一、第一个节点:由圣德太子到菅原道真

中日间比较正式的文化交流最早可以上溯到汉光武时期赐日本来使"汉倭奴国王"金印时期。后来弥生时代的日本本州比较大的一个政治势力邪马台国的女王卑弥呼也曾遣使来魏,并得魏文帝授"亲魏倭王"印。但直到飞鸟末期推古天皇时代的圣德太子正式派遣遣隋使开始,中日两国才有了较大规模的官方文化交流,正是在这一时期,日本开始积极引入中国的思想文化及政治制度等,儒学也随之逐渐渗入日本文化之中。正因如此,笔者把圣德太子开遣隋使到菅原道真废遣唐使这段被后世称为"唐风文化"的时期视为日本历史上接受儒学的第一个关键节点。

1. 早期对儒学的选择性吸收

据成书于720年的《日本书纪》记载:

> 于是天皇问阿直岐曰:"如胜汝博士,亦有耶?"对曰:"有王仁者是秀也。"时遣上毛野君祖荒田别、巫别于百济,仍征王仁也。其阿直岐者,阿直岐史之始祖也。
>
> 十六年春二月,王仁来之。则太子菟道稚郎子师之,习诸典籍于王仁,莫不通达。所谓王仁者,是书首等之始祖也。(舍人亲王141)

日本在应神天皇十六年春二月接受了百济的五经博士、儒学学者王仁,并让其教授皇子典籍。结合《古事记》记载,他还将中国的《论语》《千字文》等传至日本。但据考证,此事应发生于公元5世纪左右。

7世纪时,通过小野妹子、吉备真备等遣隋唐使及留学生、学问僧等,飞鸟时代的日本进一步从中国引入儒教体制下的官制、律令制、田制等。其中包括603年推古天皇时代的"冠位十二阶"和据传604年为圣德太子所制定的"宪法十七条"[①]、646年的"大化改新诏"、701年藤原不比等制定的"大宝律令"等。律令

制及大化改新中的班田收授法完全取法唐制,"宪法十七条"中也有如下表述:

> 一曰,以和为贵,无忤为宗。人皆有党,亦少达者。是以或不顺君父,乍违于邻里。
> ……
> 三曰,承诏必谨。君则天之,臣则地之。天覆地转,四时顺行,万气得通。地欲覆天,则致坏耳。
> 四曰,群臣百寮,以礼为本。其治民之本,要在乎礼。上不礼而下非齐,下无礼以必有罪。是以,群臣有礼,位次不乱;百姓有礼,国家自治。(舍人亲王 303)

诸如此类的规定明显带有中国儒家思想中忠、孝、和、礼等思想的痕迹。于奈良时代的718年制定、757年正式完整实行的"养老律令"中甚至出现了仿隋唐科举制的贡举制。虽然贡举制并未得到长期实施,律令制也很快名存实亡,但这的确是儒学思想及儒学配套的制度体制在日本的早期传播。

2. 早期接受的特点及动因

从以上诸例中可以明显看出,日本在文明发展初期对当时处于文化优位的中华文明的学习与文化引进,大体上可以说是非常积极的。但从日本对儒学和中国整体文化接受的状况分析,儒家思想可能并不是其学习中华文明的重要动因和主要内容。

如上所述,开启这一文化交流节点的是圣德太子,他当时作为推古天皇的摄政,推动交流的首要动因是政治方面的改革时弊而不是文化方面的移风易俗。当时日本还残留有弥生时代的咒术信仰及传承已久的氏姓制度,朝廷倚托于掌握大量土地的地方豪族,土地和人民直接以田庄和部曲的形式被豪族掌控,并且地方豪族通过氏姓制度获得正式官职,甚至进入中央朝廷,对王权构成威胁。[②] 因此,圣德太子改革的主要内容,如"宪法十七条"和"冠位十二阶"等,即为仿效隋制来完成的针对统治秩序的变革。7世纪中期的大化改新也将重点落在律令制和土地制度等,在此阶段,中国的儒学由于已和政治观念及统治秩序结合得较为紧密,所以才在一定程度上进入日本,但在这一时期其意识形态的影响力是屈居于制度之下的。包括在日本长期兴盛、几度被尊为国家宗教的佛教,在这一时期发挥的作用从史实来看也高于儒学。

律令制在日本遭遇了水土不服,很快就土崩瓦解,平安时代之后公家(即朝

/173/

廷)也很快被武家(幕府)所架空,日本进入长期的幕府时代。日本社会形态在短暂同中国靠拢之后,也再次同中国社会分道扬镳,走上了独特的道路。与此相似,儒学进入日本也仅仅涉及一些秩序上应为的观念,它并没有真正进入日本文化的内核。

二、第二个节点:江户时期的儒学再兴

1. 由幕后走向台前的日本儒学

　　日本的中世[③]基本上是一段长期战乱的历史时期。在 894 年废除遣唐使之后,日本的"国风文化"取代"唐风文化"开始成为主流。[④]日本和中国的官方往来也趋于停止。[⑤]直至德川家康于 1603 年建立江户幕府,进入日本历史上的近世时期,日本的儒学开始摆脱之前对禅宗的从属地位,迎来了再兴。其重要标志是出身贵族的禅僧藤原惺窝(1561—1619)脱禅入儒。藤原惺窝的思想主要倾向于朱子学。其徒林罗山(1583—1657)继承其学问,"将藤原惺窝时期尚处于修身齐家高度的宋学,提高到作为治国平天下的高度,解决了江户时代武士阶层面临的许多问题"(羊涤生 418)。此后日本朱子学分成强调伦理和与神道关系方面的一派,以及以贝原益轩(1630—1714)为代表的强调"经世致用"的一派。后者在之后西化时期积极引入西方器具方面起到积极作用。

　　德川幕府出于维护封建等级秩序的需要,由江户幕府初代将军家康始即推崇文治主义,并在之后的数百年间被继任者一直秉承。五代将军德川纲吉[⑥]重视儒学,委任林信笃为大学头,建成汤岛圣堂[⑦]。德川幕府中后期奉朱子学为官学。[⑧]1790 年(宽政二年),幕府发布禁令禁绝朱子学以外的各种学派。[⑨]由于日本的政治体制实际上是一种双轨制,实际统治者将军(幕府)架空了名义统治者天皇(朝廷)而掌握统治权,因此日本朱子学后来也可分为尊王派和尊幕派。

　　这段时期,朱子学中的"忠"等思想也被幕府所利用,成为其掌控武士阶层,令其为己所用的工具。1683 年,五代将军德川纲吉将武家诸法度的第一条改为:"应正礼仪,励文武忠孝。"[⑩]将武士阶级的思想核心从传统的弓马武道转移至对主君的忠与对父祖的孝上。这也以武士道的形式刻入了日本武士的血脉当中。佐贺藩藩士田代阵基曾整理同藩藩士山本常朝语录所作《叶隐闻书》,三岛由纪夫在其作品《叶隐入门》中引用了其中部分原文:

　　　　出家修行未尝适我志意,成佛等等亦非我之初衷,抑或七次轮回仍

只愿再生为锅岛之武士,一心一德为藩国尽忠竭力之决意已沁透至我肝胆。锅岛之武士,气力与才能并非不可或缺,独一人亦可担当武家全部之命运的意志为紧要。(三岛由纪夫 46)

倘若理想破碎却向生而生,乃是苟且。其思想意在自欺,可叹亦可悲。倘若理想破碎自我亦不惜与之玉碎,于他人而言虽不过是犬死而已,然绝无可耻。守正而毙,不苟而全,乃得武士道之真意也。旦旦夕夕唯以死之觉悟自励自警。常住死身,如切如磋,如琢如磨,便可得武道自在之真谛。(47)

平素绝无赴死之决意者,面临死亡定是极尽丑陋卑怯之形状也。(61)

可见,日本武士道中的许多内容其实也是对儒学忠、义等思想的极端化。如孟子"子好勇乎?吾尝闻大勇于夫子矣。自反而不缩,虽褐宽博,吾不惴焉;自反而缩,虽千万人,吾往矣"[11],可以说是舍身取义的大义之勇,而日本的近世,仅仅将其理解为对主君的忠义就显得极为狭隘。

德川时期也是注重文教的时期。"文武弓马道,应专于相嗜。文左武右古之法也,应予兼备"[12]即出自德川家康之手。林罗山及其后人执教的昌平坂学问所也作为官学讲习所长期教授朱子学。昌平坂学问所自1792年始推行"学问吟味"和"素读吟味"制,类似于对武士子弟的朱子学考试制度。

阳明学在日本的地位一直低于朱子学[13],但仍有中江藤树等大量民间阳明学者出现并传承其学说。此外,除朱子学外,江户时期日本还有荻生徂徕的古学派以及契冲、本居宣长等国学学者等。

2. 日本近世儒学发展状况

从上文可以看到,在日本的近世阶段,儒学逐渐从幕后走向台前,从寓于深层的不易察觉之处一跃而上,升至政府的最高政治理念的地位。并且除了作为幕府统治思想的朱子学,民间的儒学思想及传播也是百花齐放,异彩纷呈。其中的一些核心思想也被以"拿来主义"的方式为己所用,成为自身统治秩序和身份等级的一环。

但是,正如上文所述,此时日本的儒学和发源地中国的儒学已是貌合神离。这一时期站在统治之塔顶端的是武家,所以其推崇儒学的目的是维护幕府统治的权威性,这与中国的情况有比较大的背离。所以日本长期以来潜藏着尊皇的思想。日本著名的"赤穗事件"之后的大争论也包含着对幕府与将军批判的声

/175/

音。幕府则通过设正学、宽政大狱等禁绝异己思想。儒学思想中利于维护武家统治的部分被利用,而饱含着人文价值及进步意义的"仁"等思想却被抛弃,明清之际蕴含启蒙色彩的儒学价值转换也并未能在日本有所开花,儒学在日本彻底沦为工具型学说。森岛通夫在《日本为什么成功》中将宗教分为三种,认为新教是合理性宗教,道教是神秘性宗教,而儒教则是工具性宗教。他认为日本成功近代化的原因在于日本在江户及其后完成了精神革命,即对工具型儒教的超越,而中国近代的磕磕绊绊则是由于儒学的根深蒂固(12—14)。森岛在这里除了犯了韦伯命题的机械性错误之外,对江户时期日本儒学的发展的认识也并不正确。在江户时期,并不是僵死的儒学被改造而进入现代化,恰恰相反,是蕴含积极意义的儒学思想在日本被肢解,成了一具为幕府统治服务的行尸。这部分流毒也在近代爆发,一定程度上影响到日本军国主义的形成,这一点将在下文中加以说明。

与此同时,不容否认的是,民间一直存在具有进步色彩的儒学思想。这些思想在民间酝酿,并最终成为日本近代化的土壤。

三、第三个节点:明治期的儒教皇国化

在近代东亚西化的路径当中,中日韩三国都不约而同地出现了儒教再编成的情况,如中国康有为等创"孔教",韩国李炳宪等的孔教运动(井上厚史 69),日本的儒学国教化(或儒学皇国化)等。在日本的儒教再利用具有如下表现形式。

1.《教学大旨》及《教育敕语》

明治维新虽然名义上是尊王攘夷、大政奉还,然而实质上仍然是模仿德意志建立起的立宪皇国体制。而在建构以天皇为名义上中心的皇国体制时,自大陆传入已较为深入人心的儒教思想就成为可以用来维护新的等级秩序的有利手段。1879 年,元田永孚主笔的《教学大旨》由明治天皇颁布。它与 1872 年(明治五年)的改化教育思想截然不同,体现的是一种儒教主义的教育理念。如"教学之要,在明仁义忠孝,究智识才艺,以尽人道。此乃我祖训国典之大旨"[14],即充分体现了以儒教仁义忠孝为核心的皇国主义的教育思想。此后,《幼学纲要》与《教育敕语》也显而易见是在此理念支配下出现的产物。

在此期间,日本国粹主义的风潮被推向新的高度,日本以儒教为主干的国教体系最终形成。但这其中的儒教仅仅是作为统治秩序的维护手段出现,国教化

之后的日本儒教思想也并非一种能在中日达成共识的广泛包容的儒学思想。此后,"三宅雪岭、志贺重昂等于 1888 年结成'政教社',发行《日本人》杂志,宣传国粹主义,鼓吹'东洋精神',从另一个侧面为日本的传统回归思潮推波助澜"(盛邦和 16)。同样值得我们注意的是,虽然这里看起来是对儒学传统的复归,但实质上却是西方化的近代民族国家形成过程中对原有文化符号的再利用和再阐释。因此,它和它的原始文化形象以及更早之前的来源国的文化实质已经有了非常大的区别。在研究近代东亚问题时,这是容易忽视却绝对不容忽视的一点。

2. 儒教主义运动

除宏观上的意识形态教育之外,明治政府也积极推行儒教主义运动,即在对学生的日常教学中加强儒家思想和汉文教育的比例。与伊藤博文共同起草过《大日本帝国宪法》的井上毅在担任文部大臣时提出如下加强汉文教育的进言:

> 增国语汉文之时间乃改正之一要点。⑮
> 国语教育乃育成爱国心之资料。⑯

从"爱国心"等字眼可以看出,明治政府重视汉文和儒教的原因,是为了将日本人民全部教育成为天皇的臣民,从而维护天皇中心的国家体制。

但是,明治维新之后,在日本近代化日新月异之际,中国却渐渐落入半殖民地的深渊。这也在日本国内滋生了对中国以及中国文化的轻视。加之儒教在日本化过程中的不完整,"振兴汉学"⑰的策略最终被废止。而提出上述建言的井上毅不得不承认:"汉文实非可用于教育之处也。"⑱

1892 年森有礼升入文部省之后,明治政府也渐渐放弃了《教学大旨》的理念。儒教主义运动不了了之。但是,这种儒教教育的影响甚为长远,甚至一直影响到"二战"末期日本的国粹思想。

3. 日本军国主义

日本在明治维新后在国力上逐渐"脱亚入欧",成为远东列强之一。但 20 世纪以来,在"二二六"等事件之后逐渐形成了类似于国际法西斯主义的日本军国主义。在本来权力分割就错综复杂的日本政府中,军部最终掌握了核心权力,使日本走上覆亡的不归路,给自身及周边国家带来了沉重的伤痛。刘岳兵在论著《日本近代儒学研究》中讨论日本军国主义的思想渊源时提道:

日本的传统思想资源主要包括国学、神道、本土化的佛学和儒学。虽然神道与佛教、国学与儒学的关系在历史上一直错综复杂,恩怨难断,但是到近代,随着日本军国主义思想的兴起,它们都不计前嫌,一同趋之若鹜,以至最终成为日本军国主义思想不可分割的组成部分。国学神道精神是"日本精神论"的核心支柱。佛教和儒学则是扶翼"皇运"的得力助手。而"日本精神论""天皇制绝对主义"都是日本法西斯军国主义在思想上的重要表现形式。(97-98)

那么儒学,或者说这一时期已经日本化的日本儒教,对于日本的军国主义化有什么推动作用?丸山真男在《日本法西斯主义思想及运动》(『日本ファシズムの思想と運動:現代政治の思想と行動』42-57)中提到日本法西斯主义运动的三大思想特征是家族主义、农本主义和大亚洲主义。刘岳兵也认为,"其'农本主义'的主旨不是真正以农为本,注重民生民瘼,而是强调'社稷'观念,是一种变相的国家主义"(114)。有别于此种观点,戴传贤指出,"日本的尚武思想和军国主义并不是由于中国思想、印度思想,纯是由日本宗法社会的神权迷信来的"(162),认为日本军国主义及其尚武精神并非源自别国思想,而是自身社会的产物。与此相似,江上波夫在20世纪提出过"骑马民族与农耕民族说"(16-17),认为是日本民族形成过程中的骑马民族这一组成部分的征服习性给日本民族留下了尚武传统。江上的这种人种文化学的概念当然是不科学的,但也可以从一个侧面佐证,日本化的儒教在军国主义化的过程中,起到的作用也是有限的。

然而,不可否认的是,日本"二战"时期军国主义的形成和日本传统的武士道思想与近代国家建构中形成的天皇中心的皇国体制是分不开的,而正如前文所述,在这二者的形成过程中,都从来源于中国的儒学思想中拿出自己需要的成分并将之融入己身。虽然等同于断章取义的极端化利用,但儒学思想由于包容广泛而容易遭到利用这一点还是令人不安的。正如两汉之际儒学者可以轻易地从"圣王"转为"王圣"那样,我们在继承发展儒学思想的过程中还是应该慎之又慎。

对于当今时代背景下的儒学研究,不少学者提出,当今儒学承担的主要责任也从过去的统治秩序的建构(亦即外部社会秩序)转移到人文儒学(亦即扬弃的内部伦理)上来。如李承贵认为,"儒家思想的诠释方法多种多样,而最适应的只有人文主义方法",并且,"只有人文儒学才能担当起儒学的现代使命,人文儒学是儒学当之无愧的本体形态"(258)。本文中对于日本对儒学利用情况的梳理也是此论点的一个佐证。如果只耽于制度而忽视内核,很大概率就会偏移原本的目标。这是日本对于儒学的吸收情况给我们的启示。

不仅如此,我们也应吸取日本在错误及极端化利用儒学思想方面的教训,正确认识并淡化儒学中的一些已经无法进一步推动当前社会发展的因素,充分发展利于人和社会发展的因素。同时,应强调当前儒学发展中的人文主义思想,避免被政治或宗教所利用。这样,才能更好地传承并发展流传至今的优秀儒家思想文化。

结　语

在东亚文化圈的历史发展进程中,中、日、朝、越展开了长期的文化交流。周边诸国在不同程度上都接受了近代之前处于文化优位的中华文化的辐射。其中儒学作为中央大一统王朝思想意识形态的主脉,也在各国生根发芽并结出形态各异的果实。今天,基于发展中国文化、发展儒学的立场,研究周边各国的历史发展境况并从中吸取经验教训是非常必要的。

日本文化在自身发展的几个关键节点一直处于文化低位的水平,因此在学习中国和西方的过程中始终采取大规模的"拿来主义",但在本土化的过程中由于自身文明特质的缘故,则会产生不同于文化输出国本身的各种变化。在对儒学日本化的历史和思想脉络的梳理过程中我们发现,日本在对儒学的认识和利用上一直没有认清儒学人文主义的实质,而是耽于制度层面,试图从中国儒学者对统治秩序的维护上获取经验,从而完成自身社会秩序的建设,显而易见,这种尝试从思路到结果都存在问题。从律令制国家的建设到武士道的形成,再到近代天皇中心的国体建设,这种做法似乎一定程度上能够稳定社会秩序,但对于今日甚至未来需要达到的人的解放与发展之目标来说,则完全是下笔千言而离题万里了。

直至今日,日本社会中仍存在封建等级秩序的残余,如广泛存在的年功序列制和男尊女卑等。日本虽然摆脱了封建帝制,但这种秩序又转而为男权社会和资本主义社会所利用,成为一种新的压迫手段与工具。这种情况对于今天力求发展儒学的我们看来,也是值得警醒的。

注解【Notes】

① 原文为"夏四月丙寅朔戊辰、皇太子亲肇作宪法十七条"。对于圣德太子制定一说本身,学术界的基本观点是这一说法并非历史事实。

② 在圣德太子时朝廷被两大权臣家族把持,即苏我氏和物部氏。
③ 一般指镰仓幕府(1185—1333)、室町幕府(1338—1573)及安土桃山时代(1568—1600)。与之前的贵族社会相比而言,可以称之为武士社会。
④ 日本学界也把之前的唐风文化占主流的时代叫作"国风暗黑时代"。
⑤ 镰仓、室町期存在北条家主导的日宋贸易,同期中日禅宗交流也很发达,但主要集中于民间及佛教领域。此外宋学也一定程度上吸收佛教华严宗、禅宗、道家思想,使儒学趋于哲学化,但此时期传入日本并造成较大影响的仍为禅学。另外随禅学盛行的"五山文化"(主要为汉诗汉赋)也兴盛一时。
⑥ 但同时他又笃信佛教,颁布包括狗在内的杀生禁止令,人称"犬公方"("公方"是幕府将军的别称)。
⑦ 相当于中国的孔庙,位于现在的日本东京。
⑧ "凡欲主天下者,必当通四书之理,苟不能全知,也当熟知《孟子》一书。"——德川家康(1542-616)。
⑨ 是为"寛政異学の禁"。
⑩ 原文为:"文武忠孝を励まし、礼儀を正すべきこと"(『武家諸法度』より)。
⑪ 《孟子·公孙丑上》。
⑫ 《武家诸法度》第一条(1615)。
⑬ 相对于作为官学的朱子学而言,中江藤树和门人熊泽藩山等阳明学者在学习阳明学的基础上,以知行合一的立场批判现状,希望改革。针对这种革命性,幕府方一直是警戒并且压制的。
⑭ "教学ノ要仁義忠孝ヲ明カニシテ智識才藝ヲ究メ以テ人道ヲ盡スハ我祖訓國典ノ大旨。"(笔者译,下同)。教学聖旨大旨(明治十二年)より、文部科学省。
⑮ "一、国語漢文ノ時間ヲ増シタルハ改正ノ一要点トス"。
⑯ "国語教育ハ愛国心ヲ成育スルノ資料"。
⑰ "漢学ヲ興ス"。
⑱ "漢文ハ教育ノ用キル所ニ非ス"。

引用文献【Works Cited】

Dai, Jitao. *Japanese Theory*. Beijing: Guangming Daily Press, 2011.
[戴季陶:《日本论》,北京:光明日报出版社,2011 年。]
Egami, Namio. et al. *What is Japanese*? Tokyo: Chuo Precision Printing Co, 1980.
[江上波夫等:『日本人とは何か?』東京:中央精版印刷株式会社,1980 年。]
Inoue, Atsushi. "Formation of Modern Thought: In Modern Korean Confucian Reformation movement." *Northeast Asian Studies* 10 (2006): 69.
[井上厚史:『韓国近代儒教改革運動における近代的思惟の形成:西洋・中国・日本の果たした役割』,北東アジア研究 10(2006):69。]

Li, Chenggui. *Chinese Philosophy and Confucianism*. Nanjing: Phoenix Press, 2011.

[李承贵:《中国哲学与儒学》,南京:凤凰出版社,2011年。]

Liu, Yuebing. *Modern Japanese Confucian Studie*. Beijing: The Commercial Press, 2003.

[刘岳兵:《日本近代儒学研究》,北京:商务印书馆,2003年。]

Maruyama, Masao. *Ideas and Actions of Japanese Fascism—Ideas and Movements in Contemporary Politics*. Tokyo: Miraisha, 2006.

[丸山真男:『日本ファシズムの思想と行動——現代政治の思想と運動』,未来社,2006年。]

Mishima, Yukio. *The Way of the Samurai*. Trans. Xi Sang. Nanjing: Jiangsu Literature and Art Press, 2010.

[三岛由纪夫:《叶隐入门》,隰桑译,南京:江苏文艺出版社,2010年。]

Morishima, Michio. *Why Japan "Succeeded"? —Advanced Technology and Japanese Sentiment*, TBS Britannica, 1984.

[森嶋通夫:『なぜ日本は「成功」したか?——先進技術と日本的心情』,TBSブリタニカ,1984。]

Sheng, Banghe. "The Return of East Asian Traditions and China's Situation at the Turn of the Last Century", *East Asian Culture Theory*. Ed. East Asian Culture Research Center, Shanghai Academy of Social Sciences. Shanghai: Shanghai Literature and Art Press, 1998.

[盛邦和:《上世纪之交东亚传统回归与中国情况》,载上海社会科学院东亚文化研究中心编《东亚文化论谭》,上海:上海文艺出版社,1998年。]

Tonerishin'nō: *Nihonshoki*. Sichuan People's Press, 2019.

[舍人亲王:《日本书纪》,成都:四川人民出版社,2019年。]

Yang, Disheng: "Confucianism, Buddhism and Taoism Culture in Northeast Asia and War and Peace in Northeast Asia." *International Academic Papers Symposium "Contemporary Mission of Confucianism · Commemorating the 2560th Anniversary of the Birth of Confucius"*. Beijing: Jiuzhou Press, 2009.

[羊涤生:《东北亚的儒释道文化与东北亚的战争与和平》,《儒学的当代使命·纪念孔子诞辰2560周年国际学术论文研讨会论文集》,北京:九州出版社,2009年。]

文学、美与政治性
——重读三岛由纪夫的《金阁寺》

韦 玮

内容提要：《金阁寺》中的叙述者"我"沉浸于金阁寺之美，但这并不意味着"我"对金阁寺的欲望是个人主义的自我叙述。"我"要求金阁寺保护"我"以与战败等社会现实相隔离，这一欲望有着极强的政治性。另一方面，就"我"火烧金阁寺的心路历程而言，这并非嫉妒或是占有金阁寺，其意义也并非个人主义的自我确立，而是彰显出行动的欲望结构，践行着三岛由纪夫宣扬的行动美学。三岛的行动美学强调美之瞬间性、无益性，这一美学具有对战后日本的和平主义价值观之强烈否定。在此意义上，《金阁寺》是极为政治性的文本。

关键词：《金阁寺》；美；政治性

《金阁寺》是日本作家三岛由纪夫的代表作，小说取材于1950年金阁寺僧徒林养贤火烧金阁寺的真实事件，讲述青年人沟口从小沉迷于金阁寺之美，来到金阁寺出家以后，幻想与金阁同毁于战火，但未能如愿，最终下定决心火烧金阁寺。《金阁寺》问世以来，受到研究者极高的评价。例如，矶田光一认为"我"与"金阁"的连带性被完全遮断时，"金阁"成为"我"的无法实现的理想，而三岛的新"古典主义"美学则成立于"我"对"美丽的死亡"之热情（26）。菅孝行认为《金阁寺》是三岛的古典主义美学的巅峰，不过，他发问三岛在《金阁寺》中抵达古典主义的顶点后，何时、为何又舍弃古典主义，回归浪漫主义，往"行动"而去？（128）菅孝行的发问割裂了《金阁寺》与"行动"的关联，但也有研究者注意到《金阁寺》是关系着"行动"之文本。例如，岛内景二认为火烧金阁寺意味着"我"期望与心中的金阁寺殉情（126），而川上阳子将小说中反复提及的南泉斩猫的公案与火烧金阁寺并置，考察行动之意义，认为将猫对应作为建筑的金阁，将"猫的美"对应"金阁",将猫的死对应火烧金阁,那么,柏木的逻辑便能够成立——就算烧掉作为建筑的金阁,也不能摆脱"金阁"(86)。中村光夫则从沟口与三岛的关联切入,认为火烧金阁寺源于三岛嫉妒永远的美,试图占有永远的美,"与《金阁寺》相对峙的,不是主人公年轻和尚,而是三十岁的作者"(35)。相比之下,田坂昂的论述触及火烧金阁寺的时代史意义,认为"'我'火烧金阁是因为要复仇金阁(美)在战时对'我'的背叛,同时,也是要终结战后'金阁所存在的世界'"(215)。

概而言之,研究者注意到《金阁寺》之于三岛美学的重要性,关注着火烧金阁寺的美学意义。但是,火烧金阁寺的美学价值是否仅仅在于嫉妒永远的美或是复仇金阁(美),这一行动究竟有着怎样的时代史意义,这并未得到充分的研究。本文从20世纪40、50年代日本的知识精英在文学与政治的关系上的问题意识切入,重读《金阁寺》,剖析这一经典文本的时代史意义。

一、20 世纪 40、50 年代日本知识精英的问题意识——以文学与政治的关系为中心

《金阁寺》问世以来,受到研究者极高的评价,其中,平野谦等人的评论颇值得关注。中岛健藏、平野谦、安部公房三人曾在《群像》的合评会上盛赞《金阁寺》,在平野看来,"如今,文学作品变得非常少了。但是,这是文学作品"。中村光夫赞同平野所说,认为"当下"是文学的理念丧失的时代,而《金阁寺》毫无疑问是"现代"的产物,是极富才华的作家倾注心血而成就的位于现代之"文学"的存在证明(28)。如中村光夫所说,在现实世界,烧毁国宝不可能获得社会舆论的宽宥。当时的新闻报道中,也的确看不到对犯人的同情。在中村看来,正因为如此,保证了《金阁寺》的纯粹艺术的可能性。问题在于,既然小说这种文体,文本空间自然是独立于现实世界的存在。那么,为何平野谦、中村光夫等人还要如此刻意强调《金阁寺》的文本空间的独立性,他们所不满的丧失了文学理念之"现代"又有着怎样的所指呢?

平野谦等人所说的"现代"指涉"二战"结束后的这一时间点。对日本有着强烈批判精神的知识精英而言,第二次世界大战的战败不仅是军事、政治的失败,也是文化、思想落后之体现。早在 1945 年 10 月,宫本百合子就在《每日新闻》上发表《新日本文学的端绪》,宣称只有厘清近代日本社会的落后,才能期待新日本文学的开端。在日本文学乃至日本社会面临新的出发的时间点上,宫本百合子态度鲜明地反对所谓的纯艺术性概念,她严厉批判中村武罗夫在《荒废

花园的人是谁?》中宣扬的文学的纯艺术性,认为这一立场完全不知道艺术作为社会的表现,本质上有着政治的属性。宫本百合子并非反对言说个体,而是认为"自立的人的文化"是要实现"对社会有着科学认识"的人,作为"有着创造艺术,爱艺术,珍视艺术的能力"的人。宫本认为,科学认识便是民主主义,"所谓民主的文学,是我们每一个人献身于社会与自己的更为合理的发展,毫不糊弄地反映世界历史的必然的作用"(81)。

相比之下,以平野谦为代表的知识分子则认为战后日本文学再出发时,必须确立"个人主义文学":

> 今天的"政治与文学"的问题,业已是自我定位为"民主主义文学"所不能解决的。在现在,民主主义实在是政治色彩强烈的用语。民主主义与文学的连接上也缠绕着政治的味道。与侮蔑人相反,想要明了地提出人的尊严、个人的权威,有必要确立"个人主义文学"。抱有各自不同的气质,清晰地踏着近代个人主义之场,借此,不停地对难以将个人作为个人来把握的政治提出反措定。这正是现在文学家被赋予的唯一的"自由"。(141)

如引文所述,平野谦激烈反对文学的政治性。在平野谦看来,对文学的政治性之反感集中呈现为对无产阶级文学运动的严厉批判。平野谦指责无产阶级文学运动对人的蔑视,他以小林多喜二的《为党生活者》中的笠原为例,论述这一著作中"为了目的而不择手段地蔑视人","甚至作者对此没有任何苦闷","蔑视人的风潮不是小林个人的罪过,而是关系到当时的马克思主义艺术运动全体的责任"(141)。

与宫本百合子等人类似,平野谦也表达了对战前日本的批判,但在展开论述时,他的批判矛头却指向与天皇制法西斯展开不屈斗争的无产阶级文学运动,走向鼓吹"个人主义文学"的道路。如此来看,《金阁寺》以火烧国宝这一在现实世界绝对不可能获得共感之事件为题材,叙述者对宫本百合子所说的"合理的发展""科学的认识"等在当时极为风靡的民主主义思潮也毫无兴趣,似乎完全沉浸在个人的世界,这俨然正是将平野谦等人的"纯文学"的理念从文学创作一侧予以确认。

二、美的多维性——《金阁寺》的文学性之再审视

平野谦等人对《金阁寺》的赞扬隐藏着这样的意识形态:《金阁寺》讲述的是个体沉浸在美的世界,而与社会参与等极富现实性、政治性的话语是无缘的。野口武彦认为这一文本与现实世界相疏离,指出"作者所真正意图的不是忠实追溯主人公青年放火的心理,而是通过心理分析呈现自己的形而上学的所想"(174)。三岛由纪夫本人也有着这样的自觉意识,他曾将《金阁寺》与《镜子之家》进行对比,言说在《金阁寺》中描写的是"个人",而在《镜子之家》中描写的是被视为"战后终结了"的时代的感情及心理(「鏡子の家」242)。那么,三岛所说的"个人"是否就是平野谦等人宣扬的"纯文学"意味上的"个人",而与现实性、政治性无缘呢? 如果是这样,那么三岛文学前后便存在着某种断裂。洪润杓认为,三岛文学的"政治性"是从《忧国》开始的,"这与《金阁寺》等作品相比的话一目了然"。洪润杓所说的政治性在很大程度上等同于天皇,他认为《忧国》之后,三岛的美意识的符号生成值得注目的变化,即天皇符号的登场(18-19)。那么,是否能够因为《金阁寺》中天皇没有登场,该小说文本就没有政治性呢? 研究者给出了不同的回答。例如,菅孝行认为,金阁的悲剧的美,与金阁生活于同样世界之一体感,与金阁之一体感的丧失,金阁的守护人的腐败堕落,烧毁金阁的决心,这些不只是美的楼阁与"我"之间的事件,而是战前与战后的天皇、天皇制与三岛之间的矛盾(39)。菅孝行注意到《金阁寺》的政治性,而这种政治性又是与美、天皇制关联在一起的。但是,如"金阁寺的美""美的楼阁"等用词所示,这一论述俨然将金阁寺等同于美,而没有看到《金阁寺》中,美有着不同的维度:

> 漱清亭像一只展翅欲飞的鸟,如今张开了翅膀,正从这建筑物向地面上,向一切当今世界的东西遁逃。这意味着是从规定世界的秩序向无规定的东西,甚至可能是向官能过渡的桥。(《金阁寺·潮骚》155)

如引文所述,"我"所叙述的漱清亭并非仅仅是作为物的建筑物,而是有着强烈的现实否定欲望。但是,"我"的叙述中,金阁寺又有着"与世无争"的一面。例如,"事实上,多亏下了雪,立体的金阁才变成与世无争的平面的金阁"。从这一叙述口吻可见,"我"的叙述欲望并非指向金阁寺对现实的否定,而是对现实的疏离。

"我"的叙述中,还存在着不同维度的美。例如,有为子交代男友所处地方时,呈现的是"背叛的美"。而"我"不仅仅是有为子背叛的见证人,同时,也是背叛者之一,她是"我们的代表"。"我"的叙述口吻暴露出这样一种欲望,即"我"渴望与美建立关联。进而言之,"我"所渴望建立关联的是美,而没有拘泥于美之具象物的金阁。此外,《金阁寺》中,"我"的叙述生成暴力的美国人之美。战后,作为旅游景点的金阁寺重新迎来宾客,其中就有着美国人。美国人"抓住了我的后脖颈,硬让我站了起来"。美国人的行为是一种暴力,可"我"的叙述口吻呈现的并非所谓的暴力的美,而是刻意强调美国人"没有露出一丝残酷",完全是"温和""优美"。

概而言之,"我"的叙述中存在着金阁寺的美、有为子背叛的美、美国人的美等完全不同维度的美。因此,倘若仅仅反复言说金阁寺的美,这便忽视了叙述行为的复杂性,难以厘清"我"所渴望建立关联的美的指涉。如果金阁寺等同于美,那么,"我"渴望的便是与现实世界的金阁建立关联。但是,"金阁处处皆是,而在现实里却看不见"。这也可见,当叙述者言说金阁寺等同于美时,金阁未必是作为物的建筑物,而是有着作为脱离现实性之美的可能。"我"所渴望建立关联的正是这种脱离了现实性的美。对于脱离了现实性的美,瞬间性、无益性是极为本质的属性,柏木吹奏的音乐是极佳的例子。小说中,"我"陶醉于柏木所吹奏的音乐的瞬间的美,"没有比音乐更像生命的东西了,虽然同样是美,然而没有比金阁更远离生命、更像污辱生的美了"。如此来看,虽说同样是美,但叙述者"我"的价值判断倾向于音乐的瞬间美。瞬间的美关系着美的另一特征,无益性。柏木奏罢《源氏车》的瞬间,音乐消逝,可他那丑陋的肉体和阴郁的认识却丝毫没有损伤、没有改变。正因为如此,"我"感叹"对我来说,假如美也是这样一种东西,那么我的人生不知会变得多么轻松啊"。

三、金阁寺等同于美的欲望装置功能:来自 20 世纪的日本

"我"的叙述中有着不同维度的美,而"我"渴望建立关联的是脱离现实性之美。但是,这非但不意味着"我"的欲望是脱离现实性的存在,恰恰相反,"我"对美的欲望正根植于现实:

"金阁啊!我终于来到你身边住下来了。"有时我停住拿着扫帚的手,心中喃喃自语,"不一定非现在不可嘛!但愿有朝一日你对我显示亲切,对我袒露你的秘密。你的美,也许再过些时候就会清楚地看见,

现在还看不见。但愿现实中的金阁比我想像中的金阁会显出更清晰的美。还有,倘使你是人世间无与伦比的美,那么请告诉我,你为什么这样美,为什么必须美?"(《金阁寺·潮骚》22)

就"为什么这样美"这一发问而言,"我知道并且相信:在纷繁变化的世界里,不变的金阁是千真万确的存在"。所谓"纷繁变化的世界"指的是20世纪日本。正是在这个场域中,"不变的金阁"的确存在。但是,"我"又坚信作为建筑物的金阁毁于战火是"确实无疑"的,而这个时候,"金阁再次增添了它的悲剧性的美"。这也可见,"不变的金阁"所指的并非作为建筑物的金阁寺,而是美。不过,美尽管超越了现实世界的金阁寺,但并非脱离现实世界,毋宁说,如"悲剧性的美"所示,美的存在离不开毁于战火这样的现实遭遇。正因为如此,"我"能够与金阁寺相关联,这正如村松刚所说,对主人公而言,自己与作为美之结晶的金阁寺都会毁于战火,这样的终末论的期待将金阁寺与自己置放于同一的层面(287)。

相较于"你为什么这样美","为什么必须美"这一发问颇为突兀。对于这一问题,"我"给出了答案。"战败的冲击"也好,"民族的悲哀"也好,"我所关心的、让我感到是个难题的,理应只是美的问题"。换而言之,美有着守护"我"的功能,使得"我"能够与战败等社会现实相疏离。如此,在即将迎来战败的时刻,"我"意识到,对于"我"来说,美必须是这样的东西,即"它从人生中遮隔我,又从人生中保护我"。

金阁必须美,这是因为"我"有着美必须保护"我"之欲望,亦即美之存在源于"我"的恐惧感。三岛美学中,这种欲望结构也缠绕在天皇符号上。猪濑直树在《金阁寺》中看到天皇符号的存在,"三岛什么时候开始强烈意识到天皇的呢?过去认为是从以'二二六'事件为题材的《忧国》开始的。我认为并非如此。在我看来,《金阁寺》暗示着绝对的世界"(297)。值得注意的是,所谓"绝对的世界"并非形而上学的空想,而是根植于极为现实的需要。三岛在发问为何必须守护天皇时,将守护天皇制与反共产主义联系在一起,认为日本受到共产主义的威胁,"在这样的情势中,我们没有作为国民的统一体之核心的话,国家就会四分五裂"(「荣誉」190)。在三岛看来,共产主义破坏了日本文化的连续性,损毁全体性。倘若天皇被否定,那么,日本、日本文化面临真正的危机,"日本文化的历史性、统一性、全体性的象征,能够作为体现者的便是天皇"(「荣誉」194)。在东西方冷战的背景下,三岛刻意挑逗日本民众对共产主义的恐惧,宣扬守护天皇,而守护天皇之必然性正在于守护天皇便是守护"我们""日本人"。在此意义

/187/

上，美与天皇作为言说者之欲望装置有着相同的结构，即都根植于言说者的现实恐惧，也都着眼于现实问题的解决，因而是极为世俗性的。

四、火烧金阁寺的美学价值：三岛的行动美学

"我"通过金阁寺与美相关联，而美也保护着"我"。既然如此，"我"在战后为何要烧毁金阁寺呢？烧毁金阁寺是否意味着毁掉美或是永远占有美呢？中村光夫认为，火烧金阁寺这一行动本身便具有美学价值，"这本是不可能获得社会容忍的行为，但作家凭借年轻的自负心，通过自己的思想与感性使之再现，使其成为美的存在"（30）。问题在于，火烧金阁寺之美从何而来呢？就沟口火烧金阁的动机而言，诸多研究者区分出"现实的金阁"与"幻想的金阁"，认为这一行为旨在抹消"幻想的金阁"。如三好行雄认为，"沟口必须烧的，是化为幻影而出现的不在的金阁"（143）。井上隆史认为，沟口为了打破美的幻影而决意火烧金阁寺（298），在柴田胜二看来，沟口烧掉金阁，明晰金阁只不过是普通的木造建筑而已，以此否定围绕着金阁的各式各样的幻想（293）。汤浅博雄则认为，沟口将"金阁"视为"起源"，而为了逃脱，"必须烧掉作为源头的金阁"（38）。那么，火烧"现实的金阁"是否只是为了抹消"幻想的金阁"，火烧"现实的金阁"这一行动本身是否有着必然性呢？

> 正门前停着一辆吉普车。一个酩酊大醉的美国兵手扶正门的柱子，俯视着我，轻蔑似地笑了。
> ……（略）
> 由于我决意不做任何反抗，虽然是在开馆前，我还是说可以作为特殊导游，就向他索要入场券费和导游费。出乎意外，这个彪形醉汉党乖乖地付给了。（《金阁寺·潮骚》46）

"我"渴望与有着无益性之属性的美相连接。但是，在战后的日本，金阁寺正是有益的，有着被参观的经济价值。有益性的另一面则是暴露于屈辱之中，这种屈辱正是"我"所遭遇的。就彼时彼地的当事人"我"的心里所想而言，顶多是"我不反抗了，不反抗还可以跟他索要入场券费和导游费"。但是，"我"的内心绝对不会有"由于"这个念头。这一表述只能源于此时此地，作为叙述者的"我"远远地看着被观察的"我"所做出的冷静甚至冷漠的叙述。如此可见，叙述者的"我"与被叙述者的"我"有着分裂，即此时此地的叙述者"我"意识到被叙述者

的"我"内心的反抗意识,明了当时的"我""决意"不做任何反抗。

其次,"由于"这一表述的特别之处还在于,从逻辑关系来看,因为"我"是导游,"我"将要给他提供导游服务,所以"我"可以索要导游费用。但是,这里的逻辑却是"由于我决意不做任何反抗",而能够索取导游费用。因此,这种叙述所强调的并非导游的身份,而是战败者日本人不反抗便可以获得经济利益。叙述者的这一逻辑正暴露出战后日本经济成长的另一面。此后的"出乎意外"同样值得注意。"彪形醉汉"乖乖地付导游费,这当然可以是"出乎意外"。但是,结合前面的叙述,显然是"我""决意不做任何反抗",跟美国人索要导游费,而"彪形醉汉乖乖地付给了",这让"我""出乎意外"。回头来看"由于"一词所内含的不容置疑的因果律,这便显得极为可疑,即"我"所持有的坚信不疑的因果律在"彪形醉汉"的美国人面前,完全是偶然的、随机的、无力的。"我"的叙述有着这样的对战后日本的和平主义的社会现实之怀疑。如此来看,"我"要烧掉金阁寺,这一欲望正有着对暴露于战后日本的现实之中的金阁寺之否定,更是有着对战后日本的社会现实之否定。

有研究者注意到沟口与三岛由纪夫之间的关联。例如,汤浅博雄认为"能够推定,书写者三岛在某种地方"(35),指出"有必要在某种程度上考虑书写者的实际的体验"(31)。那么,战后日本,书写者三岛有着怎样的实际体验呢?1968年,在《文化防卫论》中,三岛由纪夫构建起他的"文化防卫论",言说对战后日本的"文化主义"的强烈反感。在三岛看来,与和平的福祉价值相结合的"日本文化"只是将文化作为作品来欣赏,"被安全地管理"。而三岛所要守护的文化并非仅仅是"物",也包括"形","所谓形,也能是行动"(「栄誉」193):

> 行动如同一瞬间火花那般炸裂着,有着不可思议的力量。因此,不能轻蔑行动。花费漫长的一生致力于一件事情的人受到人们的尊重,这自然值得尊重。但相比之下,在一瞬间的火花上燃烧整个人生的人,呈现出更加简洁的人生的真正价值。(「行動学」610)

三岛并非从功利的视角来看"行动"的价值,而是从美的视角来高度评价"行动",认为"在一瞬间的火花上燃烧整个人生的人"更有价值。这种价值与战后日本以经济建设为导向的功利主义无缘,而是指涉"纯粹""无效",即"彻底的无效性,才能生成有效性,这里有着纯粹行动的本质"(「行動学」628)。就文本中的沟口而言,渴望与金阁寺、美相连接的沟口却火烧金阁寺,这一行动正彰显出沟口倾心于无益性、瞬间性的美,有着对战后日本的社会现实之激烈的不满。

/189/

在此意义上,沟口所践行的正是三岛宣扬的行动美学。

结　语

　　本文从 20 世纪 40、50 年代日本的知识精英在文学与政治的关系上的问题意识切入,厘清平野谦等人对《金阁寺》的盛赞隐藏着这样的意识形态,即《金阁寺》是与现实性、政治性相隔绝的"纯文学"文本。但《金阁寺》并非叙述者沉浸在美的空想世界,言说个人的心路历程。毋宁说,文本中的多维性的美、"我"对金阁寺的欲望根植于 20 世纪的日本。而就火烧金阁寺而言,这并非"我"试图报复或是永远占有金阁寺、美,而是行动本身便具有美学价值。"我"火烧金阁寺践行着三岛所宣扬的行动美学,有着对战后日本的和平主义价值观的激烈否定。在此意义上,《金阁寺》是极为政治性的文本。

引用文献【Works Cited】

Hirano, Ken. "Politics and Literature (2)." Takahashi, Kazumi. *The thought of Postwar Literature*. Tokyo：Chikumashobo, 1973：138 - 146.

［平野謙:「政治と文学(二)」,高橋和巳:『戦後日本思想大系 13 戦後文学の思想』,東京:筑摩書房,1973 年,第 138—146 頁。］

Hong, YunPyo. *Defeat, worry about the country, Tokyo Olympic Games, Mishima Yukio and postwar Japan*. Yokohama：Shunpusha, 2015.

［洪潤杓:『敗戦・憂国・東京オリンピック　三島由紀夫と戦後日本』,横浜:春風社,2015 年。］

Inose, Naoki. *Personal biography of Mishima Yukio*, Tokyo：Bungeishunkyu, 1995.

［猪瀬直樹:『ペルソナ　三島由紀夫伝』,東京:文藝春秋,1995 年。］

Inoue, Takashi. "Imagination and life-on the golden pavilion." *A collection of the golden pavilion*. Tokyo：kuresu, 2002：297 - 324.

［井上隆史:「想像力と生—『金閣寺』論」,『三島由紀夫『金閣寺』作品論集』,東京:クレス出版,2002 年,第 297—324 頁。］

Isoda, Koichi. *The aesthetics of martyrdom*. Tokyo：Fuyujyusha, 1979.

［磯田光一:『殉教の美学』,東京:冬樹社,1979 年。］

Kan, Takayuki. *Mishima Yukio and the Emperor*. Tokyo：Heibonsha, 2018.

［菅孝行:『三島由紀夫と天皇』,東京:平凡社,2018 年。］

Kawakami, Yoko. *Mishima Yukio the thought of surface*. Tokyo：Suiseisha, 2013.

［川上陽子:『三島由紀夫〈表面〉の思想』,東京:水声社,2013 年。］

Mishima, Yukio. "Introduction to Kokogaku." *Final version the complete works of Mishima Yukio*

35. Tokyo：Shintyosha，2003.

［三岛由纪夫：「行动学入门」,『决定版 三岛由纪夫全集35』,东京：新潮社,2003年。］

---. "what I wrote in 'Mirror house'." *Final version the complete works of Mishima Yukio* 31. Tokyo：Shintyosha，2003.

［三岛由纪夫：「『镜子の家』そこで私が书いたもの」,『决定版 三岛由纪夫全集31』,东京：新潮社,2003年。］

---. "the temple of the golden pavilion & the sound of waves." Trans. Tang Yuemei. Nanjing：Yilin Publishing House, 1999.

［三岛由纪夫：《金阁寺·潮骚》,唐月梅译,南京：译林出版社,1999年。］

---. "Connect chrysanthemum and knife with honor." *Final version the complete works of Mishima Yukio* 35. Tokyo：Shintyosha，2003.

［三岛由纪夫：「荣誉の绊でつなげ菊と刀」,『决定版 三岛由纪夫全集35』,东京：新潮社,2003年。］

Miyamoto, Yuriko, "Sings loudly." Takahashi, Kazumi. *The thought of Postwar Literature*. Tokyo：Chikumashobo, 1973：76-82.

［宫本百合子：「歌声よ,おこれ」,高桥和巳：『战後日本思想大系13 战後文学の思想』,东京：筑摩书房,1973年,第76—82页。］

Miyoshi, Yukio. "the temple of the golden pavilion (3)." *Kokubungaku：Interpretation and appreciation*. 1967：129-43.

［三好行雄：「金阁寺（三）」,『国文学 解释と鉴赏』,1967年,第129—143页。］

Muramatsu, Takeshi. *Mishima Yukio's world*. Tokyo：Shintyosha, 1996.

［村松刚：『三岛由纪夫の世界』,东京：新潮社,1996年。］

Nakamura, Mitsuo, "On 'the temple of the golden pavilion'." *Bungeidokuhon Mishima Yukio*, Tokyo：Kawaideshinbo, 1988：28-35.

［中村光夫：「『金阁寺』について」,『特装版 文艺读本 三岛由纪夫』,东京：河出书房新社,1988年,第28—35页。］

Noguchi, Takehiko. *Mishima Yukio's world*, Tokyo：kodansha, 1968.

［野口武彦：『三岛由纪夫の世界』,东京：讲谈社,1968年。］

Shibata, Shoji. "Reversed speaker-basis of the golden pavilion." *A collection of the golden pavilion*. Tokyo：kuresu, 2002：274-96.

［柴田胜二：「反転する话者——『金阁寺』の凭依」,『三岛由纪夫『金阁寺』作品论集』,东京：クレス出版,2002年,第274—296页。］

Shimauchi, Keiji. *The spiritual history of Yamato-damashii：From Motoori Norinaga to Mishima Yukio*. Tokyo：Wedge, 2015.

［岛内景二：『大和魂の精神史 本居宣长から三岛由纪夫へ』,东京：株式会社ウェッジ,2015年。］

Tasaka, Ko. *On Mishima Yukio*, Tokyo: Futosha, 2007.

[田坂昂:『増補 三島由紀夫論』,東京:風濤社,2007年。]

Yuasa, Hiroo. "read 'the temple of the golden pavilion'—The duality of death experience, The duality of 'eternal return'." *Kokubungaku: Interpretation and the study of teaching materials.* 2000: 29-45.

[湯浅博雄:「三島由紀夫『金閣寺』を読む—死の経験の二重性、〈永遠回帰〉の両義性」,『国文学 解釈と教材の研究』,2000年,第29—45页。]

叙事学视阈下的《苍蝇》解读

肖 涵

内容提要： 日本新感觉派是日本文坛最早出现的现代主义文学流派。《苍蝇》作为新感觉派旗手横光利一的重要作品之一，集中体现了作者前期的创作特征，被誉为新感觉派风格的风向标。本文采用热拉尔·热奈特的叙事学理论，从叙事时间、叙事空间、叙事视角三方面对《苍蝇》予以剖析，以求从全新的角度加深对横光文学的创作技巧和艺术魅力的理解，清晰把握横光文学中独特的"新感觉"。

关键词： 叙事学；横光利一；《苍蝇》

诞生于20世纪初期的新感觉派堪称日本文学界最初兴起的现代主义文学流派。这一流派的作家在小说创作上力求文体改革和技巧革新，在结构和技巧上大胆使用新奇的手法，巧妙运用感性的表达方式，从"文学革命"方面拉开了现代日本文学史的序幕。

横光利一既是新感觉派的主将，亦是该流派文学理论的积极实践者。《苍蝇》（1923）作为横光的重要作品之一，集中体现了其前期的创作特征，被誉为新感觉派风格的风向标。其创作特点在日本国内外学界已有定评。中国学界认为，该小说"打破了日语原有的婉约清秀的传统"（翁家慧103），"使用象征与比喻赋予万物以生命体征，带给读者一种全新的艺术感觉"（王天慧100），其"崭新的表现手法和技巧，是拟人化和象征性"（宿久高65）。日本学界则较多关注该作品的寓言性、隐喻等表达手法，"横光吸纳了法国著名诗人拉封丹寓言集中的印象派感觉手法"（小鹿原敏夫9），"将人与动物同等看待的表达手法弱化了读者因车毁人亡的悲剧结局而产生的感伤情绪"（小林洋介23）。本文运用法国结构主义叙事学家热拉尔·热奈特的叙事学理论，从叙事时间、叙事空间、叙事视角三方面剖析《苍蝇》，以求加深对横光文学的创作技巧和艺术魅力的理解。

一、《苍蝇》的叙事时间

一般认为,文本叙事中包含两个时间序列,分别为故事时间和叙事时间。前者指的是事件发生的前后自然顺序。后者是通过具体的叙事话语实现对"故事时间"的切割或重组。热拉尔·热奈特(Gérard Genette)将这两者的关系概括为"时序""时距"和"频率"三个维度(热奈特 13)。

关于时序,热奈特将"故事时序和叙事时序之间各种不协调的形式"(热奈特 14)概括为"时间倒错",并将"时间倒错"的类型大体分为"预叙"和"倒叙"两种。简而言之,"预叙"即为提前叙述后续即将发生的事件,"倒叙"则为事后追述现阶段及之前的一切故事事件(17)。横光为凸显作品的趣味性,激发读者的兴趣,对《苍蝇》的叙事时间做了精心设置。首先,农妇和乡绅的故事就是时序倒错的典型文本,例如:

> 三、<u>这天清早</u>,农妇收到自己在镇上工作的儿子病情危重的电报,……一连走了三公里才匆忙赶到驿站。
> 六、<u>同贫困斗争了四十三年后,昨晚他终于</u>……<u>现在</u>,他的胸中充满了对未来生活的规划。(横光利一 4、10)

在农妇和乡绅的故事中,出现了"这天早上"和"昨晚"的倒叙。随着叙述的展开,文本不仅让读者看到农妇和乡绅的现在,亦使读者的视线追溯到他们的过去。这就给叙事提供了任意转折的自由,叙事时间一会儿从"这天早上"跨入现在,一会儿又从现在穿越回"昨晚",打破了故事的自然程序,一种交错的立体感油然而生。

其次,农妇在故事中碎片化的时间处理方式也非同一般,例如:

> 三、"有车,到镇上要花<u>三个小时</u>吧,足足要<u>三个小时</u>啊……"
> 六、"我都<u>等了将近两个小时</u>了,还是不走。<u>到镇上还要三个小时</u>……到时候估计要正午啦。"
> 八、驿站的<u>挂钟敲了十下</u>。蒸锅里冒出的水汽发出声响。
> 十、"几点了?<u>过了十二点了吧?到镇上要过中午啦</u>。"(横光利一 4、10、13、16)

从农妇的故事时间来看,"六"中提到农妇已在驿站等了两个小时,等再花三个小时到镇上估计已是正午十二时了。由此可推测,她说话的时间大致为上午九时,赶到驿站的时间大致为上午七时,收到儿子病危的电报应该是在上午七时之前。由"八"的叙述可知,蒸笼里的包子蒸好,马车夫心满意足准备出发的时间为上午十时。可见农妇在驿站总共等了三个小时左右。上文中除"八"里提供了具体时间外,其他各处均未给出明确的时间节点,乍看不免让人觉得扑朔迷离。然而经过一番推敲,读者便会厘清一条时间脉络,看似随意散乱,实则高度保持了线性时间的完整度。各处时间的计算和安排毫无破绽,与文本严丝合缝地完美对应,可以还原为一个完整的故事时间进程。这种细枝末节处的时间处理,对全文的整体效果起着非常重要的作用。经横光的一番拆解调度,客观的故事时间不再囿于传统小说中呆板、平实的一条直线模式,而是以碎片化的形式点缀于文中各处,使其变得灵活、跃动起来。

除颠倒时序外,叙事文本还可以通过更改时长或时距的方式实现时间变形(54)。关于叙述时距,热奈特将其概括为"停顿""场景""概要"和"省略"四个基本形式。横光在《苍蝇》中人为调节了时间节奏,使文本的速度时快时慢,巧妙营造出一种富有节奏感和变化感的行文风格。本文着重分析小说中极具代表性的省略叙事和场景叙事,我们可从以下几段描写中略窥一二:

一、盛夏的驿站空荡荡的。……终于,苍蝇像颗豆子一般落了下去,之后又从斜插在马粪堆里的麦秆顶端爬到赤裸的马背上。

二、于是,日光逐渐脱离了房檐遮挡,从他腰间一直爬到圆包袱般的驼背上。

三、<u>这天清早</u>,农妇收到自己在镇上工作的儿子病情危重的电报,……一连走了三公里才匆忙赶到驿站。

六、<u>同贫困斗争了四十三年后</u>,昨晚他终于通过倒卖春蚕赚了八百元。

九、马车在烈日下驶过成排的树木,再穿过一片长长的小豆田,又摇摇晃晃从亚麻田、桑木田穿入森林之中。大片绿意映入马匹额前的汗珠,并随其摇曳。(横光利一 3、4、15)

上述引文中"三""六"为省略叙事,"一""二""九"为场景叙事。省略叙事的叙事时间为零,故事时间无限长于叙事时间,表面上省略叙事缩短了叙事时间,使故事出现空白,但读者的想象空间却得到无限扩展,由此起到从侧面加强意义的效果。"三"中画线部分将农妇赶到驿站前的一系列场景用一句话简略带过。农妇是如何收到电报的？电报的内容为何？农妇奔赴驿站的途中经历了什么？这些读者都无从得知。同样，"六"中仅用"同贫困斗争了四十三年后"一句话，就快速实现了漫长的时间过渡。乡绅同贫穷所作的半生斗争在此并未具体展开，过去四十三年间的一帧帧一幕幕都只有靠读者充分调动想象力才能得以填充。如果说"三"和"六"中作者明示了省略的内容，对农妇和乡绅的故事做了"明确省略"的处理，那么对于其他人物到达驿站之前的故事，则做了"隐含省略"的处理。即读者只能从故事时序的空白中隐隐推测出青年和姑娘、母子到达驿站前的情节已被略去，而作者在文中并未给出明确交代。通过省略人物的过去，作者凸显了现在这一时间点发生的事件的重要性。虽然从各地赶来的人们在过去经历了不同的人生，但这并不重要，重要的是，他们即将乘坐等待已久的马车奔赴各自的新旅程。然而，因马车夫的懒散倦怠，所有人的期待甚至生命都在一瞬间灰飞烟灭。此处作者通过省略塑造的象征式构图定会激发读者对生命的思考和对人生的反思。

与速度较快的省略叙事相比，场景叙事则如电影蒙太奇镜头般细细摊开，是名副其实的低速度。"一""二""九"中，作者有意放慢叙述节奏，对盛夏空虚的驿站、日光照射在马车夫背上、烈日下马车在森林中行进等场景一一做了细致入微的描写，仿佛摄像机般对这些场景进行客观再现，烘托出一种沉缓、空虚、死寂的叙事氛围，预示着车毁人亡的悲剧结局。综上，横光通过交替使用省略叙事和场景叙事，既推动故事情节向前发展，又使小说通篇充溢着节奏感和运动感，令读者耳目一新。

二、《苍蝇》的叙事空间

时间维度和空间维度密不可分，它们是小说文本的一体两面。因此，故事空间如何通过叙事文本得以再现，同样是文学叙事研究中不可忽视的主题。热奈特认为，小说的语篇空间本质上依赖于文字的线性流动，但随着叙事进程的发展，小说的叙事空间则可以突破这种限制。

横光在创作之初就坚决否定传统小说内部构成的简单式平面罗列，执着追求与自然主义无缘的"构图的象征性"。作为新感觉文学的实验性小说，《苍蝇》中溢于言表的"新感觉"和震撼的叙事效果得益于文中叙事空间的成功构建。本文主要从"象征性空间构图"和"空间切换"两方面探讨空间性的表现。其实，《苍蝇》中关于时间线索的叙述不甚明晰，读者据此只能在脑海里构筑起较为模

糊的时间概念。叙事时间被横光刻意弱化,与之相反,关于空间的叙事则被刻意加强。文本开篇便点明了叙事的空间:

盛夏的驿站空荡荡的。(横光利一3)

作者把驿站作为《苍蝇》的叙事空间背景,显示出别具一格的空间象征意义。驿站既是开放的空间,也是流动的空间,它可以被视为一个小舞台,各种人或事层出不穷,恍若由不同阶层构成的日本社会。从各处赶来乘坐马车的农妇、乡绅、青年和姑娘、母子等都是现实社会中各阶层的代表,他们的命运被象征权力支配者的马车夫随意操控,寓示着普通民众面对统治者毫无选择的自由。

不仅如此,《苍蝇》的结构形态也构成了一种天然的空间象征模式。小说开篇场景中苍蝇的"坠落"与结尾场景中人和马车的"坠落"构成对比,两处"坠落"遥相呼应,建构起空间安排上的首尾衔接,在凸显小说立体感和视觉效果的同时,揭示了作品的讽刺性主题:

一、苍蝇像粒豆子般<u>落了下去</u>……
十、突然,马匹被身后的马车猛地<u>拖了下去</u>。而那一瞬,苍蝇飞了起来。和马车一起<u>坠落</u>悬崖的马那突出的腹部渐渐变小。……而此时,大眼苍蝇经过充分休养,翅膀充满了力量,独自在蓝天中悠然飞翔。(横光利一3、17)

如图1所示,以"落ちる"一词为中心,苍蝇与人、马车的命运恰好形成相对称的空间构图。苍蝇在经过"かかる""摇れる""落ちる""突き立つ"等一番挣扎后,迎来了由死向生的命运转折。与之相对,人和马车在经历了同样一系列动作后却悄然步入死亡。同样是坠落,一方是悠然的生,一方则是悲剧的死。而牵系双方生死的,是位于两处对立空间交叉点上的"马"或"马车"。马不仅承载着苍蝇的绝后逢生,也承载着人物走向死亡的设定。这样的空间设置使读者自然而然地将象征权力统治者的"马"或"马车"联想为主宰人物命运的关键,暗示着统治者对民众命运的操控,而前后两处极具反差的空间构图则强烈讽刺了在垄断资本主义的时代,人对自身命运的掌控能力甚至连一只苍蝇都不如的社会现状。

```
人、马车      生
        ╳
苍蝇    ↓   死
      "落ちる"
```

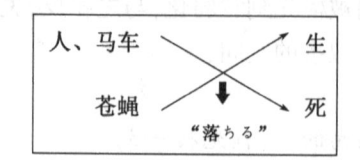

图1　苍蝇与人、马车的命运形成相对称的空间构图

另外,横光在《苍蝇》中成功运用电影画面切换的手法,通过快速的画面移动和情节间无法分离的关系营造出立体的空间层次,使小说场景富于跳跃性的空间变化。文中的空间切换可归为三类。第一类为封闭的静置空间和开放的动态空间之间的切换。下例是文中仅有的两处封闭的静置空间描写。所谓静置,并非指文中的场景纹丝不动,而是指封闭空间内的旋律相对迟缓,是静态的压缩空间。而文中其他场面的描写则可看成是开放的动态空间,不仅范围更为开阔,空间内的节奏也相对快捷。多层空间一张一合、一驰一缓交叠并现,如电影画面切换般呈现出令人赞叹的叙事效果:

　　一、<u>昏暗的马厩里</u>,一只大眼苍蝇……
　　十、<u>马车里</u>,乡绅那三寸不烂之舌早把周围的几个人说得熟络起来。(横光利一3、15)

第二类为人的空间和苍蝇的空间的切换。苍蝇虽为文中登场的一部分,看似和人处于同一个大空间内,但仔细分析便会发现,它实际上一直处于和登场人物相对立的空间版块之中。前述引用"十"中人、马车坠落到河滩和苍蝇悠然飞上蓝天的空间对比是较为典型的一处。以悬崖为平面,人、马车和苍蝇在一瞬间完成了层次分明的空间剥离,下坠和上升之间暗含着两者命运的截然对比。为了凸显两处空间的对立,作者借助了舞台灯光明暗的处理方法。在马车下坠的一瞬,除下坠的人马和悠然飞升的苍蝇被投射上灯光,处于空间的核心位置外,天地间其他的一切仿佛都被置于聚光灯的暗处,呈现出虚化效果。

第三类为时间轴线上的空间位移。例如:

　　三、一个农妇跑进驿站<u>空空的院里</u>。……就马上踏着<u>露水濡湿的山路</u>,连走了三公里赶至驿站。
　　四、从<u>原野尽头</u>的烈日下,……青年和姑娘急匆匆<u>向着驿站急行</u>。
　　五、含着手指的小男孩被母亲牵着<u>走进驿站的院子</u>。

六、一个乡绅走到驿站。……至于昨晚他因在去澡堂时把钞票塞进提包并揣进浴室被人嘲笑的事,早已被忘得一干二净。(横光利一4、7、8、10)

由推断可知,"四"中青年和姑娘正处于奔赴驿站的途中,而"五"中母子则刚刚踏进驿站,两处场景虽处于同一时间节点,却位于不同的并置空间之内。另外,"三"和"六"通过将时间的碎片自由拼接,形成一系列的错位空间,使读者头脑中快速闪现出"驿站""山路""澡堂"等不连贯的画面。这些空间看似凌乱,却存在内在的结构性和逻辑性,它们既为文中人物、苍蝇提供必需的活动场所,又是增强文本层次感,揭示小说主题的重要途径。

可见,横光在《苍蝇》的叙事中娴熟地突破了时间的线性流动,通过象征性的空间构图和一系列的空间切换,使叙事主线在重重空间的交叠并置中推进展开,增强了小说的空间性和立体感,使传统小说中的平面感在文本中荡然无存。

三、《苍蝇》的叙事视角

除叙事时空外,叙事学理论中对于叙事视角的分析同样必不可少。叙事视角即为观察故事的叙事角度,热奈特将其概括为零聚焦型、内聚焦型、外聚焦型三类。

以往研究普遍认为《苍蝇》引入了外聚焦型叙事视角,读者可以通过"大眼苍蝇"的相机眼来窥探周围环境的变化。笔者认为,《苍蝇》不仅采用了外聚焦型叙事视角,零聚焦型、内聚焦型视角在文中同样有所体现。首先,文中有几处场景"大眼苍蝇"的视野无法触及,《苍蝇》中还存在一个比苍蝇的视野更广阔的全知者的视角。苍蝇视线无法触及的场景可分为三类。第一类属于对苍蝇动作的描述。众所周知,苍蝇的复眼纵使再灵敏,也无法用来观察自己。显然"一""九""十"中对苍蝇登场画面的描写并非来自"大眼苍蝇"的视角,而是出自一个从外部观察苍蝇的视角:

一、一只大眼苍蝇一头撞在角落的蜘蛛网上……苍蝇像粒豆子般落了下去。

九、那大眼苍蝇飞了起来。

十、这档子,大眼苍蝇默默地眺望大片的梨树林,仰望……断崖,又俯视……激流。乘客中唯一察觉到马车夫进入梦乡的唯有苍蝇。它从马车顶棚飞到车夫低垂的半白脑袋上，又落在马背吮吸汗水。……那一瞬，苍蝇飞了起来。……而此时，<u>大眼苍蝇</u>经过充分的休养……。（横光利一 3、14、16）

第二类属于驿站外发生的故事。由推断可知，苍蝇的活动范围应该仅限于当日驿站内。因此不在当天发生以及驿站外发生的场景同样是苍蝇无法看到的：

三、<u>这天早上</u>，农妇……。
四、<u>从原野尽头的烈日下</u>……青年和姑娘急匆匆向着驿站急行。
六、<u>昨晚他终于通过倒卖春蚕赚了八百元</u>。（横光利一 4、7、10）

第三类属于人物的心理描写。苍蝇既是故事的旁观者，又是亲历者。既然参与到故事中来，就无法悉知其他人物的所思所想。因此"六"和"七"中乡绅和马车夫的心理活动也是苍蝇的视角无法触及的：

六、现在，<u>他的胸中充满了对未来生活的规划</u>。……的事情，他早就忘得一干二净了。
七、对这个有洁癖的马夫来说，<u>吃谁都没有碰过、刚出笼的热包子，就是他长年独身生活的每一天里最高的慰劳</u>。（横光利一 10、13）

在这三类叙述中，视角始终处于一个无所不知的位置。它一会儿追随农妇、青年和姑娘跃出驿站外，一会儿穿越回过去，一会儿又深入乡绅和马车夫隐秘的内心世界。可以说该视角完全超脱了时空的束缚，对整个故事进行全景式聚焦。这种聚焦方式为零聚焦型，其视角属于全知型视角。在全知视角模式下，叙述者处于故事之外，既可以从任何一个角度来观察故事，又可以透视任何一个人物的内心活动。读者则犹如置身于剧院之中，可以将镜头下的画面尽收眼底。零聚焦型视角还可以有效拉开读者与故事的距离，减少读者的感情波动。在小说中，作者自始至终没有施加任何个人感情色彩，而是力图以一种纯粹客观的素描形式，冷静地观察世间百态。即便最后发生了车坠人亡的悲剧，读者也难以与故事发生感情置换从而生发出悲伤情绪。这便是零聚焦型视角带来的效果。

此外，文中也散见内聚焦型叙事视角。以下一处极为典型：

四、从原野尽头的烈日下,传来敲打云英种子的声响。……收种子的声音就像轻微的脚步声跟在后面。(横光利一8)

单看汉语译文并不会发觉有何异样,但仔细分析日文原文"野末の陽炎の中から、種蓮華を叩く音が聞えて来る。(……)種蓮華を叩く音だけが、幽かに足音のように追って来る"(横光 8),就会发现这两句的文末"聞えて来る"和"追って来る"均为"る"。日语中以"た"结尾的句子语气较为客观,以"る"结尾则会增强文本的主观性。在《苍蝇》大量以"た"结尾的句子中混入两句以"る"结尾的句子,不能不引起我们的注意和思考。此处的叙述乃出自青年和姑娘的内聚焦型视角。由于后有追赶者,青年和姑娘虽然疲惫不堪,却因焦灼和恐惧不敢停下步伐,连日来的疲劳和复杂心绪使他们风声鹤唳,甚至连听到收割云英种子的声音都会以为是追赶者的脚步声。从登场人物的第一人称视角出发进行叙述,更能将这种紧张焦灼的场面感淋漓尽致地传达给镜头外的读者。加之,作为旁观者苍蝇的外聚焦型视角叙述也可视为其亲历者的内聚焦型感受。

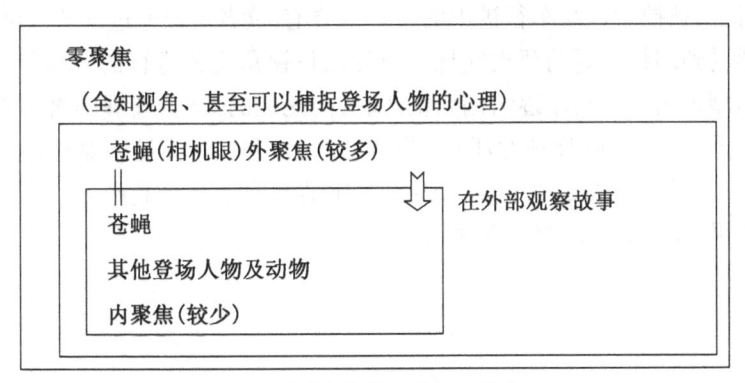

```
┌─────────────────────────────────────────┐
│ 零聚焦                                   │
│  (全知视角、甚至可以捕捉登场人物的心理)  │
│  ┌───────────────────────────────────┐  │
│  │ 苍蝇(相机眼)外聚焦(较多)        │  │
│  │   ‖                  ⇨   在外部观察故事│
│  │ 苍蝇                              │  │
│  │ 其他登场人物及动物                │  │
│  │ 内聚焦(较少)                     │  │
│  └───────────────────────────────────┘  │
└─────────────────────────────────────────┘
```

图 2 《苍蝇》的三重叙事视角

综上,文中的叙事视角已不再是定评中那种单一的外聚焦型,而是变成了图2所示的三重构造:故事外有以苍蝇为主要视角的外聚焦镜头,外聚焦镜头尽处是叙述者的画外旁白,而在最外层静观整个故事的则是文本外的读者。三类叙事视角呈嵌套型结构,环环相扣,各自发挥效用。有时三类叙事视角间还会发生自由转换,使文中场景如电影般清晰透彻地展现在读者眼前,放大了文本的视觉效果,增加了小说的层次感,亦增强了读者的感受性:

十、这档子,大眼苍蝇默默地眺望大片的梨树林,仰望盛夏阳光照耀的赤红断崖,又俯视突然出现的激流。乘客当中,唯一察觉到马夫进入梦乡的只有苍蝇。它从马车顶棚飞到马夫低垂的半白脑袋上,又落在马背,吮吸马的汗水。马车逼近悬崖。马沿着眼罩中心出现的道路缓缓转向,但它并未考虑,这条山路不足以承受自己的躯体和马车的幅度。马车的一个车轮横出山路。突然,马匹被身后的马车猛地拖了下去。那一瞬,苍蝇飞了起来。……人与马一起发出刺耳的悲鸣。河滩上,人、马、车的碎片,戛然静止了。而此时,大眼苍蝇经过充分的休养,翅膀充满了力量,独自在蓝天中悠然地飞翔。(横光利一 16、17)

上述画线部分为零聚焦型叙事视角下的场景描写,非画线部分则为苍蝇视角下的场景描写。这一部分,我们既可以理解为是苍蝇的内聚焦型感受,又可理解为是借苍蝇的"相机眼"进行透视的外聚焦型叙事。"马夫停止鸣响喇叭""马车逼近悬崖""马车的一个车轮横出山路""人与马一起发出刺耳的悲鸣"等描写都是在外聚焦型视角下完成的,而非零聚焦型叙事。这是横光的巧妙安排。作者旨在表明,马车的每个异动都逃不过"大眼苍蝇"警觉的视线。在苍蝇视角的透视下,镜头被拉近至马车行进中的每个细节前,读者可以通过这些被刻意放大的细节感到即将逼近的死亡气息。与外聚焦视角交替进行的,是叙述者主导的零聚焦型视角。在马车逐渐偏离正轨、滑向死亡的同时,苍蝇则警惕地"察觉到马夫进入梦乡","吮吸马的汗水"为自己蓄力,并在马车坠下悬崖的一瞬"飞了起来"。前后镜头的更迭运动和强烈对比推动剧情达到高潮,突出了画面的戏剧性效果,使读者的心绪久久难以平静。

结 语

日本新感觉派诞生在日本极度混乱的时期。第一次世界大战刚刚结束不久,日本资本主义过渡到垄断资本主义阶段,面临严重的政治、经济危机。1923年发生的关东大震灾,更是给日本社会带来巨大冲击。在这种情况下,日本新感觉派自诞生起就染上了一层悲观、绝望、虚无、宿命的色彩。他们通过艺术形式上的革新追求官能刺激,反映资本主义社会危机下人的生存价值和意义,以及人的存在的不安定性。

著名文学评论家千叶龟雄在《新感觉派的诞生》一文中如是评价新感觉派:"在通过微小的暗示与象征表现单纯的现实的同时,特意借由一个小小的洞穴来窥视人生的全面存在和意义"(千叶龟雄 358)。这一评价恰好与本文相暗合。本文采用热奈特的叙述学理论对《苍蝇》予以剖析,笔者发现,横光通过对文本叙事时空和视角的巧妙安排,营造出倒错的时序、富于变化的叙事节奏、象征性的空间构图、灵活切换的多重叙事视角等异于传统的艺术效果。这些新奇的艺术形式正像一个个"小小的洞穴",透过它们,读者的感受得以强化,作家对人生的虚无态度得以传达。

引用文献【Works Cited】

Chiba, Kameo. "The birth of the neo-sensualism school." *The complete works of modern Japanese literature*. vol 67. Koudannsya, 1980.

[千葉亀雄:《新感觉派的誕生》,《日本現代文学全集》第67卷,講談社,1980年。]

Gérard, Genette. *Narrative discourse*, *new narrative discourse*. Trans. Wang Wenrong. China social sciences press, 1990.

[热拉尔·热奈特:《叙事话语·新叙事话语》,王文融译,中国社科出版社,1990年。]

Kobayashi, Yousuke. "A textual analysis of Fly by Riichi Yokomitsu-the eye and story perspective in Fly." Kanagawa University Research Information Repository(June 2018):18-27.

[小林洋介:「横光利一「蠅」のテクスト分析——蠅の〈眼〉と物語のパースペクティブ」,『テクスト分析入門実践編』,2018.6:18-27。]

Ogahara, Toshio. "The acceptance and rectification of lafendane's fable in Fly." Kyoto University Research Information Repository 23(2010):1-12.

[小鹿原敏夫:「横光利一「蠅」におけるラ・フォンテーヌ『寓話』の受容と変容について」,京都大学國文學論叢(23) 2010:1-12。]

Su, Jiugao. "Fly and the new sensation by Riichi Yokomitsu." *Japanese learning and research*. September 3(2004):65-67.

[宿久高:《〈苍蝇〉与横光利一的"新感觉"》,《日语学习与研究》,2004年第3期,第65—67页。]

Wang, Tianhui. "The philosophy and artistic features of life in Fly." *Appreciation of famous works* 9(2012):100-03.

[王天慧:《〈苍蝇〉中生命的哲学及艺术特色》,《名作欣赏》,2012年第9期,第100—03页。]

Weng, Jiahui. "The non-new sense technique created by Riichi Yokomitsu, a new sense writer in his early works." *Foreign Literature* 3(2000):103-107.

[翁家慧:《新感觉派作家横光利一前期创作的"非新感觉"手法》,《国外文学》,2000年第3期,第103—107页。]

Yokomitsu, Riichi. *Fly*. Iwaba Syotenn 1981. Web. 19 October 2020. 〈https://www.aozora.gr.jp/cards/000168/files/2302_13371.html〉.

[横光利一:「蠅」,岩波書店,1981年,データ調べの日付:2020年10月19日。〈https://www.aozora.gr.jp/cards/000168/files/2302_13371.html〉。]

论《加卡·多夫尼 海之记忆物语》的时空叙事与他者伦理

颜丽蕊

内容提要：日本当代作家津岛佑子的遗作《加卡·多夫尼 海之记忆物语》再现了日本北方少数民族、隐蔽信徒等边缘他者深受压制和排斥的苦难历史和现实遭遇，"虚实交织"的叙事手法和异托邦空间叙事渗透着作者对边缘他者的伦理关切。小说体现出深度的历史反思与文化批判意识，旨在以虚构揭示真实，以空间表征身份政治，彰显出以记忆对抗忘却、以包容代替排斥的伦理诉求。这对于思考日本当代社会中相互交叠的歧视问题、国内殖民等问题，实现人类社会的文化多元共存，具有积极的现实启示意义。

关键词：津岛佑子；《加卡·多夫尼 海之记忆物语》；时空叙事；他者伦理

日本小说家津岛佑子（Yuko Tsushima, 1947—2016）被视为"亚洲当代女性作家的代表性人物"（長谷川啓 51），具有全球视野和世界声誉，"不断开拓文学创作新天地"（林涛 40）。其前期小说[①]以女性与家庭为主题，中期小说开始积极谋求个体创伤与群体创伤的连接，后期小说关注历史与当代世界各种少数族裔的神话和生活，呈现出超越时空的广度。遗作《加卡·多夫尼 海之记忆物语》（ジャッカ・ドフニ 海の記憶の物語, 2016, 以下简称《加卡·多夫尼》）受到评论界高度评价，田中和夫认为该作"展现了作者的至高点"，石原千秋认为津岛佑子凭此作"有望斩获诺贝尔文学奖"。柄谷行人在集英社版的书封上盛赞该作"即使置于世界文学史，亦无比肩之作"（長谷川啓 52）。

《加卡·多夫尼》的叙事时空跨越五个世纪，纵横鄂霍次克海、日本海、南海和爪哇海。小说以双时空叙事手法，交叉讲述了17世纪半大和族半阿伊努血统的女性chika(小说原文中以片假名"チカ"书写)和基督教信徒朱利安被迫流亡异国、命途多舛的人生,以及21世纪的女主人公两次到访北方少数民族文化博物馆的经历,将民族侵略、宗教迫害交融于文本,深刻地反映了日本历史和当代社会的灰暗面。该小说的既有研究集中于生态主题阐释、与津岛同名短篇小说的比较研究、与阿伊努口传文学的关联性等,却鲜见从空间和他者视角切入进行探讨的学术成果。本文主要从"虚实交织"和异托邦叙事两个方面分析小说的时空叙事特色及其蕴含的他者伦理思想。

一、"虚实交织"与多元他者

《加卡·多夫尼》在叙事策略上彰显出跨越生死界限、虚实交织的特色,展现出作者津岛佑子将个人创伤经历与小说叙事相结合的创作特征。小说的叙事所贯穿的边缘他者视角与作者津岛佑子对多元他者的伦理关切密不可分。

1. "虚实交织"的时空叙事

津岛佑子的文学创作几乎从未脱离过自身,其小说人物与津岛自身的创伤经历反复重叠,绝大部分作品带有自传色彩。丧父及兄弟去世经历在津岛的早期作品中便已出现,家人之死的阴影更为复杂地交织缠绕于其后期作品中。津岛佑子并非以私小说风格尽可能如实地审视和描写家人,而是通过自己和家人的关系,深刻而自由地捕捉自己和外部世界的关系,"凝视和反思自我,由此探索作为人的,尤其是作为女性的新的跳跃的可能性,这正是津岛小说的新鲜感和生命力之所在"(大橋健三郎 210)。

《加卡·多夫尼》展现出津岛佑子将个人创伤经历作为文学素材,调和与死亡的关系以超越生死界限的努力。1985年的丧子事件对津岛佑子的文学创作产生了深远的影响,亡子重现于包括《加卡·多夫尼》在内的多部小说,并对拥有丧子经历的人物内心世界进行了细腻丰富的刻画。津岛认为,生与死之间并不存在不可逾越的界限,她反复描写小说人物在非现实世界与死者见面或对话,死者的灵魂重现于生者的世界或者人物历经生死循环。《加卡·多夫尼》以记忆重现打破生与死的壁垒,反复重现作者与亡子共同到访北方少数民族博物馆的真实经历,一方面折射出作者对亡子的追思、对母子共同记忆的珍视,另一方面显示出经由"北方少数民族"这一外部"他者"的引入,津岛文学迈入超越民族界限、寻求多元文化共生的文学新境界。

《加卡·多夫尼》反映了日本北方少数民族阿伊努族、鄂罗克族以及日本基督教徒等少数族群被日本政府和社会排挤的真实历史。"加卡·多夫尼"取名于曾在现实真实存在的北方少数民族博物馆的馆名,川村凑推测,对于这个博物馆悄声消逝的悲愤和喟叹是津岛佑子创作这部小说的重要动机(72-73)。津岛曾三次到访北海道,于2011年(64岁)跟随早坂雅贺的阿伊努观光团赴北海道知床,也曾于撰写同名短篇小说之前的1984年(37岁,长子于次年去世)及二十岁前后赴北海道旅行(井上隆史247、252、262)。这三次旅行时间与小说女主人公旅行的2011年、1985年和1967年重合或接近,可以推测正是作者在小说创作中带入自身北海道旅行的见闻和感受,才有了小说关于当地风土民情的栩栩如生的描绘。此外,津岛佑子自幼在基督教学校学习,于36岁与母亲一同受洗,在对基督教的"依恋—排斥—融合"的思想纠葛历程(加藤宪子115)中,开始关注日本基督教传教史、江户至明治时期的日本基督教徒遭受迫害和歧视的历史,并将相关历史纳入小说创作。小说中2011年现代时空叙事所涉及的东日本大地震描写真实地再现了作者亲历的那场灾难。津岛认为"小说是作者自己的另一个世界"(フィリップ209),"真实存在于幻想和现实相交融的接点上"(「津岛佑子·私の文学」159),小说的时间与作者的时间常常处于紧张的、相碰撞的关系,小说创作便是发生在这两个时空的接点之上(フィリップ210)。现实世界的一系列切身经历、感受与反思的带入,虚实结合的创作理念,使虚拟的主人公与现实世界的作者难辨你我,小说文本的内部与外部两个世界形成交互连接的特殊时空体。

2. 多元他者书写

津岛佑子小说叙事始终贯穿着边缘他者的视角,被认为"是一位对被虐待者有共鸣和深厚感情的作家"(柄谷行人)。津岛小说描写私生子、孤儿、残疾人、少数民族、动物等边缘性存在,以这些少数边缘群体的视角重新审视人类的存在与社会观念,这种他者书写与津岛的成长经历和对边缘他者的伦理关切密不可分。

津岛佑子成长于单亲家庭,父亲太宰治(1909—1948)对家庭的背叛、个人婚姻的离异、父兄和长子的离世等创伤经历促使津岛佑子关注少数边缘群体,思考他者问题。津岛佑子的单亲家庭成员和单亲妈妈的边缘身份让她经历歧视和痛苦,也促使她逐渐养成看待世界的多元视角,产生独到而深刻的洞见。身为边缘人的生命体验使津岛佑子意识到边缘文化的活力,从而将目光投向迥异于中心的边界之境,从边缘文化中寻找文学之"源"。这种关注视线和创作理念促使其后期小说人物从私生子、单亲母亲、残疾人,延伸至少数民族、孤儿、移民、难

民、动物等生活于边缘和底层的更为多元的弱者、受迫害者。如从核爆炸和种族歧视受害者角度出发的《水光闪耀的时代》(『かがやく水の時代』,1994),从战争和后殖民主义角度思索边缘问题的《微笑的狼》(『笑いオオカミ』,2000)和《太过野蛮的》(『あまりに野蛮な』,2008),从生态女性主义角度对男权和人类中心主义展开批判的《奈良·报告》(『ナラ·レポート』,2004),关注少数民族生存状态的《黄金梦之歌》(『黄金の夢の歌』,2010),直面东日本大地震、思考生态命题的《山猫之家》(『ヤマネコ·ドーム』,2013)等。津岛佑子坚守与主流社会相对立的边缘立场,从不同侧面扩展了针对人类社会不平等现象的批判主题,试图通过描写边缘人来展示真实的世界,对不平等的社会现实进行批判,表达出对于更具包容性和多元平等的社会的期待。

在20世纪80年代多元文化主义思潮传入日本,以及90年代海外移民增多的时代背景下,日本出现了"多元文化共生"[2]的概念。在阪神大地震中救援外国人受灾者的志愿者组织"多元文化共生中心"成立之后,日本全国范围内政府组织、非政府组织对外国人的援助活动和多元文化共生活动积极开展,"多元文化共生"这一概念在日本逐渐广为人知。伴随着加拿大和澳大利亚的原住民权利恢复运动,原住民争取权利的呼声不断高涨,联合国大会于1990年通过决议,将1993年定为"世界土著人国际年",又于1994年通过决议,决定将世界土著人民国际十年期间每一年的8月9日定为世界土著人民国际日。在这一国际形势下,日本政府开始正面应对阿伊努民族问题,但迟至2008年的国会答辩和2019年4月颁布的法律文件中,才将阿伊努族认定为"土著民族"(栗本英世 85),且并未明确阿伊努族的自决权和教育权(若園雄志郎 110)。20世纪90年代旅欧讲学、担任阿伊努文学作品法译工作[3]、参加有关少数族裔的国际会议等经历,使得津岛在小说创作中更多地将世界各地多元的边缘少数族群纳为书写对象,包括《加卡·多夫尼》在内的多部小说中穿插运用了阿伊努口传文学作品。今福龙太认为,津岛佑子埋头于阿伊努口传文学的世界,"对于抹杀语言的状况的战斗般的介入"皆源于对于与阿伊努居住区邻壤的父亲故乡津轻的复杂情感,对于濒临消亡的阿伊努语的命运的深切悲叹,对于遭受时代粗暴对待的弱小者的无私的爱,以及对于将小语言逼入危机之境的权力的斗争(河出書房新社編集部 43)。

虽然津岛本人并非具有阿伊努血统的阿伊努土著作家,并且一直生活在东京,但据传,津岛家有尼夫赫人血统,津岛家原本出生地为北海道,当地是北方少数民族聚居地,这成为津岛持续将少数族裔问题纳入其文学课题的背景因素之一(井上隆史 168-169)。虽然对抛弃家庭的父亲太宰治抱持爱恨交织的复杂情感，然而对父系家族血统的执着及多元文化共生的思想促使津岛佑子对于少数族裔作家身份存在心理上的向往，对各种少数族群和少数民族文化持有亲近感。这促使她通过文学作品寄托寻根情结，关注和描写少数族群的生活。比如，小说《加卡·多夫尼》古代时空的女主人公具有半大和族半阿伊努血统的身份设定，现代时空中的女主人公对北方少数民族博物馆加卡·多夫尼流露出衷心的喜爱和珍视，除此之外还有多种多样的边缘少数族群登场。④

津岛佑子曾经指出，"以迫害基督教徒为始的日本的排外主义、厌恶异质性存在而追求同质的意识，横行于当今日本社会……以'神国'自居的盲目的自负亦在当今日本继续滋长，这种自负将包括迫害基督教徒的错误历史、战争责任、福岛核泄漏事故的责任进一步暧昧化，且终将裹挟着对于'他者'的差别意识"（「隐れキリシタンと原発の国」90），直接批判日本战后的诸多社会问题。与此同时，津岛通过重现历史真实的方式，以《加卡·多夫尼》等多部蕴含着深刻的他者伦理关切的文学作品，追求社会公平与正义，为读者打开窥见真实日本的窗口。

二、异托邦叙事与他者伦理

《加卡·多夫尼》中，澳门和北方少数民族文化博物馆所构成的异托邦空间叙事渗透着作者对于边缘他者的伦理关切，表现边缘他者的主体性丧失与抗争，蕴含着对强权政治、排斥异质性的历史与社会现实的批判及反思。

1. 阿伊努人、隐蔽信徒⑤与殖民地异托邦

小说表现了主人公阿伊努人加卡（chika）、隐蔽信徒朱利安一生迫于强权和压迫、追寻自由的逃亡⑥，以及加卡、朱利安等边缘他者以记忆和边缘人共同体的建构对强权进行的积极抵抗。异托邦为这些边缘人提供了短暂的生存空间，凸显出常规空间的压制以及异托邦本身所谓的"完美秩序"的虚幻和不稳定性。

《加卡·多夫尼》以加卡母女的遭遇隐喻了阿伊努民族遭受的殖民苦难和民族歧视。小说中，加卡的大和族父亲于江户时代初期的 1620 年前后来到北海道，在参与开采砂金期间邂逅了加卡的阿伊努人母亲并与之同居。这位阿伊努母亲在怀孕后，遭到抛弃。小说再现了阿伊努民族遭受的国内殖民的历史伤痛。由于大和民族的侵略，阿伊努民族的语言、经济生活方式等被迫改变。在日本对中国台湾地区进行殖民侵略之前，阿伊努民族的主要居住地北海道以及冲绳是近代日本殖民地的原型，被称为"前近代殖民地"或"国内殖民地"（大江志乃夫

v—vxi）。天皇一族对日本土著族阿伊努族的侵略被推测始于《日本书纪》中记录的公元111年倭建命（日本武尊）的"虾夷征伐"⑦，高桥富雄将贯穿整个日本古代史的"虾夷征伐"分为文化征服、国郡设置、武装殖民、军事征服四个阶段。17世纪初开始，大和族人为采集砂金进入虾夷地的内陆地区，"1620年（元和六年）3万人以上、前一年有5万人以上的大和族人为寻求砂金进入虾夷地,1669年在虾夷地共计开设了7处砂金采掘场"（桑原真人46）。小说中，加卡的大和族父亲参与的砂金采掘是大和族对阿伊努族居住地的资源掠夺，其父并将加卡的阿伊努母亲抛弃。加卡的母亲为寻找丈夫翻越雪山，独自产女且险些丧命，后在病痛中郁郁而终。加卡的大和族父亲的抛弃，加卡的阿伊努母亲因被抛弃所遭受的创伤以及最终殒命，影射了历史上大和族对阿伊努民族的殖民侵略给阿伊努民族带去的苦难。半阿伊努半大和族血统使加卡遭受歧视，备尝艰辛。自幼丧母的加卡依稀记得母亲吟唱的阿伊努语童谣，在被卖到杂戏团后，因吟诵阿伊努童谣，日语语言能力差，而被认为"聋哑、智力低下"（『ジャッカ・ドフニ』95），遭到大和族人的主家的嫌弃、打骂和杂戏团成员的排挤，颠沛流离于各地表演。年幼的加卡身世难寻，于是义兄朱利安善意地讲述八岁前加卡的出身和家庭的故事，并与她一起回忆、吟诵和阐释阿伊努诗歌，这种固化"半阿伊努人"民族身份的讲述和对民族诗歌的追忆、阐释使加卡摆脱了身份危机。加卡的名字来自无文字的阿伊努语，意思是"鸟"（『ジャッカ・ドフニ』5），"鸟"的自由翱翔的象征意义反讽了她流浪且备受束缚的人生。

小说以17世纪初葡萄牙和荷兰等西方帝国争夺在澳门的权益为历史背景，讲述日本江户初期隐蔽信徒的遭遇。隐蔽信徒朱利安一家人遭受江户幕府的宗教迫害而被从京城发配到津轻，在松前到津轻的船上，他们偶遇了身处杂戏团的加卡，朱利安为加卡赎回自由，结为义兄妹。为了寻求宗教自由和生存空间，朱利安父亲安排朱利安逃往澳门神学院学习基督教知识，安排加卡与其共赴澳门以掩护其基督教徒身份。虽然朱利安和加卡幸运地逃至当时管辖范围及至中国和远东的主教区澳门，但朱利安的家人最终因基督教徒身份而惨遭江户幕府的杀害。从日本德川幕府于1612年发布禁教令，宣布基督宗教非法，到禁教令被解除的明治六年（1873），在近260年的时期内共有600余名基督教徒被杀害，3000余名基督教徒被流放（「隠れキリシタンと原発の国」87）。朱利安一家人的遭遇勾勒出日本历史上基督教徒被迫害的缩影。

来到澳门之前，半阿伊努人加卡、隐蔽信徒朱利安以及几位在日朝鲜人、日意混血儿由于权力压迫被剥夺家园，沦为无家可归的流亡者，而在澳门，殖民者、被殖民者、外族人并存，"在殖民地，殖民者设计了一个不同于他们居住空间的补偿性的秩序空间,试图实现完美的秩序"(张锦 144)。到达澳门后,小说人物得以解除生存危机,度过了短暂的安宁生活。加卡与纯大和族血统的朱利安以兄妹相称,并与在日朝鲜人、日意混血儿等结成边缘人共同体,互相倾诉与帮扶,互相安抚失去亲人的伤痛,结下了深厚的情谊。小说指出了以边缘人共同体的建构弥合民族矛盾、治愈创伤的途径。小说人物在来到异托邦前后的经历与生存状态的反差,凸显出常规空间的宗教迫害、民族歧视的压制力量,通过反映澳门的边缘人共同体的理想生活呈现现实秩序的不完美,旨在"揭示所有真实的现代区隔的空间化权力本性"(赵福生 48)。小说中,在澳门,作为异质性存在的日本移民遭到驱逐,边缘人共同体最终却又不得不解体,反映出这一"完美秩序"的虚幻和不稳定性。

小说的时空体空间叙事反映出人物遭受的歧视状况,以及他们向往自由,通过保留民族记忆,建构边缘人共同体,表现对自由的向往和对命运的积极抗争。《加卡·多夫尼》的时空体空间叙事由此在历时态及共时态维度上被赋予一种控诉的意涵。

2. 北川源太郎、北方少数民族与博物馆异托邦

《加卡·多夫尼》将真实世界的北川源太郎和北方少数民族博物馆纳入小说文本,反映阿伊努土著族和鄂罗克族等北方少数民族遭受的殖民与侵略的历史事实,以及少数民族文化保护的现实困境,表达出主张包容、多元和开放的他者伦理诉求。

鄂罗克族人北川源太郎(1926—1984)及其建造的北方少数民族博物馆"加卡·多夫尼"是现实世界真实存在过的人和事物,在小说《加卡·多夫尼》中具有日本北方少数民族及其文化被他者化的隐喻意义。鄂罗克族的日本殖民史始于1905年日俄战争后缔结的《朴次茅斯条约》。由于库页岛北纬50度以南被划为日本的殖民地,南库页岛在1905至1945年的四十年间的殖民时期,资源遭到掠夺,鄂罗克族等南库页岛人民的游牧和狩猎采集的生活方式遭到强制改变,文化上被迫接受皇民化教育。"二战"时鄂罗克族人被日本征用,被征兵中有60至80人战死于西伯利亚,但是未被认定为"日本兵",也未得到日本政府的军人补助金。北川源太郎便是其中一员,他被苏联判定为日本间谍入狱,待了9年多,却在返回日本后,由于日本政府否认曾向他们这些没有正式日本国籍的人发放过征兵令,因而未争取到来自政府的丝毫战争补偿。作为这些战时被利用、战后被"遗弃"的少数民族一员,北川源太郎致力于民族文化保护,并通过演说讲述本民族遭遇和战争体验(榎澤幸広 108 – 111)。他亲历了鄂罗克人被殖民的

历史,也努力传递殖民历史记忆,可被称为日本国内殖民历史的亲历者、见证者和传递者。

北方少数民族博物馆"加卡·多夫尼"是居住于库页岛的鄂罗克族、尼夫赫族和库页岛阿伊努族的民族文化博物馆。该馆于1978年由北川源太郎创建。作为"外在于常规空间的"(M.福柯56)时间异托邦,其所展示的少数民族文化既处于危机状态,又偏离主流文化。该博物馆陈列的是遭受了"国内殖民"的日本北方少数民族的文化,凸显出这个博物馆所具有的特殊意义。首任馆长、鄂罗克人北川源太郎于1984年去世后,虽有后继者的维持和管理,但由于未得到政府在经济、经营上的支援,在日本人的不理解和不关心中,该馆长期休馆,并于2010年闭馆。可以说,北川源太郎是库页岛南部日本殖民史的历史证人,他建造北方民族博物馆"加卡·多夫尼"是对日本政府进行的文化同化政策的抵制。小说《加卡·多夫尼》涉及曾经被认定为"日本兵"的北方少数民族参战人员在战后被日本政府"遗弃"的历史,这与加卡母女的创伤经历所映射的阿伊努民族遭受的国内殖民历史伤痛构成互文关系,反映日本北方少数民族被他者化的历史事实。

小说《加卡·多夫尼》将现实世界的北川源太郎塑造为慈爱、温暖、友善的次要人物,表达出对于富有包容、共存的他者的伦理关怀。女主人公"我"曾和儿子到访这一博物馆,并和他进行了友好而亲切的简短对话。他投向儿子的"从内心接受和喜爱"(『ジャッカ・ドフニ』27)的眼神使女主人公单亲妈妈"由衷地感谢和放心"(『ジャッカ・ドフニ』27),还主动提出为他们拍摄合影。女主人公称赞该馆"虽然小,但是很漂亮"(『ジャッカ・ドフニ』20)。作者通过鄂罗克族人北川源太郎与大和族人女主人公母子之间的这种温情暖暖的互动,传递出接纳民族差异性、谋求多元共存的伦理诉求。这次到访的七个月后,儿子不幸离世,这张合照被女主人公放在亡子的骨灰龛里。正如合照拍摄地博物馆"加卡·多夫尼"在鄂罗克语中的"收存重要物品的地方"之原意,女主人公将合照放于骨灰盒,间接表达了对于保存重要记忆的文化博物馆的珍视。在听到出租车司机谈及北川的死讯后,女主人公说道:"嗯,好像是脑溢血去世的。都说死得早的人受上帝的宠爱,但即便如此,还是让人无法接受"(『ジャッカ・ドフニ』26)。而在看到该馆因资金难以维系而被迫闭馆的报纸报道后,女主人公悲叹道:"唉,又消失了一个啊"(『ジャッカ・ドフニ』20)。对于北方少数民族博物馆"加卡·多夫尼"最终在日本社会和政府的无视和漠不关心中被迫闭馆,她表示出遗憾和悲哀。如前所述,北川源太郎一生中多次提及鄂罗克等北方少数民族的国内殖民历史及战争遭遇,且致力于阿伊努文化保护,上述这两处细节透露着作者借对北川源太郎之死及其所建的北方少数民族博物馆闭馆的惋惜，表达对掩盖和妄图遗忘对于南库页岛的殖民历史，拒绝对当地人进行战争补偿，不注重保护少数民族文化历史的日本政府的失望和批判。

小说《加卡·多夫尼》反映了江户幕府迫害基督教徒，日本大和族对鄂罗克和阿伊努等少数族群实施殖民的灰暗历史。在当代日本，"都市化和工业化带来的社会急速变化加剧了对过去的忘却，忘却将个人或集体的同一性解体，促发了生活的碎片化，但另一方面也产生了抵抗这种力量，保存消逝的记忆，重构同一性和连续性的多样的运动"（冈崎宏树 117）。小说借异托邦的北方少数民族文化博物馆的描写，重拾被社会逐渐忘却的有关边缘人的记忆，对真实人物和历史的小说化旨在提醒世人以史为镜，重视少数民族文化保护，铭记南库页岛和北海道殖民历史和宗教迫害的历史，呼吁以记忆对抗忘却，以包容代替排斥，进而克服时代危机。

结　语

津岛佑子的遗作《加卡·多夫尼》的空间叙事渗透着"他者"的视角，始终以被他者化的少数群体作为中心人物推进叙事。小说的时空叙事蕴含对边缘人生存状态的深切关注，体现出作者作为严肃作家的伦理关怀及对于自由和生命的珍视。"虚实交织"的叙事手法和异托邦空间叙事渗透着作者对边缘他者的伦理关切，反映少数族群所遭受的历史上和文化上的排斥与遗忘。

当代社会，日本国内殖民历史和基督教徒受迫害史逐渐成为"忘却的政治"，"排斥少数者和否定日本文化复数性的国家观，成为多元文化共生的极大障碍"（栗本英世 77）。从这一语境来看，小说《加卡·多夫尼》堪称津岛佑子切中时代征候，以回溯历史的方式叩问现实的力作。通过解析虚实交错的叙事技巧和异托邦叙事方式所渗透着的他者伦理关切，可以发现小说作者以被遗忘的、被边缘化的沉默者的"在场"重构历史，反思历史与现实的创作目的。作者通过《加卡·多夫尼》，以"逆行者"的身姿呼吁以记忆对抗忘却，以包容代替排斥，这对于警醒当代日本人反思和铭记历史，实现人类社会的多元文化共存具有深刻而积极的现实启示意义。

注解【Notes】

① 千石英世对津岛佑子小说的分期如下：1971 的《谢肉祭》至 1984 年的《逢魔物语》为前期小说；1986 年的《在夜光的追逐下》至 1995 年的《风啊，驰骋在天空的风啊！》为中期小说；

从 1998 年的《火山—山猿记》开始的为后期小说。(千石英世:「水の匂い、キャディの行方」,『フォークナー:フォークナー協会誌』,2018 年第 5 号,第 131—50 頁:133)。本文沿用这一分法。

② 在日本总务省于 2006 年公布的《关于推进多元文化共生的研究会报告书》(「多文化共生の推進に関する研究会報告書」)中,将"多元文化共生"定义为"国籍和民族等不同的人们,互相认同彼此的文化,在构筑平等关系的同时,作为地域社会的一员而共同生存"。

③ 津岛佑子从 20 世纪 90 年代开始致力于阿伊努口传文学的译介工作,主持编审阿伊努语法语词典,和巴黎大学的研究生共同创作阿伊努史诗《银色的雨滴淅沥沥》(参见:津岛佑子:《微笑的狼》,竺家荣译,北京:中国文联出版社,2001:348)。

④ 小说《加卡·多夫尼》出现了与尼夫赫人同为少数族裔的鄂罗克人和阿伊努土著人的人物,以及日意混血儿、在日朝鲜人等边缘人群。

⑤ "隐蔽信徒"对应的日文原词为"隠れキリシタン",指日本德川幕府于 1612 年发布禁教令、宣布基督宗教非法后,在江户时代仍秘密信仰天主教的信徒。

⑥ 《加卡·多夫尼》目录页首页的地图浓缩了小说的地志空间,由北向南标注的松前、津轻、长崎、澳门、巴达维亚(今雅加达)五个地点串联而成的路线即是小说主人公阿伊努人加卡、隐蔽信徒朱利安一生迫于强权和压迫、追寻自由的逃亡行动的轨迹。

⑦ 在以征服者视角的单方面记录中,"虾夷征伐"被认为是大和王权的领土扩张或律令国家的边境开拓的国家事业,实则是天皇族对虾夷地(阿伊努人居住地区)的侵略(参考新谷行:『アイヌ民族抵抗史』,東京:三一書房,1977 年,第 17、19 頁)。

引用文献【Works Cited】

Enokizawa, Yukihiro and Tsurumaki, Hiroshi. "What is Wilta?: Considering Their Views on the Constitution Based on Professor Hiroshi Tsurumaki's Lecture Record." *Nagoya Gakuin University Ronshu Social Science* 3 (2012): 79–118.

[榎澤幸広、弦巻宏史:「ウィルタとは何か?:弦巻宏史先生の講演記録から彼らの憲法観を考えるために」,『名古屋学院大学論集社会科学篇』,2012 年第 3 号,第 79—118 頁。]

Foucault, M. "Alternative Space" Trans. Wang Zhe. *Philosophy of the World* 6 (2006): 52–57.

[M. 福柯:《另类空间》,王喆译,《世界哲学》2006 年第 6 期,第 52—57 页。]

Hasegawa, Kei. "Yuko Tsushima's Late Literature: Focusing on 'Jacka Dophne: A Story of Memories of the Sea'." *The journal of comparative media and women's studies* 1 (2018): 43–56.

[長谷川啓:「津島佑子晩年の文学:『ジャッカ・ドフニ 海の記憶の物語』を中心に」,『比較メディア・女性文化研究』2018 年第 1 号,第 43—56 頁。]

Inoue, Takashi. *The World of Yuko Tsushima*. Tokyo: Suiseisha, 2017.

[井上隆史編:『津島佑子の世界』,東京:水声社,2017 年。]

Karatani, Yukihito. "Love and Empathy for the Oppressed, Mourning for Yuko Tsushima." *Asahi*

Shimbun (morning edition). 23 Feb. 2016. Wed. 27 Apr. 2021. 〈https://www.asahi.com/shimen/20160223〉

［柄谷行人:「虐げられたものへ愛と共感　津島佑子さんを悼む」2016 年 2 月 23 日朝日新聞朝刊,データ調べの日付:2021 年 4 月 27 日,https://www.asahi.com/shimen/20160223］

Kato, Noriko. "Yuko Tsushima: Conflict with Catholicism." *Japanese Literature: Interpretation and Appreciation* 4(2009): 109–115.

［加藤憲子:「津島佑子——カトリックとの葛藤」,『国文学:解釈と鑑賞』2009 年第 4 号,第 109—115 頁。］

Kawade Shobo Shinsha Editorial Department. *Yuko Tsushima—Memory of Land, Sea of Life*. Tokyo: Kawade Shobo Shinsha, 2017.

［河出書房新社編集部編:『津島佑子－土地の記憶、いのちの海』,東京:河出書房新社,2017 年。］

Kawamura, Atsushi. *Yuko Tsushima: Light and Water Cover the Earth*. Tokyo: Inscript, 2018.

［川村湊:『津島佑子 光と水が地を覆えり』,東京:インスクリプト,2018 年。］

Kurimoto, Hideyo. "Limits and Possibilities of Japanese Multicultural Coexistence." *Mirai Kyoseigaku* 3(2016): 69–88.

［栗本英世:「日本的多文化共生の限界と可能性」,『未来共生学』2016 年第 3 号,第 69—88 頁。］

Kuwabara, Masato and Tabata, Hiroshi. *History and Culture of the Ainu*. Tokyo: Yamakawa Publishing, 2000.

［桑原真人、田端宏:『アイヌ民族の歴史と文化』,東京:山川出版社,2000 年。］

Lin, Tao. "Japanese Contemporary Female Writer Yuko Tsushima." *Foreign Literature* 2(2000): 26–29+40.

［林涛:《日本当代女作家津岛佑子》,《外国文学》2000 年第 2 期,第 26–29＋40 頁。］

Oe, Shinoo. *Iwanami Lecture Modern Japan and Colonies 1 Colonial Empire Japan*. Tokyo: Iwanami Shoten, 1992.

［大江志乃夫:『岩波講座近代日本と植民地 1 植民地帝国日本』,東京:岩波書店,1992 年。］

Ohashi, Kenzaburo. "Commentary." Yuko Mitsushima. *Kusa no Lying Place*. Tokyo: Kodansha Bunko, 1981.

［大橋健三郎:《解説》,见津島佑子:『草の臥所』,東京:講談社文庫,1981 年。］

Okazaki, Hiroki. "Book Review: Yusuke Matsuura's Uncertainty of Memory: A Sociological Investigation." *Sociology* 2(2007): 117–125.

［岡崎宏樹:「書評 松浦雄介著『記憶の不確定性——社会学的探究』」,『ソシオロジ』2007 年第 2 号,第 117—125 頁。］

Philippe, Forest and Yuko Tsushima and Corinne Quentin. "Dialogue Aiming for Eternity." *Subaru*

6(2005): 206-217.

［フィリップ フォレスト、津島 佑子、コリーヌ カンタン:「対談『永遠』を志向する小説」,『すばる』2005 年第 6 号,第 206—217 頁。］

Tsushima, Yuko. "Hidden Christians and the Country of Nuclear Power." *Social Movement* 9 (2014): 84-90.

［津島佑子:「隠れキリシタンと原発の国」,『社会運動』2014 年第 9 号,第 84—90 頁。］

---. *Jacka Dophne. The Story of Memories of the Sea.* Tokyo: Shueisha, 2016.

［津島佑子:『ジャッカ・ドフニ 海の記憶の物語』,東京:集英社,2016 年。］

---. and Mitsuhiko Tsuge. "Yuko Tsushima: My Literature." *Interpretation and Appreciation of Japanese Literature* 6(1980): 151-159.

［津島佑子、柘植光彦:「津島佑子・私の文学」,『国文学解釈と鑑賞』1980 年第 6 号,第 151—159 頁。］

Wakazono, Yushiro. "Takamasa Sakuma, Sociology of Immigration and Domestic Colonization: Tadao Yanaihara's Colonial Theory and the Ainu People." *Social Education Research* 5 (2020): 110-111.

［若園雄志郎:「佐久間孝正著『移民と国内植民の社会学——矢内原忠雄の植民論とアイヌ民族』」,『社会教育学研究』2020 年第 5 号,第 110—111 頁。］

Zhang, Jin. *Study on Foucault's Heterotopia.* Beijing: Peking UP, 2016.

［张锦:《福柯的"异托邦"思想研究》,北京:北京大学出版社,2016 年。］

Zhao, Fusheng. "Heterotopia: 'Location of Difference' or 'Heterotopia'? —Also on Foucault's Thought of Spatial Power." *Theoretical Discussion* 1(2010): 45-49.

［赵福生:《Heterotopia:"差异地点"还是"异托邦"? ——兼论福柯的空间权力思想》,《理论探讨》2010 年第 1 期,第 45—49 页。］

英国文学研究

论《法国中尉的女人》中科学话语的解构

张诗苑

内容提要:《法国中尉的女人》以维多利亚时期的科学家查尔斯为主人公,其中充斥着大量的科学话语。然而,经由查尔斯与神秘女子萨拉的情感羁绊,科学话语逐渐在自然、文学、人性方面被解构。科学对自然的占有在纯粹风景中化为精神与自然的平等交融。通过对化石象征与文学真实的反思,查尔斯经历了从科考到写诗的转变。动物寓言中,以进化论为代表的科学话语展现出既指导又压抑人性突围的矛盾性,并最终于机器修辞中被解构。然而解构并非摧毁,科学话语之踪迹与后现代主义文学叙事呈现出融通之势,共同探寻历史之真实。

关键词:约翰·福尔斯;《法国中尉的女人》;科学;自然;人性

19世纪不只是西方文坛群星闪耀的时代,各门自然科学亦取得瞩目成就,赖尔(Charles Lyell)提出地质渐变论,有力驳斥基督教神学统治下的灾变说;继林奈(Carl Linnaeus)的分类学后,比较解剖学、古生物学、生理学等学科相继发展起来;拉马克(Jean-Baptiste Lamarck)、达尔文创立生物进化论,重塑人类对起源、发展与共存的认知。这些回溯性的研究本质上都是历史的学科,"自然的历史概念改写了自然科学"(科尔曼 175)。或许在一定程度上,这也是新维多利亚历史小说常常痴迷于科学话语的原因,约翰·福尔斯(John Fowles,1926—2005)的经典作品《法国中尉的女人》(*The French Lieutenant's Woman*,1969)便是其中一例。学界亦有从自然科学的角度分析这部作品,杰克逊(Tony E. Jackson)与金冰着眼于进化论,前者从后现代进化理论出发,认为萨拉是进化过程中突变的新生自我,利用查尔斯确保自身的生存(227);后者则将存在主义引入进化论的讨论之中,认为二者的相辅相成促进了查尔斯对自由的理解与追寻(124)。格伦德宁(John Glendening)将科学与宗教对接,考察在19世纪地质学与古生物学发展的基础上,达尔文主义所带来的宗教冲击和对自我理解的超越(29)。威尔森(Thomas M. Wilson)从生态主义视角着眼,认为小说中的科学并非反田园主义,而是隐喻了智性的冒险与探索的乐趣(152)。刘亚立足于英国"两种文化"之争的语境,指出福尔斯以贵族科学家与布商女儿的情感纠葛为切入点,质疑学科分化,反思工业文明,展现出对人文传统的坚守(64)。

上述研究深入挖掘了《法国中尉的女人》的科学之思,但一定程度上却忽视了叙述者对"查尔斯的语汇不止一套"(福尔斯103)的暗示,并未展开讨论小说中科学话语在权威性、有效性、修辞性上的转变。在后结构主义视野下,话语是语言在使用中的概念,是位于语句之上的文化实践。话语与其他体系发生关联,并在互动中积淀语义,受到污染,知识从先于主体经验存在的话语中形成(Selden, et al. 147)。库恩(Thomas Kuhn)将科学进步理解为一种话语形式向另一种话语形式的转变,福柯则探究话语演变的知识、权力及历史维度。在《法国中尉的女人》中,一方面,实证性的科学话语在读解纯粹风景、文学艺术以及人性时一度失声;另一方面,这部自反性的后现代小说利用象征、寓言、比喻等修辞手段,有意识地解构了整套科学话语系统。然而,一时语塞并不意味着永久哑言,解构也绝非摧毁,科学话语所留下的踪迹与文学叙事交织在一起,进而呈现融通之势,共同反思科学审视与文学再现中的历史与人性真实。

一、科学与自然:纯粹风景中的顿悟时刻

承接浪漫主义与自然的心灵相通,维多利亚时代的自然观与真理、审美、社会发展密切相关。人们秉承神赋的传统,认为自然作为人工与雕琢的反面,是真理的一种形式,并通过阅读诗歌与近距离观察来感知自然之美。与此同时,一方面,随着工业发展,城市扩张,乡村景致骤减,人们与自然之间的关系变得复杂且紧张;另一方面,19世纪40年代铁路扩建带来旅行的便利,开拓出新的景色。而在自然中漫步探秘,既符合维多利亚时代对教育的期望,又培育了阿诺德倡导的"英国的男子气概"(Merrill 11)。

在上述自然观与时代背景下,博物学[①]与科学成为考察自然的两条进路。但事实上,二者的区分一直存在争议。库恩曾表示"人们多少会犹豫是否能把普林尼百科全书式的著作和培根自然史的搜集称作科学"(14),恩格斯则认为,博物学经由布丰和林奈的发展被提高到科学的水平。维多利亚时代既延续着18世纪以来对博物学与科普的热情,又出现了专门化的科研活动。在19世纪初对生物学的推广中,拉马克与特雷维拉努斯(Gottfried Treviranus)将之视为处

理结构、组织、运动、有机体的科学,把传统的描述性的博物学研究方法排除在外。19世纪30年代,生理学、胚胎学、生物化学等成为专门化的研究对象,研究过程愈加复杂昂贵,需要依托实验室进行(Merrill 78)。而更重要的是面对自然时态度的转变:从以描述、审美、私人的方式对待自然,自然发挥着主导作用,演变成通过实验和理论捕捉自然现象,在逻辑与数学抽象中,科学家占据主动地位(12)。此时,自然往往被分割打包进行考察,就像库恩对常规科学的描述,"强行把自然界塞进一个由范式提供的已经制成且相当坚实的盒子里"(22),此种祛魅行为赋予科学以权力。

小说中,尽管查尔斯收集、观察、描述化石与广泛涉猎的贵族式休闲行为似乎在行博物学之实,查尔斯本人却在名义上与之划清界限,声明博物学家金斯利(Charles Kingsley)与达尔文之间的差距,屡次强调自己的科学家身份。故事发生的地点恰恰是科学与自然的融合之地。莱姆镇(Lyme Regis)地处侏罗纪海岸,存有大量史前物种遗迹,除了海浪拍打岩石的自然风光,这里也是英国古生物学家的圣地,查尔斯在此的最大爱好便是挥舞着地质锤寻找各类化石。虽然小说并未落实浪漫主义时期诺瓦利斯(Novalis)对于科学战胜自然的担忧,但是查尔斯的确有意识地将科学与自然对立起来:在寻找化石的途中,眼前伊甸园式的鸟语花香与勃勃生机,"把他逼进了摒弃科学的境界"(48)。面对纯粹风景所带来的解放之感,叙述者评价道,作为维多利亚时代的人,查尔斯并不能认识到"占有欲和享受欲具有相互破坏性"(49)。维多利亚时代中期,利用显微镜和放大镜,人们像对待"物"一样评判自然,一如对价值不菲的物品的占有(Merrill 11)——"它们(介壳)除了具有科学价值之外,还是十分美丽的小物件"(33)。查尔斯试图于情感上占有的则是萨拉,而萨拉从一定程度上讲恰恰是自然的化身。

查尔斯多次将萨拉比作"野兽"(84,87),二人的会面也都选在偏僻一角,常春藤隧道与桦树林成了他们的掩护。更加意味深长的是,二人会面时,自然不再是科学话语中被审视与考察之物,相反焕发出灵力:啄木鸟发出笑一般的叫声,仿佛在嘲笑下面两只静止不动的两脚动物(102);蔚蓝天空下,鸫鸟歌唱得格外狂野(124)。尽管查尔斯故作镇静地以科学之名,将萨拉比作"本地的植物样本"向格罗根医生求教,事实上他已经被野性征服。这种征服同样经由自然风光向查尔斯发出预警:当他收到伯父来信回到温斯亚特时,曾满怀深情地欣赏"乡间永恒不变的宁静环境":绵延的青草地与丘陵,雪松、山毛榉掩映下的老宅……然而,恰恰是此种祥和之中暗藏着巨变——查尔斯被剥夺了继承权。

既是讽刺,又如启示般地,查尔斯投身于更加未知的"自然",前往安德克利

夫见萨拉最后一面,并在途中邂逅了顿悟时刻:

> 一只狐狸从他走的小路上穿过,奇怪地盯着查尔斯看,似乎是把他当作了入侵者。刚过了一会儿,又有一只正在吃草的狍抬起头来看他,同样是一副神圣不可侵犯的主人翁架势。……一只小小的鹪鹩栖在刺藤顶上,用颤音使劲地歌唱,……让自己充当进化论的宣告天使。……花朵变成了眼睛;石头有了耳朵;树木都在指责他。(171—72)

此时查尔斯似乎具有了济慈式的消极感受力,感悟宇宙间存在的平等,流露出对浪漫主义自然观的回归。作为影响浪漫主义根源的德国哲人之一,谢林(Friedrich Schelling)认为自然并非单纯物质性的有形结构,而是渗透着精神的力量,二者之间相互制约转化,自然本质上是由诸种自发的力构成的有机整体。谢林的自然概念有别于自然科学,它不是科学的对象,亦不能被绝对认知与把握,代表了与人类生存和精神创造密切相关的无限(高宣扬 186)。自然与精神的结合无疑洋溢着与科学祛魅相反的"返魅"冲动,在灵动的纯粹风景中,科学话语逐渐退场,查尔斯与萨拉的相拥亲吻象征着自然对科学的俘获,而萨拉最后的离开则暗示出相反于查尔斯的"拒绝占有"。

浪漫主义自然观并非以神秘主义的方式对待自然,无论是谢林还是诺瓦利斯,其哲学思考都与科学发展相辅相成,正如谢林受到力学的启发:"(在自然中)对立双面必须不停地逃离对方,为的是不停地寻找对方,而不停地寻找对方是为了永远不要找到对方;自然的一切活动性的基础恰恰存在于这样的对立中。"(转引自罗久 81)这近乎精准地描述了查尔斯与萨拉在科学与自然的张力下进退两难、欲拒还迎的情感羁绊。萨拉的消失伴随着纯粹自然的离去和科学话语的解构,查尔斯一度穿梭于伦敦幽暗肮脏的街巷探寻萨拉的足迹,但最终选择踏上美国这片当时的新大陆,探寻新的自然。此地有与英国大不相同的自然经验,意味着野蛮、荒野与边疆,而这在小说中已有暗示:"凡受过教育、有真知灼见者,必有自己的旷野,在其一生中的某一时间必将受到试探"(212)。

二、科学与文学:从化石到诗歌

莱姆镇除了是自然与科学之地,其所在的多塞特郡还是哈代的故乡,因而又蒙上了一层文学色彩。虽然开篇查尔斯向欧内斯蒂娜介绍科布堤上的石阶曾出现在简·奥斯丁的《劝导》里,后者还是打趣说"你这个科学家老是看不起小说"

(7)。叙述者的确暗中树立起科学与文学的对立:查尔斯虽然发表过一两篇游记散文,但是仍然认为写一本关于自己国外生活经历的书"似乎有失体面"(11),不过却对曾经发表的专论(monograph)引以为傲,将之视为自己科学家身份的证明。查尔斯拒绝动笔的书无疑具有游记与博物学的意味,而这两者又与文学紧密相连,尽管小说在维多利亚时期已成产业且读者众多,但对于上层阶级来说,文学依旧是消遣而非职业。

然而,使查尔斯联想起包法利夫人的萨拉却具有"文学性",由于在女子学院的孤立处境,萨拉投身小说与诗歌以寻安慰,"不知不觉中,她在判断人的时候,一方面使用在直接经验中形成的标准,另一方面则使用沃尔特·司各特和简·奥斯丁的标准……她把自己周围的人当作小说中的人物,对他们做出诗人式的评判"(38)。与此同时,萨拉并不满足于做一个生活中的"文学评论者",而是企图成为"讲故事的人"。福尔斯甚至为她的演绎搭建了一个舞台:"这是一个朝南的小山谷,周围长满了密密麻麻的刺藤和山茱萸科植物,像一个小小的绿色圆形露天剧场"(119)。萨拉在此讲述了与法国中尉的交往,以至查尔斯"完全被她的故事迷住了"(123)。这是故事中的故事,小说中的小说,而萨拉则是另一位叙述者。

科学/查尔斯与文学/萨拉的相遇,引起"化石"内涵的变化,从作为科学考察的实体、宏观世界的缩影,到逐渐寄托了情感幽思。当萨拉送给查尔斯两枚他心心念念的介壳时,后者感到这是"对他的某种控制"(100),随着与萨拉的深入交往,查尔斯从最适合生存、有完全的自由意志的一类(136),沦落成和"菊石一样缺乏自由意志"(170)。至此,化石彻底转变成束以待毙的象征。当弗里曼先生建议他从商,以及看到教堂里的墓碑时,查尔斯都以化石作比:"他是生活的受害者之一,是在大历史变迁中遭难的又一菊石,现在永远搁浅了,将来必然变成化石"(239)。而这无疑是文学话语压倒科学话语的体现。

对此,查尔斯并非没有挣扎,当小说最后二人重逢,萨拉以拉斯金"概念不一致""自然与人造之别"定义二人的差异时,查尔斯痛苦地反驳:"不能用评论艺术的语言评论生活"(324)。在查尔斯本人的艺术评论中,他恰恰认为萨拉投靠的拉斐尔前派艺术"对待现实过于理想化,富于装饰而缺少真实"(127)。这一点暴露出维多利亚时代科学与文学、艺术之间的断裂:在阿诺德眼中,科学是尚未激发美与情感的事实累积(Merril 98),同时代的科学哲学家威廉·惠威尔(William Whewell)认为经验事实是构成科学最基础的要素,自然科学的某些法则可以通达真理(Losee 109,114)[②],实证主义者则视真理为科学的本质。然而,萨拉的故事却让查尔斯质疑科学所探寻的真实。在查尔斯看来,萨拉对失贞的坦白,"与其说是描述一种比较尖锐的现实,不如说是让观者得以对理想世界瞥上一眼。这份供状之所以显得奇特,并不是因为它比较真实,而是因为它比较不真实。它描绘的是一个神话般的世界,在那里,裸体美人比赤裸裸的事实重要得多"(127)。此处流露出一种辩证的现实观,在"掩盖真相,拒斥自然"的维多利亚时代,萨拉所言的"事实"却成了理想与不真实,不过最后这一"事实"也被证明是假的。

关于文学的现实与真实,作者现身说法:"对于所有作家都适用的理由只有一个:我们希望创造出尽可能真实的世界,但不是现实生活中的那个世界,也不是过去的现实生活中曾经存在的那个世界……我们全都在逃脱真实的现实。这就是人的基本定义"(68-69)。这一创作观秉持着亚里士多德式的可然真实,同时又透露出后现代主义背景下文学与科学对真实的考量。一方面,生物学家爱德华·威尔逊(E. O. Wilson)抨击后现代主义者拒斥真实的现实以及客观的真理:"真理成了相对的和私人的,每个人通过接受或拒绝无止境的语言符号变更来创造自己的世界"(*Consilience* 233)。作为语言学转向的宣告人,理查德·罗蒂(Richard Roty)撰文反驳,"学术训练不是也不应该是真实世界的反映,它们提供的是在真实世界中的行事方法……科学只是另一种看世界的方式"(30,38)。而在另一方面,自然科学的变革亦成为后现代主义真实观的推手,如爱因斯坦打破牛顿理论的权威,相对论、量子理论的发展撼动了科学与真实之间的关系。在库恩看来,科学范式并非关于外部世界的真实知识,而仅仅是不同的科学共同体在不同的心理条件下产生的不同信念,因而并无真假之分或真理性可言(张之沧 341)。从后现代主义的文学与科学视角考量,现实与真实更显扑朔迷离。

当萨拉忧郁地面对大海,查尔斯略带戏谑地感慨,"悲剧在舞台上都很好,但在普通生活中,它似乎只是固执和荒唐"(88)。但是最后面对萨拉的冷淡,查尔斯自己却选择了传奇剧式的语言来宣泄绝望,"总有一天,你会被召去解释为什么要这么对待我。如果上天还有正义——你所受到的惩罚将超过永恒"(325)。查尔斯最终通过写诗来表达更深刻的自我,并发现丁尼生的伟大完全可以与达尔文媲美。丁尼生被称为"科学诗人"与"达尔文的先驱",他阅读过赖尔、赫舍尔(William Herschel)等人的科学著作,其以《悼念集》为代表的诗歌较早地流露出进化论的思想(Himmelfarb 227,231)。然而,准确而言,丁尼生对待科学的态度是一种在怀疑与信仰之间的徘徊纠葛。一方面,地质学、天文学等科学对自然的解释使丁尼生产生对宗教的怀疑;另一方面,科学的有限性又令诗人去追逐更高的精神存在。这也正是查尔斯所面临的两难处境,是清晰绝对的科学与混沌朦胧的现实之间的对抗。面对情感的羁绊与人性的深不可测,科学话语逐渐失效,查尔斯所具有的达尔文生物学式的"隐蔽色"一定程度上预示了华兹华斯式"变色龙诗人"的诞生。但小说并未将文学视为查尔斯的救赎之地,结尾有言"生活毕竟不是一种象征"(337),暗示出一种求实的态度,这种"实"是科学与人文相结合的产物,是从阿诺德笔下"深不可测的、带有咸味的、遥远的大海"中打捞出来的真实与诚实。

三、科学与人性:动物寓言中的机器

科学与文化是理解人性的两个重要方面,评论家卡罗尔(Joseph Carroll)在其文学达尔文主义批评中将关于人性的普遍心理,如基本动机、两性及亲属关系、嫉妒、归属感等情绪,与进化理论相结合,为文学批评提供生物学的依据和根基(20,27)。作家麦克尤恩在人性的变与不变中拉开文学与科学的距离,尤以文化与时代对人性的重塑对比生物学中漫长、低调的进化(12,14)。对于人性的遗传与发展,威尔逊在基因与文化的交流中勾勒出一个圆圈,基因指导遗传规则,管理感官与思维,继而激活并联通文化发展。反之,文化帮助决定何种基因存活及遗传("Forward" ix)。在小说重返的维多利亚时代,科学话语一方面成为冲出文化壁垒、释放人性的武器,另一方面,亦是一种亟待突破的束缚。

不难发现整部小说都在达尔文进化论科学话语的笼罩之下,但事实上,还存在一条看似逆进化论的文学话语潜流。拟人化的叙述者"我"在小说中所行之实却是"拟物":几乎小说中的每个人物都曾被比作动物,萨拉成了敏感的海葵(44),查尔斯是被饿猫围困的硕鼠、受惊的雄狍和有着大鳞片的古蜥蜴(72,104,208),玛丽和萨姆变成黄雀与公鸡(54,279),波尔坦尼太太一人分饰秃鹫、狮子狗、乌鸦多个角色(14,22,243),还有雷龙、羊羔、鲑鱼、马、狮子的比喻等,构成了保罗·德·曼所言的修辞的语法化,就像查尔斯林间顿悟时的感受一样——"仿佛是在翻阅一部动物寓言集(bestiary)"(171)。达尔文的进化论揭示了人与动物的相似性与共同祖先说,人类的进化并非存在指向高等生命的预设,恰恰是基本的进化历程成就了人类的独特性(古尔德 7)。以詹姆逊为代表的后现代理论家们认为,寓言(allegory)诠释了后现代普遍的文化断裂,以及能指和所指间的错位。在进化论及后现代主义理论的观照下重返维多利亚时代,动物寓言暴露出社会规约与人性之间的裂隙,尤以维多利亚时期的性观念为代表。欧内斯蒂娜恐惧情人之间的"带有兽性的义务",萨拉的耻辱在于她的失贞。然而叙述者却揭示了道貌岸然的维多利亚时代的两面性:"建造的教堂比之前历史上所造的总和还多,但伦敦每六十幢房屋就有一幢是妓院;布道、社论都赞颂婚姻的圣洁和婚前的贞操,众多大人物的私生活却丑恶可耻"(191)。叙述者认为,如今所谓对禁欲的反动,不过是"将一向隐秘的事情公开化,实际上是讨论人类的一个始终存在的问题"(192)。作为进化过程中偶然性的变异,萨拉象征着文化规训与分类学下人性的突围,她的"疯狂"不再局限于阁楼,而是走向神秘、广阔的大海,因而更具魅惑力。她的激情和想象力被时代等同于淫荡和胡思乱想,然而理解与感官恰恰是她的本质所在,亦是人性所在。萨拉对耻辱的"珍视"与对性的自主,揭示并讽刺了维多利亚时期虚伪的道德观,探求释放人性的自由。

　　动物寓言同时揭示了"进步"与"进化"话语之间的断裂,探究自然选择之下人性自由意志的发挥。在达尔文看来,进化并不等于进步,前者由自然选择促成,以更为适应所处的生活环境,其方法是差异性地保存与培养生物更优的结构及功能(古尔德 28),例如寄生虫的"退化"与瞪羚的矫健都是完美的。通过斯宾塞的倡导,"进化"(evolution)作为"经过改变的继承"的同义词进入英语之中,但是达尔文并未使"进化"成为资本主义进步观念的反映,错误地将生物进化等同于进步导致了社会达尔文主义的泛滥(古尔德 21)。在此意义上,动物形象并不暗示人类的"退化",相反质疑了压抑人性的进步话语。弗里曼先生引用达尔文适者生存的观点,劝说查尔斯经商,并将之与"伟大进步""大干实业"的时代精神联系起来。但是进步与幸福并不能混为一谈,出于维护个人身份的本能,以及对人生意义与理想的坚守,查尔斯决定与时代对抗:"如果一个人必须改变自己以继续生存下去,他至少应该有权选择适当的方式"(212)。这恰恰与萨拉对"失贞"的坦白相一致:"既是环境所迫,又是自主选择"(125)。可见文化与科学话语双重压力之下的人性挣扎。

　　虽然故事主要发生在英国的海边小镇,并未直接涉及工业社会下的科学话语,但是小说中屡次出现的"机器"比喻则有力地暗示了机械时代与人性的冲突。19世纪早期,蒸汽机、炼焦高炉、自动织布机的发明与使用使得机器逐渐有了"生命",并和人体联系在一起。事实上,笛卡尔在17世纪便提出了"动物机器"的观点,认为缺少知觉和自我意识的动物是一个自动控制装置,但由于人被赋予了灵魂,所以与之有别。然而,随着19世纪自动、智能机器的发展与设想,这一观点逐渐失效,机器与人体对等,甚至在有机体和机械的互换中,后者更显优越(Sussman 49)。与此同时,蒸汽机的革新伴随着机械论、热力学、电动力学的兴起,1840年科学家将上述学科的解释性概念应用于生理学现象,生物体同样也是热能和运动的来源,进行呼吸作用并维持能量守恒(科尔曼 132)。然而,在19世纪工业化的背景下,学科交叉的科学研究与类比并不单纯,人体被视为发动机,食物则是燃料,甚至有化学家提出新的食物营养价值测量方法,即每生产一单位的能量需要多少开销,而这被雇主应用到决定支付工人多少薪水以正好满足他们的基本能量需求之中(148)。小说多次将人、生活、时代比作机器,查尔斯曾绝望地表示"维多利亚时代不仅崇拜运输和制造业中的机器,而且还崇拜在社会习俗方面正在形成的可怕得多的机器"(107),与此同时,新贵们也在力图"把仆人变成机器"(31)。而当查尔斯愤怒地宣称"它(维多利亚时代)不是人,而是一架机器"时,明确地拉开了人与机器之间的距离,后者"没有爱与自由、没有思想、没有目的,甚至没有恶意"(261),而它所缺失的,却是人性必需的。时代齿轮下,科学话语对人性的释放不仅无解,反成阻碍。

小说结尾查尔斯"退化"至婴儿,"他仿佛重新出生了一次……像婴儿一样软弱无能,一切都得重新开始,一切都得重新学起"(336)。这种回归似乎是对进化论与机械论的弃置,象征着重拾童真与人性的渴望。然而"重新开始"的学习与成长的过程同时又是失去天真的过程,是用科学发明、文化道德武装自己的过程,是在话语的碎片中包裹人性又寻找人性的过程,周而复始,连绵不断。

结 语

一如小说中这位后现代叙述者评价,维多利亚时期的人们都忙于创立,而我们则忙于拆毁,《法国中尉的女人》中的科学话语在自然、文学与人性方面遭到解构。纯粹风景中自然与精神的融合沟通质疑了科学对自然的审视与占有。维多利亚时代背景下辩证的真实与后现代语言虚构的真实,撼动了查尔斯所相信的科学之真理,促成了由考察化石到写作诗歌的转变。以进化论为代表的科学话语展现出既指导又压抑人性突围的矛盾性,最终解构于机器修辞之中。然而,解构并非毁灭,其留下的踪迹呈现出知识的融通:自然之力的互相牵制映射出查尔斯与萨拉之间的情感羁绊,文学书写中科学话语在后现代的语言裂隙间注入真实,进化论则提供了透视人性、反思文化的棱镜。正如希利斯·米勒对寄生与寄主关系的解构,科学与人文亦能够沟通交融,科学话语的渗透给予后现代主义可触摸的实体,而人文精神同样继续留存于山川湖海之间。

注解【Notes】

① 博物学的英文 natural history 来源于拉丁语 historia naturalis,其中 historia 与"历史"没有直接关系,而取其探究、记录、描述之义,对应英文中的 inquiry。但在拉马克、达尔文、华莱士

的进化论出现后，随着时间维度的加入，需要区分 natural history 作为博物学还是自然历史之意，在这一点亦和博物学与科学的区分相通。

② 惠威尔将科学哲学建立在对科学史的全面研究之上，把科学进步看作事实（fact）与观念（idea）的成功结合，他认为，不可能存在脱离一切观念的纯事实，事实与理论之间的区别也是相对的，如果一个理论被吸收至另一个理论中，那么它就成了一个事实。"Consilience"（融通）一词亦来自惠威尔，指通过综合跨学科的事实和以事实为基础的理论，创造一个共同的解释基础，以便使知识融会在一起。

引用文献【Works Cited】

Carroll, Joseph. *Reading Human Nature：Literary Darwinism in Theory and Practice*. Albany：State U of New York P, 2011.

Coleman, William. *Biology in the Nineteenth Century*. Trans. Yan Qingyan. Shanghai：Fudan UP, 2000.

[威廉·科尔曼：《19 世纪的生物学和人学》，严晴燕译，上海：复旦大学出版社，2000 年。]

Fowles, John. *The French Lieutenant's Woman*. Trans. Chen Anquan. Kunming：Yunnan Education Publishing House, 2007.

[约翰·福尔斯：《法国中尉的女人》，陈安全译，昆明：云南教育出版社，2007 年。]

Gao, Xuanyang. *A Brief Introduction to German Philosophy*. Beijing：Peking UP.

[高宣扬：《德国哲学概观》，北京：北京大学出版社，2011 年。]

Glendening, John. *Science and Religion in Neo-Victorian Novels：Eye of the Ichthyosaur*. New York：Routledge. 2013.

Gould, Stephen Jay. *Ever Since Darwin*. Trans. Tian Ming. Haikou：Hainan Publishing House, 2016.

[S. J. 古尔德：《自达尔文以来》，田洺译，海口：海南出版社，2016 年。]

Himmelfarb, Gertrude. *Darwin and the Darwinian Revolution*. New York：W. W. Norton & Company, Inc., 1968.

Jackson, Tony E. "Charles and the Hopeful Monster：Postmodern Evolutionary Theory in *The French Lieutenant's Woman*." *Twentieth Century Literature* 43.2 (1997): 221–42.

Jin, Bing. "The Evolutionary Narrative and Existential Themes in *The French Lieutenant's Woman*." *Foreign Literature* 3 (2016): 117–124.

[金冰：《自由与进化——〈法国中尉的女人〉中的进化叙事与存在主义主题》，《外国文学》2016 年第 3 期，第 117—124 页。]

Kuhn, Thomas. *The Structure of Scientific Revolutions*. Trans. Jin Wulun and Hu Xinhe. Beijing：Peking UP, 2003.

[托马斯·库恩：《科学革命的结构》，金吾伦、胡新和译，北京：北京大学出版社，2003 年。]

Liu, Ya. "'Noble Scientist' and 'Daughter of a Mercer'：*The French Lieutenant's Woman* and the

Controversy Between the Two Cultures in Britain." *Foreign Language and Literature* 4 (2019): 64-70.

[刘亚:《"贵族科学家"与"布商女儿"——〈法国中尉的女人〉与英国的"两种文化"之争》,《外国语文》2019 年第 4 期,第 64—70 页。]

Losee, John. *A Historical Introduction to the Philosophy of Science*. Oxford: Oxford UP. 2001.

Luo, Jiu. "The Spirit in Nature-On the Idea of Nature in Schelling's Early Naturphilosophie." *Studies in Philosophy of Science and Technology* 2 (2012): 77-82.

[罗久:《自然中的精神——谢林早期思想中的"自然"观念探析》,《科学技术哲学研究》2012 年第 2 期,第 77—82 页。]

Merrill, Lynn L. *The Romance of Victorian Natural History*. Oxford: Oxford UP, 1989.

Rorty, Richard. "Against Unity." *The Wilson Quarterly* 22.1 (1998): 28-38.

Selden, Raman, Peter Widdowson, Peter Brooker. *A Reader's Guide to Contemporary Literary Theory*. Harlow: Pearson Education Limited, 2005.

Sussman, Herbert. *Victorian Technology: Invention, Innovation, and the Rise of the Machine*. Santa Barbara: ABC-CLIO, 2009.

Wilson, E. O. "Foreword from the Scientific Side." *The Literary Animal: Evolution and the Nature of Narrative*. Ed. Jonathan Gottschall and David Sloan Wilson. Evanston: Northwestern UP, 2005.

---. *Consilience: The Unity of Knowledge*. New York: Vintage Books, 1998.

Wilson, Thomas M. *The Recurrent Green Universe of John Fowles*. New York: Rodopi, 2006.

Zhang, Zhicang. *An Introduction to Philosophy of Science*. Beijing: People's Literature Publishing House, 2004.

[张之沧:《科学哲学导论》,北京:人民文学出版社,2004 年。]

论阿莉·史密斯《秋》中"波普"书写的多重意蕴

周博佳

内容提要：当代英国作家阿莉·史密斯"四季四重奏"之《秋》被评论界称为第一部"脱欧小说"。小说以诗性想象来书写人与人的联结，以艺术的丰富和包容来映照英国社会在全球化退潮时代的种种境况。在该部作品中，史密斯以后现代"波普"艺术话语中的再现、虚构、性别和"后真相"等命题来作为"脱欧"事件的文化反思介质。作为联结艺术与政治书写的"及物"艺术，"波普"具有多维的文本意蕴。

关键词：阿莉·史密斯；《秋》；波普艺术；脱欧

英国在2016年开始的"脱欧公投"的政治事件常常被放置在民粹主义（Populism）[①]的范畴下讨论，与此同时，英国文学界激发了一股政治和社会书写的潮流，有评论者认为英国文学界出现了"重返社会小说"（Clark 2）的趋势。这其中，当代苏格兰作家阿莉·史密斯（Ali Smith 1962—）近年来的创作颇受关注。阿莉·史密斯是当下英国文坛中兼具先锋和现实批判意识的小说家。在她的作品中，叙述实验和语言游戏并没有切断文本对现实的指涉和批判，以性别探讨为主题的作品《两面人生》（*How to be Both*, 2014）就曾获百利女性小说奖（Baileys Women's Prize for Fiction）。从2016年开始，史密斯陆续出版了以"四季四重奏"（Season Quartet）为名的小说系列。史密斯谈到，这个小说系列旨在恢复小说（novel）作为"新近事物"（the latest thing）（Elkins）的本质属性，强调小说对当下议题的回应。"四重奏"笔锋自由、风格多变，充满当下科技、气候、环境、媒体、退欧和疫情等话题的杂语交织。与此同时，"四重奏"也充满浓厚的人文主义气息，随处可见的对美和艺术的探讨，则蕴含着一种共同体意识，启发了"四重奏"书写人与人的联结的诗性想象。

"四重奏"第一部《秋》（*Autumn*, 2016）被评论界称为第一部"脱欧小说"

(Brexit Novel),詹姆斯·伍德(James Wood)称其为一部"即兴而作的政治寓言"。本文主要关注该作品对以波普为代表的艺术话语的征用,以及艺术话语如何在这部作品中成为当代性反思的入口。"波普"(Pop Art)自身具有丰富的艺术史、美学和政治互动视域,是史密斯探讨艺术和文学本质的元话语。史密斯以艺术话语中的再现、虚构、性别和真理等命题来作为"脱欧"事件的文化反思介质。作为社会小说中的"及物"(transitive)艺术,"波普"在该作品中具有多维文本意蕴。

一、"波普"与史密斯的文学实践

《秋》主要讲述了居住在伦敦的艺术史讲师伊丽莎白·迪芒(Elizabeth Demand)和邻居老人丹尼尔·格卢克(Daniel Gluck)先生的忘年友谊。英国波普艺术家保利·博蒂(Pauline Boty, 1936—1966)的个人遭遇以及对"波普"作为一种艺术范式的思考则是小说的隐性线索。小说的很大一部分围绕老人丹尼尔的记忆展开。在以丹尼尔为视角的意识流叙述中,过往如同"一个巨大的国家管弦乐队,各自等待演奏时刻的到来"(Smith 219),个人记忆与历史的画面不断并列、叠化,梦境与现实、年轻与衰亡、暗淡和鲜艳相互映衬。丹尼尔曾在"二战"期间进过集中营,后以难民身份流亡英国。在20个世纪60年代,他成为一名艺术家,和颇有艺术天分的保利·博蒂是朋友。小说的另一位年轻的主人公伊丽莎白则成长于一个单亲家庭。在伊丽莎白的视角下,丹尼尔和她总有说不完的话,歌手鲍勃·迪伦(Bob Dylan)、诗人普拉斯(Sylvia Plath)都曾出现在他们的对话中。1993年,当年幼的伊丽莎白和丹尼尔第一次相遇时,丹尼尔正在收集英国波普艺术奠基人保利·博蒂的画作。丹尼尔曾用"文字绘画"式的方式向伊丽莎白讲他见过的画作——红色、蓝色、小船、月亮、女人、婴儿、巨手和蕾丝逐渐拼接成一幅充满张力的绘画。虽然只存在于想象中,但它在伊丽莎白的心里种下了艺术的种子。后来,伊丽莎白选择主修艺术史,并以少有人关注的英国波普女艺术家保利·博蒂作为论文研究对象也多半来源于此。

作为西方20世纪艺术史上的重要运动,兴起于50年代的波普艺术标志着绘画对模仿实物的传统的进一步决裂。创作者将眼光投向都市消费文化本身,直接运用商品标签、电影广告和报刊等素材并加以组合拼贴,或运用丝网印刷等工业技艺进行创作。从美学渊源上来看,艺术评论家克莱芒·格林伯格(Clement Greenberg)认为波普袭承了20世纪初期的立体主义和抽象表现主义(Madoff 13);从文化属性上来看,正如英国波普运动的代表理查德·汉密尔顿

(Richard Hamilton)所说,波普是"大众的、转瞬即逝的、一次性的"(15)。通过消弭艺术和非艺术的界限,波普对当代生活的文化价值进行了一次重估。

史密斯在《秋》中的叙事策略和风格与波普艺术具有内在相通的特性。波普艺术具有开放和生成的特征,波普艺术家直接从触手可及的日常之物中寻找灵感,使看似毫无联系的事物构成一种艺术装置。波普属于安伯托·艾柯(Umberto Eco)所界定的"开放的作品"(The Open Work)——即他在十二音体系音乐、乔伊斯、实验文学、新小说派以及戈达尔的电影中发现的一种开放性。这些作品最重要的特点在于,它不再去确立一些试图将复杂的世界用简单和确定的词汇概括起来的普遍公式(艾柯 13),而是寻求一种新的眼光来看待事物的表征和本质。从文学书写策略上来看,史密斯效仿乔伊斯,在语言游戏和实验的基础上赋予文本开放性。她尤其喜欢双关、改写等修辞,使得小说在行文上自由率性,幽默和反讽并存。史密斯对词语所作的比喻亦可见一斑:"词语是有机体……草本和词汇,语言就像罂粟花,只需要翻滚周围的泥土,下面沉睡的词就会破土而出"(69)。其次,开放性还体现在小说"文学拼贴画"式的书写上。史密斯曾谈道,"当我一直在研究这些以季节命名的书的时候,我书房的那面长墙几乎自己就成了一个拼贴空间,可以摆放任何我认为对我正在写的书的视野有好处的东西"(Elkins)。她的叙事也展现了此种特点,从古典著作到互联网内容,从隐晦的文学双关到英国大众传媒,从平凡的日常生活到政治新闻皆为史密斯所用,进而"将现实进行陌生化处理,让意义的火花在'碎片'的并置、对峙和撞击中迸发"(79)。最后,史密斯对书信、戏剧文体、散文诗进行了杂糅,破除章节之间的逻辑性、连续性和故事性,使得小说的各个章节构成一幅波普画,其中"每个部分和平面都在一种相对深度的范围内与别的部分和平面不停地交换位置;于是,在画面不同部分剩下来的唯一稳定关系就是它与表面之间的那种矛盾、含混的关系"(Greenberg 76)。

此外,波普艺术还具有政治上的颠覆性。在《波普艺术与后现代主义根源》(*Pop Art and the Origins of Postmodernism*)一书中,作者哈里森(Harrisson)认为波普是对资本主义工业社会的一次真实再现的尝试(Harrisson 11),以"用它们的形式而倒置它们的内容"(桑塔格 8)的方式,生成了一种具有非本质主义特征的时代景观。在《秋》中,这种颠覆性体现为一种后现代式的戏仿书写。史密斯借助于丹尼尔与伊丽莎白所玩"巴格代尔"[2](bagatelle)游戏来探讨文学的颠覆性。丹尼尔以改写古老的英国童话"金发姑娘和三只熊"[3]来解释"巴格代尔"的本质。在伊丽莎白看来,"金发姑娘和三只熊"只是一个有着固定情节的英国古老童话。丹尼尔却以这个故事的末尾作为新的开端,继续讲下去——小女孩不仅破坏了家具、吃了食物,而且用喷漆罐在卧室的墙上喷上了自己的名字,调皮捣蛋的小女孩变成了一个随意涂鸦的现代女孩。史密斯深受安吉拉·卡特(Angela Carter)的创作影响,从"音乐小品"中可以看出卡特"精怪故事集"的影子,即以一种文本嬉戏打开童话故事,使其成为未完成状态。在丹尼尔看来,"音乐小品"正是文学虚构的意义,即扰乱那些古老的故事,并永远给予这些人物以选择和怀疑的权利。在《秋》中,史密斯对时局的书写就是一次"巴格代尔"式的尝试,以试图冲破叙事本身的封闭性和被中心化的意义。

史密斯在这部作品中如此强调文学与"波普"内在精神的契合,并不意味着语言或绘画成为纯粹后现代"自我指涉"式的符号游戏,而是在摒弃传统实物模仿的现实主义基础上,保留"及物性"艺术真实观——所有的元素都是为了抵达当下、生成具有"当代性"的意义,即安德森(S. C. Anderson)所说的"既指审视作者生活时代语境中作者的创作各方面特征,又指让读者意识到作品与当前知性关注的相关性"(转引自 廖昌胤 99)。博蒂曾对波普艺术做过精彩的评论:"波普是一种对现在的怀旧,近乎于绘画中的神话——是关于此刻的神话"(巴恩斯、梅森 82)。史密斯再对这句话进行了改写,即"艺术可以是任何东西,啤酒罐是一种新型民间艺术,电影明星是一种新的神话,对当下的缅怀"(117)。不管"此刻的神话"还是"当下的缅怀",都意味着在历史和现实的基础上讲述一个新的故事。《秋》融入种种时代元素而构成一幅文学"波普"画,目的是打碎加于思考的传统的权威,成为一种具有当代批判性的文学装置。

二、作为性别符号的"波普"

《秋》是史密斯基于对英国女波普艺术家博蒂的研究而创作,而"波普"在小说中涉及对性别与艺术、艺术接受史,以及伍尔夫式"女艺术家"探讨。在后记中,史密斯提到苏·泰特(Sue Tate)2013 年出版的《保利·博蒂:波普艺术家与女人》(*Pauline Boty: Pop Artist and Woman by Sue Tate*)为其提供了翔实的资料。这位在艺术史上被视作"缪斯而非艺术家"(Kalliopi 160)的人物,实际上是英国艺术学院黄金时代的代表,也是该运动英国派中唯一的女画家(173)。在皇家艺术学院学习期间,博蒂与英国其他波普艺术家建立了友谊,并一起共事、创作。在短短几年中,博蒂的波普创作日臻成熟,无论在色彩的运用、人物形象的运用和拼贴上都具有自己的风格和主题。博蒂不仅是一个波普艺术家,一个美学的实验者,也出演戏剧、做电视演员、与鲍勃·迪伦同游伦敦等。叛逆的艺术,加上她自由奔放的生活方式,使博蒂成为英国 20 世纪 70 年代女性主义的先驱。

博蒂的波普艺术常常表现出自信的女性气质,如小说中提到的《让-保罗·贝尔蒙多》(Jean Paul Belmondo)中"平面人物顶着一头色彩,周围是橙色、绿色和红色,纯得像是直接从颜料管里挤出来,就抹在了画布上"(138 – 39)。在画布上恢复了原生感性和生命力的在场的同时,画家也对她所处的"男人的世界"表达了公开或隐晦的批评。小说中反复提到博蒂 1963 年失踪的画作《丑闻63》,该画以当年英国冷战时期的政坛性丑闻为素材,画布中央是克里斯蒂娜·基勒坐在椅子上,画布的上方则是丑闻的男主角、英国战务大臣约翰·普罗富莫(John Profumo)。画作既表现了女性的欢愉,也展现了男权的凝视和傲慢。而该画作在创作当年就消失,至今下落不明。博蒂 28 岁的早逝也让她的画作一同隐没于艺术史视域之外,从经典的行列中除名。直到 1993 年,学者大卫·梅洛尔(David Alan Mellor)在一个农场中发现了博蒂的画作,并最终于 1998 年展出。而在这之前,这位艺术家只是被当作金发女郎和电视明星来忆起。

尽管在波普运动中出现了阿克塞尔(Axell)、罗莎琳·德雷克斯勒(Rosalyn Drexler)以及博蒂等杰出的女性艺术家,但她们却始终处于这个艺术场的边缘。正如卡利奥普(Minioudaki Kalliopi)在《波普中的女性:差异与边缘》(Women in Pop: Difference and Marginality)中说道:波普的故事,和其他现代故事一样,充斥着性别话语和性别偏见(Kalliopi 1)。波普运动兴起之时,也是西方女性主义运动进行得如火如荼之时,而女性艺术被当作艺术史中的"例外"这一点不断遭受着质疑。美国艺术史学家琳达·诺克林(Linda Nochilin)《为什么没有伟大的女艺术家》(Why Have There Been No Great Woman Artists?)是女性主义艺术史和女性主义理论批评的开创性论文。在文中她认为,艺术史上性别偏见由来已久,"没有伟大的女艺术家的原因,是女性无力企及伟大"(Jones 230)。在《秋》中,伊丽莎白在查令十字街所淘到的红色精装书目就是博蒂画作展览的作品目录。而当伊丽莎白提出以博蒂为对象做论文时,却遭到老师驳斥:"并没有什么英国女波普艺术家,她们的作品没有太大价值,这就是为什么她们其中从来没有一人,哪怕是在英国波普艺术史的脚注中出现过"(150)。博蒂作为一个艺术家所遭遇的刻板印象,以及在艺术史上被忽略的状况,暗示女性主义的表面看起来轰轰烈烈,实则并未真正撼动男性的性别傲慢。伊丽莎白同样也遭遇着与女艺术家相关的困境,当她向朋友贝尔提出做画家的时候,朋友却说:"女性无法成为艺术家"(252)。她依然需要面对《到灯塔去》(To the Lighthouse)中莉莉所要面对的有关"女人不能绘画,女人不能写作"(Woolf 245)的隐秘宣言。史密斯借助作为性别政治符号的"波普"展现女性主义作为 20 世纪的遗产在当下的某种处境——"女性运动仅仅是一个暗号,而不是事实"(153)。这是史密斯书写"波普艺术"的性别政治内涵。

性别研究是20世纪下半叶西方人文社会科学中的重要内容,史密斯借助"波普"背后政治和文化等多重因素的角力建立了转换机制。对女性主义遗产的质疑,对性别的僵化思考,则从侧面反映了"脱欧"和移民政策下地方性、少数群体再度被驱逐或者边缘化的趋势。当丹尼尔所在的养老院的护工遭遇驱逐、伊丽莎白路过涂着"滚回家去"的房子(138)时,作者暗示边缘者在这个国家不再有安居的空间。再如伊丽莎白听保守党议会成员在电视中否认移民带来的威胁,莎翁笔下原文"丰富和奇特"(rich and strange)被史密斯改写为"富有和贫穷"(rich and poor)。如果说前者代表了战后多元共融的英国,那么后者则是当下共同体意识匮乏的英国——"一个富裕的岛屿,现今已经失去了政治想象,只有贫穷和富有的对立而已"(110)。通过伊丽莎白研究"波普"的遭遇,史密斯不仅揶揄了学术体制所代表的理性逻辑的迂腐和守旧,也含蓄地批判了英国当下社会价值观念趋向一种中心与边缘对立、缺乏共融空间的政治现状。

三、波普与"后真相时代"

"后真相"(Post-truth)是史密斯近年来着重思考和书写的命题。《秋》的开篇"这是最糟糕的时代,这是最糟糕的时代"(1)无疑改写自狄更斯的《双城记》,而"糟糕的时代"则指向小说出版之时,英国政府进行的第一次脱欧公投以及英国人民所处的"后真相"状况。在《秋》中,史密斯对"退欧"中的话语操演和日常生活相结合,揭示了大众媒体引导的退欧"后真相"时代下人们生活的盲目和无奈的状况:

> 全国各地,人们觉得这是错的;全国各地,人们觉得这是对的;全国各地,人们觉得他们真的输了;全国各地,人们觉得他们真的赢了;全国各地,人们觉得自己做对了,别人做错了;全国各地,人们在谷歌上查:什么是欧盟;全国各地,人们在谷歌上查:移居苏格兰;全国各地,人们在谷歌上查:爱尔兰护照申请……全国各地,四分五裂;全国各地,各自为政。(59-60)

这里,史密斯指出"后真相"产生的一个重要因素,即社交媒体和网络是使"真相"变得扑朔迷离的推手。与传统媒体相比,社交媒体展现了一种"煤气灯"(Gaslight)效应,即通过侵蚀人的自我信任来破坏认识论上的自主性,使他们丧失现实感、迷失方向,并无法区分可靠和不可靠的信息来源(Rietdijk 1)。这也使得事实变得容易被隐蔽地设置观点性而非事实性议题,由此放大和强化某种情绪或偏见。"后真相"的出现与当年的退欧公投、美国大选下的政治语境密切相关,如"脱欧宣传"很大程度上不顾事实,数百辆公共汽车在广告上宣传英国每周向欧盟 7 国输送 3.5 亿欧元的虚假统计等。《牛津词典》将其定义为"与客观事实相比,情绪和意识形态对公众舆论产生施加性影响的情况"(McIntyre 5)。李·麦金泰尔(Lee McIntyre)在其著作《后真相》(*Post-Truth*)中进一步指出,"后真相"并不是从 2016 年选举开始的,西方社会长期存在的对吸烟、进化和气候变化等科学事实的否认为更广泛的事实否认,为"后真相"这一概念提供了更宽泛的背景。在"后"时代,一个一切都悬而未决的状态中,一些右翼政客借用了后现代主义的观点,即认为不存在所谓的客观真理,并以此对科学和事实进行攻击(17)。

在"四重奏"第二部《冬》(*Winter*, 2018)中,史密斯进一步探讨了"后真相"这一现象。《冬》对莎士比亚《辛白林》(*Cymbeline*)进行了互文性的书写,而《辛白林》这部以"谎言"和"宽恕"为主题的戏剧在这部小说中具有明显的现实指向,它影射了当代西方社会中谎言的盛行及其灾难性的后果。小说的主人公阿特(Art)是一个自然观察者,同时将观察记录在一个自然博客上。然而,阿特经常伪造一些关于"自然"的谎言,用编造的新奇和感性词语来描述一个他并未亲身观察到的自然现象。史密斯试图指出,在西方近年来的"自然书写"潮流中,自然这一真实的时间、立体的空间,已经成为互联网上扁平化的图片、标语和美丽修辞。小说中的另一个人物夏洛蒂揭露了阿特的虚伪,指出阿特所说的"树篱就是树篱,无关政治"(Smith, *Winter* 59)这一观点本身就是一种政治观点,这并不仅仅因为阿特忽视了自然污染这一真实状况,也因为所谓的"自然"在环境污染、全球变暖等话语交织中已经被重新政治化了,真实的"自然"在"自然写作"中已然再一次失于真实。

如何应对这种"后真相"状况?麦金泰尔认为,应当理解这一概念的认知缘起,挖掘其文化根脉、梳理其思想图谱,才能成为具有反思能力的主体(14)。而在史密斯看来,唯一的办法是培养具有不急促地评判和定义,而是审慎、多元和共时性思考能力的个人。史密斯认为,阅读虚构作品是培养这种能力的重要途径。在一次访谈中,她提出,"生活在一个以谎言来表达'我们如何生活'的时代中,虚构是我们讲述真相的方式之一"(Smith, "Fiction is a way")。在《秋》中,"金发姑娘和三只熊"重述的意义即在此。丹尼尔提醒读者思考小女孩究竟为何闯入熊屋,以及是否还有别的可能。"波普"也意味着一种虚构的可能:当伊丽莎白说她要成为家里第二个进入大学(college)学习的女性时,丹尼尔说,应该进入"拼贴"(collage)中学习,因为"拼贴是一所教育机构,那里所有的规则都可以无视,大小、空间、前景和背景都变得相对,正因为这些技巧,你认为你熟悉的一切就可以被改造为陌生和新奇的"(71–72)。史密斯以博蒂的波普画为例来阐释——绘画中的肯尼迪、林肯总统等元素出现在画作中时,已经不再是一种常规的表达,肯尼迪作为一个历史人物已经经历了德勒兹意义上的"解域化"(desterilization),在与其他元素的共时联结中成为"陌生和新奇的",在断裂综合中生成异质文本和新的认知方式,进而使其成为"既依附于时代、又保持距离的"(Agamben 40)文本,唯有如此,才能摆脱由意识形态"背书"的媒体施加的"煤气灯"效应。

史密斯在小说中反复提及济慈,意图从这位诗人对"诗与真"的辩证求索中寻找精神共振,恢复"消极感受力"(Negative Capability),即"人们有能力沉浸于各种不定、神秘和怀疑之中,而非急躁地依事实和理性做出解释"(Keats 1)的能力。她希望读者具有丹尼尔式的艺术之"眼"——可以看到"苏格兰夏天松树接近于蓝色,春天则是蜂花粉般的黄色,像是画家颜料罐里的色彩"(90)。在"四季"系列中,史密斯始终坚信文学与艺术的道德力量,以小说精神版图的更新和想象来应对暗淡、偏狭的"后真相"时局。如果说"波普"艺术代表了一种生命意识,代表作为艺术的生命自身,那么对于史密斯而言,政治意识意味着一种更为深刻和包容性的感悟,这恐怕也是史密斯创作"四重奏"的意义所在。

结 语

2019年1月,30位西方著名作家,包括 S. A. 阿列克谢耶维奇(S. A. Alexievich)、奥尔罕·帕慕克(Orhan Pamuk)、马里奥·略萨(Mario Llosa)、伊恩·麦克尤恩(Ian McEwan)和萨尔曼·鲁西迪(Salman Rushdie)等作家在内,联名在法国《解放报》(*Libération*)发表了《为欧洲而战》宣言。该宣言认为欧洲作为一种理念,作为和平、女权和自由意志的代表"正在我们眼前分崩离析"(Collective of International)。从某种程度上来说,《秋》的质疑态度与这份宣言是一致的。史密斯并没有保持激进批判的姿态,而是自我定位为本雅明式的"讲故事的人"。正如她所说,"我唯一的责任是对故事负责,我只是在讲述一个时代的故事"(Elkins and Smith,"Interview")。在《秋》中,"波普"就是史密斯眼中有关时代的故事。也正因为此,波普艺术之于《秋》就具有更广泛的意义,它不仅实现了当代小说中艺术和政治的书写联结,实现了对个人、生活和社会权力结构的形式的揭示,更重要的是,史密斯强调艺术自身的自由本质,这也是她写作的意义:不是为了让这个世界永无止境地破碎下去,而是启发当代人如何观察,以及如何生存,从而使读者回到一个更为开阔的可能性中。

注解【Notes】

① 扬-维尔纳·米勒(Jan-Werner Müller)认为,民粹主义来源于欧美社会对全球化的焦虑,在欧洲语境下,集中表现为减少移民、降低税收,反感城市精英和世界精英等,其在根本上是反多元主义(anti-pluralism),见 J. W. Müller. "The People Must Be Extracted from Within the People: Reflections on Populism." *Constellations* 21 (2014): 483–93.

② Baguetelle 是一个音乐术语,原意为"杂碎",后指轻快、幽默的音乐小曲。

③ 在"金发姑娘和三只熊"的故事中,一名金发女孩进山采蘑菇,不小心闯进了熊屋。趁着熊爸爸、熊妈妈和三只小熊外出,金发女孩把厨房里各种好吃的东西一扫而光,然后舒适地躺在熊的床上睡着了。

引用文献【Works Cited】

Agamben, Giorgio. *What is Apparatus and Other Essays*. Trans. David Kishik and Stefan Pedatella. Stanford: Stanford UP, 2009.

Clark, Alex. "Writers Unite! The Return of the Protest Novel." *The Guardian* Mar. 11 2017.

Collective of International Writers. "Il y a le feu à la Maison Europe, le manifeste des patriotes européens."〈https://www.liberation.fr/planete/2019/01/25/il-y-a-le-feu-a-la-maison-europe-le-manifeste-des-patriotes-europeens_1705305〉

Eco, Umberto. *The Open Work*. Trans. Liu Ruting. Beijing: Xinxing Press, 2005.

[安伯托·艾柯:《开放的作品》,刘儒庭译,北京:新星出版社,2005 年。]

Elkins, Amy E. "Has Art Anything to Do with Life: A Conversation With Ali Smith."〈https://lareviewofbooks.org/article/has-art-anything-to-do-with-life-a-conversation-with-ali-smith-on-spring〉

Greenberg, Clement. *Art and Culture: Critical Essays*. Boston: Beacon Press, 1961.

Harrison, Sylvia. *Pop Art and the Origins of Postmodernism*. Cambridge: Cambridge UP, 2001.

Jones, Amelia. ed. *The Feminism and Visual Culture Reader*. London: Routledge, 2010.

Kalliopi, Minioudaki. "Women in Pop: Difference and Marginality." Dissertation. New York University, 2009.

Keats, John, *The Letters of John Keats*. Ed. Forman E. B. Oxford: Oxford UP, 1931.

Lee, McIntyre. *Post-Truth*. Boston: The MIT Press, 2018.

Liao Changyin. "Contemporaniety." *Foreign Literature* 3(2012): 99–106.

[廖昌胤:《当代性》,《外国文学》2012 年第 3 期,第 99—106 页。]

Madoff, Steven Henry. ed. *Pop Art: A Critical History*. Okland: California UP, 1997.

Rachel, Barnes and Mason Paul. *Contemporary Artists*, *Pop Artists*. Trans. Jianyue. Tianjin: Tianjin Education Press, 2008.

[巴恩斯·瑞秋、梅森·保罗《现代艺术家与波普艺术家》,简悦译,天津:天津教育出版社,2008年。]

Rietdijk, Natascha. "Post-truth Politics and Collective Gaslighting." *Episteme* (July 2021): 1-17.

Smith, Ali. *Autumn*. London: Penguin Books, 2017.

---. "Ali Smith on the Post-truth Era: 'There Is Still a Light'." https://www.penguin.co.uk/articles/2018/oct/ali-smith-interview-on-the-post-truth-era/ [2020-7-30].

---. "Fiction is a Way of Telling the Truth: Ali Smith in Edinburgh" 〈https://www.theguardian.com/culture/2018/aug/21/fiction-not-lies-is-a-way-of-telling-the-truth-ali-smith-in-edinburgh〉

---. *Winter*. New York: Anchor Books, 2018.

Sontag, Susan. *Reborn*: *Journals and Notebooks*: 1947-1963. Trans. Yao Junwei. Shanghai: Shanghai Translation Publishing House, 2013.

[苏珊·桑塔格:《重生:桑塔格日记与笔记1947—1963》,姚君伟译,上海译文出版社,2013年。]

Wood, James, "The Power of Literary Pun." *New Yorker*. Jan 22, 2018. https://www.newyorker.com/magazine/2018/01/29/the-power-of-the-literary-pun [2020-5-30].

Woolf, Virginia. *To the Lighthouse*. London: Penguin, 1992.